« Hâtez-vous lentement, et, sans perdre courage,
Vingt fois sur le métier remettez votre ouvrage :
Polissez-le sans cesse et le repolissez ;
Ajoutez quelquefois, et souvent effacez. »

Nicolas Boileau, *L'Art poétique* (1674)

Ce qui était vrai dans le temps l'est encore aujourd'hui. Cette version de L'ange tourmenté, *puis-je vous dire*, n'est pas arrivée sans l'apport merveilleux et soutenu de Guy Saint-Jean Éditeur, de même que sa dynamique et chaleureuse équipe de production.

Grand merci à l'une de ses éditrices, Marie-Ève Laroche, cette complice, cette passionnée d'écriture, qui a su mettre de l'ordre dans le texte et dans la ponctuation. Je l'adore !

Je n'ai pas fini. Je dis un énorme merci à mon indéfectible critique et compagne littéraire, Germaine Lemire. Difficile à épater, la madame. Elle aussi, je l'adore !

Chères lectrices, chers lecteurs, nous vous avons concocté ce deuxième conte villageois.

Voyez de quel bois se chauffe un Beauceron et surtout… amusez-vous bien !

*La nature forge les humains
sur l'enclume de ses vents.*

CHAPITRE 1

Nous sommes le 10 mai 1943.

Pour la troisième fois, Césaire Leclaire, archevêque de Québec, parcourait, indigné, les lignes d'une lettre qu'il venait de recevoir. Ses verres de broche n'en croyaient pas leur foyer.

Je tiens enfin ce petit bout de bâtard, se dit le vieil évêque, grimaçant de plaisir.

Césaire attendait un moment comme celui-là, une bévue de taille, qui lui permettrait enfin de tasser, du revers de son pouvoir, ce petit malotru de curé qui, treize années plus tôt, alors qu'il n'était que vicaire, s'était permis de se payer sa tête. On se rappellera que lors d'une visite du noble Césaire en la paroisse de Saint-Ludger de Beauce, plusieurs incidents bizarres, pour ne pas dire burlesques, s'étaient produits. Et chaque fois, Césaire, le principal concerné, en avait rejeté la faute sur Isidore Bilodeau. Mais il y avait sûrement plus. On ne pouvait que s'interroger, après toutes ces années, sur le motif, le vrai, qui avait pu entretenir cette haine viscérale que le vieil évêque éprouvait à l'égard d'Isidore Bilodeau.

Était-ce pour mieux le coincer dans un détour qu'il l'avait alors chargé de la cure de cette petite paroisse ? Espérait-il le voir trébucher au bout de quelques mois ? En nommant le curé de l'époque, Hector Bellavance, « conseiller désigné » à l'archevêché de Québec et en laissant le jeune gérer seul sa paroisse, Césaire espérait-il ainsi jeter une pelure de banane sous les semelles du nouveau curé ?

Dès le début de son apostolat à Saint-Ludger, Isidore sut se faire apprécier de ses ouailles. Pas plus achalant qu'une lueur de lampion, le p'tit curé (il mesurait à peine cinq pieds et six pouces), visitait ceux et celles qui requéraient sa présence et fichait la paix aux autres. Isidore n'imposait pas sa foi. Il la semait sur son passage. Dans le village, il connaissait l'histoire de tout le monde. Même celle de ses non-pratiquants. Dès que se produisait un événement digne d'intervention, il arrivait toujours au bon moment. Pour l'*Ainsi soit-il,* dirait-on. Malgré ses épaisses lunettes et sa vue défaillante, le p'tit curé, comme on l'appelait, avait l'œil juste.

« Une brise apaisante », disait de lui, dans le temps, sœur Saint-Jean.

Un peu trop naïf, il en était bien conscient, mais tout de même en plein contrôle de ses moyens, Isidore se disait que ça lui conférait un air d'innocence qui plaisait à ceux qui croyaient pouvoir lui passer leurs petites vites. Et il s'en faisait passer…

Il avait relevé le bedeau du sonnage de la cloche parce qu'il s'était laissé convaincre par celui-ci que cette tâche, en un an, lui étirerait le squelette d'au moins un pouce. Comme Isidore visait ses cinq pieds et six pouces francs, les premiers six mois, il se mesura chaque semaine puis abandonna peu à peu, déçu du résultat. Il garda tout de même la corvée de la cloche. Au cas où…

Je fais vibrer le village d'une seule main, se disait, amusé, le petit branleur, lorsqu'il se lançait à l'assaut du gros câble de chanvre.

On parlait encore, treize ans plus tard, du sauvetage du pont couvert menacé par la débâcle printanière des glaces. Il l'avait opéré avec comme seuls outils sa foi et son fameux goupillon miracle.

On s'amusait même encore, lors de conversations de coin de poêle, à prétendre qu'il lui arrivait d'être à deux places en même temps. Mais cela n'était que balivernes...

Ainsi donc, dans la paroisse d'Isidore Bilodeau, les âmes voguaient presque toutes dans les voies du Seigneur. Et l'état de grâce régnait en maître. Épiés sans répit par le jeune prélat, et ce, jusque dans les moindres de leurs épanchements, les quelques petits péchés qui persistaient, ou plutôt, qui parasitaient le commun des pauvres mortels, faisaient partie du quotidien de toute bonne paroisse.

Fort de sa vocation et conscient que l'Église réclamait mensuellement son obole pour sa diffusion de la bonne parole, Isidore, malgré la pauvreté qui régnait, s'efforçait de remettre à Césaire ce qui revenait à Césaire.

Durant ces treize ans pendant lesquels Césaire avait laissé Isidore aller à sa guise, il l'avait observé de loin, ne manquant aucune occasion de lui reprocher son manque de poigne sur ses ouailles, et, somme toute, son manque de foi.

Mais il y avait pire ! Le petit curé se fichait éperdument de l'attention que portait Césaire à un certain Wilfrid Gagnon, né septième d'une lignée de quatre paires de jumeaux. À ce sujet, il avait ignoré toutes les missives que lui avait fait parvenir l'évêque. En ces temps, on présumait que les septièmes fils possédaient des pouvoirs magiques. Ainsi, bon nombre de gens s'adressaient à eux pour guérir leurs maux.

Et comme de fait, les recettes provenant de la petite paroisse qui s'engrossait chaque année se mirent un jour à décliner. Césaire en attribua la première cause au laisser-aller d'Isidore et la deuxième à ce Wilfrid, ce trouble-fête du village, cet improvisé guérisseur qui à la veille de ses dix-sept ans commençait déjà à faire parler de lui.

À la pointe de ses ongles et le souffle court, Césaire repoussa la lettre sur son bureau. Prenant péniblement appui sur les veines dilatées de ses interminables mains, le vieil ecclésiastique parvint à se dresser sur ses pieds.

L'écrit posthume venait possiblement de creuser la tombe du titre de *bienheureux* qu'il rêvait de voir gravé, comme épitaphe, sur sa pierre tombale, en mémoire de ses œuvres.

Le Saint-Siège, s'il en prenait un jour connaissance, le tiendrait responsable d'une pareille bavure. Césaire ne risquait donc pas d'être canonisé, mais bien d'être canonné dans quelque obscur passage d'un parchemin papal.

Les traits de son visage étaient à ce point imprégnés de mépris qu'une image de Marie, répandant, au mur accrochée, sa plate béatitude, prit une étrange teinte de désarroi.

Le diable devait en baver de contentement.

Et tout cela, se disait-il, parce qu'un satané notaire angoissé par la crainte de Dieu et de son sempiternel enfer, s'était résigné, sur son lit de mort, à confesser un passage fallacieux qu'un jour il s'était permis de laisser filer sur les lignes de l'un de ses écrits.

Pris de remords la veille de sa « grande enjambée » et traînant visiblement de la phalange, Rosaire Saint-Pierre, notaire de Saint-Ludger, avait signé une déclaration *ante mortem* dans laquelle il confessait avoir fermé les yeux, treize ans auparavant, sur l'existence d'un lien consanguin (frère-sœur) existant entre Philémon Veilleux, devenu notable du petit village, et Rosalie Paquette, fille de feu Oscar Paquette.

Il y était dénoncé le fait qu'Isidore Bilodeau, alors nouveau curé de la place, sachant que feu Oscar Paquette était le père naturel de Philémon Veilleux, avait tout de même béni son union avec nulle autre que la demi-sœur de celui-ci. « Si fragile soit-elle, terminait le scribe, la plume portera toujours le fardeau de ce qu'elle a tracé. »

Et ce fardeau, le petit curé allait bientôt le sentir sur ses épaules.

Moins de deux semaines plus tard, par un venteux vendredi de mai, le 10, je crois, alors qu'Isidore sortait de son presbytère pour aller porter la communion à des paroissiens alités, il fut rejoint, au pas de course, par Wilfrid Gagnon, septième fils de Magnan habitant le rang 2.

Comme à l'accoutumée, le jeune homme était escorté d'une vingtaine d'oiseaux de toutes sortes. Un vrai trotteur, ce Wilfrid. Il venait de gravir la longue et sinueuse côte du pont sans que ses poumons exigent de lui une seule inspiration supplémentaire en guise de compensation. Pas l'ombre d'un essoufflement, à l'exception d'une odeur de chien mouillé à vous virer les narines sur le can.

— Lette assommée pour l'oiseau du bon Yeu! lança-t-il, tout sourire, à Isidore.

Wilfrid se voyait parfois contraint d'aider ses parents dans l'abattage d'animaux. Il détestait voir un animal recevoir un coup de massue en plein front. C'est pourquoi il appelait « lettes assommées » certaines enveloppes que Madeleine Quirion, la maîtresse de poste, s'empressait de frapper dès leur réception d'une estampille à long manche portant la mention REGISTERED.

D'une main, le jeune homme tendit au petit curé une énigmatique enveloppe scellée. De l'autre, il lui présenta un gros cahier noir, l'ouvrant sur une page qui bavait de signatures griffonnées à bout de bras.

Dès qu'Isidore eut empilé son propre barbouillage sur les autres, le jeune homme, ne tenant déjà plus en place, s'envola, talons aux fesses, déboutonné, débraillé, agité comme un drapeau balayé par vents tournants. S'étant discrètement jointes à leurs congénères, une dizaine de tourterelles tristes bondirent à sa suite. Surpris par le sifflement strident de leurs ailes, le petit prêtre en perdit le fil de ses idées. Lorsqu'il releva la tête pour remercier son messager, il était déjà trop tard. La distance achevait déjà d'avaler Wilfrid et ses volatils amis. Isidore, immobile, les zieuta un long moment.

Depuis longtemps, il souhaitait avoir une discussion avec le grand Wilfrid, mais une fois de plus, l'occasion lui avait filé entre les doigts.

Puis, se recollant à la réalité, il se pencha sur l'enveloppe que ses doigts tapotaient nerveusement, la tournant et la retournant comme s'ils en cherchaient l'ouverture. Le revers était scellé à l'arcanson. Et pas de n'importe quel sceau, mais bien de celui de l'archevêque de Québec, Césaire Leclaire.

« Ça doit être sacrément important », se dit le p'tit prêtre. Mais chaque chose en son temps. Le corps du Christ primait. Isidore glissa donc son anxiété sous la bande ventrale de sa soutane, se peigna de ses doigts et reprit son rythme.

« On verra bien... », se dit-il.

Et comme pour mal faire, les malades lui prirent plus de temps que d'habitude. Craignant la mort qui le talonnait de près, un athée chez qui il s'arrêtait parfois juste pour bavarder, lui manifesta le besoin non se de confesser, mais plutôt de se confier. Il déballa alors, de minutes en heures, l'exposé intégral de sa vie.

Craignant fort que le diable, ce perfide charognard, ne soit déjà perché sur une branche de son âme, c'est avec des oreilles bourdonnantes et une mâchoire inférieure pendante qu'Isidore s'empressa de donner les derniers sacrements au moribond.

Et pourquoi pas une deuxième fois, au cas où les saintes huiles se seraient un peu éventées.

Cela fit que l'Angélus attendit son branleur. Pressant le pas de son retour, le petit curé fit sauter le sceau de la lettre qui commençait à lui donner mal au ventre. Dépliant avec nervosité les trois feuilles minutieusement rabattues, il en parcourut les lignes. Abasourdi par leur teneur, Isidore faillit s'allonger de tout son long dans le chemin parsemé de mares d'après-pluie. Celles-ci, en effet, s'étaient fait un devoir de dissimuler jusqu'à ras bord les moindres trous qui profanaient la route.

Bousculant la grisaille des deux derniers jours, le soleil tentait de reprendre le contrôle des éléments. Un vent du nord rendait frileux les pommiers chargés de fleurs sur le point d'ouvrir leurs corolles, et les abeilles zézayaient d'anxiété. Plantée sur le coin du parterre de Clophas Déveault, à l'entrée du village, la tablette à dévotions de la croix de chemin regorgeait de lampions pieusement allumés. Ainsi sollicité, le Ciel se devait de préserver les futurs fruits, durement mérités en ce coin de pays.

Ne remarquant pas l'arrivée soudaine d'une automobile, ce ne fut qu'au prix d'une manœuvre de dernier instant de son conducteur que le petit curé eut la soutane sauve. Les yeux rivés sur la dernière phrase du document, Isidore n'entendait plus rien.

« Et pour répondre de l'acte sacrilège dont vous êtes accusé, y lisait-on, vous êtes convoqué devant moi à Québec, ce mardi, le 15 du mois de mai courant. Veuillez donc vous gouverner selon mes attentes. »

C'était signé…

— Monsieur le curé, vous courez à votre perte ! tonna soudain une voix qui faillit lui faire échapper son document.

Isidore était à ce point troublé que Philémon Veilleux dut insister pour se faire bien comprendre.

Suant à grosses gouttes, le petit prêtre éleva les yeux

au-dessus de ses épaisses lunettes, embuées jusqu'à la broche. Fronçant les sourcils sous un soleil qui le dardait de son plein zénith, il finit par distinguer celui qui lui adressait la parole.

— Embarquez-vous, ou préférez-vous rentrer par vos propres ailes ? demanda le commerçant.

— Ah ! C'est toi, Philémon, mâchonna le petit curé, s'épongeant le front du revers de son mouchoir. Euh… oui, je veux bien que tu me raccompagnes. T'es bien gentil. Pardonne-moi, mes pensées étaient a… ailleurs.

Il monta, hésitant à déposer ses grosses bottines boueuses sur l'impeccable plancher de la luxueuse automobile du commerçant.

Le chemin du retour fut bref. Volubile comme il avait pourtant coutume de l'être, Isidore, broyé par de sombres réflexions, disait moins que rien. Il était. Rien de plus. Son regard se dérobait, irrité par la conversation que lui imposait son interlocuteur.

Mais Philémon Veilleux n'était pas dupe. Son flair l'incita à poser la question qu'il savait incontournable.

— Qu'est-ce qui vous chicote les âmes à ce point, monsieur le curé ? décocha-t-il, fixant Isidore en ignorant la route que, de toute façon, sa voiture connaissait par cœur.

Isidore avait une boule dans la gorge. C'était évident. Philémon laissa courir, attendant une réponse qui ne venait pas.

Une belle amitié s'était tissée entre les deux hommes. Le vent des années s'était permis de leur imprégner quelques rides, mais pas aux mêmes endroits du visage.

Le grondement du moteur se fit tout à coup insupportable. Le commerçant tira à droite.

— Pourquoi t'arrêtes-tu ? lui demanda Isidore en consultant la montre qui, à son cou, pendait en duo avec son crucifix.

— Le respect que je vous porte, monsieur le curé, m'impose beaucoup plus qu'une simple conversation de coin de clôture, trancha Philémon. Je ne vous ai jamais vu dans un tel état. Je veux savoir.

— Ce que tu veux savoir, mon fils, est très obscur dans ma pensée. Je suis simplement convoqué par l'Archevêque. Je n'en sais pas plus. Il semble me reprocher une faute grave, mais sans m'en donner la teneur.

Isidore avait subitement blêmi.

Connaissant le franc-parler du curé, Philémon fut impressionné par l'embardée mentale dans laquelle il le voyait empêtré. Il remit sa voiture en marche.

Le moteur cracha sa boucane. Philémon cracha la suite.

— C'est pour quand ?

— C'est pour quand, quoi ?

Isidore n'était pas adepte des décisions spontanées, mais il savait qu'il n'avait pas le choix. Lorsqu'il était nerveux, il avait cette fâcheuse manie de consulter sa montre à chacune des minutes qu'elle tictaquait. Comme toute personne humble, il préférait donner plutôt que demander. Contrairement à son habitude, il ne remarqua même pas les salutations empressées de ses ouailles.

Arrivé devant l'église, il vérifia sa montre une fois de plus.

— Monsieur le curé, reprit Philémon, je dois bientôt me rendre à Québec pour certaines affaires qui ne peuvent plus attendre. Rosalie m'y accompagne. Elle est impatiente d'y revoir des gens. Alors, on part quand ? lâcha le commerçant, dirigeant un dernier regard vers son passager.

— C'est pour mardi prochain, laissa finalement échapper le prélat.

— Nous serons à votre porte quinze minutes après votre messe de sept heures, trancha Philémon.

Le démarrage du moteur se chargea de sceller l'entente, et la fameuse cloche paroissiale put enfin se dégourdir la pendrioche. Il était midi et quatre minutes. Certains paroissiens, plus métronomes que les autres, ajustèrent pendules et montres, superposant les deux aiguilles en plein centre du douze.

Chut!... Nul ne le sut.

Sitôt au presbytère, Isidore se débarbouilla nerveusement. Transi jusqu'à l'âme, il monta enfiler des hardes qu'il gardait enfouies, presque secrètement, au fond d'un placard récemment découvert dans le grenier.

En certaines occasions bien particulières, lorsqu'il se sentait en mal de proximité parentale qui, il faut l'avouer, n'en finissait pas de lui manquer, il lui arrivait de s'attriquer en monde ordinaire.

À cet effet, tant qu'à jaser, disons tout de suite qu'il butait un peu sur le bon goût. Il n'avait pas appris à agencer *swellement* ses vêtements. Personne ne lui en avait jamais touché mot. Le collège puis le Grand Séminaire lui avaient volé une partie vitale de sa courte existence, et le Seigneur avait exigé de lui le reste.

Son vêtement fétiche était un monstrueux chandail à col roulé de couleur brun ours. Tissé de pure laine du pays, il avait au moins le mérite d'avoir été fricoté par sa grand-mère.

Comme son petit-fils, la vieille femme, aux prises avec des lunettes à foyers doubles, n'avait sans doute jamais été apte à distinguer les dimensions réelles de son protégé. L'ample accoutrement ne se contentait pas de l'habiller; il l'envahissait littéralement jusqu'à mi-cuisses. Un pantalon, dont même les trous étaient usés, et de gros chaussons tiraillés de reprises multiples, parachevaient le massacre visuel.

Simplement affreux. Mais bon...

Fallait pas chercher trop loin. De toute façon, Isidore s'en fichait. Depuis l'âge de douze ans, il n'avait connu que de la fringue de balustrade. Alors, au diable le bon goût!

Il se dirigea vers l'église. Elle était vide. En «ti-gars à m'man», il s'agenouilla en toute simplicité devant le saint tabernacle dans le seul dessein d'offrir, toutes dévotions bien gardées, ses qualités et défauts à l'Éternel. Ne pouvant se confier à qui que ce soit, la nef lui ouvrit tout de même son chœur. Quant aux statues, quoique lasses de faire du surplace, elles restèrent emplâtrées.

Soudain, une étrange brise fraîche, suivie du bruit d'un froissement de tissu, l'interpella. Intrigué, Isidore se retourna pour apercevoir feue sœur Saint-Jean dans ses plus beaux atours. Il écarquilla alors les paupières et rajusta ses lunettes.

«Une hallucination est si vite arrivée…», se dit-il.

La revenante était toujours là.

— Mais par quel divin procédé venez-vous me visiter, ma sœur? lui souffla-t-il, tout sourire. Je pensais justement à vous.

Une aura indescriptible se partageant des teintes de bleu et d'orangé enveloppait le fantomatique personnage d'un voile, rendant diaphanes les traits de la religieuse. Malgré toute l'énergie qu'il déploya pour se relever, le jeune curé dut demeurer prostré.

— Isidore, je t'apporte un message issu de la Lumière, lui souffla, de vent sud, la religieuse. Puis, un peu comme quelqu'un qui s'apprête à se lancer dans le vide, elle fit une brève pause.

— Isidore, reprit-elle, te seront bientôt envoyées d'amères humiliations. Le temps est venu d'agripper le gouvernail de ta vie afin d'affronter les éléments qui s'élèveront contre ton âme. Il faut cependant que tu saches que la réalisation de l'être emprunte plus souvent la simplicité et la quiétude d'un sous-bois que le noir d'une auguste soutane. Lorsque la tempête se déchaînera, ces hardes que tu portes te deviendront usuelles. Tes nuits et tes sueurs seront froides, mais console-toi, tes mains et ton cœur te conduiront là où se terre cette nature véritable qu'il te tarde de découvrir. Mais pour cela, il faudra te cramponner à ta foi. Seuls les événements t'indiqueront la voie à suivre. Fais alors ce que dois.

Sur ce, elle joignit les mains sur sa poitrine avant de s'évanouir comme une poignée de sable balayée par une bourrasque.

Isidore mit une bonne dizaine de minutes à tenter de recoller les morceaux de ce dont il venait d'être témoin. On comprendra que c'est un peu chaviré qu'il regagna ses appartements.

Membre des sœurs du Saint Nom de Jésus, sœur Saint-Jean était décédée peu après l'arrivée d'Isidore en la paroisse de Saint-Ludger. Ayant, durant trente années, arpenté et nettoyé le presbytère, elle y avait servi, pour ne pas dire couvé, le curé du temps, Hector Bellavance, à l'endroit duquel elle avait développé des sentiments qui allaient, faut-il le dire, à l'encontre des préceptes de l'Église. Avant de quitter ce bas monde, toutefois, elle avait découvert en Isidore Bilodeau, alors vicaire, certaines facultés que lui-même ignorait.

En plus de ses tâches de servante, sœur Saint-Jean, de son vivant, était chargée de la fabrication des hosties et de l'entretien des lampions, gros et petits, du tronc de la Vierge Marie à la gauche de la nef et de celui de Saint-Joseph, à droite. Elle veillait aussi à ce que le bénitier placé à l'entrée de la nef soit toujours propre et rempli d'eau bénite.

Sa mort n'avait d'ailleurs nullement refroidi la ferveur de la femme pour le lieu saint. Il n'était donc pas rare d'entendre, à certains moments du jour et parfois de la nuit, des sons insolites provenant de la chambre à lampions. Et parfois même, de l'ancienne chambre du curé Bellavance.

CHAPITRE 2

Toujours est-il que, frisé par ses petites histoires d'humains, le village de Saint-Ludger ronflait sa quiétude journalière. Mais, dans ce fringant coin de pays, ça ne durait jamais bien longtemps.

Provenant du moulin à scie, un hurlement burlesque glaça les sueurs de la douzaine de journaliers qui s'activaient à leurs tâches. Blême comme un quartier de lune et flanqué de l'énorme scie ronde qui le défiait, à deux dents du nez, Magnan Gagnon éleva un bras de désespoir. Tout le Ciel et ses saints, même ceux qui attendaient d'être canonisés, furent d'un trait vomis de ses poumons.

Projetant dans la poussière du plafond une mince ligne rougeâtre, l'énorme lame de la scie ronde sifflait de contentement.

Sous le choc, Magnan tendit son bras droit comme s'il avait voulu en transpercer le ciel. Ahuri, il cherchait la main qui, quelques instants auparavant, y grouillait encore de toute sa vivance. Réalisant vite la situation, Henri Fecteau, contre-maître, asséna promptement un coup de pied au bout de bois qui coinçait le *throttle* à ses trois quarts. Le gros moteur de truck gargota un long moment avant de se taire. Tranchée net au poignet, une main se réfugia sous le traîneau de la scie, puisant dans l'ultime énergie qui l'animait encore de quoi s'enfouir, comme si, honteuse, elle avait voulu s'y camoufler.

L'homme cessa de jurer. Net. Plus un son. Personne n'osait

bouger. Les regards de quelques journaliers, témoins d'un drame qu'ils n'arrivaient pas encore à réaliser, s'agrippaient à leurs paupières ahuries. Récupérant calmement et en silence sa main… de son autre main, le supplicié, malgré sa forte carrure, s'effondra dans un presque inaudible : « Tabarnak ».

Originaires d'Abitibi, Magnan Gagnon et sa famille étaient arrivés à Saint-Ludger au début de l'été de 1927, engloutissant le peu d'économies qu'ils avaient dans l'achat d'une terre composée de roche et de glaise rouge, dans le rang 2, juste en bordure de la rivière Chaudière. Chaque printemps, d'ailleurs, le lopin de terre se voyait pris d'assaut par les glaces qui, une année sur deux, menaçaient ses chétifs bâtiments. Tel un banc d'énormes éléphants de mer, les blocs de glace s'y prélassaient parfois jusqu'au début de mai.

Hormis le fait que, dans l'opinion populaire, les Gagnon passaient pour une gang de fiers-à-bras, ils formaient un noyau serré. Dès son arrivée dans la petite communauté, Magnan s'était placé au moulin à scie. Un vrai bourreau de travail, ce gars-là. Quant à Marie-Rose, sa femme, elle n'en finissait pas de rapiécer des rapiéçages, s'endormant parfois avec une aiguille en commissure des lèvres. Elle cousait même pour les autres, soufflant lampes et fermant paupières la plupart du temps tard la nuit. C'était donc, on le comprend, à coups de collier que le couple, chaque jour, était parvenu à mettre sur la table de quoi nourrir les sept becs béants qu'il avait engendrés.

— La Nature m'a donné sept gars et dix doigts, disait souvent la mère. Il m'en reste ben trois pour le superflu.

Attentionnée et toujours souriante, Marie-Rose Gagnon avait sûrement une prédilection pour les jumeaux. Elle en avait mis quatre paires au monde. Tous des gars.

Ne me demandez pas pourquoi, mais Magnan et Marie-

Rose vénéraient les noms composés. Le premier couple de jumeaux qui naquit fut formé de Jean-Louis et Jean-Paul (prononcer « Han »). Le deuxième *span* se prénomma : Han-Luc et Han-Guy. Et comme si deux fois ne suffisaient pas, la troisième paire devint Han-Pierre et Han-Claude.

On comprendra maintenant mieux pourquoi certaines mauvaises langues se plurent à colporter des âneries sur l'originale famille des Han du rang 2.

Excédé, pour ne pas dire écœuré de tant de gaspillage de traits d'union, le curé du temps, Hector Bellavance, finit par protester auprès de Marie-Rose, insistant pour que les prénoms de sa quatrième fournée, le cas échéant, ne s'énoncent plus sur une exhalation.

— Han perd mon latin ! s'était-il récrié pour consolider son souhait.

Cette quatrième fournée vit effectivement le jour. Ce furent Wilbrod et Wilfrid.

Mais, comble de malheur, deux jours après sa naissance, Wilbrod rendit son âme à son Créateur. Et cela, pas plus loin que sur la bavette du poêle à bois. Éplorée, Marie-Rose s'était alors rabattue sur le survivant, son « p'tit chéti ». Elle le couva sans relâche, comme une huître enrobe de sa nacre la perle nichant au plus profond de ses entrailles. Né le huitième, Wilfrid serra les rangs, se retrouvant, par la force des choses, septième.

Cette histoire de « septième » fit grand bruit dans le petit village. Comme nous le disions plus tôt, la croyance populaire voulait que le septième fils d'affilée d'une famille soit doté de dons particuliers. Pour beaucoup, Magnan et Marie-Rose Gagnon venaient, à coup sûr, de gagner le « jack pot ».

On verrait bien…

Le temps fit son œuvre. Contrairement à ses frères, tous

membrés fort, le petit Wilfrid se mit à pousser comme une échalote. Ses grands yeux vert pâle se détachaient nettement des yeux noirs du reste de la famille. Ses cheveux, noir suie, jaillissaient de partout, leurs boucles se mettant à danser à la moindre brise. Magnan en avait eu pour deux ans à se poser des questions sur l'aspect distinct que revêtait son petit « mouton noir », comme il disait. Mais, fait rassurant, il ne remit jamais sa paternité en doute, attribuant plutôt les attributs du petit dernier à un coup fourré de la nature.

Wilfrid parlait peu. Trop peu. Il marmottait. Seule Marie-Rose parvenait à le décrypter. Dès qu'il fut en mesure de marcher, le jeune enfant se découvrit une prédilection pour les oiseaux et les grands espaces. Pour le localiser, sa mère n'avait qu'à interroger la girouette de la grange. Là où pointait sa flèche, il s'y trouvait, à coup sûr, au centre d'un attroupement d'oiseaux.

Wilfrid appartenait aux vents. Dès qu'il mettait les pieds dehors, il s'entretenait sans arrêt avec eux.

S'inquiétant un jour de l'état distinct de son p'tit chéti (il venait d'avoir cinq ans), Marie-Rose se résigna finalement à le faire voir par le docteur Dallaire.

Il était temps…

— Y est-y malade dans la tête ? lui demanda-t-elle sans détour.

Après certaines vérifications d'usage, le verdict tomba. Cinglant. Le vieux praticien en avait vu d'autres.

— Je crains bien, madame Gagnon, que votre fils ne puisse jouir des mêmes facultés intellectuelles que les autres enfants de son âge, lui déclara-t-il.

— Kessé que vous voulez que j'entende, docteur ? s'enquit la mère.

— Eh bien, je crains fort que votre fils ne soit un peu attardé mentalement, madame. Il faudrait qu'il soit examiné à Québec. Quant aux causes possibles de son état, dans la plupart des cas, c'est dû au manque d'oxygène à la naissance.

— C'est quoi, votre oxy… oxy… kek chose, docteur ?

— Votre Wilfrid, madame Gagnon, a possiblement manqué d'air lors de votre accouchement.

— Pour être ben clair, docteur, reprit la mère dans son propre entendement, vous voulez dire que mon gars aurait un peu de vent entre les tympans ?

— C'est à peu près ça, madame Gagnon. Vous m'en voyez désolé.

— Ben si le bon Yeu me l'a fait comme ça, je vas le prendre comme qu'y est. Pis Québec d'y touchera pas, conclut la pauvre mère.

Se sentant la seule responsable de la situation, elle ne parla jamais de sa visite à Magnan.

De toute façon, son mari savait sans savoir.

Étant devenu, avec le temps, le protégé de Madeleine Quirion, maîtresse de poste restée vieille fille, Wilfrid monta en peu de temps au rang de commissionnaire attitré du village. Avoisinant les dix-sept ans et les six pieds, il était quasiment juste en mains et en pieds. Maigre comme une échelle, on comprenait plus facilement sa minceur quand on apprenait qu'il avait été contraint de partager le même utérus que son défunt frère jumeau.

Pas fou, juste un peu trop simpliste pour le simple monde, et pas mauvais pour une cent, Wilfrid apprit à répandre sa lumière sur quiconque parvenait à découvrir, dans ses grands yeux verts, les prés du bon Dieu. Pour dire franchement, c'est pour ça que les gens du village, même les plus jeunes, ne pouvaient s'empêcher de porter respect à son état un peu différent, lui rendant généralement un sourire pour ses gentillesses.

« Le grand Wil », comme l'appelaient les gens, avait peut-être l'air de rien, mais quand il surgissait, en coup de vent, accompagné d'une trentaine d'oiseaux, d'étranges événements se produisaient dans la poussière qui s'empressait de recouvrir ses pas. Combien de fois l'avait-on vu se pencher pour parler aux animaux blessés ou malades, pour les manipuler et les voir bondir de nouveau quelques jours plus tard ! Cela allait des chats jusqu'aux chevaux, faisant dire aux villageois que le petit dernier des Gagnon possédait, à coup sûr, des dons de guérisseur.

Avec le temps, Wilfrid engrangea suffisamment de vocabulaire dans sa faible tête pour se faire comprendre, mais surtout pour se faire aimer, des humains et des animaux.

Mais surtout, des oiseaux !

— Vent sud ne sème pas tornade ! avait appris à répondre sa mère quand on sourcillonnait sur les agissements parfois bizarres de son septième.

La pauvre Marie-Rose n'avait jamais bien saisi le sens de cette formule qu'elle avait copiée des lèvres d'un vendeur itinérant. En effet, tous les six mois ou quelque, quand le gros monsieur perruqué, à l'œil de vitre, passait vendre son barda, il lui rabâchait la même rengaine.

« Familex », comme elle se plaisait à l'appeler, lui déboulait depuis quinze ans son éternelle maxime. Et ça marchait ! Simple question de ton et de débit à l'intérieur desquels il importait, disait l'habile parleur, d'enfariner les mots. Bec cloué attendait donc tous ceux qui portaient blâme à la digne mère pour avoir rescapé celui qui avait l'esprit un peu ventilé.

Aucun des fils Gagnon n'avait encore pris femme. Les deux plus vieux avaient vingt-cinq ans. Les autres suivaient par tranches de dix-huit mois en moins. Wilfrid fermait la marche avec quatre ans de décalage.

On y reviendra… Isidore frappe à la porte.

Quand le petit curé frappait à une porte, c'était presque à coup sûr pour les deux raisons suivantes : demander la charité ou annoncer une mauvaise nouvelle.

Pas plus religieuse qu'une mante et par surcroît non pratiquante, Marie-Rose ouvrit sa porte au visiteur. Elle savait vivre, tout de même. Rien qu'à voir l'air qu'affichait Isidore, ses genoux se firent de guenille.

Isidore se décoiffa sèchement, chiffonnant son béret de nervosité.

— Madame Gagnon, je ne vous dérangerai pas longtemps. Juste le temps de vous dire qu'il est arrivé un accident à Magnan au moulin à scie. Craignez rien, Jean-Louis et Jean-Paul sont avec lui et rassurez-vous, s'empressa-t-il de préciser, la vie de votre homme n'est pas en danger. Je m'adonnais à passer lorsque l'événement est survenu. Ils l'ont transporté chez le docteur Dallaire avec le camion d'Henri Fecteau.

Constatant que Marie-Rose blêmissait à vue d'œil, Isidore fit une pause.

Se ventilant mollement le visage avec un torchon qu'elle n'avait pas encore eu le réflexe de déposer, la pauvre femme cherchait de l'air.

— Bon, ben vous pouvez m'envoyer le reste du voyage, monsieur le curé, souffla-t-elle lorsqu'elle eut repris un peu de couleur et de calme.

Elle attendit la suite.

— Magnan s'est fait trancher une main par la scie, madame Gagnon. Vous m'en voyez désolé.

À ces mots, Marie-Rose s'affala sur sa chaise. Le dossier grinça. La guenille qu'elle serrait dans sa main gicla ses ultimes gouttes. Marie-Rose était habituée aux mauvaises nouvelles. Ou disons plutôt que celles-ci frappaient trop souvent à sa porte.

— *Baptême de marde !* laissa-t-elle échapper, le visage assailli par un rictus de douleur.

Diplomatie obligeant, Isidore lui demanda s'il pouvait faire quelque chose. Mais devant l'évidente réponse à laquelle il s'attendait, il évita de s'étamper plus longtemps sur les lieux. Ajustant ses épaisses lunettes, il localisa la poignée de la porte et sortit sur deux polis hochements de la tête. Il s'en serait voulu d'abuser de si lugubres moments.

Les drames ont le rideau si léger.

Moins de trente secondes plus tard, Marie-Rose enfila un châle sur ses épaules et passa la porte. On devine où elle se rendait.

Originaire de Sherbrooke, dans les Cantons-de-l'Est, Bruno Dallaire était nouvellement diplômé de la faculté de médecine de l'Université Laval, à Québec. À l'aube de sa retraite, Octave Dallaire, son oncle, seul médecin de Saint-Ludger, lui avait proposé de lui vendre sa résidence. Son bureau de consultation occupait alors deux pièces de l'ample bâtiment de deux étages. Saint-Ludger se trouvant isolé des grands centres, le nouvel acquéreur avait ajouté deux appartements à sa clinique. L'achat d'équipement, tout du neuf, lui permettait ainsi de faire face à des interventions se faisant urgentes ou délicates. Fort de sa longue expérience de médecin de campagne, Octave était encore très apte, si besoin s'en faisait sentir, à assister son neveu.

Durant ses quarante années de médecine, le vieux toubib devait avoir aidé la moitié des habitants du village à prendre son premier souffle et l'autre moitié... à le rendre.

L'arrivée des deux frères Gagnon au bureau du médecin ne se fit pas dans le calme. Comme d'habitude, Han-Louis et Han-Paul en menaient large. Supporté par ses fils et blême comme le Christ en croix, Magnan avait peine à mettre un pied devant l'autre.

Délaissant prestement une consultation, Bruno Dallaire s'empressa auprès du blessé qui, en état de choc, tournait fréquemment de l'œil. Au bout d'un moment, aux prises avec les deux fils agités de Magnan qui compliquaient inutilement la situation, le jeune médecin leur demanda de quitter la pièce. Ceux-ci pognèrent les nerfs.

— Je voudrais ben werre le chrétien qui va me faire sortir d'icitte, clama Han-Louis.

Se terrant dans son ombre, Han-Paul se colla à ses côtés.

Pendant que Magnan perdait son sang chaud, ses gars perdaient leur sang-froid. Le jeune docteur se trouva donc plongé dans une troublante impasse.

Dans le village, la réputation de cages à lions des frères Gagnon faisait l'unanimité. Charpentés fort, en bois *rough*, dans les cinq pieds dix, bien équarris, les Gagnon n'étaient pas faciles à manipuler. Des armoires à glace et surtout… à manches roulées.

Baptême.

Et devinez qui entra. Marie-Rose, leur mère.

Eh bien, croyez-le ou non, par les regards qui s'échangèrent dans les cinq secondes qui suivirent, l'Enfer régla le sort des deux carrures. Les états d'âme qui se colletaillèrent en cet interminable moment firent craquer la maison de pièces sur pièces comme si une formidable tourmente avait tenté d'en arracher le toit.

— Les p'tits gars ! leur dit-elle, les braquant de son doigt autoritaire, vous allez vous escuser auprès du nouveau docteur pis, de par la suite, vous irez m'attendre chenous.

Les pupilles rivées sur celles de leur mère, les deux braves chirèrent lentement de la s'melle. Cela fait, la porte s'ouvrit, presque d'elle-même, impatiente de leur livrer galerie.

Puis, comme si elle avait voulu désactiver la pression qui lui grimpait au visage, Marie-Rose se ventila les joues du coin de son châle.

Bruno Dallaire et son oncle s'affairaient à étendre Magnan sur la table d'examen. La rude femme s'approcha de son mari.

— Qu'avez-vous fait de sa main ? demanda le jeune docteur à Henri Fecteau.

Impassible comme un grain de beauté, ce dernier s'affairait à raconter à Marie-Rose les circonstances ayant occasionné le malheureux accident. Sur ses quarante ans et quelque, il devait en avoir passé au moins trente à entendre ciller des lames de scie.

Oubliant les civilités, Octave se pencha sur l'éclopage de Magnan. Son regard se fit grave. Il sacra en silence.

Le poignet avait été badigeonné avec un vulgaire chiffon saturé d'huile et de graisse à poulie. Heureusement, Fecteau s'était empressé de garrotter le bras de son employé, sinon…

— A-t-il perdu beaucoup de sang ? demanda Octave.

— Comme un beu, fut la réponse.

— Qu'avez-vous fait de sa main ? insista, cette fois, Bruno Dallaire.

— Bof… fut la réponse. Je l'ai vue s'enfoncer dans le bran de scie, pis l'instant d'après, Magnan m'a tombé dans les bras.

— Allez me la chercher, faites vite, je vous prie, reprit le jeune docteur.

Le contremaître quitta les lieux en trombe.

Marie-Rose fut dirigée vers une petite salle d'attente. Ayant levé les yeux vers le crucifix accroché au mur, à sa droite, elle les referma, tentant de rassembler ses idées. Ne se rappelant pas comment prier, elle essaya tout de même. Presque au même moment, Magnan cessa ses plaintes étouffées. Le chloroforme faisant son œuvre, la pauvre femme se crut exaucée.

Chut…

Le poignet avait été sectionné en biseau, à partir de l'articulation du pouce. L'opération dura une bonne heure. Somnolente, Marie-Rose sursauta lorsque Bruno Dallaire vint lui annoncer que tout était complété.

— La plaie est belle, lui dit-il, avec un brin de satisfaction.

— Que sa plaie soit belle ou laide, docteur, poussa-t-elle au bord des larmes, ça d'y redonnera pas son membre.

Le jeune toubib ignora la remarque cynique qui venait de lui être faite.

— Votre mari devra revenir chaque semaine pour faire examiner son poignet et changer son pansement. D'ici peu, la plaie… euh… son poignet devrait s'être suffisamment cicatrisé pour que vous puissiez le faire vous-même. Je suis désolé de ce qui vous arrive, termina-t-il. N'hésitez surtout pas à venir me voir si quelque chose ne va pas.

— Et pour le moulin à scie, pensez-vous qu'il pourra encore d'y travailler ?

— Cette question, madame Gagnon, vous devrez la poser à Henri Fecteau. Quant à moi, je ne vois pas pourquoi votre mari ne pourrait pas reprendre ses activités presque normales aussitôt que sa blessure sera guérie.

Il lui sourit, tourna partiellement les talons comme pour partir, puis reprit, la fixant cette fois droit dans les yeux.

— J'aimerais savoir, madame Gagnon, avant de vous laisser, si vous désirez disposer vous-même du membre de votre mari ou si je m'en charge.

— Nous nous en occuperons dans notre entendement, répondit Marie-Rose, sans hésiter.

— Je me rendrai chez vous d'ici quelques jours. En attendant, dès que Magnan sera en mesure de se lever, mon oncle se fera un plaisir de vous ramener chez vous. Je vous salue, madame Gagnon. Je dois vous laisser. Vous pourrez voir votre mari dès qu'il se réveillera.

Un peu mal à l'aise dans ces fastes lieux, Marie-Rose n'eut pas à compter bien longtemps les fleurs de la dispendieuse tapisserie qui ornait les murs. Ça la changeait néanmoins de la peinture décollée par plaques qui parait les siens. Sans parler de la multitude de chiures d'insectes qui les orthographiaient pêle-mêle. Enfin...

Octave Dallaire apparut. Le vieux médecin semblait mal à l'aise.

— Je viens de vérifier l'état de votre homme, souffla-t-il, tendant une tasse à Marie-Rose. J'avais du thé fraîchement infusé. Je me suis dit que vous deviez avoir la gorge sèche.

Esquissant un sourire gêné, la dame, pour se montrer à son meilleur, rajusta son châle et accepta la politesse qui lui était faite.

— Vous m'excuserez, balbutia-t-elle, chus partie de chez moé en courant. Chus pas très... dans mes convenances !

La pauvre femme se donnait des crampes de langue à soigner son langage en présence du médecin.

— *Baptême de viarge !* s'écria Magnan Gagnon, revenant à lui.

Tendant son bras droit devant ses yeux, il refusait de voir plus loin que son poignet droit qui ressemblait, à s'y méprendre, à une grosse allumette de bois au bout rouge et blanc. Exorbités devant le triste spectacle de son corps ainsi diminué, ses globes oculaires planèrent un moment sur les visages de sa femme et d'Octave.

L'instant suivant, les souvenirs du mutilé rappliquèrent,

s'alignant tous sur le même rang. Depuis le temps que Magnan faisait abattoir, il en avait vu, de la démembrure. Mais découvrir la sienne, c'était autre chose. Sa main gauche se porta à la rescousse de sa droite, faisant voler d'un trait les épais bandages qui avaient remplacé sa, sa…

Il n'y restait plus que du gros fil noir, tendant comme une peau de tambour deux pans de chair encore sanguinolents se faisant tristement face. Et l'homme, tantôt si robuste, abaissa lentement les paupières pour pleurer à larmes feutrées. Mais cela ne dura pas très longtemps. Magnan était confectionné d'étoffe du pays. De celle des bâtisseurs.

Flanqué de Marie-Rose qui avait déposé une main sur la tête à moitié dégarnie de son brave, Octave Dallaire refit des pansements neufs.

La fatigue étirait les visages.

Quand Magnan fut en état de se lever, Octave quitta la clinique pour aller avancer son automobile devant la porte. C'est avec peine que l'éclopé fut installé dans le véhicule. Malgré le chemin cahoteux, aucune plainte. Dès leur arrivée, les sept frères Gagnon s'empressèrent auprès de leur père, le portant avec mille et deux précautions sous le toit familial.

CHAPITRE 3

L'office religieux de sept heures recracha sa minuscule assemblée. On était le 15 du mois.

Dès son retour de l'église, Isidore se précipita sur la radio qui crépitait. Il était nerveux. Radio-Canada y diffusait un bulletin spécial. Ça brassait en Europe. Les alliés se tenaient sur le qui-vive. Assoiffés de sang et bourrés de haine, les canons y vomissaient leurs obus, recrachant de leurs culasses rougies, des douilles de la grosseur d'une tête d'homme remplie de projets. Exigeant leur lot, les fumées léchaient les champs de bataille, se penchant, froides, sur les lamentations d'humains aux chairs éclatées, éventrées.

Mais le Ciel s'en foutait.

Rivée sur le haut-parleur qui lui écorchait les tympans, l'attention d'Isidore fut attirée par le bruit d'un moteur ronflant dans la cour arrière. Étirant le cou, il se rappela son rendez-vous avec l'Archevêque de Québec.

« Diable ! » gronda-t-il.

Dehors, une rutilante Oldsmobile 1939 venait de se positionner devant la porte. Rosalie en descendit, humant la fraîcheur matinale qu'un soleil bien dégourdi buvait à pleins rayons.

Ravissante ? Soyons sobres. À trente-trois ans, madame Veilleux, du dehors comme du dedans, était tout simplement devenue une femme belle. Soigneusement vagués à l'oblique, ses cheveux bruns coulaient avec grâce sur son oreille gauche, se réfugiant, par peigne interposé et plis discrets, derrière sa nuque.

Maigre ? Non. Simplement, comment dire, bien dessinée dans une robe à manches courtes inégalement mitraillée de haut en bas de pétales de roses.

Oups ! Un impertinent toussotement de vent sud se permit de soulever jusqu'à mi-cuisse, le seyant vêtement de la dame. D'une main finement gantée, celle-ci s'empressa de corriger l'impoli élément qui déguerpit dans les grands peupliers, secouant leurs feuilles de contentement.

Une affaire importante attendait Philémon à Québec. Il sortit de son véhicule et vérifia l'heure à sa montre. Homme imposant par le facile six pieds qu'il faisait, sa tignasse rousse se découpait sur le vert feuille de sa grosse automobile. Visiblement impatient, il fit un tour d'inspection de l'impeccable carrosserie. Fier jusqu'à la moelle, il s'était *swellé*... comme un pied de ciboire. Il fallait le voir.

La porte du presbytère s'ouvrit.

— Bon, enfin ! se réjouit le commerçant.

— Bon, enfin ! s'exclama le petit curé, jetant son gros matou gris sur la galerie.

Pressant manifestement l'allure, il plongea ensuite l'autre bras à l'intérieur, agrippant une minuscule valise brune toute bosselée. Puis...

— Quoi encore ? se dit Philémon. Ah bon ! Bénédiction rapide des lieux avant de refermer la porte, grommela-t-il d'impatience.

Par une fenêtre entrouverte, juste pour en remettre, on put entendre l'horloge prendre une bonne minute pour sonner huit heures.

— Ce qu'il peut donc en faire, du vârnissage de dévotions,

celui-là, avant de mettre un pied devant l'autre, souffla le grand roux à sa femme.

Celle-ci lui adressa une discrète expression de réprimande. Préférant laisser sa place au représentant de l'Église, Rosalie allait s'installer sur le siège arrière lorsque Isidore insista pour qu'elle prenne plutôt place à l'avant, auprès de son époux, ce qui fut fait.

Confortablement installé et claustré par l'imposant dossier du siège avant qui ne lui permettait de voir Philémon qu'à partir des oreilles, le petit pasteur se racla la gorge. L'air moqueur, il fixa le commerçant du coin de ses épaisses lunettes.

— Pardon, mon fils, lui jeta-t-il, c'est quoi pour vous du… vârnissage de dévotions ? (Quand il parlait de religion, le petit curé vouvoyait souvent les gens, même ses plus proches amis.)

Le grand rouquin se contenta d'abord de sourire, puis de rougir et enfin de se souvenir que le petit curé ne perdait jamais une occasion de démontrer qu'il pouvait lire dans les éphémères dédales de l'âme humaine. Peu importait l'identité terrestre du corps qu'elle ait pu emprunter.

Puis, motte et boule de beurre. Passons…

Philémon Veilleux n'avait jamais crépité de ferveur religieuse. La messe, pour lui, c'était un dimanche sur deux. Se gardant de lui en tenir rigueur, Isidore exigeait tout de même, en retour, qu'il montre une certaine considération pour les choses du Seigneur. Le trajet se déroula sans saveur particulière. Isidore était absent. Disons plutôt qu'il semblait perdu dans ses pensées. Les prédictions de sœur Saint-Jean, lors de son apparition, lui barbotaient encore dans les méninges.

Il bréviaira donc sur la majorité du trajet, se laissant parfois distraire par certaines exclamations de Rosalie, émerveillée par le paysage.

Puis ce fut enfin Québec et la bougeaille de ses rues encombrées d'un trépidant charivari de chevaux à fers et à vapeur.

Prenant toute la place, vint bientôt l'église Notre-Dame. Le carillonnement de ses cloches imposait sa résonance jusque dans les moindres recoins des bâtiments et des âmes.

Le cœur d'Isidore faillit se rompre du trop-plein de souvenirs qui l'assaillaient. Il eut peine à sortir de la voiture tellement il était ému. Soutane agitée en tous sens par un vent de parvis (il vente toujours sur un parvis d'église), Isidore attrapa sa petite valise de carton vârni, referma avec précaution la portière de l'auto et piétina sur la façon de dire merci. Finalement, vu le bruit, il se contenta de saluer poliment les Veilleux.

— On repasse vous prendre cet après-midi, à cinq heures, lui lança Philémon.

Il démarra.

— Pauvre Isidore, jeta-t-il à la blague, il est parfois tellement distrait qu'il se marcherait sur les pieds.

Puis, regrettant ses paroles, il posa une main sur celles de Rosalie.

— T'en fais pas, lui dit-il. Je ne vois vraiment pas ce que l'évêque pourrait tant lui reprocher. Isidore m'a parlé d'une faute grave, mais tu le connais, il fait parfois une montagne d'une butte à fourmis. Notre valeureux curé méritera sûrement les louanges de notre vénérable évêque.

C'était à voir...

Le saint bâtiment referma son imposante, et pourquoi pas, somptueuse porte sur les devenus jarrets noirs d'Isidore Bilodeau, curé de Saint-Ludger de Beauce.

L'imaginant déjà dans ses atours de chanoine, il comptait bien faire l'impossible pour revoir Hector Bellavance, son prédécesseur à la cure de Saint-Ludger. Ce fut donc sur cette pensée et le nez bourré d'odeur d'encens qu'il s'installa dans un banc de la somptueuse cathédrale. Il prit même le soin, ou la fantaisie, d'étaler sa soutane fraîchement reprisée, s'assurant bien que ses plis se conforment à la solennité des lieux.

Emporté par la ferveur de sa dévotion, il ne perçut pas les craquements plaintifs d'une vadrouille qui léchait le plancher à sa droite, tout près.

— Isidore! Est-ce bien vous? lui souffla une voix tremblotante.

Aucune réaction.

Une main se posa alors sur son épaule.

— Pardon de vous déranger, mon père, chuchota la même voix. Seriez-vous Isidore Bilodeau?

Émergeant de son âme, ce dernier éleva lentement les yeux sur un vieillard pauvrement soutané portant un long chandail noir à boutons manquants et à mailles nonchalantes. Il dut exécuter un saut périlleux intellectuel pour parvenir à se le rappeler.

Réalisant que le balayeur n'était nul autre que…

— Hector!… Hector Bellavance! Je pensais justement à vous. Mais que faites-vous en cette fonction? faillit crier le jeune prêtre, dévisageant la vadrouille que son manieur lui brandissait à la hauteur du nez.

Se glissant prestement vers le fond du banc, Isidore, d'un geste, invita le vieux prélat à s'asseoir près de lui. Ce dernier grimaça toute la pliure que ses genoux lui firent endurer et prit banc. Isidore le laissa reprendre son souffle.

— Mais, mon cher Hector, ne deviez-vous pas devenir le conseiller et confident de son Éminence Césaire Leclaire, tout comme devant moi, il vous l'avait promis?

La cathédrale soupesa son écho. Isidore haussa le ton.

— Vous qui, durant cinquante années, avez gavé le ciel d'âmes purifiées, que faites-vous en ces lieux, à bout de manche à balai ? Existe-t-il à la fois un Seigneur pour fond de campagne et un Seigneur pour fond de tiroir ? Mais de quel droit, du haut de son perchoir, son Éminence vous fait-elle polir son vénérable… crachoir ?

« Et au diable l'écho ! » se résigna la cathédrale, lasse de se contenir.

Hector attendit que la réverbération se taise.

— Lorsque son Éminence, Césaire Leclaire, m'avait proposé de devenir son conseiller, dit-il, c'était dans le seul but de vous livrer, seul et sans expérience, mon cher Isidore, à la pâture d'une paroisse. Des années durant, il a attendu l'erreur, la moindre, ou la gaffe, l'ultime, qui lui permettrait enfin de vous répudier. Cela, je ne l'ai su que beaucoup plus tard. J'ignore pourquoi il a toujours rêvé de vous traîner dans la boue, mais je suis bien content qu'il n'ait pu atteindre son but.

Isidore baissa les yeux.

— Non ! Isidore. Ne me dites pas que…

— Il m'a convoqué ici pour une faute lourde que j'aurais, semble-t-il, commise. Je n'en sais pas plus. Je crains fort qu'il ne me reproche la chute des quêtes et des dons. Mais cette guerre qui fait rage…

— En tout cas, l'interrompit le vieux prêtre, je peux vous affirmer que malgré la pauvreté qui régnait dans cette belle et noble paroisse que j'ai servie durant cinquante ans, j'ai toujours su retourner vers ce diable d'homme le tribut qu'il attendait de ses moutons. Euh… de ses brebis. Que Dieu veuille bien m'entendre, termina-t-il, visiblement soulagé de le dire.

Sur ce, les yeux rougis par tant de levers de soleil, le vieux pasteur éleva les bras vers les majestueuses fresques de la voûte.

— Et puis… Bof ! reprit-il. Cette maison que je balaie m'apporte chaleur et confort. Outre la pseudo-richesse qui inonde ce lieu saint, le Seigneur sera toujours mon unique maison, termina le vieil Hector, sur la ferveur d'un signe de croix.

Isidore ne parlait plus, contemplant, ému, un visage miné d'obscures crevasses convergeant vers des lèvres tremblantes de sincérité.

Aussi insolite que cela puisse sembler, se manifestent comme cela, trois ou quatre fois dans une vie, des moments bizarres au cours desquels, se figeant dans le temps, un instant prend une teinte d'éternité.

C'en était trop. Isidore se leva.

Fixant son ancien senior dans les yeux, il ramassa tout l'air que pouvaient contenir ses petits poumons.

— En tout cas, mon cher Hector, tonna-t-il sans retenue, avec tout le respect que je vous dois, je ne deviendrai jamais, je vous le jure, un... (il hésita un moment) balayeur de prières non exaucées.

Se relevant brusquement, il serra le vieil homme contre son cœur avant de lui adresser un dernier sourire. Lorsqu'il sortit, les yeux baignant de larmes, il fit l'impossible pour faire claquer derrière lui la *crisse* de grosse porte.

Et pourquoi pas?

Ite missa est! souffla-t-il, pour lui-même.

Contournant le lourd bâtiment, le petit prêtre serrait jusqu'à l'en faire craquer la poignée de sa petite valise vârnie. Puis soudain, réalisant de tout son cru la raison qui l'amenait à Québec, son souffle se fit court et saccadé comme celui d'un supplicié gravissant l'escalier de sa potence.

Malgré son front de beu, Isidore avait la chienne. Gorgée de sable, une rafale lui fit lever le regard vers le ciel. Celui-ci ne lui annonçait rien de bon. Comme de fait, par trois fois, il éternua bruyamment. Jetant ensuite un œil sur le clocher, il eut tout juste le temps de remarquer une volée de pigeons qui le fuyaient, nerveux. L'instant suivant, un glas annonça l'envol d'une âme.

« Et vogue la vie, se dit le petit curé. Puisse le Seigneur la rattraper au vol... »

Revenant à la réalité, le petit prêtre vérifia, deux fois plutôt qu'une, sa grosse Timex de poche.

« Ciel ! se dit-il, tictaquant des talons. Encore en retard. Pourquoi ont-ils inventé cette maudite aiguille à minutes ? » marmonna-t-il, gravissant avec amples gestes, de crainte de s'y enfarger, la dizaine de marches de marbre rouge, assez grandes pour y jouer à la marelle.

S'apaisant le souffle, il sonna juste assez longtemps à la porte pour qu'un abbé, un gros et grand, lui ouvre. Pâle comme s'il était né à l'ombre d'une pierre tombale, ce dernier l'invita à entrer. Vu la dimension de la porte et la hauteur de sa poignée, la grosseur et la grandeur du portier convenaient.

Ce fut avec grande difficulté qu'Isidore parvint à déplier le document oublié dans le fond de sa poche de soutane depuis deux copieux lavages de baratte à linge et un repassage au fer trop chaud. Il parvint tout de même à exhiber assez de mots du saint document pour le rendre, disons-le, tout juste crédible. Un papyrus égyptien aurait mieux fait. En tout cas...

Le gros à la voix claire lui permit l'entrée, mais pas plus. Il allongea ensuite une main potelée vers la petite et répugnante valise du petit visiteur de la petite paroisse de Beauce. Isidore refusa net de s'en départir, étreignant fermement le fragile petit contenant.

Était-ce pour se venger ? Nul ne le sut. Le gros fade lui intima l'ordre d'attendre sur place, en plein portique, ne décollant son attention de l'impromptu visiteur à béret et à lunettes que le temps de lui approcher une grosse chaise de cuir noir semblant sortir, toute droite, d'une chambre à débarras. Étudiant le regard nébuleux d'Isidore, il la dépoussiéra à l'aide de son ample mouchoir à pois noirs.

Puis vint la gaffe.

— C'est comment, l'Afrique ? demanda tout boniment et d'un sourire malicieux le maladroit portier.

Isidore fronça les sourcils, enlignant l'hurluberlu par-dessus ses épaisses lunettes, se demandant bien si l'enchevêtré personnage se payait bêtement sa tête ou s'il n'était pas, tout simplement... bête. Soulevant alors avec précaution son béret par sa menue queue et se serrant les dents pour ne pas sacrer, le Beauceron, sans sourciller, se tourna la langue une demi-fois.

— Eh bien, dit-il, les bouses de vache y sont si grosses qu'une fois séchées, les Papous les creusent pour s'en faire des huttes. Et les mouches, ajouta-t-il, y sont aussi grosses que vos gros sabots.

— Ah oui ! fut l'hébétée et froissée réponse.

Il n'en fallut pas plus pour que l'inculte et hautain personnage s'affadisse dans les lueurs blafardes d'un long couloir peuplé d'une étonnante collection de crucifix de toutes dimensions. Las d'attendre, Isidore, impressionné par un pareil ramassis de croix, se leva pour voir de plus près. Il constata alors que les objets du saint culte étaient à ce point entassés et mal agencés que leurs suppliciés auraient tous pu s'y serrer la main. Suivaient ensuite d'énormes tableaux représentant de saints personnages ayant occupé de hautes fonctions dans la hiérarchie diocésaine. Pour parachever l'étalage burlesque, une fresque de Césaire Leclaire l'embourbait en toute fin.

L'écho d'une lourde porte ramena promptement Isidore à son point de départ. Une fois rassis, il se rendit compte qu'il se serait bien mis un bon pain sous la dent, fût-il également rassis.

Mais il y avait pire !

Une envie inverse qui lui virait les tripes et la vessie de bord le força à se relever. C'en devenait bruyant, voire dérangeant. Plus il y pensait et plus ça devenait pressant. Se contorsionnant comme un ver frileux, il laissa échapper quelques plaintes, tentant d'exorciser ses intestins par de courtes invocations liturgiques qu'il prononçait à voix basse. Toutefois, certaines crampes, accompagnées de gaz qu'il n'arrivait plus à contenir, se firent plus insistantes que d'autres. Il s'apprêtait donc, *in extremis,* à chercher le petit coin à soulagement lorsque deux bonnes sœurs, tapies dans un obscur recoin, le crurent possédé du démon. Craignant alors de côtoyer l'enfer et se laissant dominer par une bouffée d'hormones à saveur de panique, elles se ruèrent tout de go vers la sortie, vomissant d'infortunés psaumes à l'endroit du possédé qui, pris au dépourvu, ne comprit rien à leur charabia. Comme il fallait s'y attendre, les deux religieuses, capeline en détresse, contournèrent si gauchement le Satan qu'elles trébuchèrent, caquetant comme des poules, sur la chienne de chaise noire toute droite, plantée en plein centre du portique.

Ameuté par le vacarme, le gros portier rappliqua, adoptant une posture de mauvais présage. Isidore, tentant de connaître la cause de la panique qui s'était emparée des deux bonnes sœurs, en oublia ses crampes net. Mais celles-ci n'avaient pas renoncé à leur libération. L'impensable devint très vite *sentable*.

Et ce fut... le boutte du boutte !

Ce genre de situation n'arrivait qu'à Isidore Bilodeau, curé de Saint-Ludger de Beauce, et non d'Afrique, là où il aurait bien aimé se voir en cette maudite minute.

Pourquoi pas un petit coup d'encens question de chasser les odeurs ?

Réalisant la situation, le gros portier, ahuri, en devint presque sympathique. Il conduisit Isidore en un endroit où ce dernier put nettoyer son débordement en toute quiétude. Le gros fade s'empressa même d'aller lui chercher une autre soutane. Mais — petit problème de gabarit — c'était l'une des siennes.

— Vous n'avez rien de plus petit ? lui demanda un Isidore mortifié.

— C'est tout ce que j'ai, insista le gros abbé, appuyant cette fois son verbe sur des cordes vocales plus viriles.

— *Maudite marde !* s'écria le p'tit curé.

Chapitre 4

Non remis du malencontreux incident qui venait de lui arriver, en plein portique de l'archevêché et après que le gros abbé lui ait malicieusement prêté la plus ample de ses amples soutanes, Isidore fut dirigé vers les appartements de Césaire.

Juste avant que la porte s'ouvre, le petit prêtre prit une grande inspiration. Se débarrassant de ses chaussures qui lui brûlaient les pieds, il empoigna sa petite valise vârnie, souleva très haut, pour ne pas s'y enfarger, le devant de son encombrant vêtement et fonça tête baissée dans la tourmente. Ne lésinant pas pour ajouter du ridicule à la situation, le vaste accoutrement en profita pour se traîner lourdement derrière le petit personnage qu'il envahissait. Bien plus, qu'il submergeait.

Maudite mode.

Ayant pris bien soin de se garnir de tous les ornements qu'il pouvait, Césaire Leclaire s'était étampé dans un somptueux fauteuil démesuré qu'un artiste avait mis des mois à gosser. Recouverte en certains endroits d'un tissu cramoisi, l'œuvre détonnait par ses magnifiques ciselures. Sans la moindre réticence, disons-le, elle aurait pu figurer sous les célestes fesses de Dieu lui-même.

À la vue d'Isidore ainsi accoutré, Césaire Leclaire tressaillit de surprise au point qu'il en perdit, nul ne le sut, l'une de ses feutrées sandales apostoliques.

— Mais que faites-vous dans cette tenue de cirque, mon fils ? lança-t-il, sarcastique, à son frêle sujet. Ce disant, et pour mieux dissimuler sa tremblure, il joignit les mains sur l'immense bureau derrière lequel il s'égarait.

« Te seront bientôt envoyées d'amères humiliations ! » l'avait prévenu sœur Saint-Jean lors de sa dernière apparition.

— Vous dire, Votre Éminence, ne changerait rien à la perception que vous avez de moi, trancha sèchement Isidore de son plus ineffable sourire. Mais laissez-moi seulement vous affirmer, Monseigneur, que le corps recèle de ces surprises que même l'âme qui l'habite en perd parfois son latin.

Césaire constata tout d'un coup que le petit vicaire avait, comment dire, pris du service. Il réalisait qu'Isidore s'était suffisamment aguerri pour faire face à ses baveux propos.

Mais le jeu lui plaisait.

À la fois confus et interloqué, Césaire décroisa les doigts pour inviter son subalterne à prendre place sur une petite chaise à courbatures qu'il lui désigna. De bonne grâce, Isidore se plia au rudimentaire accommodement qui lui était imposé, mais non sans avoir déposé à portée de main sa petite valise en carton vârni. Ne détachant pas un instant son regard de celui de Césaire, il attendit la suite. Partiellement déstabilisé par l'attitude de son visiteur et jaugeant la solidité de la branche sur laquelle il s'était perché, Césaire attaqua.

Tremblotant, il exhiba un document qui tentait de fuir ses longs doigts.

— Mon fils, dit-il, je possède ici une déclaration *ante mortem* signée par le notaire Rosaire Saint-Pierre de Saint-Ludger et datée du six de ce mois de mai. Il y confesse avoir dissimulé des détails viscéraux traitant du mariage, il y a treize ans, de deux de vos paroissiens, Philémon Veilleux et Rosalie Paquette.

Il reposa la lettre.

Césaire laissa ensuite planer un long silence, scrutant de ses yeux presque pervers la réaction de son invité.

— N'étiez-vous pas au courant, jeune étourdi, reprit-il, que l'union fallacieuse de ces deux brebis galeuses se trouvait, par le seul doute qui planait sur leur lien consanguin, formellement interdite par l'Église, et ce, sous peine d'excommunication ?

Flairant la corde qu'on tentait de lui passer autour du cou, Isidore prit un air détaché. Avant de poursuivre, il démontra qu'il savait, lui aussi, jouer du silence.

— Que les Cieux ! tonna-t-il après une longue pause, me déchiquettent ici même sous vos yeux, votre Excellence, mais je ne vous permets pas, à ce stade de notre conversation, d'appeler brebis galeuses deux de mes paroissiens, puissent-ils être frère et sœur. Ils ont, en effet, ne vous en déplaise, été réunis dans la plénitude des liens du mariage, mais par la force de circonstances bien particulières.

Ne s'attendant nullement à une telle riposte, Césaire hoqueta deux fois. En proie à une suprême poussée de pression, son visage emprunta la couleur de son auguste vêtement : le pourpre. Cela lui seyait d'ailleurs très bien. À trop tenter de reprendre son calme, celui-ci lui filait entre les doigts. De même en allait-il de son souffle, qui lui filait entre les poumons.

D'un geste décontenancé, le noble prélat déposa devant lui ses verres à double foyer pour saisir une coupe de cristal gorgée d'eau. S'en lissant les cordes vocales d'une lampée, il attaqua d'un autre flanc.

— Avez-vous seulement considéré, jeune irréfléchi, que cette union que vous avez bénie il y a treize ans au nom de l'Église se trouvait sacrilège dans son geste comme dans son rite ? Il était temps que cette lettre qui vous dénonce puisse enfin, lorsque Rome en aura pris connaissance, faire la lumière sur l'apostolat pour le moins décousu que vous exercez dans une paroisse qui, jadis, fut le plus beau fleuron de soumission qu'ait connu notre saint diocèse. Et que dire des rentrées d'argent qui...

Le petit curé n'écoutait plus.

— Oh, mon saint Pasteur, entonna-t-il, que le repentir fouette à jamais mon âme pour l'en débarrasser de ce fardeau qui l'accable. Pourrais-je, je vous en conjure, voir cette fameuse lettre qui m'envoie, Dieu m'en soit témoin, droit en enfer ?

Pestant en son for intérieur devant le jeune morveux qui lui tenait toujours tête, Césaire Leclaire allongea une main vers ses lunettes. Saisissant le notarié document de malheur, il le poussa, d'un fiévreux contentement, vers Isidore, si près, que ce dernier n'eut qu'à se pencher légèrement pour en consulter la teneur.

Un frisson comme il n'en avait jamais connu ravagea bientôt, de bas en haut, la colonne du petit curé, et cela, avec une intensité telle que son cerveau en frémit. Aucun orgasme, je dis bien, aucun orgasme n'avait à ce jour réussi à le secouer de la sorte. Pour autant qu'il en ait connu...

Fermant un moment les yeux, Isidore demeura suspendu au-dessus du parchemin. Simple question de permettre à son sang de se raviver dans ses veines.

Il se redressa. Fouillant l'expression faciale du vieil évêque, il n'y vit que des yeux qui le harponnaient, grands de contentement. Leurs dards pénétrèrent l'âme du supplicié jusqu'au plus profond de sa raison d'être.

— Est-ce là, mon saint Pasteur, tout ce que vous avez à me reprocher ? osa Isidore du bout de son appréhension.

Croyant conserver le contrôle de la situation, le petit prêtre se lança alors droit devant les coups.

Césaire n'attendait que ce faux pas pour lui infliger un revers cuisant. Ses lèvres en tremblèrent de contentement.

— Vous rappelez-vous, jeune étourdi, grinça-t-il, l'engagement que vous avez pris le jour où je vous ai octroyé la cure de Saint-Ludger de Beauce ?

Isidore s'enfonça dans son siège. Il se rappelait, en effet, avoir...

— Vous souvenez-vous, jeune misérable, de cette mise en garde que je vous avais faite au sujet de l'un de vos paroissiens qui, dans le temps, ne devait pas avoir plus de trois ans, mais qui s'avérait être le septième fils d'une lignée de bâtards de bas profil ?

— Je me rapp...

— Vous souvenez-vous, Isidore Bilodeau, des missives que je vous ai fait parvenir dénonçant votre inaction face au danger que représentait ce septième de la famille des Gagnon?

Césaire prenait plaisir à voir Isidore s'étouffer dans la poussière de ses questions. Une coulisse de salive s'échappa de la commissure gauche de ses lèvres.

— Je n'ai jamais perçu dans les agissements de Wilfrid Gagnon, bégaya Isidore, s'arc-boutant la pensée, une quelconque obstruction au ministère que j'exerçais dans ma paroisse.

Césaire lui lança alors une lettre en plein visage.

— Voici une autre plainte, monsieur le curé laxiste, provenant du docteur Bruno Dallaire et dénonçant Wilfrid Gagnon pour exercice illégal de la médecine. Combien d'autres en voulez-vous, Isidore Bilodeau, le magnanime ?

Sur ce, il ouvrit un dossier dans lequel s'empilaient une dizaine de documents de même type et les lança devant Isidore.

Le saint Césaire était mauve de rage.

— Savez-vous, jeune inconscient, combien de dons en argent sonnant ont déserté les coffres de votre église pour garnir celui de gens qui, de surcroît, ne pratiquent même pas notre religion ?

— Je sais seulement, parvint à répondre Isidore, que le bien qu'a fait ce jeune homme dans ma paroisse a été boudé par l'Église. Je me moque donc des oboles dont il peut avoir été l'objet.

— Ces argents appartiennent et reviennent à l'Église. Dieu seul est habilité à recevoir des offrandes parce que lui seul décide de la guérison, ou non, de ses créatures. Cela, quels qu'en puissent être les commettants. La main de Dieu, seule, opère à travers l'humain les guérisons qu'elle juge souhaitables. Tout entremetteur qui se place entre notre Créateur et l'Église devient, par le fait même, un apostat. Ces Gagnon en sont. Plus ! Ils tirent parti de l'allure « un peu perdu » de leur septième pour s'en façonner une sorte de guérisseur.

Isidore se rendit compte qu'il ne parviendrait jamais à faire osciller l'opinion du Grand Césaire. Tenant à tout prix à avoir le dernier mot sur la question, celui-ci demeurait aussi fermé qu'une huître. Le verdict, Isidore en était certain, se cachait depuis belle lurette dans le tiroir que chatouillaient les longs doigts crochus de son opiniâtre supérieur. Las de subir, il détela. Et...

— Que le diable vous emporte donc et vous fonde dans le four de sa gloire ! lança-t-il à Césaire, d'un simple réflexe de dégoût.

Puis se levant, il balança la correspondance au visage de celui qui se prenait pour le bras droit de Dieu.

— Je n'en ai pas encore fini avec vous, Isid...

— Vous m'en voyez désolé, minable personnage, lui cracha Isidore, sur le point de perdre définitivement contenance.

Mais feue sœur Saint-Jean veillait à l'ombre de l'invisible. Les pieds d'Isidore se collèrent au plancher. Devinant la présence de la sœur, le jeune prêtre regagna suffisamment de calme pour ne pas commettre l'irréparable.

— En conséquence, j'ai l'honneur de vous annoncer, jeune vaurien, clama le vieil ecclésiastique, que dès que votre remplaçant se présentera à la porte de votre presbytère, vous pourrez, sur-le-champ, vous considérer suspendu de votre cure de la paroisse de Saint-Ludger de Beauce. Il vous sera toutefois loisible, jusqu'à ce qu'une décision soit rendue à votre sujet, d'y trouver gîte et couvert. De plus, vu votre disgrâce, et pour ne pas causer outrage à notre sainte mère l'Église, le port de la soutane vous sera formellement interdit jusqu'à nouvel ordre.

Gardant son regard braqué sur celui de Césaire, Isidore encaissa le coup.

Se sentant fort de son autorité, Césaire prit alors un moment de silence pour savourer une vengeance qu'il attendait depuis plus de vingt ans.

Une certaine nuit, à cette époque, alors qu'il était gardien de dortoir au juvénat, il avait tenté d'abuser du jeune Isidore Bilodeau. Par derrière. Mais un talon de celui-ci, relevé de plein fouet à la poche du monsieur bourré de testostérone, lui avait coupé net sa refoulée libido.

— Je te jure, petit gigot de bénitier, lui avait alors susurré Césaire dans le creux de l'oreille, que tôt ou tard, sur l'autel de ma vengeance, je me repaîtrai de ta peau. Et sache que si je n'y parviens pas au sens propre, j'y arriverai au sens figuré.

Il faut savoir que durant tout son noviciat, Césaire, qui visait très haut dans la hiérarchie de l'Église, n'avait jamais cessé de jouer de condescendance sur ses compagnons.

Monsieur se donnait des airs et roulait ses « r ». Il tirait sa pseudo-supériorité des courbettes de bas étage qui l'amenaient à s'allonger aux côtés d'ecclésiastiques de haut rang.

Il n'use pas ses sandales par la semelle, disait-on de lui au Grand Séminaire, mais par le dessus. S'étant fait la soutane volage de sa classe, cela lui avait valu de ne pas être expédié dans une petite paroisse de coin de mappe, comme il disait. On comprendra alors très bien que pour parvenir jusqu'au poste d'archevêque de Québec, Césaire avait passé une bonne partie de sa vie à polir les auréoles de la hiérarchie diocésaine.

Qui connaissait le moindrement le saint homme savait fort bien que celui-ci n'était qu'un pauvre minable, une vulgaire grenouille de bénitier.

— Dès demain, reprit celui-ci, fougueux, votre remplaçant sera sélectionné parmi nos plus radicaux éléments. Dès lors qu'il se présentera à votre porte, vous devrez le recevoir avec égards. Sachez de plus qu'il deviendra par conséquent votre supérieur hiérarchique. Je vous ordonne de lui porter le respect et l'obéissance dus à sa fonction. Et sachez surtout qu'à la moindre incartade de votre part, j'irai moi-même vous jeter à la rue. Maintenant, termina-t-il, disparaissez de ma vue.

À deux pas du bureau d'un Césaire Leclaire vidé de toute sainteté, Isidore fit sauter les premiers boutons de son ample soutane empruntée. Dans l'instant qui suivit, il laissa tout tomber, se retrouvant flambant nu devant celui qui ne s'attendait jamais à une telle riposte.

Et vlan !

Isidore se pencha alors lentement, procurant à son voyeur d'occasion de quoi meubler le maigre espace qui subsistait dans sa mémoire. Ouvrant sa petite valise de carton vârni, le petit curé y puisa deux vieux chaussons tiraillés de reprises multiples qu'il se glissa aux pieds, un vieux pantalon noir à trous usés qu'il enfila en sautillant de gauche à droite et finalement, un chandail brun ours à mailles lousses dont il s'inonda.

Ramassant l'ample soutane, il l'allongea avec grand soin sur le bureau de Césaire.

— Voilà, dit-il, pour l'autel de votre vengeance, Votre Éminence. Puissiez-vous maintenant vous vautrer dans cette peau sacerdotale…

Il salua le pourpre prélat, saisit sa petite valise et se dirigea vers la porte.

— Que Dieu fasse en sorte, hoqueta derrière lui une voix enchevêtrée ayant tendance à s'étouffer, que je ne revoie plus de toute ma vie cet être immonde, ce petit morveux que tu es !

Isidore ne l'entendait déjà plus. Il sortit, empruntant une démarche à la Charlie Chaplin. Récupérant ses souliers garés en bordure du long et sinistre couloir, il croisa le gros et fade portier.

— Merci pour la soutane, mon ami ! lui lança-t-il. On se revoit en Afrique…

S'ouvrant vers l'extérieur, la grosse porte retint sa fermeture. Cela donna tout le temps à Isidore de sortir en douceur.

Ayant perdu toute notion du temps et question de récupérer un peu de son âme, le nouveau petit gueux se dirigea vers la quiétude d'un parc situé juste de l'autre côté de la rue. Se laissant choir sur un banc, il saisit sa valise, en racla l'intérieur du bout des doigts et en ressortit sa grosse montre. La petite aiguille y léchait cinq heures. La journée avait fui. Mais la faim, plus insistante que jamais, revenait à la charge. Dans la tête d'Isidore, ses pensées virevoltaient comme des mouches ne se décidant pas à prendre pattes. Le petit curé se sentait sacrément mêlé. Et avouons-le, embêté comme jamais auparavant.

Toutefois, le seul fait d'avoir laissé tomber la soutane l'avait libéré d'un grand poids. Mais ce poids, il n'arrivait pas à en identifier le cœur.

Lorsque la tempête se déchaînera, ces hardes que tu portes te deviendront usuelles, lui avait dit sœur Saint-Jean.

C'est alors qu'un sifflement aussi aigu que soudain lui écorcha les oreilles.

— Vous savez quoi ? lui dit un vieillard qui balançait des graines à une quinzaine de pigeons, chaque jour, je viens dans ce parc. Ces oiseaux sont devenus mes amis. Avec le temps, j'ai appris à les reconnaître mais surtout, à les connaître.

L'inconnu fit une brève pose, figeant, l'espace d'un instant, son regard dans celui d'Isidore.

— J'ai remarqué, reprit le quidam, que certains s'absentent durant quarante jours pile. Quand ils reviennent, leur plumage est plus éclatant qu'à leur départ. Comme s'ils avaient baigné dans une lumière plus flamboyante que celle du soleil.

Une impression qu'Isidore ne parvenait pas à situer dans le temps se faufila alors dans sa pensée. Tentant de faire le point, il baissa un moment la tête, se peignant de ses doigts vers l'arrière. Une image très nette jaillit à son esprit.

Il se dressa d'un trait dans l'intention de s'adresser à l'inconnu. Celui-ci, comme s'il s'était volatilisé, n'y était plus. Une rapide tournée visuelle des lieux laissa Isidore confondu. Le minuscule parc était vide.

Ayant arpenté en tous sens les abords de la cathédrale et de l'archevêché, Philémon Veilleux avait bien aperçu un personnage bizarrement vêtu qui traînait dans le parc, mais cherchant une personne portant une soutane, il ne fit aucun lien avec son curé. Ce ne fut que par son affreux petit béret à queue qu'il le reconnut.

— Mon père ! Mais que faites-vous attriqué en quêteux ? lui lança-t-il.

Isidore leva un regard triste. Sa bouche s'ouvrit pour dire quelque chose, puis, plus rien.

Il hocha la tête vers la gauche, tentant visiblement de faire le point, mais, toujours rien.

Au grand étonnement du grand roux qui s'attendait à une répartie serrée provenant de son ami, Isidore s'effondra plutôt, se prenant la tête entre les mains. Puis, incapable de se contenir plus longtemps, il éclata en sanglots. Philémon fut saisi de désarroi.

— Que se passe-t-il ? demanda une voix provenant de l'arrière.

Pour signifier à Rosalie de s'approcher en douceur, le grand rouquin éleva son bras droit à l'oblique. Celle-ci lui saisit la main, le questionnant de ses grands yeux. Ayant accumulé trop de larmes qu'il ne parvenait plus à contenir, Isidore sanglotait par saccades.

Philémon étreignit doucement sa compagne. Ne bronchant pas d'une semelle, il attendit son moment, se creusant les méninges, tentant de comprendre. Rosalie crut un moment voir une larme surgir sous l'œil droit de son homme. Elle n'en fit aucun cas.

Isidore finit par émerger de sa peine. Gardant la tête baissée, il ratissait ses poches en quête d'un mouchoir. Devinant son besoin, Philémon s'approcha, lui tendit le sien et revint près de Rosalie.

Il n'était surtout pas question pour le prêtre de dévoiler la raison véritable qui lui mettait les tripes dans un tel état. Il aimait trop ses paroissiens pour les embêter avec les retombées de ses décisions. Il ne voyait pas non plus ce que le fait de déterrer des événements vieux de treize ans aurait changé au son d'une mouche prise dans une toile d'araignée.

Reprenant le contrôle de ses cordes vocales et se reconnectant à sa rapidité d'esprit, l'ex-prêtre se moucha bruyamment.

— J'ai terriblement faim, déclara-t-il après avoir pris place dans l'auto des Veilleux.

Rosalie s'empressa de lui allonger le panier de provisions qui n'avait été délesté que de la moitié de son contenu. Isidore n'articula le mot suivant que lorsque l'auto s'immobilisa devant le presbytère de Saint-Ludger. Il remercia chaudement ses amis pour le service qu'ils lui avaient rendu, puis ouvrant la portière, il saisit sa petite valise en carton vârni et s'empressa vers le presbytère.

Depuis leur départ de Québec, Philémon n'avait pas cessé de scruter les moindres gestes du petit prêtre.

— Je le trouve bien bizarre, confia-t-il à sa compagne sur fond d'inquiétude.

Sur ce, le soleil tourna de l'œil.

Ils rentrèrent.

CHAPITRE 5

Chaque samedi soir, juste après le souper, c'était devenu leur tradition, les Gagnon se berçaient coude à coude sur la galerie avant. Et cela, même quand il pleuvait. Ayant besoin d'un bon rafistolage, le toit leur braillait dessus à la moindre averse. La vue sur le rang 2 y était imprenable.

Ce soir-là, le roulis de seize berceaux tous taillés par Magnan sur le même gabarit faisait vibrer les poteaux de la rampe d'escalier sur laquelle Marie-Rose déposait toujours la même fesse, la gauche. Mais ce n'était pas tout. Les Gagnon fabriquaient leur propre bière. Du houblon, il en poussait sur tout le périmètre de la clôture du jardin et de la basse-cour.

Juste pour la circonstance, Magnan avait exhumé quelques cruches de sa dernière brassée, celle de l'automne précédent. Une cruche frisait presque le gallon. Fraîchement halées hors du puits dans lequel elles avaient été enfouies pour se faire refroidir, celles-ci, nullement gênées d'être débouchonnées, exhalaient dès leur ouverture un long soupir de fermentation.

— Pis, *de la marde*! Faut vivre notre p'tit pain! s'écria le souffrant, enroulant sa main veuve autour de son sixième verre.

Rassurez-vous, chez les Gagnon, ce genre de beuverie n'arrivait pas souvent. Mais ce soir, l'occasion était de taille. Ils attendaient de la *vézite*.

D'ailleurs, comme s'il avait su, le vent retenait son souffle, permettant à la fumée des poloques de flâner parmi les entremises du toit, importunant au passage deux nichées d'hirondelles qui se disputaient la corniche d'une fenêtre.

Dans l'air, la tension était palpable. Tous, sauf Wilfrid, sirotaient leur bière en silence. Du rarement vu. Il y avait bien un sujet qui agitait les méninges et qui faisait frémir, mais Marie-Rose y avait opposé son veto. Pas question de parler de guerre. Les rumeurs à ce chapitre lui secouaient trop la fibre coronarienne. Parcourant des yeux avec fierté, le visage de ses hommes, elle avait appris à puiser son bonheur dans son petit quotidien. Un peu possessive, elle adorait voir sa marmaille collée à ses flancs. Au fond, comme toute bonne mère, celle-ci refusait de voir vieillir ses hommes, les considérant toujours comme ses p'tits gars.

En temps ordinaire, Magnan se serait objecté, aurait attaqué le sujet de plein front, forçant les opinions à se libérer, déliant les langues à coups de harangues, mais… depuis trois jours, il filait son mauvais coton. Dans ces moments-là, il se frottait le moignon d'inquiétude et grimaçait à l'impromptu, lorsque la douleur le dardait jusqu'au cœur.

À bras raccourci et à pleine âme, l'homme aux traits d'acier cuvait le deuil de son membre.

Le rang 2 n'était pas très passant. Asséchée par le soleil, sa terre glaiseuse se soulevait en poussière au moindre mouvement qui l'agitait, au point que le simple traînement d'un ver de terre n'y passait pas toujours inaperçu. Le seul être qui parvenait à y cheminer incognito était Élisée Morin, un fantomatique personnage roulant son gros bicycle baloune. Il revenait sans doute du village avec une éternelle *slab* de bacon dans son panier.

À croire qu'il ne mangeait que cela. Mais enfin…

— M'man ! lança soudain Wilfrid, pointant le saule qui surplombait le dernier virage donnant sur le village.

À plat ventre sur le moelleux végétal, le soleil colorait rouge brique le passage d'une automobile. Rougis par l'alcool, les yeux des Gagnon y crachèrent leur centre d'intérêt.

— Ça peut point être personne d'autre que le jeune docteur, marmonna Marie-Rose.

— Un gros char! Un gros char, pour faire tant de brume, ajouta Magnan, s'étirant le cou pour mieux deviner.

Les berceaux prirent un répit. Six énormes rots tonitruèrent, se défiant de vigueur.

Puis le nuage de poussière s'atténua. Empruntant le chemin en U donnant sur l'abattoir et la maison, une grosse Buick noire s'arrêta à une trentaine de pieds devant la galerie. *Swellé* comme quatre lundis matin, Henri Fecteau, contremaître au moulin à scie, en descendit le premier. De ses gros doigts crevassés et avec une infinie précaution, il tenait une petite boîte toute blanche, toute frêle. Juste pour mieux y voir, le soleil, blanc fard, y étira l'un de ses rayons. Le jeune docteur Dallaire sortit de l'auto en douce, se tenant coi. Frappé par la désuétude de la place, il balaya les environs du regard. L'alignement des chaises et de leurs occupants conférait à la galerie des Gagnon des allures de prétoire. Ça le rendait nerveux. Surtout que les Gagnon n'avaient déjà pas l'air très faciles…

— Vous n'êtes pas venu me voir, monsieur Gagnon, pour refaire le pansement de votre plaie? lança-t-il à Magnan.

— Ma Rose s'en est chargé, docteur. Je me sens *a-one* comme ça.

Bruno Dallaire jugea prudent de ne pas pousser plus loin son enquête. Il resta en poli retrait. Et pour cause. À force de voir Wilfrid guérir des animaux, quelques personnes s'étaient décidées à solliciter ses dons de guérisseur. Le pire, c'est que ça marchait presque à tout coup. Quand il avait appris cela, le nouveau toubib en avait fait des boutons.

— Ici, mon gars, t'es dans un petit village, lui avait dit son oncle. Les gens y sont tricotés très serré. Tu devras donc gagner ta place parmi eux. Sache que dès que tu auras fait la preuve que ta médecine est plus efficace que les mains de Wilfrid Gagnon, tu le délogeras dans l'année qui suivra.

Marie-Rose ne cachait pas sa joie de voir son septième gagner en considération parmi les gens du village. Mais selon Magnan, il fallait en parler le moins possible.

Henri Fecteau s'avança, manipulant avec minutie la fameuse petite boîte blanche. Il dosait chacun des pas qu'il posait dans la longue et dense végétation qui envahissait les lieux jusqu'à la troisième marche de l'escalier.

Comme tout excès de précaution se fait généralement le plaisir de jouer son sale tour, Fecteau trébucha sur une chienne de motte qui l'attendait de pied ferme. S'aplatventrissant dans les quatre marches de l'escalier et luttant pour ne pas échapper son précieux colis, il se retrouva nez à nez avec un énorme matou ébouriffé, frustré de sa veille et de surcroît, de mauvais poil. D'un geste cinglant, le racé minou décocha au nez du contremaître une fulgurante griffée, y faisant jaillir sang et jurons. Dès l'instant suivant, l'impensable se produisit: la fameuse petite boîte blanche glissa un moment sur la galerie, s'arrêtant net sur un clou qui s'y *proéminait*. Comble de loufoquerie, elle se renversa sur le côté, libérant une main légèrement repliée sur elle-même et aussi pâle qu'une larve. Profitant de l'élan qui lui était insufflé, le membre bondit sur le matou qui, s'en croyant flatté, déguerpit avec une telle vélocité qu'une trentaine de puces totalement désarçonnées s'affalèrent *manu militari* sur l'humble galerie.

Quelle scène!

De son immuable tempérament d'acier et de surcroît, ivre à en avoir des coulisses en coin de bouche, Magnan se pencha, ramassa son membre rebelle et le tendit à Marie-Rose. Quelle gaffe ! Mais, trop tard. La pauvre femme s'affala drette là, sans connaissance.

— M'man ! crièrent en chœur ses sept gars, se ruant pêle-mêle vers celle qui leur avait donné le jour… la nuit.

Pendant que le docteur Dallaire se précipitait vers une Marie-Rose dans les vapes, Fecteau, un peu déboussolé, épongea le sang qui fuyait de son gros nez veiné de trop de brandy. Reprenant bientôt ses esprits, Marie-Rose se cala dans une chaise et retrouva vite ses couleurs. Elle s'empressa même de remercier le jeune docteur pour son aimable secours, lui dépliant un poli sourire. Elle aurait bien aimé lui causer au sujet de son Wilfrid, mais jugea que ce n'était pas le moment. Les deux visiteurs quittèrent les Gagnon peu après. Fecteau ne cessait de se perdre en plates excuses.

Empruntant un air détaché, Magnan Gagnon, chambranlant mais solennel, se leva. Bombant le torse, il imposa d'un simple regard le silence à sa progéniture.

— Mes gars ! Mes gars ! Ma femme, déclara-t-il, y est temps de passer aux choses qu'ont du sérieux. Han-Luc ! Han-Guy ! grogna-t-il, c'est dans le présent à vous autres de faire le reste. (Depuis quelques mois, les deux frères étaient devenus les fossoyeurs attitrés du village.)

Magnan leur tendit la boîte blanche dans laquelle son membre avait été redéposé, paume vers le bas, et le petit cortège prit le sentier menant au jardin.

Entretenu par Marie-Rose, l'énorme potager regorgeait chaque année des plus beaux légumes du village. Et on est sobres. La vaillante femme s'en faisait d'ailleurs une fierté. La place, disons-le fort, était exempte ou presque de toute mauvaise herbe. Les Gagnon n'étaient peut-être pas très instruits, mais quand il s'agissait de jardinage, le chiendent faisait mieux de se tenir à distance. La petite porte de planches ajourées à moitié pourrie grinça d'humilité. Empruntant une allée entre deux rangs de patates, les Gagnon se rendirent jusqu'à la clôture du fond, là où reposaient leurs quatre derniers et regrettés cabots. Une petite croix portant les noms de chacun était plantée pour marquer leur sépulture.

Aucun mot ne fut prononcé. Que des gestes empreints d'ébriété. L'emplacement fut désigné. Han-Luc creusa, reniflant son chagrin, et Han-Guy déposa, les yeux voilés de larmes. Magnan s'approcha. Puis, du flanc intérieur de son pied gauche, il repoussa le monticule de terre fraîchement mouvée dans sa cavité, le foulant ensuite délicatement du bout de sa semelle. Se retournant vers les siens, il ouvrit les bras. Tous s'approchèrent sans maudire pour sceller l'instant d'un silence de mort. Durant un long moment, les neuf participants vibrèrent d'une émouvance sans connu précédent.

Touché par la scène, le soleil s'enroba d'un voile de nuit et rentra.

Les Gagnon en firent autant.

Maudits enterrages...

Chapitre 6

Ce qu'il restait à survenir en événements du mois de mai se déroula dans un plein de vie sur le petit village de Saint-Ludger de Beauce.

S'échevelant le toupet, juste après le souper, les enfants s'amusaient dehors. Leurs exclamations jaillissaient de partout. Aussi intrigué qu'amusé par leurs jeux, le soleil, chaque soir, allongeait son départ d'une minute, colorant leurs jeunes visages d'une lumière aussi rougeaude que le sien.

Le cœur en sueur et lassés de se contenir les pulsions, les futurs mariés s'empressaient de publier les bans pour copuler au plus vite, d'autant plus que, grondant aux portes, la guerre risquait fort d'obliger certains célibataires en âge de se déguiser en chair à canon.

Ceux, parmi les vieillards, qui avaient survécu à la froidure et aux maladies de l'hiver rendaient gloire au Seigneur. Jusqu'à la prochaine...

Se dégourdissant la tige à pleine brise, les fleurs sauvages, même les plus laides, ouvraient lascivement leurs pétales pour ajouter un peu de sent-bon à l'air du nouvel été. Et que dire des abeilles qui, pattes saturées d'embarras du choix, bourdonnaient à pleines corolles, lorgnant les suivantes de leur berluque.

Pour le petit curé de Saint-Ludger, toutefois, le soleil ne

brillait plus du même feu. Depuis son retour de Québec, il lui arrivait fréquemment de perdre la voix. Ses cordes vocales, jusque-là fringantes, dételaient parfois juste avant de chanter une messe.

Isidore avait perdu son feu sacré. Hormis sa messe matinale et les deux dominicales qu'il s'obligeait à célébrer par pure routine, il ne ressentait plus en son âme de pasteur l'engouement qui, jusque-là, avait nourri son élan dans la voie de sa foi. Ou devrait-on dire, dans la foi de sa voie.

En tout cas…

S'en inquiétant, il était allé rencontrer le docteur Dallaire.

— Je ne vois qu'une cause, mon père, qui puisse faire obstacle à l'expression de votre verbe, lui avait dit celui-ci. Je crois seulement que vous êtes rendu au bout de votre rouleau. Regardez-vous ! Vous avez les yeux enfoncés jusqu'au fond de leur orbite.

Il lui suggéra donc de réclamer un assistant. Et il avait raison.

La paroisse s'engrossait chaque mois de nouveaux habitants venant d'ailleurs. Les nouveau-nés déboulaient à pleins utérus et les plus vieux, à cause de la médecine moderne, décalaient leur partance pour l'au-delà, dépassant souvent la limite de ce que leurs organes leur auraient auparavant permis.

Isidore savait qu'une relève s'en venait. Mais pas pour les mêmes raisons.

Depuis ces deux dernières semaines, les apparitions publiques du religieux ne se limitaient donc qu'à des allers-retours au bureau de poste. Le glas de son apostolat sonnait sa fin.

« Et que le diable emporte tout ! » finit-il par se dire, rongé de désillusion. Une sévère dépression guettait la moindre de ses émotions.

Le diable touchait-il à son but ?

Ce fut dans ces circonstances qu'en ce vendredi matin, 17 juin, le petit prêtre déplia la lettre qu'il attendait fiévreusement. S'esquivant en douce du bureau de poste et n'en pouvant plus, il s'arrêta dans le milieu du vieux pont couvert pour braquer ses épaisses lunettes sur le document provenant de l'archevêché. Il était envoyé par Cyprien Bellerose, secrétaire attitré de Césaire Leclaire.

Il informait le curé que son remplaçant se présenterait en sa paroisse dans les deux jours qui suivaient cette missive. On lui faisait ensuite maintes recommandations quant à ce qui touchait la passation des pouvoirs conférés au nouveau curé. Enfin, on lui réitérait tout ce que Césaire lui avait baragouiné sur son nouveau statut. Isidore eut beau tourner, retourner et refouiller la lettre en tous sens, il n'y était nulle part mentionné le nom de son successeur.

Glissant l'épais document dans la bande de sa soutane, le petit prêtre s'appuya le dos à un madrier de la charpente du pont et se laissa glisser vers le plancher. Ce n'était toutefois pas pour y prier. Ainsi recroquevillé, loin des regards indiscrets, il pleura à fendre l'âme tout comme l'aurait fait un enfant frappé en plein visage.

Lorsque fut larmoyé son trop-plein d'émotions, Isidore reprit le chemin de son presbytère, serrant contre la foi qu'il lui restait ce document qui le destituait, qui le vomissait même, pour un prétendu… égarement.

Et le diable s'en frotta les mains de convoitise.

Une paroisse comme celle-là, se dit-il, valait bien qu'on y mette le paquet.

Le défi était de taille ! Gare au Malicieux.

Vers une heure de l'après-midi, ce même jour, une silhouette se profila à la porte du presbytère. Au début pas très imposante, elle devint titanesque quand elle eut atteint le palier de la galerie. Croyant avoir affaire à un banal jeu d'ombres, Isidore, intrigué, s'empressa vers la porte.

— Ciel! s'écria le petit curé, s'approchant du rideau qui en frisait déjà de crainte. Mais qui est donc ce monstre?

L'ombre frappa deux faibles coups, puis sans attendre, deux puissants. Allongeant une main vers la poignée de la porte, Isidore hésita. Sa gorge s'assécha. Il ouvrit à la vitesse d'un courant d'air nonchalant puis recula d'un pas, juste pour mieux apprécier ce qu'il voyait.

— Bonjour à vous, mon père! fit l'arrivant, d'une voix de grotte comme si ses cordes vocales avaient été enfouies au plus profond de sa gorge.

Présentant tous les attributs d'un homme né en Derthal, le gros et grand personnage était pourvu d'une charpente de dinosaure. Malgré la chaleur qui l'accablait, il portait, scrupuleusement scellé de tous ses boutons, un long manteau noir qui descendait, sans le moindre faux pli, presque jusqu'au sol. Son pantalon, ou du moins ce qu'on en percevait, était également noir et impeccable. Il s'arc-boutait sur des souliers qui, s'ils n'étaient pas neufs, brillaient comme si une chèvre les avait léchés de toute impureté. Dans tout ce noir, bousculé par l'énorme pomme d'Adam du monsieur, un col romain d'un blanc immaculé luttait pour garder sa rectitude. Et le mot était pâle.

Un taureau probablement issu d'un croisement forniqué dans le plus pur des enfers, se dit Isidore, d'entrée de jeu.

— Je suis l'abbé Auguste Leduc, lâcha le mastodonte. Je suis envoyé par le père Cyprien Bellerose de l'archevêché de Québec.

Il déplia, il en était temps (avant qu'Isidore ne prenne ses jambes à son cou), une lettre et un sourire laconique à celui qui, vu les circonstances, n'était pas bien gros dans ses shorts.

Après le baragouinage d'usage qui figure au début de toute lettre officielle, celle-ci se lisait comme suit :

« Avis vous est donné, monsieur Isidore Bilodeau, que le porteur de cette lettre est celui qui fut sélectionné pour mener à bien l'œuvre que depuis près de quinze années déjà, vous accomplissez avec tant de bienveillance dans cette belle paroisse de Saint-Ludger de Beauce.

« Recevez avec empressement, je vous prie, l'abbé Auguste Leduc en vos murs. Affranchissez-le dans ses nouvelles fonctions puis retirez-vous, dès lors, de toute fonction sacerdotale, en accord avec l'ordre manifesté par notre saint évêque, le très honorable Césaire Leclaire. Soyez, de plus, certain que le toit de Dieu et son presbytère vous demeureront accessibles tant qu'il vous plaira d'y trouver refuge.

« J'ose espérer que votre cas sera débattu avec célérité par le conseil épiscopal et j'espère que ce délai vous permettra de résoudre cette crise de foi qui, selon les dires de monseigneur Leclaire, ébranle présentement votre âme. Croyez bien que notre sainte mère l'Église souffre de la perte momentanée de l'un de ses pasteurs.

« Je me permets de souhaiter que le Seigneur guide vos pas et que sa main purificatrice vous ramène le plus tôt possible, dans le bercail de sa gloire.

« Recevez, Monsieur, la bénédiction obligée de... »

Et le peaufinage de la fin se terminait sur un éternel :

« Que Dieu vous bénisse. »

C'était signé de Cyprien Bellerose, sans plus.

Un grand froid parcourut l'échine de l'ex-curé.

— Mais donnez-vous donc la peine d'entrer, Auguste, formula un Isidore assez désarticulé.

L'espace qu'occupait le colossal et nouveau curé eut comme conséquence qu'il passa dans la porte, mais de côté. Subitement, le vaste presbytère apparut aux yeux d'Isidore comme insignifiant. Il lui devenait tout à coup évident que dorénavant, la place serait occupée par quelqu'un qui en remplirait les moindres recoins.

Surviennent parfois des moments, comme celui-là, au cours desquels, à cause de la prestance d'une personne, sa présence en des lieux qu'on avait faits nôtres refroidisse notre plaisir de nous y retrouver. Certains appellent ce mécanisme : se faire tasser dans l'ombre.

Mais qu'importe.

Auguste s'étira vers l'arrière, tendant une main vers une petite valise en… carton vârni, identique à celle d'Isidore. Celui-ci l'interrogea du regard, osant allonger, incrédule, les lunettes vers la galerie qui lui tendit ses planches, vides de tout autre effet.

— C'est tout ce que vous avez ? demanda d'un œil interrogateur, le petit prêtre au nouvel arrivé.

— Le Ciel m'a débarqué sur terre pour répandre sa gloire, rétorqua Auguste. Qu'ai-je besoin de plus ?

Isidore ne crut pas souhaitable d'en demander plus.

Et pour répandre… le gros monsieur répandait. Quelle haleine !

— Fermez la… euh… porte, lui demanda Isidore, le nez ballant.

La visite guidée du presbytère ne fit pas long feu. Auguste se vit assigner une chambre, s'en accommodant sans maugréer.

— Mais où donc sont passées les servantes ? demanda l'arrivant alors que tous deux redescendaient au rez-de-chaussée.

— Il n'y en a pas.

— Et qui fait la cuisine ? Et le lavage ? Et…

— Mais nous-mêmes. Juste nous-mêmes, mon cher Auguste, s'empressa de lui déclarer Isidore. Le Seigneur, à ce jour, ne semble pas avoir été plus délaissé pour autant. D'ailleurs, lors de la Cène avec ses douze apôtres, n'était-ce pas Jésus qui cuisinait ? poussa Isidore, d'un placide sourire en coin.

Auguste réagit comme s'il venait de recevoir une claque sur la gueule. Il balaya le regard d'Isidore avec une telle froideur que celui-ci manqua la dernière marche.

Le saisissant alors par le bras avant qu'il ne s'allonge de tout son long, Auguste approcha son visage si près de celui d'Isidore que les lunettes de ce dernier s'embuèrent.

— N'avez-vous pas plus de considération pour votre Seigneur, que vous en fassiez maintenant un serviteur, mon cher Isidore ?

— Désolé que votre humour soit rouillé comme une vieille serrure, lui rétorqua le petit prêtre, se libérant sèchement de l'emprise d'Auguste.

Décidément, la chimie entre les deux pasteurs partait sur une fort mauvaise dérape.

Le sujet de la conversation en resta bouche bée. C'était mieux ainsi...

Ceci étant dit, Isidore invita son acolyte à partager son repas. Déposant à un bout de la longue table une assiette qu'il accompagna d'ustensiles, Isidore étira une main vers un chaudron que le feu de quelques croûtes d'épinette humide avait à peine réchauffé. Le pain suivit, roulant sourdement sur la table. Rassise depuis au moins deux jours et grugée en maints endroits par les souris, la miche atterrit près du gros chaudron de bines gracieusement cuisinées par les sœurs du Saint Nom de Jésus.

Auguste s'installa à l'autre extrémité puis attendit, profitant de ce moment pour se recueillir, tête baissée et mains jointes. Il semblait tellement imprégné de piété qu'Isidore se sentit obligé par son élan.

— Bénissez-nous, Ô mon Dieu, ainsi que la nourriture que nous allons prendre, *rocailla* le nouveau curé.

Isidore fit de même.

— Je prendrais bien du beurre, grommela le gros abbé, visiblement froissé d'être reçu à une table arborant de si maigres victuailles.

— Mais… il n'y en a pas, je l'ai donné à des gens pauvres, lui souffla Isidore.

— Alors, je prendrais du gras de rôti de porc, *gosia* poliment Auguste.

— Je l'ai également donné aux pauvres, sourit poliment Isidore.

Saisissant alors le pain de ses énormes doigts et le retournant pour en critiquer visuellement l'aspect repoussant, Auguste le fit glisser d'un revers de la main jusqu'à Isidore.

Rongeant son calme, il haussa le ton.

— Et les souris, vous les donnez aussi aux pauvres ?

Isidore saisit un long couteau dentelé, le piqua dans la miche, en découpa une mince tranche et releva la tête. Il envisagea son interlocuteur à travers ses grosses lunettes qui, sous la pression, commençaient à trembler.

— Des souris, cassa-t-il, ils en ont à profusion. À un point tel que chaque matin, ils ne chaussent pas leurs bottines sans s'être assurés que leurs ongles d'orteils ne seront pas rongés le soir !

Auguste éclata alors d'un rire bien étoffé. Son crâne rasé reluisait, même aux endroits où subsistaient quelques poils.

— Ce que vous pouvez être drôle, Isidore !

Le monsieur, à en juger par ce qui dépassait de son col

romain, semblait très velu. Ses dents, fortes et longues, qu'Isidore n'avait pas encore remarquées, affichaient un tel désordre que l'air y sifflait sur tous les « s » qu'il émettait.

Soudainement secoué par un frisson d'antipathie, Isidore se leva. Le coup suivant, ne comprenant même pas pourquoi, il pogna la porte.

« Tu aimeras ton prochain comme toi-même », lui murmura une voix intérieure citant le fameux commandement.

Mais il n'en avait que faire.

Son âme désolée dirigea ses pas vers l'entrée du cimetière, là où même le vent reposait en paix. Il débarrassait sans réfléchir les pierres tombales de feuilles emportées par le dernier orage lorsqu'il remarqua les deux frères Gagnon. Gesticulant de leurs pelles et de leurs manches de chemises surroulées, Han-Luc et Han-Guy s'affairaient sur une sépulture. Pris d'un soudain goût de les entretenir et question de chasser, un tantinet, l'agitation qui lui tordait les boyaux, Isidore les rejoignit. Le visage pissant de sueur, les Gagnon, étonnés de cette insolite visite de leur pasteur, corrigèrent leur posture.

— Kossé qui nous vaut votre arrivance, monsieur le curé ? osa Han-Luc, visiblement en mal d'aise.

Han-Guy acquiesça d'un faible sourire gêné, suivi d'un léger pas de recul.

— Pardonnez-moi de vous déranger, mes amis, je voulais simplement prendre des nouvelles de votre père, demanda Isidore.

Han-Luc prit un air agacé, ne parvenant pas sur le coup à exprimer ce que ses yeux disaient déjà.

— Ah ! Tant qu'à notre pére, m'sieur le curé, son mognon d'y fait ben moins souffrir le vécu. Mais...

Il s'interrompit, englué entre deux mots.

— Mais quoi, mon brave ? enchaîna Isidore, impatient de

connaître ce qui gênait la pensée du jeune Gagnon.

Touché par la simplicité d'Isidore, ce dernier enfonça sa pelle à long manche dans le sol, devant lui. Enserrant le bout du manche de ses deux mains nouées, il s'y appuya le menton. Pendant qu'il triait les bons mots à utiliser, sa calotte trop grande descendit vers ses sourcils, forçant son porteur à relever la tête pour poursuivre.

Pressentant que son jumeau s'engageait vers un long propos, Han-Guy posa sa pelle et s'assit, de coin de fesse, sur la pierre tombale cantée. Isidore trouva le geste un peu déplacé, mais… bon. Sa soif de savoir prit le dessus.

— Mais y a le hardin de ma mére… poussa candidement Han-Luc.

Intrigué, n'osant pas interrompre son interlocuteur, Isidore attendit. Il commençait à se demander s'il n'aurait pas été plus séant de poser n'importe quelle autre question que celle dans laquelle s'empêtrait son interlocuteur.

— Ben, de ce que je peux vous dire, m'sieur le curé, c'est que depuis kek temps, c'est comme si les mauvaises harbes avaient pris son hardin en grippe. À pense que le yâbe y a jeté un mauvais sort. La mére est au désespoir. Chaque souerre, depuis une semaine, juste après le souper, on pogne, mes fréres pis moé, la corvée du sarclage. Mais les mauvaises harbes nous repoussent, dans l'instant, en dessous des s'melles. Ma mére sait pus quoi fére. À pense mettre le feu dedans pour chasser le mauvais sort. Est découragée en cul de vache ! termina-t-il, visiblement embarrassé par l'expression rudimentaire qui venait de lui échapper.

Amusé par l'inconfort du jeune homme, Isidore se surprit à rire. Il ne se rappelait pas la dernière fois que ça lui était arrivé.

« Maudites souris », se dit-il, jetant un coup d'œil vers le presbytère.

— Je vous remercie de votre gentillesse, mes amis, adressa-t-il aux deux Gagnon en les quittant. Je m'en voudrais de vous remuer le calme plus longtemps. Que le Seigneur vous bénisse ! Dites à votre mère que je passerai la voir au sujet de son jardin.

Les deux frères parurent flattés de l'intérêt que leur avait porté le petit curé. Se consultant du coin de l'œil, ils le saluè-rent d'amples gestes de la tête, trouvant difficilement le bon swing du poignet pour retourner leur casquette à leur point d'origine.

Quand Isidore rentra, le cœur plus paisible, il ne trouva aucune trace de l'abbé Leduc. Ce fut toutefois de courte durée. Deux sœurs du Saint Nom de Jésus gravirent les marches de la galerie comme si elles avaient été poursuivies par le diable lui-même. Battant de la soutane à pleine démarche, Auguste fermait la procession.

« Ah bon ! constata le petit curé, notre nouvel abbé a revêtu son linceul d'autorité. » La longue et impeccable soutane de pure soie que portait le noble Auguste risquait fort de faire parler d'elle.

De tout le temps qu'il avait eu la cure de la paroisse, Isidore n'avait jamais jugé souhaitable de s'asservir les bonnes sœurs comme l'avait fait son prédécesseur. Celles-ci lui rendaient de louables services, mais n'avaient jamais été ses servantes. Question de considération. Il se cuisinait lui-même très bien et parvenait quand même à se blanchir.

Par contre, ça ne semblait pas être le cas de son remplaçant.

Après leur avoir bavé en long et en large leur rôle de sou-mission envers les mâles représentants de l'Église, le cher Auguste leur jappa ses ordres. Paniquées et n'y comprenant rien, les deux religieuses s'exécutèrent, mains presque jointes, tremblant de toute leur infériorité.

Le soutané homme n'avait pas aussitôt mis ses gros pieds

dans la place que déjà, il se permettait de faire le jars. Pour comble, il puait le vin de messe à plein nez…

N'en croyant pas ses yeux et ses oreilles, Isidore donna sans délai congé aux deux nonnes, leur ouvrant même la porte pour accélérer leur sortie.

Elles ne se firent pas prier. Isidore attendit que les deux soumises fussent loin d'oreilles.

— Mon cher Leduc, cracha-t-il comme de la grêle, vous êtes ici chez moi. Tant et aussi longtemps que je ne vous aurai pas officiellement transmis la cure de cette paroisse en présence de mes paroissiens, je vous ordonne de vous aplatir les mâchoires l'une contre l'autre et de vous déguiser en courant d'air.

— Sinon ? grogna Auguste, dévisageant Isidore.

— Sinon, je vous fends le Ciel sur la tête ! lui cria Isidore, lui-même surpris par les paroles qui venaient de forcer leur passage dans le canal habituellement pacifique reliant son esprit à ses cordes vocales.

Saisissant alors son bréviaire posé sur le coin de la table, il le secoua au plus haut que sa main put le hisser avant de le poser, à bout de bras, sur la tête d'Auguste qui le dévisageait avec haine.

La scène qui suivit ne devrait peut-être pas être racontée parce que beaucoup trop invraisemblable.

Mais enfin…

Dans le demi-instant qui suivit, les quatre pattes de la chaise sur laquelle était assis Auguste se brisèrent en mille et un cure-dents. Dans l'autre demie du même instant, le colossal abbé s'affaissa de tout son long et de tout son large sur le plancher que, deux jours auparavant, sœur Bernadette Saint-Cyr avait pieusement ciré.

Isidore n'eut pas le temps de ravaler sa salive qu'Auguste décampait comme s'il venait d'être frappé par la foudre.

Ne se donnant même pas la peine de tenter de comprendre ce qui venait de se produire, ce fut les jambes un peu molles que le petit prêtre inspecta son bréviaire sous tous ses angles. Il se pencha un bref moment sur l'amas de cure-dents qui avait été une chaise.

« Étrange… bien étrange, tout ceci », admit-il enfin.

CHAPITRE 7

La journée du samedi débuta sans incident particulier. Auguste Leduc semblait avoir repris son rang. Il fut, en tout cas, durant tout le déjeuner, d'une extrême politesse avec sœur Saint-Cyr.

— Je m'excuse pour hier, lui glissa-t-il en douce lorsqu'elle s'approcha pour le servir. Le voyage, ajouta-t-il, m'avait donné des brûlures à l'estomac et lorsque j'ai faim, je digère très mal les vicissitudes de la vie.

Quant à Isidore, il préféra ignorer le non bienvenu personnage.

Se servant un café qu'il avait fait aussi noir qu'un revers de porte d'enfer, Auguste dirigea vers son vis-à-vis un coup d'œil furtif. Puis il lança son hameçon, question de vérifier si le poisson était dispos.

— Quand comptez-vous me faire visiter votre belle paroisse, mon cher Isidore ? s'enquit-il, lui tendant la cafetière.

Le visage baigné de dédain, Isidore, d'un geste sec de la main, déclina la politesse qui venait de lui être faite. Il se leva.

— Je vous attendrai dans mon bureau dès que vous aurez terminé votre déjeuner, se borna-t-il à lui dire. D'ici là, je vous laisse dans la paix du Seigneur, lança-t-il, traçant vers son interlocuteur une croix très effacée.

— Je vous saurai gré, mon cher Isidore, de ne plus jamais me barbouiller d'une bénédiction de la sorte. Le Seigneur, j'en suis sûr, n'a que faire de votre laxisme, lui barbota Auguste, se brûlant la langue de son bouillant breuvage.

Offusqué par l'acerbe et cinglante réplique, Isidore prit congé, frissonnant à l'idée de laisser ses paroissiens entre les mains d'un aussi aride personnage.

Auguste le rejoignit une trentaine de minutes plus tard. Il s'assit de l'autre côté du bureau, déposant devant lui une bouteille de vin de messe et un verre. Isidore trouva la chose étrange, mais se garda de tout commentaire.

Les deux prêtres parcoururent alors les affaires courantes de la paroisse. Auguste s'intéressa à tous les sujets, mais plus particulièrement à celui des finances. Au chapitre touchant les dons et les legs de paroissiens, il s'étonna de la maigreur des rentrées, s'en indignant dès son deuxième verre de vin.

— Il y a sûrement, parmi vos paroissiens, des gens qui ont des économies cachées et qui seraient prêts à en faire bénéficier l'Église dès maintenant, dit-il.

— Je suis tout à fait d'accord avec vous, mon cher Auguste. Mais lorsque je constatais que des familles avaient plus besoin de cet argent que l'Église, je préférais partager ces dons avec eux de façon équitable.

— Mais de quel droit vous permettiez-vous… ?

— Du droit, dans la plupart des cas, de les sortir de leur misère, mon cher Auguste. De faire poindre un peu de soleil dans leur vie. Voilà de quel droit je me le permettais : au nom de l'Église.

Niché entre les énormes doigts du gros prêtre et de surcroît surléché par une langue démesurément longue, un petit bout de crayon à mine vomissait des notes dans un cahier poussiéreux.

« Mais où donc l'Archevêque a-t-il pu dénicher un pareil énergumène ? » ne cessait de se demander Isidore, décontenancé.

Lorsqu'ils eurent fait le tour de l'administration de la petite paroisse, il respira d'aise.

— Demain, à la grand-messe, je vous présenterai à nos paroissiens, lança-t-il à son remplaçant. Pour le moment, et ce, dès que vous y serez disposé, nous ferons une tournée rapide de la paroisse et de sa campagne. Je tiens à ce que vous ayez une idée globale des gens d'ici et de leur quotidien.

Élevant bien haut le fond de la bouteille jusqu'à ce que ses dernières gouttes de vin tintent dans son verre, Auguste se racla la gorge. Ouvrant la bouche, il tria chacun des mots qu'il s'apprêtait à allonger.

— Y a-t-il… en votre noble paroisse, mon cher Isidore, plusieurs malades en phase terminale qui n'aient pas encore été aiguillés sur la voie menant au Seigneur ?

Le regard d'Isidore se hissa lentement vers celui de son interlocuteur.

— Mais pourquoi voulez-vous savoir cela, Auguste ? Craignez-vous que je n'aie pas fait l'impossible pour que le Seigneur les reçoive tous à bras ouverts dès qu'ils auront rendu leur dernier souffle ?

Se faisant soudainement plus mielleux, Auguste redirigea son verbe.

— Désolé, Isidore. Vous me voyez bouleversé de vous mettre dans un tel état. J'ai simplement cru entendre de la bouche de mes supérieurs que vous aviez pris un peu de distance avec vos ouailles ces derniers temps. Il est tout à fait normal que je sache si ces âmes ne sont pas en précaire équilibre entre le ciel et… l'enfer, ne trouvez-vous pas ?

Sachant très bien qu'il venait de frapper fort, Auguste abaissa respectueusement la tête, permettant à ses lèvres d'esquisser un malin sourire.

Il profita même du moment pour siphonner bruyamment le

fond de son verre avant d'éclater d'un rire aussi décousu que ses dents.

Frissonnant de dépit et à court de salive, Isidore sortit.

Le reste de la journée s'étira en manifestations excentriques d'une « foi de cirque » dont les humbles demeures de la petite paroisse auraient pu se passer. Auguste beurrait épais...

Dépassé par le zèle outrancier que manifestait son remplaçant, Isidore se faisait avare, pour ne pas dire hagard, de commentaires.

Vers trois heures, en après-midi, alors qu'ils cheminaient dans le rang 2 en direction de la demeure des Gagnon, un événement des plus inusités survint.

Moins d'une centaine de pas devant eux, survolant un sentier qui menait à la rivière, une trentaine d'oiseaux de toutes sortes piaillaient de frénésie et de cabrioles. Isidore éleva un bras vers Auguste, l'invitant à ralentir son pas.

— Vous allez bientôt assister à la plus belle manifestation d'amour inconditionnel dont ce village a appris à ne plus se passer, lui souffla Isidore, s'en frottant déjà les mains de contentement.

Le spectacle qu'il appréhendait, il en était certain, galvaniserait à coup sûr le cœur du gros Auguste.

Dès que la volée d'oiseaux atteignit la route, un grand bonhomme, fringues et chevelure emportées, se détacha au travers des aulnes. Doué d'une légèreté de cerf, il vola par-dessus le large et profond fossé, empruntant, tête haute, la direction des deux prêtres. Loin de ralentir sa cadence et n'ayant pas remarqué leur présence, il accéléra son allure. Le grand Wilfrid ne semblait pas toucher le sol.

Lorsqu'il fut à une dizaine d'enjambées d'eux, il stoppa net. Le sourire qui illuminait son visage s'effondra comme un château de cartes. Un gros.

Braquant ses grands yeux vert pré dans ceux d'Auguste, son visage devint de cire. Le vent se figea, puis se déguisa en courant d'air.

Impassible comme une souche, Auguste ne bougeait plus.

Combien de temps les deux personnages se fixèrent-ils ? On ne le sait pas. On ne le sait vraiment pas…

Mais ce qu'on sait toutefois, c'est qu'une formidable tourmente s'empara des lieux, arrachant en quelques secondes toutes les feuilles des arbres sur une circonférence d'une dizaine de pas.

Combien de temps cela dura-t-il ? Encore là, on ne le sait pas. On ne le sait vraiment pas…

Lorsque le calme revint, Wilfrid fuyait, très loin, en direction de sa maison. Les oiseaux qui l'accompagnaient se dispersaient, abandonnant plumes et déjections dans l'effort suroiseau qu'ils déployaient pour fuir.

Éberlué, Isidore tentait de comprendre ce qui venait de se passer. Jetant un coup d'œil sur sa soutane, il constata que chaque fibre de coton qui la composait était incrustée d'une poussière farineuse comme s'il s'était roulé sur le sol. Ses cheveux, en broussailles, s'étaient dressés sur sa tête. Il se peigna de ses doigts vers l'arrière, puis se moucha un bon coup.

Il s'approcha d'Auguste.

Ce dernier n'avait pas bronché d'un seul pore de la peau. Ses yeux, presque fermés, prenaient des photos du petit nuage qui au loin, dansait encore dans le rang 2.

Les lèvres du nouveau pasteur se mirent alors à frémir, puis à s'agiter, comme de grosses limaces se tordant sur une roche brûlante. Le reste de son corps, par sections, s'extirpa de sa torpeur.

— Voilà donc ce souffreteux épouvantail à corbeaux dont m'a entretenu l'Archevêque, grogna-t-il.

Élevant alors le ton de deux crans, juste pour s'assurer

d'être bien entendu par Isidore, il mordit chacun de ses mots.

— C'est donc lui, ce septième fils issu d'un ramassis de simples d'esprit.

Au passage entre ses dents ajourées, les « s » *silèrent* comme des cigales en chaleur.

Promenant son regard sur la secouée végétation qui les entourait, le plantureux prêtre s'épousseta froidement puis reprit sa route.

Isidore devina chacune de ses pensées.

— Si je peux me permettre de vous donner un simple conseil, Auguste, ne vous en prenez ja...

— Je n'ai que faire de vos conseils, l'interrompit Auguste, lui jetant un regard chargé de mépris. Je suis là pour redresser une situation qui nécessitera, je viens de le constater, un sérieux coup de barre. Si vous aviez fait votre travail, mon cher Isidore, on n'en serait pas là.

— Je vous aurai quand même averti, lui glissa néanmoins celui qu'on accusait d'avoir laissé pourrir la situation.

Se suant le front à longueur de journée, Marie-Rose et Magnan ne parvenaient plus à décrotter leur jardin de ses mauvaises herbes. Ce potager étant jadis reconnu comme le plus prolifique de Saint-Ludger, c'était à se demander si un mauvais sort ne l'avait pas frappé d'une main de famine.

Les radis montaient en graines, les concombres faisaient de l'embonpoint, les plants de tomates étouffaient dans le chiendent, les patates étaient envahies de bébittes, les choux étaient dévorés par les limaces, et...

Marie-Rose ne porta qu'une attention distraite à l'arrivée précipitée de son Wilfrid. Depuis son tout jeune âge, celui-ci adorait escalader le grand chêne centenaire qui surplombait la buvette des animaux.

Il s'y perchait sur les plus hautes branches, en compagnie de ses oiseaux. Avec les années, la bonne mère avait cessé de craindre que son plus jeune ne fasse une mauvaise chute.

— Ses amis vont le rattraper en vol, disait-elle à Magnan, qui lui avait déjà fait part de ses propres craintes.

— Notre Wilfrid est plusse sécuraillé à trente pieds dans les airs qu'au sol parmi les humains, disait-elle.

Comme ses ailés, il s'y sentait hors d'atteinte.

Relevant la tête pour s'éponger le front et se masser le rein-quier, la mère trouva quand même quelque chose de différent au comportement de son grand.

Recroquevillé comme s'il avait voulu se faire le plus dissi-mulé possible et gardant le regard soudé sur le gros saule où débouchait la route, Wilfrid émettait un son différent de l'ac-coutumée. Son cri, long et éraillé, imitait celui d'une corneille qui avertit d'un danger. La vibration se voulait aussi un cri de ralliement parce que les ailés accouraient de toutes les direc-tions.

Les questionnements de Marie-Rose furent vite fondés. Quelques minutes plus tard, Isidore Bilodeau arrivait avec de la compagnie.

N'ayant pas du tout la tête à converser, les deux fermiers se seraient bien contentés des seules présentations d'usage. Mais Auguste s'englua sur place, se faisant plus volubile qu'un serin. Il en remettait sans cesse, ses yeux scrutant les environs comme si... comme s'il avait cherché quelque chose ou...

Et finalement, il repéra l'objet de sa convoitise. Visiblement satisfait, il devint alors loquace comme dix, formulant avec grands gestes et voix mielleuse des compliments qui coulaient carrément sur le dos de ses interlocuteurs. Il en mettait tant qu'Isidore se vit contraint de lui couper la parole.

— Je m'excuse de vous interrompre, Auguste, mais je vous

rappelle que nous avons encore plusieurs paroissiens à voir.

— Vous avez tout à fait raison, Isidore. Mais ces bonnes gens sont si accueillantes qu'il me tarde de revenir.

Puis, retenant un rictus de haine, il pointa un énorme index en direction du gros chêne qui frétillait de battements d'ailes.

— Et saluez bien votre septième fils pour moi, voulez-vous ? mâcha Auguste, se torturant la bouche pour sourire.

À cet instant précis, le chêne au grand complet se vida de son contenu. Le son fut à ce point assourdissant qu'on aurait dit le passage d'un train, à toute vapeur. La clameur des piaillements s'abattit sur le groupe. Isidore et les Gagnon avaient déjà été témoins de manifestations d'ailés, mais jamais d'une telle ampleur. Quant à Auguste, pris de crainte et très impressionné, il se déplaça vers le fossé pour s'y ramasser un gourdin qu'il brandit au-dessus de sa tête en guise d'arme. Durant une quinzaine de secondes, la horde frôla la tête du gros prêtre, lui jetant les pires grossièretés.

En tout cas, à en juger par le ton qu'ils employaient, ils ne lui entonnaient sûrement pas un *Alléluia* !

Alors qu'Auguste semblait dépassé par l'événement, un sifflement strident déchira l'air. Ça devait être un rappel à l'ordre puisqu'en moins de deux, tous les ailés regagnèrent leur point de départ.

Visiblement hors de lui, Auguste leur garrocha sa gaule. Juste pour s'empêcher de blasphémer. Ce fut ensuite le calme le plus absolu. Pas une mouche n'osait *buzzer*. Le seul son qu'on entendait était celui d'une personne qui se dégommait la soutane en fulminant.

Marie-Rose sentit le besoin de déchirer le lourd silence.

— Faudrait ben les excuser, m'sieur l'abbé, dit-elle, effondrée. S'en étaient jamais pris à du bon monde avant ce jour.

Elle jeta un œil vers son mari, cherchant son approbation.

— Vous pourrez repasser dans l'autant qui vous plaira, reprit Magnan, se dirigeant vers le jardin.

Il avait bien hâte de voir *décrisser* le rustre personnage.

— Mais j'en prends bonne note ! dit Auguste. J'en prends très bonne note ! Je repasserai ! Vous n'avez pas fini de me voir dans le coin…

Sur ces mots, il cracha par terre, élevant lentement les yeux vers le grand chêne.

Ce dernier geste ne passa pas sans signification pour Magnan. Il le prit comme une déclaration de répugnance, voire d'hostilité à leur égard. Mine de rien, il suivit Auguste des yeux tant que celui-ci ne fut pas disparu de sa vue.

— Ma Rose, dit-il, reprenant son bêchage, va falloir garder ce gros crisse-là dans le collimateur de notre méfiance. Y a kek chose de pas catholique dans ses agirs. Y a pas arrêté de zieuter notre Wilfrid pendant tout le temps qu'y nous a convarsés.

Le reste de l'après-midi se déroula sans autre anicroche pour les deux pasteurs. Mais Auguste n'était plus le même. Les quelques sourires qu'il parvint à esquisser furent très cassants.

— Ces Gagnon ne sont rien d'autre que de grossiers incultes, répétait-il sans relâche à Isidore.

Jamais, comme représentant de l'Église, il n'avait été tant humilié.

Isidore, quant à lui, se délectait encore de sa première confrontation « Auguste — Wilfrid ».

« Ça promet », se disait-il, confiant que durant son absence, Wilfrid et ses alliés ne se laisseraient pas arracher les plumes sur le dos.

Ce n'était pas là une certitude, mais, en tout cas, ça mettait un certain baume sur sa plaie de pasteur.

CHAPITRE 8

— On a un nouveau curé !

— Quoi ?

— Un nouveau curé… !

La nef de l'église bedonnait jusque dans ses jubés. Ayant toujours préféré le même plancher que ses paroissiens, Isidore ne montait jamais en chaire.

Ce fut donc debout devant la balustrade qu'il leur présenta Auguste Leduc, leur nouveau curé. Prétextant avoir besoin de repos pour un certain temps, Isidore annonça à tous qu'il s'absentait pour une période indéfinie et qu'il se rendait visiter ses parents qu'il n'avait pas revus depuis plusieurs années. Profondément ému, il promena sur l'attentive assemblée un regard de désolation. Puis il les remercia, tous, pour leur bonté et leur grande générosité. Il exalta leur courage, leur sens de la communauté puis… puis, gros de cœur, il termina avec une dernière adresse.

— Je reviendrai près de vous dans un avenir que seul Dieu connaît, dit-il, au bord des larmes. Je remets, entre-temps, la cure de cette belle paroisse entre les mains empressées de votre nouveau pasteur qui, j'en suis sûr, saura combler votre âme de l'amour dont le Seigneur lui a chargé les bras.

Pointant alors l'imposant Auguste d'un doigt, Isidore fit une pause.

— Ne croyez-vous pas, reprit-il, que les bras de votre

nouveau curé peuvent en prendre beaucoup plus que les miens ?

Un long murmure de tristesse agita l'assistance. Les mouchoirs volèrent au secours des yeux qui se voilaient de larmes et au soutien des nez qui reniflaient leur désolation. Tous les visages se tournèrent alors vers Auguste Leduc. Impassible comme un banc de neige en janvier, celui-ci adopta, pour la circonstance, une posture condescendante. En termes plus clairs, il faisait *frais chié*. Promenant sur l'assemblée un regard froid, il s'imposa en chaque âme.

Un lourd silence givra la nef. Puis Auguste bougea. Des lèvres seulement.

— Depuis longtemps ! dit-il, d'une voix de stentor... (Il aimait tester son impact vocal.)

Certains paroissiens ayant sursauté à son timbre, il reprit, lubrifiant un peu son ton.

— Depuis longtemps, je souhaitais côtoyer des âmes sensibles à la dévotion due à leur Créateur. Durant ces dix dernières années, je fus aumônier dans une prison. Et croyez-moi, j'y ai rencontré l'enfer. Je m'attendais donc, dès mon arrivée en cette noble paroisse qu'est la vôtre, à y ressentir cette ferveur religieuse dont tout pasteur d'âmes souhaite s'abreuver. Toutefois, j'ai été plutôt désillusionné de constater que votre piété se faisait aussi tiède que votre foi. Et le mandat que m'a confié notre évêque, le vénéré Césaire Leclaire, n'a comme seul but que de venir raffermir cette foi que, durant ces treize dernières années, votre pasteur laissait aller au diable.

Auguste jeta un regard moqueur en direction d'Isidore.

Une commotion agita les fidèles.

Étonné de tels propos, Isidore Bilodeau sentit un froid lui traverser la colonne. Il venait d'être cavalièrement jeté en bas de sa fierté.

Auguste venait de prendre pied. Il positionnait son autorité morale.

De quel droit ?

Lorsque la commotion s'atténua, comme un écho qui ne sait plus où donner du son, Auguste déploya toute la fureur de ses cordes vocales. Le vitrail qui ornait la façade de l'église juste au-dessus du jubé des chantres laissa échapper deux de ses carreaux qui se fracassèrent sur le plancher. Et la lampe du sanctuaire perdit sa flamme. Pures coïncidences ? La question se répandit sur les langues, permettant aux âmes de reprendre souffle.

— J'ai été désolé, poursuivit le nouveau curé, sur le même ton, de découvrir en cette paroisse tant d'âmes qui font fi des préceptes de l'Église, préférant plutôt s'adonner à la culture d'un jardin et à folâtrer avec des oiseaux bêtes et chiants. En tant que votre nouveau pasteur, j'ai promis au Ciel de remettre cette paroisse dans le droit chemin. Et ce droit chemin commence par celui de la quête les dimanches. La foi ne se nourrit pas de l'air du temps, mes bien chers frères et sœurs. Cette terre, j'ose l'espérer, ne devra dorénavant plus faire ses oboles « à la Caen », mais plutôt « à la Abel ». Croyez-moi bien, j'y verrai ! Et ce, dès aujourd'hui. Je vous laisse dans la paix du Seigneur.

Avec grand zèle, Auguste traça vers l'assistance une éphémère croix. Il fit un pas en arrière, suivi d'un demi-tour, et se dirigea vers le banc faisant face à celui réservé aux sœurs du Saint Nom de Jésus. Celles-ci le dévisagèrent, cherchant en ses traits une quelconque teneur de pasteur de Dieu.

Totalement désarticulé par le discours de son remplaçant, Isidore chanta sa dernière messe dans un cafouillage presque total. Il se trompa d'épître, renversa une burette et… comble du boutte, lors de la communion, échappa une hostie qui se perdit dans une fente du plancher.

Maudit que ça allait mal !

Se produisent des moments, comme ceux-là, au cours desquels les émotions n'en finissent plus de se chamailler, sabordant les âmes qu'elles habitent.

La cérémonie se termina dans une langueur que personne n'aurait pu soupçonner. Pauvre Isidore ! Son âme n'y était simplement plus. Elle flottait à la dérive de sa foi.

Le petit prêtre en était arrivé à une étape de sa vie où certaines contraintes dogmatiques qu'il avait un peu prises à la légère lui demandaient maintenant des comptes. Et comme facture, elles ne se gênaient pas pour l'écarter d'une vocation qu'il avait exercée en toute simplicité. En effet, il avait laissé paître son troupeau dans les prés du Seigneur.

On lui reprochait cependant treize années de laxisme, au cours desquelles, disait-on, il avait permis à un émissaire du diable déguisé en simple d'esprit de s'infiltrer dans la bergerie. Le petit prêtre, en ce moment même, avait soudain l'impression de n'avoir fait que du surplace. Que du vulgaire surplace.

Mais cela serait à voir…

Il est alors dit que la messe prit, enfin, fin.

Et puis… et puis. Isidore tomba une fois de plus la voix en panne. Il s'en excusa gestuellement.

Ite missa est…

Dès cet instant, Isidore Bilodeau, curé de Saint-Ludger de Beauce, perdit son droit de porter la soutane. Ne désirant pas quitter les lieux sans avoir serré les mains de ses ouailles, il sortit, le cœur très gros, sur le parvis de l'église. Comme d'habitude, il y ventait. Sa voix l'ayant lâché, il n'eut au moins pas à exprimer le désarroi qui encombrait sa gorge. Ses traits étaient las.

Effondrées de douleur, les sœurs du Saint Nom de Jésus lui demandèrent de les bénir en bloc. Isidore esquissa le geste comme s'il avait porté une énorme croix de bois vert, écorce comprise, sur son bras.

Puis il s'éclipsa, priant le Ciel que ses jambes ne flanchent pas avant qu'il ait touché la galerie du presbytère.

Elles tinrent le coup.

Dès qu'il fut à couvert, il monta se réfugier dans l'obscurité de la chambre à lampions. C'était à cet endroit que, dans le temps, feue sœur Saint-Jean venait gratter les restes de cire du fond des pots de lampions pour les recycler en nouvelles intentions. Cointant l'étroite porte avec un dossier de chaise, il se faufila à tâtons vers un petit espace, entre deux grosses malles, sous la pente de la toiture. Et là, il ouvrit toutes grandes les vannes de ses glandes lacrymales. Isidore n'avait jamais tant pleuré. Il en manquait parfois de souffle. Que d'images, emportées par le flot de ses larmes, déboulèrent de sa mémoire !

Au bout d'un long moment, relevant la tête d'entre ses genoux recroquevillés pour se moucher, il perçut une faible lueur qui dansait sur une petite table adossée au mur, près de la porte. Intrigué, croyant avoir affaire à un tour que lui jouait son imagination, il s'épongea le visage de son mouchoir et repercha en vitesse, sur son nez, ses épaisses lunettes.

Là, un lampion venait tout juste de prendre flamme. Sa faible lueur dansait sur le mur bleu ciel, tout proche, y créant un halo s'apparentant à un tunnel donnant sur l'infini. « Qui est là ? murmura le petit prêtre. Qui est là…? » reprit-il, fouillant l'obscurité que léchait le faible rayonnement.

— Ce n'est que moi, Isidore. Ce n'est que moi, lui souffla une voix de femme.

À ce moment précis, un visage émergea dans le halo, sautillant au gré d'une mèche de seconde main.

— Sœur Saint-Jean ! Mais que diable faites-vous ici ?

— Je savais que ce lampion recyclé me servirait un jour,

dit-elle. Il est encore chargé de bonnes intentions. Tout comme l'est ton cœur, mon cher Isidore.

— Oh! Ma bonne sœur. On vient de me l'arracher. Il n'est plus que lambeaux.

— Soit, Isidore. Mais ton âme, elle, est toujours intacte. Ce mariage qu'on te reproche d'avoir béni et ce laxisme dont on t'accuse à l'endroit du septième des Gagnon, ne sont que des prétextes pour t'écarter de tes paroissiens. Tout ce que tu as fait, Isidore, tu l'as fait de bonne foi et au nom de l'amour. Le cœur d'un homme, puisse-t-il être celui d'un archevêque, ne peut décider seul de ce qui est bien ou mal. Le Ciel voit beaucoup plus grand. Laisse passer cette tempête qui obscurcit ton esprit et fais ce que dois. Quitte cette paroisse pour quelque temps. De grandes choses t'attendent. Ce n'est pas en te terrant dans un fond de presbytère que tu t'affranchiras de Césaire Leclaire, mais en t'affirmant dans la pleine lumière de ta destinée. Quitte cette soutane qui pèse sur ton âme, roules-y ton cœur en lambeaux et enfouis-les dans le passé. Laisse paître ton troupeau. Il est appelé à traverser une grande agitation. Car le Malin rôde.

« Tes parents se font vieux. Ils s'ennuient. Va les voir avant que ceux-ci ne le puissent plus. Surtout, rappelle-toi bien que les hasards n'arrivent jamais sans qu'ils aient d'abord été décidés.

« Sur ce, je dois te laisser, mon cher Isidore. Mon lampion s'use. N'oublie pas de le souffler avant de sortir. C'est mon dernier. Que Dieu t'accompagne. »

Isidore s'empressa de se départir de sa soutane qu'il plia, avec grand soin, avant de la dissimuler dans son petit coin à braillage. Puis il éteignit le lampion, souhaitant qu'il reste assez de cire pour une autre apparition de sœur Saint-Jean. Avec grande solennité, il retira la chaise de la porte et sortit… de son sépulcre.

Curieusement, il se sentit transfiguré.

Descendant au rez-de-chaussée, il mit le pied sur la deuxième marche de l'escalier. Son attention venait d'être attirée par Auguste qui s'affairait dans l'ancienne chambre d'Hector Bellavance. Dès le départ de ce dernier pour Québec, treize ans plus tôt, sœur Saint-Jean en avait refermé la porte après avoir, pour une dernière fois, lissé le lit sur son passé.

— Mais que faites-vous ? demanda Isidore, réalisant le manège qui s'y déroulait.

La réponse fut cinglante.

— Le pasteur ne loge pas dans le même enclos que ses brebis ! lui décocha Auguste. Maintenant que je suis le curé de cette place, cette chambre sera dorénavant la mienne.

— Saviez-vous, mon cher Auguste, que cette chambre fut pendant cinquante ans celle d'Hector Bellavance ?

— Je n'en ai rien à braire ! grogna Auguste.

— Saviez-vous, mon cher Auguste, que cette chambre que vous profanez fut condamnée par sa servante peu de temps avant de rendre l'âme ?

— Vous m'en direz tant !

— Saviez-vous, mon cher Auguste, que feue sœur Saint-Jean était... très attachée à cet homme qu'elle a dorloté durant trente ans ?

— Si tu n'as rien d'autre à dire que des sottises, Bilodeau, va donc voir à la sacristie si j'y suis !

— Et si je vous dis que ces appartements sont parfois visités par sœur Saint-Jean qui revient fréquemment s'y bercer ?

— Je n'ai rien à faire, petit trouillard, de tes histoires à dormir debout.

— Dans ce cas, mon cher Auguste, ne me reprochez jamais de ne pas vous en avoir averti.

Alors qu'il prononçait ces mots, la porte de l'appartement se referma d'elle-même. Et avec fracas…

— Pardonnez-lui, sœur Saint-Jean! prononça à voix forte Isidore, car cet être ne sait pas ce qu'il fait.

— Ainsi soit-il! répliqua le grossier Auguste, de l'intérieur, convaincu que le petit curé le faisait marcher.

Comme par un heureux hasard, une odeur de repas chatouilla les narines d'Isidore. Celui-ci avait faim. Il s'empressa vers la cuisine.

— Bonjour, ma sœur, lança l'ex-curé à sœur Berthe, affairée à la cuisine. L'apercevant tout fringué en monde ordinaire, celle-ci s'étouffa dans sa salive.

Sœur Berthe n'était pas une femme comme les autres. C'était une infrastructure. Elle s'était déléguée pour prendre la relève de sa collègue, la pauvre sœur Saint-Cyr, qui faisait des boutons d'hormones juste à la pensée de devoir se soumettre à celui qu'elle appelait « le bœuf musqué ».

Et puisqu'on en parle, les gros sabots de celui-ci annoncèrent son arrivée.

— Où est donc passée sœur Saint-Cyr? s'exclama Auguste, apercevant sœur Berthe.

— Vous devrez dorénavant vous satisfaire de mes empressés services, monsieur le nouveau curé, lui mâcha-t-elle de ses plus belles dents. Sœur Saint-Cyr a été affectée à d'autres tâches. Voulez-vous de ma soupe ou préférez-vous que je la jette aux cochons? demanda-t-elle.

— Holà! Ne vous mêlez surtout pas de me parler sur ce ton, répliqua Auguste.

— Et vous, ne vous mêlez surtout pas de critiquer ma cuisine, lui rétorqua l'abondante nonne, élevant très haut la grosse cuillère de bois qu'elle tenait déjà à bout de patience.

Soyez toutefois assuré, monsieur le curé, que je serai à l'écoute de vos moindres besoins. Toutefois, au risque de me répéter, je serai la seule. Ne vous en déplaise. Maintenant, voulez-vous toujours de ma soupe ?

Auguste ouvrit la bouche, rouge de colère. Ses carotides faillirent lui sortir par la gorge. Puis il referma son clapet et s'assit, fixant la table. L'assiette arriva devant lui en même temps que son coup de tête affirmatif. Il s'en goinfra comme un ogre.

Isidore parut amusé par la situation. Mourant d'envie d'en remettre, il poussa insolemment le pain vers son vis-à-vis.

— Les souris vous l'ont laissé, celui-là, mon cher Auguste, lui souffla-t-il. Elles n'en mangent jamais avant d'avoir d'abord récité leur bénédicité…

— Allez donc au diable, Bilodeau ! rétorqua le glouton.

Le reste de ce dimanche se déroula comme de la crotte de lapin. Par mottons. Les deux hommes s'évitèrent.

Isidore en profita pour empiler tout son barda dans la chambre à lampions. Les effets qu'il amenait chez ses parents, à Québec, ne lui demandaient que deux valises.

Tous les mardis, Ernest Lapointe, postillon de la poste canadienne, prenait comme passagers des gens qui désiraient se rendre à Saint-Georges. Isidore avait donc laissé une note à la maîtresse des postes, lui demandant de lui réserver une place s'il s'en trouvait encore de disponible. De Saint-Georges, il prendrait le train jusqu'à Québec.

De toute façon, s'était-il convaincu, jamais il ne parviendrait à partager le presbytère avec un être de la trempe d'Auguste. Le ciel et l'enfer les séparaient.

CHAPITRE 9

Occupant son lundi à faire du ménage dans la sacristie, Isidore entendit une pièce choir dans le tronc de la Sainte Vierge. Mû par la simple curiosité, il jeta un œil discret par l'embrasure de la porte.

En désespoir de cause, Marie-Rose, que la foi ne faisait pas frissonner, avait décidé de faire un geste qu'elle n'avait jamais posé auparavant. Ayant cueilli une dizaine des plus beaux rameaux de son lilas blanc, le seul du village, elle les disposa dans le pot de la Sainte Vierge. Puisqu'elle y était, elle en profita pour allumer un lampion pour son jardin.

Se dirigeant vers la sortie, visiblement éreintée, la dame s'arrêta près du bénitier, sortit un petit pot de sa poche de tablier et le remplit d'eau bénite jusqu'à ras bord.

— Qu'est-ce qui vous amène dans la maison du Seigneur ? lui demanda furtivement Isidore, posté juste derrière elle.

La pauvre femme sursauta, poussa un cri de frayeur. S'effoirant à genoux, elle échappa le contenant d'eau bénite qu'elle serrait contre son cœur. Tombant sur le plancher, le récipient se vida de son contenu. Marie-Rose était à ce point confuse qu'elle demeura prostrée au sol, pleurant trop pour faire quoi que ce soit d'autre.

— Mais que se passe-t-il qui puisse vous mettre dans un pareil état ? demanda Isidore, stupéfait.

— Monsieur le curé, parvint-elle à prononcer entre deux

sanglots, je sais plus à quel saint m'abandonner. En kek jours, les mauvaises harbes ont gagné tout mon hardin. Mes gars pis mon homme, y se sont rongé les genoux toute la fin de semaine à sarcler sans s'arrêter pour griller une poloque, pis aussitôt qu'y finissaient un rang, la maudite harbe yeu repoussait d'sous les s'melles.

Isidore s'empressa de rassurer la brave jardinière, l'aidant même à se relever pour la faire asseoir dans un banc.

Il écouta alors, comme en confession, les doléances de la désespérée.

— Kessé que j'ai ben pu faire au bon Yeu, m'sieur le curé, pour qu'y prive mes sept gars de nourriture ? Kessé que je peux ben d'y faire pour son plaisir, à sa mére, la Vierge Marie ? insistait-elle, reniflant les larmes qu'elle n'arrivait pas à éponger avec son tablier.

Isidore la calma, lui demandant s'il pouvait l'accompagner pour voir ce jardin qui la reniait avec une telle ténacité.

— J'avais d'ailleurs promis à deux de vos fils que je passerais vous visiter à ce sujet, lui dit-il pour la rassurer.

Marie-Rose s'en trouva plus que comblée. Isidore se rendit en hâte à la sacristie pour en revenir avec son fameux goupillon et son seau. Tendant une main vers le contenant que tenait nerveusement Marie-Rose, il le remplit de nouveau, le tendit à la dame et le bénit.

— Versez-le maintenant dans ce récipient, lui murmura-t-il. Votre foi fera le reste.

Isidore voyait en la visite de cette femme un signe positif du Ciel dans la tourmente qui le secouait aussi.

« Les hasards n'arriveront jamais sans qu'ils aient d'abord été décidés », lui avait confié feue sœur Saint-Jean.

Chemin faisant, Isidore en profita pour discuter avec Marie-Rose du face à face qui avait opposé, deux jours plus tôt, Auguste, Wilfrid et les oiseaux.

— On en a parlaillé avec Wilfrid, Magnan pis moé, s'empressa de dire Marie-Rose. Ça se reproduira pus.

— Mais il y plus que ce banal incident, madame Gagnon. Je dois vous informer, lui confessa Isidore, que l'évêque se préoccupe de votre Wilfrid depuis au moins dix ans. Votre fils est un septième d'affilée. Et l'Église craint les septièmes pour les dons qu'ils sont supposés posséder. Ces dons, madame Gagnon, risquent d'incommoder la mainmise que détient l'Église sur la guérison des malades. Si votre fils, par ses dons, sort trop sa tête du troupeau, ils voudront la lui couper.

— Je voudrais ben werre le chrétien qui oserait faire du mal à mon Wilfrid, m'sieur le curé. Y est pas dit qu'y entrerait en enfer avec toutes ses morceaux!

Isidore parut amusé par la couleur des propos de sa paroissienne.

— Je pars demain, madame Gagnon. Je ne sais pas quand je serai de retour. Et je crains que votre fils ne coure un certain danger. Sachez que l'arrivée d'Auguste Leduc, le nouveau curé, a quelque chose à voir avec Wilfrid. Surtout depuis que celui-ci a commencé à soulager certains paroissiens de leurs maux.

Marie-Rose stoppa net, fixant Isidore avec grand intérêt.

— Pourquoi avez-vous attendu cet aujourd'hui pour me mettre dans le courant, m'sieur le curé?

— Tout simplement parce que j'attendais de voir, madame. Mes paroissiens me parlent de plus en plus du pouvoir que possèdent les mains de votre fils. Il m'arrivait parfois, lorsque je sortais d'une visite chez un malade, de voir un attroupement d'oiseaux qui s'approchait de lui. Je n'y ai jamais vu de mal. Les soulagements que votre Wilfrid faisait dans mon dos ne m'enlevaient rien, ni à l'Église. Mais j'ai compris, il y a deux jours, lorsque Wilfrid et Auguste Leduc se sont fait face, que votre septième possède des forces qui dépassent tout ce que j'ai pu voir à ce jour.

Marie-Rose ouvrit de grands yeux d'étonnement. Isidore ralentit le pas. Les deux personnages se trouvaient justement à l'endroit où s'était produit le fameux incident lors de la toute première rencontre entre Auguste et Wilfrid, sur la route menant chez les Gagnon.

Constatant le vide créé dans le feuillage des arbres qui les entouraient et surprise de voir le nombre de branches que la tourmente avait tordues, Marie-Rose s'arrêta, fouillant les lieux à pleines pupilles.

— Voulez-vous me dire, m'sieur le curé, que mon Wilfrid aurait kek chose à werre avec ces alentours? demanda la femme, troublée. Me fait plutôt l'effet que le yâbe s'est accroché les chnolles dans la fourche d'un arbre! finit-elle par conclure.

Isidore se contenta de la fixer, haussant simplement les mains de désarroi. Ils reprirent leur marche.

— Puisque c'est de même, bégaya Marie-Rose, kessé qu'on va pouvoir d'y faire, asteure que vous serez pus là?

— Je dois en discuter avec Wilfrid, madame Gagnon. Il doit être averti de la situation.

Alors qu'ils arrivaient chez elle, leur attention fut attirée par un rassemblement d'oiseaux qui se déporta de l'avant à l'arrière de la mansarde. Ils dansaient comme s'ils se prêtaient à un rituel céleste.

Le visage de la mère s'éclaira de joie.

— Vous savez, m'sieur le curé, Wilfrid est peut-être un peu faible de son esprit, mais je pense que les oiseaux, c'est un cadeau que le bon Yeu y a fait. Faut craire que c'était pour se faire pardonner de pas y avoir donné d'ailes pour aller rejoindre son frére jumeau au ciel.

— Sachez bien, madame Gagnon, que le comportement de votre fils et de ses oiseaux ne m'importune pas. Votre fils est aux anges en leur compagnie. Je trouve cela divin.

Marie-Rose avait retrouvé son calme. Elle marchait maintenant sans traîner du nerf sciatique. Ne se gênant pas pour fournir la parlotte, elle verbilla suffisamment fort pour avertir Wilfrid de son arrivée. Camouflé dans un bosquet, juste pour s'amuser, le jeune homme les épiait.

Le jardin, ou ce qu'il en restait, donnait l'impression d'avoir été improvisé en plein champ. Une vraie tristesse. Isidore n'en revenait pas. Ouvrant avec précautions la timide porte qui en gardait l'entrée, il constata que les mauvaises herbes y poussaient plus serré que les cheveux qui lui recouvraient la tête.

Et que dire des insectes qui y pullulaient ? Il lui fallait parler avec les dents serrées en moustiquaire pour éviter d'en mastiquer. Il y en avait davantage dans le jardin, au pied carré, que dans le champ, juste à côté.

Isidore exhiba très haut son goupillon, le secouant avec grande solennité. Il parcourut chaque allée avec la même ferveur qu'un chemin de croix. Tous les dix pieds, il s'arrêtait pour projeter au gré du vent l'eau bénite dont regorgeait son fameux outil miracle. Ses lèvres baragouinaient d'inaudibles incantations d'exorcisme, d'ailleurs incompréhensibles aux oreilles de tout profane.

« Et pourquoi pas une deuxième et rapide tournée ? » se dit-il, désireux d'exploiter jusqu'à sa dernière goutte le magique liquide. Pendant qu'il s'exécutait, le petit prêtre remarqua Marie-Rose en discussion avec Wilfrid. Il attendit son moment.

Pour le remercier, celle-ci lui tendit un pain de sa dernière fournée. Sur le coup, Isidore refusa. Mais la dame insista, emmitouflant la pièce dans un tissu qu'elle cueillit sur sa corde à linge encombrée d'oiseaux.

— Wilfrid ! cria-t-elle, je t'avais-tu pas déjà dit de pas laisser traîner tes oiseaux sur ma corde à étendre ?

Le jeune homme se positionna alors quelques doigts sur les lèvres et lâcha un sifflement.

Déjà dur de la feuille, Isidore sursauta devant l'intensité de la stridulation. Les volatiles disparurent en trois coups d'aile.

— Bonjour à l'wâzo du bon Yeu, lança le grand ventilé à l'intention d'Isidore.

S'approchant de lui, il lui tendit une main. Un peu pris de court, le petit personnage questionna le grand jeune homme du regard.

— Allez-y, prenez sa main, intervint Marie-Rose. Y vous mangera pas. C'est un respect qu'y porte juste à ceux en qui il voit le bon Yeu. Vous êtes ben le seul, après Élisée Morin, à qui y ose faire une aussi belle finesse.

Gardant main et sourire tendus, Wilfrid s'était fait statue. Il attendait de voir si Isidore accepterait l'amitié qu'il lui présentait. Tout un monde séparait les deux êtres. Tout un monde…

Pour être bien franc, Isidore, comme la majorité des villageois, ne savait pas trop comment se comporter en présence du jeune laissé pour compte. S'étant souvent rencontrés, ni l'un ni l'autre ne s'étaient jamais arrêtés pour causer, ou du moins, pour s'échanger des politesses.

À cet égard, l'ex-curé s'en voulait, comme pasteur, d'avoir laissé errer la situation. À la veille de son départ, c'était maintenant ou jamais.

L'instant suivant, les deux mains se nouaient. Une étrange impression de légèreté gagna le bras d'Isidore, puis sa poitrine, et enfin, sa tête. Jamais le prélat n'avait éprouvé une telle impression de béatitude, au point que le temps lui sembla se figer.

Au moment où Wilfrid relâcha sa poigne, l'angélus sonna. Un peu dérouté, Isidore tira la chaînette de sa Timex. Midi pile.

« Auguste a décidé de remettre les pendules à l'heure », se dit-il.

Marie-Rose s'était éloignée avec discrétion, laissant les deux hommes seuls.

Wilfrid s'installa sur la deuxième marche de l'escalier. Surgissant de sous la galerie, un gros matou vint s'aplatir sur ses genoux, se laissant flatter. Du regard, Wilfrid invita Isidore à s'approcher. Lorsque ce fut fait, il lui saisit une main qu'il déposa sur le flanc du gros matou qui ne daigna même pas soulever une paupière.

— Un matou, dit-il, élevant un grand sourire vers son nouvel ami, ça ronronne quand le cœur d'y vire dans l'heureux.

Puis il retourna la main d'Isidore là où il l'avait cueillie. Marie-Rose vint ensuite prendre place sur la même marche que son gars, à sa gauche.

— Monsieur le curé est venu te dire des choses de l'autre prêtre, le gros, qu'était avec lui l'autre jour, dit-elle. Es-tu paré à l'entendre ?

Wilfrid acquiesça, tournant la tête du côté d'Isidore.

Ce dernier ne savait trop par où commencer. Il ne voulait pas effrayer le jeune homme, mais seulement le mettre en garde contre Auguste. Ce n'était quand même pas aussi simple.

Au moment où il allait ouvrir la bouche, Wilfrid s'empara du son.

— L'autre soutane qu'était avec toé, l'autre jour, mes wâzos en ont peur.

— Et pourquoi ? s'enquit Isidore.

— Lui, y a une lumière qui vient du yâbe. Est toute nouerre.

— Et qu'est-ce qui te fait dire que sa lumière est noire ?

— Ses yeux. Y sont les portes de l'enfer. Mon ami Élisée me l'a dit.

— Et qu'est-ce qu'il t'a dit d'autre, ton ami Élisée ?

— Que je devais faire attention. Que je devais toujours rester avec mes wâzos. Que je devais rester loin du gros curé. Moé aussi, y me fait peur. Parce que lui, y m'aime pas.

— Et pourquoi penses-tu que le gros curé ne t'aime pas ?

— Parce que moé, m'a dit Élisée, chus comme un petit wâzo et que lui, y est un gros chat qui voudrait m'attraper pour me chiquer. Moé, chus pas méchant. Moé, j'aide jusse les autres à avoir plusse d'heureux dans leur cœur. Comme mon gros matou.

— Et que fais-tu pour aider les autres ?

— Je mets mes mains sur leur mal. Pis y s'en va. Juste comme ça. Y en a qui me donnent des pièces. Je les donne à ma mére. Ça d'y met du sourire dans face.

Le jeune homme s'esclaffa.

— Fais-tu souvent du bien aux autres en posant tes mains sur leur mal ? demanda Isidore.

— Élisée pis ma mére m'ont dit de le fére jusse si je les connais. Ou ben, si y viennent me vouerre dans ma maison.

Isidore garda un moment de silence. Il admirait la candeur qui émanait du jeune. Ce qui le frappa et qu'il n'avait jamais remarqué était cette coordination du regard et du geste qui accompagnait chacun des mouvements qu'exécutait Wilfrid. Difficile à décrire, d'ailleurs, mais c'était comme si son âme avait transcendé son corps.

Isidore déposa une main sur la tête bouclée du septième.

— Je dois maintenant me rendre visiter monsieur Morin, dit-il. Crois-tu qu'il est chez lui ?

Wilfrid émit alors une stridulation analogue à sa précédente, mais plus courte. Isidore s'en crispa le visage. Une dizaine d'oiseaux décollèrent en direction de la rivière.

— Mes wâzos vont nous le dire, lui souffla Wilfrid, poursuivant son flattage du gros chat.

Isidore attendit, se demandant bien ce qui allait arriver. Alors qu'il allait se lever, la dizaine d'oiseaux qui venaient à peine de partir se posèrent tout près, émettant de brefs cris.

— L'aut' oiseau du bon Yeu est assis devant son nid, déclara Wilfrid sans élever la tête.

— Y veut vous dire que m'sieur Morin est chez eux, traduisit Marie-Rose.

Isidore en perdait son entendement. Ce sacré Wilfrid Gagnon devenait l'être le plus énigmatique qu'il n'ait jamais rencontré. Curieux de sonder plus à fond l'âme du jeune homme, il chercha le prétexte qui lui permettrait d'en savoir plus.

— J'aimerais beaucoup savoir siffler aux oiseaux comme tu le fais, dit-il à Wilfrid.

Ce dernier semblait perdu dans sa bulle. Il prit quelques secondes pour réagir, puis tourna son regard vers Isidore, lui déployant un merveilleux sourire.

— T'es certain que tu veux apprendre, wâzo du bon Yeu ?

— Tu me ferais le plus grand des plaisirs, Wilfrid, insista Isidore, ravi que l'idée plaise au jeune.

Wilfrid déposa alors le matou sur les genoux de sa mère.

— Y a jusse mon ami Élisée qui sait siffler aux oiseaux comme moé, dit-il. J'attendais que tu le demandes. Mon cœur ronronne dans le content, termina-t-il, sondant un moment la sincérité d'Isidore.

D'un geste furtif, Marie-Rose s'essuya une larme du revers d'une main et se poussa plus loin, libérant plus d'espace pour les deux compères.

Et ça partit…

L'initiation, si on peut dire, durait depuis une demi-heure. Wilfrid se bidonnait à s'en tordre de rire. Isidore ne parvenait toujours pas à dominer ses doigts et ses lèvres pour réussir à produire le fameux son qui ferait réagir ses oiseaux.

— T'es pas un wâzo du bon Yeu! finit par lui lancer Wilfrid, tu ferais pas grouiller un corbeau sourd!

Tous trois s'amusèrent comme des enfants jusqu'à ce que Wilfrid se résigne à voler les doigts d'Isidore pour leur imprégner l'agencement tant souhaité.

Puis soudain, le coup réussit. Pendant que le matou se jetait sous la galerie, la trentaine d'oiseaux témoins bondirent de contentement.

Ce fut l'allégresse. D'un simple réflexe de félicité, les deux complices se jetèrent mutuellement dans les bras l'un de l'autre. Marie-Rose en pleurait de joie.

Isidore ne se résigna à partir que lorsqu'il parvint à émettre cinq sifflements bien réussis.

Il remercia enfin Marie-Rose et son fils, serra son pain sous un bras et sous l'autre, le bocal contenant son fameux goupillon, puis quitta les lieux.

Qui était donc cet Élisée, se demandait Isidore, pour que Wilfrid, cet être effarouché, lui ait accordé toute son amitié? Qui était cet homme, pour avoir su éveiller chez le septième des Gagnon cette force d'âme dont la nature l'avait doté?

Pour le commun des mortels, Élisée Morin était un être un peu bizarre. Homme solitaire, l'ermite apparaissait dans le village au printemps, dès que l'eau de la Chaudière reprenait son cours presque normal. Pas plus malfaisant qu'une vieille cenne, le vieil homme trappait le rat musqué. Il en vendait les peaux et mangeait le reste jusqu'à odeur d'os. Durant l'été, il se nourrissait de poissons que la rivière lui amenait, de petits fruits qu'il glanait ici et là et de son éternel bacon qu'il brûlait pour ne pas en tomber malade. De petits services qu'il rendait ici et là, dans le village, lui rapportaient aussi un semblant de charité.

Étant donné qu'à chaque débâcle printanière, les glaces risquaient d'emporter tout ce qui était érigé dans leur sillage, Élisée s'était monté une piaule dans un groupement de peupliers, au bout de la terre des Gagnon. Ayant dû abattre quelques-uns de ces arbres, il en avait conservé les souches, s'en servant comme meubles. Sur terre battue, l'humble abri de huit pieds de carré était construit de bouts de bois, de retailles de tôle et de clous décrochis. Ce qu'il appelait « sa cabane des animaux » lui servait, d'avril jusqu'à la fin d'octobre, à se protéger des agressions de la nature et des humains. En son centre, un petit poêle artisanal à deux ronds crachait sa fumée par un minuscule tuyau effleurant le toit sur la moitié de sa longueur. Le vieil homme parvenait tout juste à se réchauffer le bout des membres et à cuisiner sommairement. Quand il quittait la place pour retourner à Saint-Georges, à maturité d'automne, différentes variétés d'animaux allaient s'y abriter pour y suivre le cours de l'hiver.

Isidore et lui s'étaient rencontrés à quelques occasions, se contentant chaque fois de se saluer avec courtoisie. Sans plus. À deux reprises, par le passé, le petit curé avait traversé le fossé du cul-de-sac qui donnait à la cabane du vieux solitaire, mais, pris d'une crainte de déranger, il avait chaque fois rebroussé chemin.

Arrivé au cul-de-sac du rang 2, Isidore traversa la haie de verges d'or et d'asclépiades qui engorgeaient le large fossé. Il faillit s'envoler au gré des merveilleux parfums que lui tendaient les moindres courants d'air de la place.

L'endroit était d'un calme de corolle de fleur. D'une trentaine de pieds de hauteur, droits comme des cous entêtés, des cèdres tissés serré avaient concentré toute leur verdure dans leurs faîtes. Ceux-ci s'agitaient mollement, juste pour se ventiler la crête. En pente légère, la cédrière se clairsemait ensuite, s'arrêtant à une vingtaine de pas de la rivière. Assoiffée à ce temps de l'année, la Chaudière léchait le fond de son lit, marmonnant au contact de ses moindres roches. D'une douzaine de pieds de haut et parsemée de trembles de dix pouces sur la souche, une pointe de terre surplombait le cours d'eau. Suspendue au centre de cette végétation en bois debout, l'habitation des plus bizarres y valsait, grinçant chaque fois que le vent en agitait la structure.

— Il y a quelqu'un ? osa Isidore.

Aussi bruyantes qu'une foule qui applaudit, les feuilles des trembles surclassaient tout autre son.

Il ne semblait pas y avoir âme qui vive sur place.

Le visiteur avança, étirant le cou en direction de la rivière.

Une tête tignassée longue et presque blanche apparut alors, ondulant dans un vent qui soufflait à contre-alizé. Immobile comme un bouddha, assis en bordure d'une grosse roche plate, Élisée Morin agitait entre ses mains une gaule d'aulne tendue au-dessus du cours d'eau.

Isidore s'approcha lentement, à la manière d'un rôdeur. L'endroit était merveilleux. Pas une branche, pas un mégot, pas même un crachat ou une mauvaise pensée n'osaient en polluer la quiétude. Sur l'autre rive, juste en face, plus escarpée et haute d'une centaine de pieds, la forêt, en majeure partie constituée de feuillus et de cèdres, se cramponnait au dos d'énormes rochers superposés ressemblant à un escalier jadis foulé par des titans.

Se dispersant en minces cumulus, les nuages se relayaient paresseusement des jets d'ombre et de lumière qu'ils projetaient sur la végétation comme des filets de pêche qu'on balance à la mer.

Pendant un long moment, Isidore observa le vieil homme. Puis, sans même se retourner, l'énigmatique personnage éleva un bras au-dessus de sa tête. Le petit prêtre crut d'abord que le geste se voulait un mouvement destiné à chasser quelque moustique, mais la main se fit plus insistante, décrivant un demi-cercle ressemblant à un signe d'invitation. Pas une seule fois, Élisée ne s'était retourné pour regarder à l'arrière. Isidore fouilla l'entourage du plus sérieux de ses épaisses lunettes.

Personne. La main refit les mêmes gestes.

Intrigué, mais surtout captivé, Isidore se toucha la poitrine du bout d'un index, juste pour s'assurer que... et la tête du bouddha s'agita d'un signe affirmatif.

« Comment a-t-il su que j'étais là ? » se demanda l'intrus.

Comme une truite qui se demande si elle doit se jeter sur le ver qu'on lui propose, le petit prêtre descendit sur le plancher du cours d'eau, hésitant à déposer le pied sur un sol qui n'était pas sien.

Le vieil homme avait cessé tout mouvement. Isidore s'approcha de lui, guettant, épiant le moindre geste suspect de celui qui (il écarquilla les yeux) qui ne pouvait sûrement pas pêcher avec une gaule... sans corde.

— Je vous attendais, Isidore Bilodeau, prononça Élisée d'une voix sûre, sans se retourner.

— Comment avez-vous su que j'étais là ? demanda Isidore, moins que rassuré.

— Le vent me l'a simplement dit, Isidore ! Le vent m'a soufflé votre présence.

À la fois amusé et intrigué, Isidore se devait de nouer des liens avec un vieil homme qui pêchait au moyen d'une ligne sans corde et qui, de plus, parlait au vent. Il envisagea son interlocuteur.

Élisée était doté d'un regard à grands sourcils gris posés sur des arcades sourcilières en accents circonflexes. Menus et très noirs, ses yeux perçaient l'âme. De taille moyenne, son épaisse chevelure toute blanche descendait jusqu'à sa nuque, recouvrant ses oreilles avec docilité.

Isidore piétina un moment sur place. Son regard se riva au bout de la gaule que tendait toujours son hôte au-dessus d'une rivière à ce point maigre qu'on pouvait y compter toutes les roches.

Élisée invita son visiteur à s'asseoir à sa droite, sur une grosse pierre plate à moitié enfoncée dans les joncs.

— Cette roche vous attend depuis mille ans, Isidore Bilodeau, lança-t-il, tout sérieux.

Se fit alors un grand calme.

— Mais que pêchez-vous, monsieur Morin, avec une gaule sans corde ? osa Isidore.

Amusé par la question, le vieil homme laissa passer un peu de vent.

— Je ne pêche pas, je repêche, souffla-t-il à mi-voix.

Isidore le toisa.

— Et vous repêchez quoi ? demanda-t-il au bout d'un moment de réflexion.

— Je repêche les âmes en peine... souffla le vieil homme, harponnant de ses yeux perçants le regard du petit prêtre.

— Suis-je une âme en peine ?

— Plus que cela, mon ami. Elle est en pleine dérive...

— Vous me l'apprenez, rétorqua Isidore, piqué au vif.

— Vos mains tremblent de rage, Isidore. Vous êtes très contrarié qu'on vous remplace.

— Et qui vous a dit qu'on me remplaçait ?

— Le vent ! Isidore. Le vent...

— Qu'est-ce qu'il vous dit d'autre, le vent ?

— Que vous devez partir pour quelque temps. Vous ne feriez pas long feu aux côtés d'Auguste Leduc, mon ami. En moins de temps que vous ne pourriez le croire, il aurait réduit votre âme en bouillie. Vous n'avez pas son étoffe.

— Et quelle est donc son étoffe ? demanda Isidore, camouflant mal son dépit.

— Auguste est un être aguerri. Vous avez sûrement eu l'occasion de vous en rendre compte.

Isidore baissa les yeux, faisant brièvement le point.

— En effet, j'ai pu le constater. D'ailleurs, je nourris beaucoup de craintes pour cette paroisse que j'affectionne plus que tout. Auguste est d'une rigidité religieuse qui me fait peur. C'est aussi un être avide de pouvoir. Qu'adviendra-t-il de ce village s'il tombe trop longtemps entre ses mains ?

Élisée n'attendait que ce moment.

— Isidore, dit-il, je ne pratique plus la religion depuis bien des années. J'ai préféré confier mon âme à la nature. Telle est ma foi. Cependant, j'aime les gens de ce coin de pays et je suis conscient du danger qui les guette, mais malgré cela, vous devez partir, je vous le répète. Laissez votre troupeau à lui-même pour un certain temps. Refaites peau neuve. Il vous faut réagir. Rendre coup pour coup. Sans vous soucier. Sinon, Césaire Leclaire aura eu raison de vous écarter de son chemin.

Isidore semblait défait. Pensif comme une sauterelle qui s'apprête à faire le grand saut, il se peigna de ses doigts.

— Je crois que vous avez raison, dit-il. Je ne connais pas une parcelle de ce monde qui m'entoure. La prêtrise m'a tout pris. Je ne sais plus tellement où j'en suis.

Il s'avança pour tendre une main vers Élisée. Elles se nouèrent.

Le petit prêtre sourit. Et les grands trembles applaudirent.

— J'arrive de chez les Gagnon, dit Isidore.

— Je sais.

— Je pars demain pour Québec et je suis inquiet pour le jeune Wilfrid.

— Je sais.

— Ce que vous ne savez cependant pas, est le fait que l'Archevêque est à l'affût du devenir de Wilfrid. C'est un sep-tième. Vous connaissez sans doute la croyance populaire ?

— Je la connais très bien, Isidore.

— Césaire Leclaire m'a suspendu de ma cure. On me reproche des choses. Et sous prétexte de vouloir remettre de l'ordre dans cette paroisse, il y a lâché un chien de garde enragé. Auguste était aumônier dans une prison.

— Je sais, Isidore.

— Wilfrid court un grand danger. Césaire s'est mis en tête que la baisse des revenus et de la foi, en cette paroisse, est due en grande partie aux interventions que celui-ci a commencé à pratiquer dans la paroisse. Depuis longtemps, il me demande des comptes sur les agissements du jeune homme. J'ai toujours laissé couler.

Élisée éleva un regard étonné vers celui d'Isidore. Cela, il l'ignorait.

— Et Auguste doit avoir comme mission de neutraliser Wilfrid ?

— Vous avez tout compris, Élisée. Vous comprendrez aussi qu'il voudra mettre hors d'état de nuire ceux qui auront encouragé Wilfrid à découvrir ses dons.

— Je vois très bien où vous voulez en venir.

— Il y a deux jours, poursuivit Isidore, Auguste a localisé sa cible. Et s'il lui tombe dessus, il sera sans pitié.

— Mais Wilfrid est un être sans défense !

— Je n'en suis pas si sûr, intervint Isidore. Je le soupçonne de savoir manipuler des forces qui pourraient vous éberluer. Sans parler de ses amis, les wâzos, comme il le dit. Ceux-ci se sacrifieraient pour lui.

— Vous croyez, Isidore ?

— J'en suis certain. Mais tout compte fait, je voulais vous demander de garder un œil sur lui et sa famille. Césaire leur a déclaré la guerre. C'est un être vil et dominateur. C'était là le but de ma visite chez vous, Élisée.

Les deux hommes prirent bientôt congé l'un de l'autre.

— Je vous souhaite toute la chance que vous méritez et surtout la paix dans votre âme, Isidore Bilodeau. Vous serez toujours le bienvenu chez moi, lui dit Élisée.

Isidore se retourna, sourit, salua.

— Je vous laisse un pain. Il est de Marie-Rose Gagnon. Ce sera votre communion. Que le Seigneur vous bénisse, Élisée. Et merci pour vos bonnes paroles !

— Vous me trouverez toujours ici, Isidore. En attendant, tendez la perche ! Tendez la perche ! Les événements vous donneront raison.

Lorsque Isidore rentra au presbytère, il s'empressa de retourner le contenant et son goupillon à la sacristie. Ni vu ni connu. L'ex petit curé en était rendu à se dissimuler pour faire les choses selon sa foi et ses rites.

Mais après sa conversation avec Élisée Morin, il commençait à voir l'avenir d'un œil plus clément. Élisée lui avait insufflé un peu d'hélium dans le cœur. Il termina donc ses derniers préparatifs et ne redescendit que pour le souper.

Toutefois, et c'était bien compréhensible, il appréhendait tellement son départ qu'il lui fut impossible d'avaler une bouchée.

Son cœur prenait trop de place dans sa gorge.

CHAPITRE 10

À huit heures pile, ce vendredi 6 août 1943, un camion stoppa devant les marches de la galerie arrière du presbytère. Les bagages d'Isidore se résumaient à deux valises. Il y avait entassé des vêtements, quelques souvenirs et des livres, dont l'éternel bréviaire que lui avait offert sa mère le jour de son ordination.

Fait à noter, il s'était monté un petit kit de prêtre qu'il avait enfoui dans un vieil étui de cuir ayant appartenu à son grand-père paternel.

— Permettez-moi de vous aider, monsieur le curé, s'empressa Ernest Lapointe, postillon, sitôt sorti de son véhicule.

Il déposa les deux malles dans la boîte de la camionnette Dodge 1938 du ministère des Postes canadiennes et retourna à son volant. Ne se résignant pas à monter à bord, Isidore se retourna, embrassant du regard les deux tiers du village. Tremblante d'émotion, sa main droite traça sur la petite communauté une dernière bénédiction. De la fenêtre de la cuisine, Auguste surveillait la scène, affichant un sourire malicieux.

Ernest se dérhuma bruyamment, signalant à son passager qu'il fallait partir. La poste canadienne se foutait des émotions. L'horaire seul comptait.

— J'espère que vous n'avez pas laissé tomber un autre passager pour me donner priorité, dit Isidore en s'installant.

— Oh non, monsieur le curé. J'ai appris à choisir mon

monde. Après kek mauvaises expériences, un gars devient hère et méfiant. Surtout qu'avec la guerre, y en a kek-uns qui ont la bougeotte. Y restent pas longtemps à la même place, y ont peur de se faire circoncire !

— Conscrire, monsieur Lapointe. Conscrire ! le corrigea Isidore, soudainement tiré de ses réflexions par l'erreur de vocabulaire du messager du roi.

Originaire de Saint-Georges, Ernest Lapointe faisait de la distribution postale depuis une dizaine d'années. Il embarquait, tous les deux jours, la poste en provenance de Québec et la distribuait aux multiples bureaux dispersés dans les villages de la Beauce.

Homme petit, dans la mi-soixantaine, Ernest portait des lunettes aussi rondes que sa physionomie. Il avait légué sa ferme à son fils. En retour, ce dernier avait promis à ses parents qu'ils pourraient écouler leurs vieux jours sous la quiétude d'un toit accueillant et s'était porté garant des soins auxquels ils s'attendaient.

Fort d'un bon contact au gouvernement et par le biais d'un accommodement raisonnable, un beau-frère lui avait dégoté ce p'tit job lui permettant d'égrener les bonnes années que son corps semblait disposé à lui accorder.

Entouré de langues bien pendues et d'oreilles bien tendues, le postillon, grâce à ses fonctions, était sans cesse à l'affût des nouvelles et des événements. Et même bien plus ! Il se trouvait le premier écho des rumeurs qui venaient d'aussi loin qu'outre-frontière. En ces temps de guerre, qui pouvait donc s'en plaindre ?

Provenant d'une baratte à parlage comme Ernest, bien rares étaient les ragoteux qui ne lui tendaient pas une parcelle de tympan.

Isidore et Ernest se connaissaient assez bien. Ce dernier, à l'occasion, profitait de son passage dans le petit village pour se confesser au curé qu'il trouvait plus avenant que l'autre, dans sa propre paroisse, avec lequel il était coincé depuis au moins vingt ans.

— Vous êtes ben moins constipant que notre vieux curé qui flaire le mal dans la moindre chiure de mouche qui nous tombe sur l'âme ! Vous, au moins, se plaisait-il à dire, vous ne faites pas suer vos pécheurs avec de longues pénitences de bonnes sœurs qui elles, ont tout leur temps pour expier.

Et le Ciel, au fond, ne s'en portait pas plus mal…

Mais Isidore, malgré Ernest et sa machine à paroles, demeurait sombre comme une pluie de novembre.

— Kessé qui vous chique le canayen comme ça ? lui demanda le postier, sur lequel chaque silence pesait. Pis qu'est-ce que vous avez fait de votre soutane ?

— Je ne suis plus curé de Saint-Ludger, Ernest. En tout cas, pas pour un certain temps, bredouilla Isidore en tournant le regard vers le paysage qui fuyait, à sa droite.

Ernest jeta un œil vers le petit prélat, corrigeant d'un coup de volant la trajectoire de son véhicule. Une courbe venait de lui tomber en pleine face. Trop absorbé dans ses réflexions, Isidore n'y vit rien. Quelques minutes en profitèrent pour remplir la cabine d'un silence tendu. Ernest Lapointe faisait le point sur ce qu'il venait d'entendre.

Il se repositionna.

— Êtes-vous en train de me dire, monsieur le curé, que Saint-Ludger n'a plus de pasteur ? s'exclama celui qui n'osait plus lâcher la route du regard.

Isidore esquissa un mouvement des lèvres comme s'il allait parler, mais sa pensée le retint. Il pesa sa réponse durant quelques secondes.

— Ah ! Ils en ont bien un, dit-il, la gorge serrée à l'en

étouffer, mais... mais il n'est pas... Euh... Il n'a pas le physique et l'âme pour la fonction qui l'attend. Je me sens lâche de lui abandonner des paroissiens que j'aime et que de mon mieux, j'ai tenté de guider vers les voies du Seigneur.

Il fit une pause, le cœur trop gros pour débloquer ce que sa pensée brûlait de livrer.

— Vous savez, Ernest, parvint-il à reprendre, j'ai en ce moment l'impression de me confesser. J'ignore pourquoi, mais à vous, je me sens capable de dire ces choses. Je ne les avouerais jamais à mon plus intime ami.

Ernest Lapointe fut flatté par les paroles d'Isidore. Soucieux de ne pas dire n'importe quoi juste pour remplir quelques secondes de silence, il attendit que sa pensée se ravitaille d'un contenu approprié.

— Vous savez ce que je pense, monsieur le curé ? Vous avez pris tellement de votre temps à aimer les autres que vous en avez oublié de vous aimer vous-même, dit-il, fier de sa trouvaille.

Sans le savoir, monsieur Ernest venait de fesser fort. En plein dans le mille.

Résultat ? Isidore se recroquevilla sur lui-même, le visage entre les genoux, pour se mettre soudain à sangloter comme un enfant qui vient d'être atteint d'une claque en arrière de la tête.

Mais une claque dans l'âme, ça fait bien plus mal.

Ernest s'en trouva en mal d'aise.

Qu'avait-il dit de si pénible, se demandait-il, pour déclencher une telle réaction chez un prêtre ?

N'y pouvant rien, le postier laissa couler les larmes, tendant à son passager un mouchoir tiré à quatre épingles. Au bout de quelques minutes, le temps reprit du souffle. Lorsque sa tristesse se fut assouvie, Isidore rendit son mouchoir à Ernest.

— Veuillez excuser mon comportement, monsieur Lapointe, dit-il, la gorge enfargée d'émotions. Je vous promets que le reste du trajet se fera avec plus d'avenance, déclara-t-il sur une esquisse de sourire.

— J'ai toujours dit, m'sieur le curé, que ça faisait du bien, de temps en temps, de se rincer le dalot du cœur.

Sur ces mots, Ernest colla sur sa droite et s'arrêta, pointant du doigt une crique de la rivière Chaudière dans laquelle l'eau tourbillonnait entre les rochers.

— Vous voyez ce bouillon, monsieur le curé, confia-t-il comme dans un secret. Eh ben, la semaine passée, des gens de Saint-Martin qui étaient venus y jeter un hameçon y ont repêché un noyé. Le pauvre gars avait été chiqué par la turbulence du courant ou par des bêtes sauvages. Y devait avoir dans la trentaine. Personne n'a pu arriver à mettre un nom dessus. Une fin effrayante qu'il doit avoir eue. Une fin effrayante... conclut Ernest rivant de grands yeux globuleux sur l'endroit.

— Peut-être un autre qui a eu peur de la circonscription, termina-t-il avec un air de dépit.

— De la conscription, monsieur Lapointe. De la conscription.

Ernest hocha la tête comme s'il avait saisi l'idée, fit un signe de croix et embraya.

— J'peux-tu vous demander où vous vous rendez comme ça, osa le postillon, anxieux de rembourrer un peu l'ambiance.

Isidore hésita un moment.

— Je vais visiter mes parents que je n'ai pas revus depuis plusieurs années, débloqua Isidore. Je veux revoir leur sourire et m'emmitoufler dans leurs bras.

Il prit une grande inspiration d'aise.

— Mon père, continua-t-il, est toujours concierge au Grand Séminaire de Québec.

Il fit une pause pour mieux rajuster ses souvenirs.

— Vous voulez savoir ce qui m'a amené vers la prêtrise, monsieur Lapointe ?

Disposé à entendre, Ernest releva sa grosse calotte champignon.

— Eh bien, un soir, je m'en rappelle comme si c'était hier, mon père avait attrapé une souris dans la cuisine. La tenant par la queue, il l'avait amenée à la chaufferie.

— C'est ce qui attend tous ceux qui commettent des péchés, m'avait-il dit de sa grosse voix juste avant de la précipiter sur la braise du charbon.

Et mes yeux d'enfants avaient assisté à la scène horrible d'une petite souris inoffensive tentant, l'espace d'un simple clignement de paupières, d'échapper à son terrible destin.

— C'est ça, l'enfer ! m'avait-il convaincu, touchant de son long tisonnier fourchu la petite étincelle qui, quelques secondes auparavant, avait eu la malchance d'être une souris.

Se figeant dans des souvenirs d'une trentaine d'années, Isidore frissonna encore de la sensation qui, ce jour-là, avait rempli ses sens encore vierges de cruauté humaine.

D'une simple expression faciale, Ernest exprima son dégoût, se retenant bien de raconter qu'il avait fait pire avec des chatons nouvellement nés.

« Y a un temps pour chaque chose », se dit-il, coi.

Et puis… et puis, la conversation s'effilocha et s'épilogua jusqu'au quai de la gare du Canadien National de Saint-Georges de Beauce.

Alors qu'il retirait les deux valises d'Isidore des autres effets qui occupaient l'arrière du camion, Ernest tomba sur une connaissance, un certain Adélard Corriveau. Après un brin d'une animée conversation, il présenta Isidore, taisant par simple civilité le titre de son passager d'occasion.

— Adélard, lui confia Ernest, sur un ton un peu moqueur, est justement à la recherche de bûcherons pour la compagnie Western Woods. Ils ont plusieurs camps de bûchage sur le bord du Maine. Mon plus vieux travaille pour eux autres à chaque hiver. Pis y est ben traité… étira le messager des postes.

Sans mot dire et par simple convenance, Corriveau tendit une main à Isidore suivie d'une petite carte fripée tachée de tabac. Disons tout de suite qu'à ses yeux, le freluquet qu'on lui présentait ne pesait pas lourd dans son *bucket* de considération. Également par simple politesse, Isidore glissa la carte jaunie dans la poche de sa chemise.

Il serra la main d'Ernest Lapointe, le remercia chaudement pour le transport et rengaina, au dernier moment, la bénédiction de routine qui allait lui échapper. Saluant ensuite monsieur Woods d'un poli geste de tête, il disparut rapidement dans la cohue de la gare, flanqué à bout de bras de ses deux malles qui lui valsaient sur les talons.

Voilà.

Il n'eut pas à faire de longs et de larges bien longtemps. Quatre brefs coups de sifflet à vapeur lui écorchèrent bientôt les oreilles. Un frisson lui dévala la colonne de haut en bas.

« Quel son intolérable ! » pensa-t-il.

— *All aboard ! All aboard !* cria, sur le quai, un préposé du Canadien National portant un étrange uniforme de major-dome. Il était coiffé d'une casquette encore plus bizarre. Curieusement, il ne semblait pas en être gêné.

En tout cas…

Isidore bréviaira… ou plutôt, bref-viaira jusqu'à Québec. C'est du moins ce qui ressort du contenu que ses pupilles parcoururent à saute-mouton, s'endormant à chaque quatre lignes et se réveillant quatre lignes plus loin. Ça avait comme résultat de varier le contenu du saint livre, risquant, sait-on jamais, de le rendre un peu plus captivant.

Il sursauta pour la seizième fois lorsque le même monsieur à la casquette en tuyau lignée de blanc et aux oreilles en porte-voix fit une dernière irruption-surprise dans le wagon pour annoncer avec enthousiasme qu'on arrivait à la :

— GARE UNION — QUÉBEC ! GARE UNION — QUÉBEC !

C'était à se demander s'il ne criait pas plutôt son contentement d'être parvenu à faire rouler son train jusque-là.

Maudit criage !

Chapitre 11

Deux journées passèrent, chargées d'une température à faire prendre racine aux roches. Debout depuis la barre du jour, Marie-Rose parcourait les allées de son jardin, retenant ses larmes de crainte qu'elles n'humectent un sol déjà trop riche.

Le peu de foi qu'en désespoir de cause la pauvre femme avait rallumée dans son âme, s'estompait à la vitesse que pouvait se consumer une mèche de dynamite. Il n'y avait plus rien à faire. Son potager, sans contredit, était en proie à un mauvais sort. Résignée, la brave femme referma avec grande tristesse et courbatures la petite porte de son orgueil, y roulant même une énorme roche qu'elle plaqua contre ses gonds. Elle se jura alors de ne plus jamais y sacrifier genoux et reins.

Attristé, Wilfrid observait la scène, à distance. Chaque jour qui passait voyait la pauvre femme s'enfoncer dans un abattement contre lequel Magnan et ses Han ne connaissaient plus d'antidote. Et pourtant, depuis le tout début de cette pénible histoire de mauvaises herbes, Wilfrid, ce simple d'esprit, avait sa petite idée sur la cause véritable du cauchemar qui affligeait ce que sa mère chérissait le plus.

Il ne savait plus que faire de sa petite idée. Il aurait bien préféré que la méthode d'Isidore soit salvatrice, mais, comme ça ne semblait pas être le cas, il craignait de ne devoir appliquer la sienne. Si seulement il avait pu en discuter avec sa mère, son père ou, au pire, Élisée, ils auraient sûrement trouvé une issue plus facile à ses questionnements. Mais qui l'aurait écouté ? Qui aurait pris le temps de prendre le temps, pour tenter de comprendre son mal dire ? Personne. À l'exception peut-être du gros Balou. Mais trop âgé pour l'entendre, le cabot se contentait de bouffer des abattis putrescents derrière l'abattoir, de puer comme trois putois et de s'empucer sans daigner se gratter.

Vie de chien.

Wilfrid se devait donc de prendre une décision qui se ferait très lourde de conséquences. Gare à lui s'il se faisait surprendre à tenter de renverser un sort qui n'avait, somme toute, peut-être pas été jeté, mais plutôt, selon sa propre comprenance... enterré.

Après mûre réflexion, il décida d'agir.

Lors donc que tomba la nuit sur la maisonnée, le grand effilé, après s'être vitement départi de certaines sueurs et odeurs du jour, monta se coucher. Contrairement à sa routine, il résista de toutes ses forces mentales aux vapes d'un sommeil qui lui tendait sa paix.

Ce soir-là, brillante de tout son plein, la lune s'amusa à dessiner sur les murs dépeints de la mansarde des Gagnon de troublantes arabesques. L'esprit blafard du grand mince luttait pour ne pas céder à une panique qui ne demandait qu'à consumer ce qu'il lui restait de *self-control*.

Puis, lorsque le vacarme des ronflements surclassa celui des maringouins qui n'avaient pas de veine, Wilfrid émergea.

De toute sa vie, ce dernier n'avait pu endurer un vêtement qui tende à le serrer. Il dormait donc, hiver comme été, dans une longue jaquette blanche que lui avait fabriquée sa mère et qu'il se jetait par-dessus la tête, jusqu'aux pieds. Coincé au fond de la chambre commune qu'il partageait avec ses six frères, son lit avoisinait de deux coudées le rideau de la seule fenêtre, pas très grande, que pouvait accepter l'exiguïté du deuxième étage confiné entre deux battants d'une toiture à 45 degrés.

Équilibriste dans le moindre de ses gestes, il se vit donc contraint de se frayer un chemin à travers les multiples jambes qui dépassaient des barreaux ajourés des pieds de lit. Ceux-ci n'avaient pas grandi au même rythme que leurs dormeurs.

Et que dire des sons !

Pour être un peu cru, ça y ronflait et ça y pétait comme dans une caverne d'ours à panses pleines. Ajoutez à cela un enfer de grincements de sommiers exténués. Pour une oreille non habituée, ça prenait tous les airs d'un capharnaüm.

Mais les souris s'en foutaient, s'étant finalement résignées à n'y dormir que le jour.

C'est en se remplissant les poumons d'air et en retenant son souffle le plus possible que Wilfrid, croyant ainsi se faire plus léger, descendit l'escalier sur les ongles des orteils. Pieds nus, il va sans dire.

Chut…

Il sortit par la porte de derrière. Celle-ci avait à ce point engraissé dans son cadre qu'elle ne fermait qu'avec un coup de pied bien appliqué près de sa poignée. Mais ce procédé de fermeture n'était utilisé que lorsque l'automne commençait à y introduire ses premiers froids. L'été, le manche du balai candidement cointé dans un clou crochi de quatre pouces faisait la job.

Y avait pas plus simple…

Wilfrid voyait le jardin en pleine noirceur pour la première fois. N'ayant jamais veillé assez tard pour pouvoir admirer des lucioles, il tomba en admiration devant la multitude de celles-ci, surtout lorsqu'elles se mirent à danser tout autour de lui.

« Des bébés d'étoiles tombés de leurs nids », pensa-t-il, ravi.

La longue jaquette blanc fantôme du jeune s'agitait mollement dans un léger·vent du sud. Ne pouvant pénétrer dans le
potager par la porte devant laquelle Marie-Rose avait roulé
son énorme roche, il chercha un endroit susceptible de lui
livrer le plus facilement passage.

Fatigué de se faire réveiller la nuit par des quêteux qui
venaient y voler des légumes, Magnan avait doté le sommet de
sa clôture d'une broche piquante. La recouvrant entièrement,
une plantation de houblon voilait vicieusement les pointes acérées.

Wilfrid n'était peut-être pas fin, mais il n'était quand même
pas fou ! De guerre lasse, il enligna l'obstacle, sachant très bien
ce qui se trouvait à son faîte.

Franchir une clôture qui lui allait à la poitrine représentait
un défi de taille pour un Wilfrid pieds nus. L'œil lourd mais
curieux, quelques oiseaux de nuit que l'insolite présence avait
intrigués, se posèrent juste pour observer la manœuvre.

Elle ne serait sûrement pas la moindre, se disaient-ils,
secouant leurs ailes de fébrilité.

Le grand Wilfrid inspira à fond et posa sa main gauche sur
un piquet. De son autre main, il souleva sa grande jaquette
juste assez haut pour ne pas devenir impudique, mais suffisamment pour avoir l'ampleur de mouvement souhaitée.

Jusque-là, ça allait.

Pour éviter tout grincement de la broche dans les crampes
qui la retenaient, il déposa progressivement le pied gauche
dans l'un des rectangles. Le jeune acrobate s'exécutait à la
vitesse d'une mante religieuse montant à l'assaut d'un cactus.
Un gros.

Et la lune épiait, curieuse, zigzaguant parmi les quelques
diaphanes nuages qui tentaient de lui voiler la vue.

Lorsqu'il parvint à son sommet et que vint le temps

d'enfourcher sa maigre monture, Wilfrid éleva la jambe droite, franchissant pouce après pouce mais avec grande assurance son point d'équilibre. N'attendant que cet instant, le vent malicieux s'en mêla. L'occasion était trop belle.

Alors même que Wilfrid allait poser le pied droit sur la broche qui attendait ses longs orteils, sa jaquette fut d'un trait soufflée par-dessus sa tête. La lune en rougit de gêne. Elle venait d'être victime du premier *moon* qui ne serait jamais répertorié dans les annales de Saint-Ludger de Beauce.

Mais enfin. Passons... Les p'tits coups de vent ne font jamais leurs coups devant!

Embarrassé par une nudité aussi soudaine qu'imprévue et n'y voyant diablement rien, Wilfrid rata son support de peu et lutta pour conserver sa position plus que précaire. Au dernier instant, deux orteils flanchèrent juste assez longtemps pour que ses couilles aient le temps de goûter à quelques damnées pointes du barbelé qui n'attendait que cet instant pour servir enfin à quelque chose.

— Hou!... Hou! laissa sourdement échapper le grand piqué au vif, luttant comme un diable assis dans de l'eau bénite pour soulever son cauchemar.

— Hou!... Hou! fut-il contraint de répéter, le temps d'agripper la maudite broche du bout de son gros orteil.

Magnan avait peut-être la tempe lourde, mais il avait par contre la paupière légère. Ouvrant de grands yeux, il se dressa, tendant une main vers son fusil de calibre douze dont il s'était déjà servi pour faire détaler des rôdeurs de jardin. Des infâmés, comme il disait. Ce n'était pas qu'il détestât les quêteux, mais plutôt le fait qu'une couple d'entre eux, moins polis, avaient pris la fâcheuse manie de lui voler des poules, question d'agrémenter les légumes qu'ils piquaient. Futé comme un bagnard en cavale et ne désirant pas tuer les impolis intrus, Magnan remplaçait simplement la chevrotine de quelques cartouches par du gros sel. Selon son dire, y avait rien de tel pour assaisonner une bonne paire de fesses fuyantes.

Maudit Magnan.

— D'où c'est que tu vas? lui demanda Marie-Rose, réveillée par le mouvement inhabituel de leur grabat.

— Je pense qu'on a encore de la vézite dans le hardin, grogna son mari.

— Tu peux te recoucher tranquille, le rassura sa femme. C'est un vieux guibou qui quémande une jeune femelle à la lune. Je l'entends à chaque nuitte depuis qu'a s'en va vers son plein. Et pis, de toute façon, ajouta-t-elle, y a rien dans ce jardin maudit qui puisse remplir la panse d'un de tes infâmés.

Prenant appui sur les paroles de sa femme, mais pas pleinement convaincu, Magnan, puisqu'il était debout, sortit faire une pisse au bout de la galerie. N'ayant plus qu'une main pour s'exécuter, il saisit son fusil, s'en servant pour soutenir son organe mâle pressé de se délester de son trop-plein. Et tant qu'à y être, il étira le cou vers le jardin, juste au cas...

Bizarrement, plusieurs oiseaux piaillaient comme des perdus, couvrant le grincement d'une clôture qui se tordait de douleur sous le poids d'une forme qui venait à peine et de peine d'en descendre juste avant de s'aplatir au sol, en son contrebas.

Tête bien haute et mine de rien, les grenouilles sifflotèrent un long moment.

Fiou!...

Si Wilfrid se donnait tous ces ennuis, c'était que dans sa petite tête fragile s'était imposée une solution susceptible de renverser le mauvais sort qui hantait le jardin de sa mère. Et la cause se trouvait enterrée sous une énorme pierre plate près de quatre cadavres de chiens.

Pour faire une histoire courte, il s'agissait de la main de son père.

Le grand simple d'esprit travailla comme un forçat pour déplacer la grosse roche plate d'une centaine de livres qui entravait l'accès au membre solitaire de son père. N'ayant que dix doigts et dix ongles rongés comme outils, il dut gratter la terre semi-argileuse et tricotée de racines durant une bonne quinzaine de minutes avant d'en extraire la petite boîte blanche. Il la déposa entre ses genoux avec respect.

Enterré là depuis un bout de temps, le colis dégageait une odeur à ce point nauséabonde qu'elle réveilla le gros Balou qui vint faire les cent pas de l'autre côté de la palissade. Trop paresseux mais surtout trop endormi, il s'épargna l'effort de japper.

Anxieux de savoir si sa théorie s'avérerait exacte, Wilfrid examina longuement la satanée boîte blanche. Se gorgeant les poumons d'air, il étira enfin ses doigts endoloris vers le couvercle. Le moment était solennel. Il en frissonnait.

Gênée d'assister impuissante à une telle scène, la lune se cacha derrière un cumulus qui fouinait dans le coin. Puis soudain, plus le moindre son. Troublées par un pareil spectacle, les grenouilles rentrèrent la tête. Une profanation allait se commettre.

Fallait vraiment le faire.

Et il le fit. Le couvercle se souleva aisément.

Quelle odeur !

Permettons-nous ici un instant de répit pendant que Wilfrid vomit à pleine gorge.

Quel courage !

Bon. Voilà. Ça va mieux.

Elle était verte. Pas la vomissure, la main de Magnan !

Le grand simple d'esprit ne s'était pas trompé. Il esquissa un sourire de joie. Le membre reposait dans la petite boîte, la paume dirigée vers le bas. Pour être plus précis, elle gisait à plat ventre. Fallait maintenant qu'il vire le membre dans l'autre sens : paume vers le haut. En d'autres termes, sur le dos. Les doigts seraient ainsi en mesure de sarcler du dessous… par les racines.

Tout esprit jugé normal n'aurait jamais élaboré une telle théorie, mais le grand Wilfrid, oui.

Et qui sommes-nous pour le juger ?

Il avança une main hésitante vers l'objet qui semblait le défier. Saisissant délicatement l'organe par le poignet, celui-ci, comme une barre de savon baveuse, lui glissa lentement entre les doigts pour se réfugier de nouveau dans son contenant, paume toujours vers le bas.

Ben maudit.

Deuxième essai. Il saisit cette fois l'objet avec plus de détermination, mais sans plus de succès. L'éclopage retomba dans la même position qu'auparavant.

Et pourquoi pas une autre petite vomissure…

Maudite marde que ça allait mal !

On se reprend.

Cette fois, fallait que l'opération réussisse. Wilfrid envisagea la lune de pleine face, se refit une réserve d'air et empoigna avec force le membre par ses doigts. Celui-ci ne pourrait plus lui échapper. L'instant qui suivit fut touchant. Figé en position accroupie, le grand Gagnon prit le temps de contempler la main qu'il étreignait avec ferveur. Touché jusqu'à la moelle, il venait de prendre conscience que pour la première fois de sa vie, il serrait la main de son père…

Il s'en trouva très ému. Mais ce n'était vraiment pas le temps.

D'un geste brusque, il retourna l'obstiné membre doigts vers le ciel puis le redéposa, sur le dos, dans son minuscule cercueil. Il replaça le couvercle, enterra le tout, rajusta la grosse pierre anti-Balou par-dessus et se faufila sous la clôture, là où le fameux cabot venait de s'infiltrer pour le rejoindre. S'il avait su !

Quoi qu'il en soit, sa mission était accomplie.

Repus de leurs émotions, les oiseaux de nuit rentrèrent les ailes lourdes de fatigue. Quant aux grenouilles, la bouche fendue jusqu'aux oreilles, elles se marrèrent jusqu'au petit matin.

Wilfrid empestait. Il se rendit sous le grand chêne, enleva sa longue jaquette et se glissa en douce dans la buvette des vaches. Une maudite chance qu'on était en juillet. Son bain atténua en bonne partie sa puanteur, mais...

Mais les vaches en eurent pour une semaine à puer de la gueule.

Satisfait de lui-même, le jeune réintégra son recoin et plongea dans le sommeil. L'odeur qui persistait s'évanouit dans ce qu'il lui restait de nuit. Vers neuf heures, subitement tiré de son sommeil par des cris provenant de l'extérieur, Wilfrid se rua à la petite fenêtre donnant sur la cour arrière. Ébahie par son jardin qui, clamait-elle, s'était mis à se sarcler par les racines, Marie-Rose proclamait haut et fort le miracle accompli par Isidore Bilodeau et son fameux goupillon.

— C'est un saint homme ! ne cessait-elle de répéter, les larmes aux yeux. La pauvre femme se remit d'arrache-pied au sarclage de son potager. Les deux premiers jours virent une grande amélioration.

Toutefois, un détail attira son attention. Il s'agissait d'une mauvaise habitude qu'avait prise son plus jeune.

— J'ai jamais vu notre Wilfrid se gratter l'entrejambe aussi farouchement que ces deux darniers jours! confia-t-elle à Magnan.

Maniant la bêche comme s'il avait été en pleine possession de ses deux mains, celui-ci releva la tête un long moment pour observer son fils. La poloque que sa salive retenait collée dans la commissure de ses lèvres se délesta de son surplus de cendre. Une imperceptible volute de fumée força l'invétéré fumeur à cligner de l'œil droit.

— T'as ben raison, ma vieille, grommela l'homme, crachant son mégot. Faut craire que la sève de son adulteté commence à d'y monter dans les sangs!

Ayant élevé, lavé et torché sept gars, Marie-Rose connaissait très bien cette expression.

— Ben, je l'ai pas vu grandir, çui-là, murmura-t-elle, reprenant son sarclage. Je l'ai pas vu grandir…

Beaucoup de mâles, bien avant Wilfrid, avaient appris que « sauter la clôture » occasionnait parfois à son commettant de chaudes et embarrassantes démangeaisons au même endroit.

Maudites broches piquantes.

CHAPITRE 12

Isidore trouva la ville de Québec plus bruyante que jamais.

Et la chaleur de la mi-août y était suffocante. Il connaissait le Grand Séminaire comme le fond de sa poche. En plus d'y être né, il y avait vécu jusqu'à dix-neuf ans, âge où il fut envoyé au juvénat. Contournant l'impressionnant bâtiment érigé en 1869, il se dirigea vers une maisonnette dissimulée dans la verdure par quatre formidables pins qui la flanquaient sans gêne à chacun de ses coins. Elle était réservée au concierge de la place.

Ce concierge, c'était Jérôme, son père.

Ce dernier était l'homme à tout faire. Ses multiples tâches variaient du chauffage de la chaudière jusqu'à la réparation des robinets. Et parlons-en, des fameux robinets. Âgés et trop sollicités, ceux-ci étaient à ce point assoiffés de liberté qu'ils fuyaient à la moindre occasion.

Isidore posa ses valises sur le gazon fraîchement coupé, se réservant un long moment pour extraire de sa mémoire des souvenirs qui ne demandaient qu'à être rafraîchis.

Ses parents occupaient ces lieux depuis leur mariage. N'ayant, dans le temps, personne pour s'occuper du rejeton que la nature avait eu l'impudence de leur pousser dans les pattes, Jérôme et Lucienne avaient élevé leur enfant en le traînant sur leur lieu de travail. Isidore apprit donc très jeune à cuisiner et à poser du mastic aux fenêtres. Il était fréquent de voir un athlète de la cour de récréation botter le ballon dans une trajectoire erronée.

Nerveux à en trembler, le petit homme rajusta ses vêtements de ville et se peigna de ses doigts vers l'arrière. Il anticipait déjà la critique que ferait sa mère de ses cheveux devenus trop longs.

L'idée un peu folle de rebrousser chemin à toutes jambes le prit soudain. Mais pour aller où ?

— Et puis, au diable, se dit-il. Ils me prendront comme je suis.

Et comme si le Ciel avait craint qu'il ne tourne les talons, Isidore crut entendre une voix claironnante identique à celle qui l'interpellait lorsque enfant, il s'éloignait trop loin de la robe de sa mère. Se plaçant une main en cornet derrière l'oreille gauche (il commençait à être dur de la feuille), il discerna un son s'apparentant à : « Zidore ! »

— Zidore ! Zidore ! réverbérait l'écho sur les murs du séminaire.

S'empressant de toutes valises, le petit prêtre vola, cœur battant, vers la silhouette qui gesticulait sur la galerie. Ses pattes courtes bougeaient si vite que ses souliers avaient de la peine à suivre le rythme.

Puis, le souffle dans les talons, il stoppa net.

Mince, pas très grande, Lucienne était devenue une femme poivre et sel. Ses cheveux étaient ramassés à sa nuque dans une toque recouverte d'un filet. Portant des verres aussi épais que ceux de son fils, il devenait aisé de comprendre pourquoi Isidore se marchait parfois sur les pieds. Quant aux rides de la dame, elles lui conféraient une physionomie de religieuse, au point que si on l'avait rencontrée devant un couvent, on aurait aussitôt cherché à lui accoler un nom de sœur.

Lucienne, pour mieux se situer, était de celles qui font passer la foi avant toute autre chose. Y compris, la chose...

Le soir même de leur mariage, Jérôme fut à même de comprendre le vrai sens du mot « emberlificotage ». Et chaque dimanche, juste avant la messe, question de ne pas être pris au dépourvu par une mort subite, il confessait ses écarts masturbatoires qui, « deux fois cette semaine, mon père », lui permettaient de décongestionner sa... trop forte libido.

Isidore et ses parents ne s'étaient pas revus depuis qu'il était devenu curé de Saint-Ludger. Treize années déjà.

Diable !

N'osant s'étreindre, par gêne, le fils et sa mère se contentèrent donc de s'apprécier la présence. Sans plus.

Malgré la chaleur, ils rentrèrent. Les grands pins parvenaient à faire conserver à la maisonnette une bonne dose de fraîcheur.

Déposant ses valises dans la seule chambre qui composait l'étage, Isidore huma l'odeur de son passé puis s'empressa de redescendre.

Le cœur lui virait dans l'heureux, comme disait Wilfrid.

— Je n'ai reçu ta lettre qu'aujourd'hui, lui dit sa mère. C'est ton père qui va être content de te voir. Je n'ai pas eu l'occasion de le mettre au courant.

— Comment va-t-il ? demanda Isidore.

— Il fume encore comme une cheminée, bougonna Lucienne. Il n'arrête pas de se pogner le bras gauche. Il doit faire de l'angine à pleine poitrine, termina-t-elle.

Elle déposa la théière et deux tasses sur la table et se tira une chaise. Rivé sur les propos de sa mère et ne la quittant pas des yeux, Isidore déposa une fesse distraite sur la chaise voisine.

— Pis y a tellement peur du docteur. Mais bien plus de ce qu'il va lui dire, renchérit-elle.

Constatant tout à coup qu'Isidore ne portait pas sa soutane,

Lucienne devint de tombe. Elle allongea une main vers son fils, entrouvrant le veston noir qu'il portait. Ses yeux s'affolèrent, énormes derrière ses doubles foyers.

— Que se passe-t-il, Isidore, dont tu ne m'aies pas encore parlé ? Ta soutane… ?

Sa gorge s'enraya. Ses doigts se crispèrent.

À cet instant, la maison se fit plus silencieuse que jamais. On aurait pu entendre une araignée tisser sa toile.

Lucienne attendait, l'âme vide.

Isidore ne prit aucun détour. Un coup de massue, c'est aussi assommant que dix coups de marteau, mais ça a au moins l'avantage de faire mal juste une fois.

— Je suis, pour un certain temps, relevé de la cure de ma paroisse, maman, dit Isidore, clouant sa mère du regard.

L'araignée boucla sa dernière *noue* et se tint coite. De stupeur.

— Es-tu malade, mon gars ? Qu'est-ce qui ne va pas ? parvint à articuler Lucienne sur la pointe d'un poumon.

Craignant le pire, l'araignée courut se mettre à l'abri.

— On m'accuse d'une faute lourde, maman. D'une faute très lourde, trancha Isidore, ne desserrant pas le regard.

— Mais qu'as-tu fait, malheureux, qui puisse plonger ta mère dans un pareil enfer ?

D'un mouvement brusque, Lucienne écarta sa tasse de thé, répandant une partie de son contenu sur sa nappe toute blanche. Elle ne s'en rendit même pas compte. Du moins, elle n'y prêta aucune attention.

Sortant son chapelet de la poche de son tablier, elle le déposa devant son fils, le surplombant de son crucifix.

— Serais-tu en train de me dire que tu ne crois plus en Celui qui a donné sa vie pour sauver ce monde de pécheurs ?

Il n'avait jamais été permis d'empiéter sur la foi de Lucienne.

— M'man, c'est déjà assez difficile comme cela, je t'en prie, ne me complique pas les choses avec l'enfer. Tu as très bien compris.

Lucienne devint blême de désarroi et de crainte, se fermant l'entendement.

Puis n'en pouvant plus de subir la désolation qu'affichait sa mère, Isidore se leva, lui tournant le dos pour respirer à fond une brise chaude remplie d'odeur de pin qui vint à sa rescousse. La moustiquaire ondulait de la bedaine.

Incapable de pleurer tellement sa raison refusait d'y croire, Lucienne examinait son fils des pieds à la tête, tentant de mater ce que son cœur refusait de croire.

Soudain, Isidore sortit au pas de course, ignorant, comme si elles n'avaient jamais existé, les trois marches qui le séparaient du sol. Il courut et courut, réalisant avec joie qu'il se rapprochait beaucoup plus vite de son père que lorsqu'il n'était équipé que de petites jambes de bambin de cinq ans.

À la manière du temps qui se replie sur lui-même, il lui semblait tout à coup que l'hier et l'aujourd'hui se couraient après, se foutant des années qui avaient passé.

Jamais il n'avait tant apprécié l'odeur de sueur de son père. Bien plus, il l'étreignit longuement contre lui, fouillant dans sa mémoire d'enfant pour retracer un moment qui ait pu le transporter autant que ce petit instant. Et juste pour mieux goûter le contact de ce père qui lui avait tant manqué, il osa fermer les yeux.

— C'est-tu une autre de tes apparitions, mon Zidore, ou ben un mirage que mon ennui me joue? lui demanda un peu mal à l'aise le vieil homme lorsque se dénoua leur emprise.

— Tu n'as pas de vision, p'pa. C'est bien moi, mais dans un moule différent de celui de tes souvenirs.

En prononçant ces mots, il exécuta quelques pas en arrière,

ouvrant les bras pour que son paternel constate que...

— Arrête donc de faire le fin finaud, Zidore, et dis-moi qu'est-ce que t'as de changé.

— Je ne suis plus curé, p'pa, lui lança Isidore, les lèvres mêlées de joie et de dépit.

Jérôme attendait.

Constatant que son paternel ne voyait toujours pas, Isidore en remit.

— Ne réalises-tu pas que je me suis dépouillé de mon éternelle soutane, papa ? Je ne suis plus curé. J'ai accroché ma soutane. Voilà ce que j'essaie de te dire.

— T'as rencontré... pis tu vas te marier, ricana sourdement son père, les genoux en guenilles, fébrile d'en savoir plus.

Isidore en eut les bras coupés. Ses mains retombèrent lourdement à ses côtés. Il ne croyait pas que son paternel ait pu rester aussi accroché à cette maudite et même idée fixe.

Jérôme avait toujours souhaité voir son gars fonder une famille. Mais Lucienne, dans le temps, avait fait des siennes et était montée aux barricades, menaçant son homme de lui couper, drette là, toute relation... euh... substantielle, s'il s'avisait d'implanter des idées de mariage dans la tête de son fils.

Forte du fait que son Jérôme était très porté sur la chose, Lucienne avait alors obtenu son prêtre, se convainquant qu'un siège estampillé RÉSERVÉ l'attendrait, à sa mort, à la droite du Père.

Sur ce, prions le Seigneur.

Quand père et fils rentrèrent, la bigote femme brassait une grosse chaudronnée de soupe.

Isidore remarqua la bosse que créait un mouchoir fripé que sa mère enfouissait lorsqu'elle était triste sous l'épaulette de sa robe, près de l'encolure. Elle ressortait ce scénario chaque fois qu'elle voulait démontrer qu'on lui avait fait de la peine.

Isidore se promit bien de ne pas tomber dans le panneau de la pitié. Il n'en fit aucun cas. Résultat : il ne savait plus où se mettre.

Constatant que le pendule de l'horloge ne se dandinait plus et juste pour tuer le temps, il ouvrit la petite porte pour en remonter le ressort, mais constata que celui-ci était à sa pleine tension.

— L'horloge est-elle brisée, m'man ? demanda-t-il pour prendre le pouls de l'ambiance.

Lucienne ne répondit pas, se contentant seulement de renifler. Elle avait, elle aussi, le ressort à pleine tension.

Jérôme rappliqua, s'essuyant bras et visage sur une serviette, la même qui, depuis une trentaine d'années, pendait à un crochet au bout de l'armoire. Les traits tirés, il se peigna de ses doigts vers l'arrière. Isidore détestait cette coupe chaudron que lui faisait sa mère, au ciseau, le soir de chaque premier vendredi du mois, juste après la messe du Sacré-Cœur chantée dans la petite chapelle du séminaire.

Maudite routine.

Les deux hommes s'échangèrent un regard, ne sachant trop sur quelle corde vocale ils allaient entamer la conversation. Jérôme jeta un coup d'œil vers sa femme, soupesant son humeur.

— Ça commence à brasser fort en Europe, dit-il. La Pologne est durement malmenée ! J'ai ben peur que les Alliés ne puissent rester en dehors de ça. Mackenzie King a fait un discours sur la radio, hier. Je pense ben, si ça continue, qu'il va déclarer une conscription dans les mois qui…

Lucienne venait d'échapper une assiette. Celle-ci se brisa sur le coin de la table en cinquante-deux morceaux. Profitant de la situation pour dissiper l'ambiance infecte, Isidore se jeta à quatre pattes pour en ramasser les débris.

Dégageant son mouchoir qui n'attendait qu'une occasion pour s'humecter le tissu, la pauvre femme éleva des yeux éplorés vers le ciel.

— Vous autres pis vos maudites conversations d'hommes! lança la toujours triste, juste avant de s'empresser vers sa chambre.

Et son mouchoir s'humecta à satiété. Pleurant à chaudes larmes, Lucienne la pieuse, comme la surnommait parfois Jérôme, alluma le lampion rouge de sa tablette à dévotions. Juste au-dessus, étampée sur le mur, l'image éplorée de Notre Dame des Sept Douleurs faisait mal à voir. La madame avait sept couteaux, des gros, plantés un peu partout dans le corps.

C'était très réjouissant.

Accompagnant le lampion rouge réservé aux urgences, il y en avait un jaune réservé aux attentes, un vert pour les faveurs obtenues, un bleu pour les exaucements, un mauve pour les mortalités, un rose pour les fêtes des saints et un blanc pour les naissances. Ce dernier, las d'attendre, tirait pas mal sur le jaune...

Tout compte fait, la sacrée tablette en était beaucoup plus une à émotions qu'à dévotions.

En tout cas...

Comme beaucoup de gens, Lucienne aimait mordre dans les événements négatifs de sa vie. Elle en extirpait la douleur jusqu'à la moindre goutte. Ça lui permettait d'afficher, presque en permanence, le calvaire qu'elle avait au visage. Ou du moins, le visage en calvaire qu'elle avait.

Jérôme se leva péniblement de sa chaise berçante, déposa sa poloque sur le rebord du cendrier et boita du genou droit jusqu'à la chambre.

Assise sur son lit, Lucienne sanglotait.

Le pauvre homme chercha un moment quels mots seraient

les plus aptes à désamorcer une fois de plus la détresse de sa douce moitié.

— Lucienne, murmura-t-il, pour une fois que notre gars est avec nous autres, je pense qu'on devrait lui donner une image plus réjouissante que la fontaine de tes yeux, tu ne trouves pas ? Tu t'en fais toujours jusqu'au trognon pour des choses qui ont simplement besoin d'être regardées avec des yeux secs. Quand ils sont mouillés, tu les vois toutes déformées. Tu sais ben qu'on t'aime trop pour te laisser te morfondre comme ça !

Sur ce, il posa sa main sur l'épaule de l'éplorée. C'était maintenant ou jamais. Et ce fut maintenant. Elle cessa ses pleurs.

— C'est vrai que je m'en fais toujours trop, admit-elle.

Elle se leva, souffla le lampion rouge, mais alluma le jaune.

« Au moins ça de gagné ! » se dit Jérôme, revenant dans la cuisine. Lucienne rappliqua, affichant un parcimonieux sourire.

Pas facile.

Le souper se termina sur une note plus vivante. Se laissant aller à déterrer d'heureux souvenirs, la triste femme se permit de rire à quelques reprises.

Lorsque la soirée eut bâillé ses premières lassitudes, la femme gagna sa chambre. Jérôme et son fils discutèrent longuement de tout et de presque rien, simple question de s'apprécier la présence. À quelques reprises, Isidore remarqua que son père respirait difficilement et se massait le bras gauche.

— C'est ma digestion, s'empressa de dire l'homme usé quand son fils lui conseilla poliment de voir son docteur. Je fume trop et ça me donne des brûlements d'estomac, avoua-t-il, retrouvant son rythme et son air jovial.

Quelques jours passèrent. Jusque-là, ils avaient évité de parler de prêtrise. Jérôme savait respecter. Il attendait qu'Isidore se manifeste le premier.

Puis d'autres jours passèrent. Isidore prit l'habitude

d'accompagner son père dans l'exécution de ses diverses tâches. Se rendant compte de l'intérêt que son fils portait à l'entretien du séminaire et comptant sur cette inespérée relève, Jérôme fit jouer son ancienneté, s'arrangeant pour que son fils puisse être payé pour ses services. Et du jour au lendemain, Isidore se retrouva salarié. N'ayant jamais eu d'argent pour lui seul, il en remettait chaque semaine la moitié à sa mère. Celle-ci, en retour, le gratifiait d'un ample sourire. Mais elle angoissa comme jamais lorsqu'elle constata qu'il regagnait de l'entrain et commençait à faire des projets autres que celui de retourner curer sa paroisse.

Au trente-huitième jour de la traversée de son désert, lors d'une discussion avec son père, Isidore mit le pied dans un sujet qui souleva chez lui certaines interrogations. Alors qu'ils causaient d'Auguste Leduc, son remplaçant à la cure du village de Saint-Ludger, Jérôme afficha un air circonspect. Il se souvenait vaguement d'un Auguste Leduc rustre et bâti comme un ferblantier qui avait fait son diaconat dans les murs qu'il lavait.

— Je me rappelle avoir vu quelque chose sur lui, il y a une couple d'années. Mais je n'arrive pas à trouver où et dans quelles circonstances.

La discussion se termina sur l'intention qu'avait Jérôme de vérifier certaines choses dès qu'il le pourrait, auprès du père Xavier Lachance, registraire du Grand Séminaire.

— Je promets de t'en redonner des nouvelles, l'assura Jérôme. Xavier a une mémoire d'éléphant. Il peut t'accrocher un nom sur un visage distant d'un mille.

Dans la nuit de son quarantième jour passé auprès de ses parents, Isidore fut réveillé par un cri lugubre suivi d'une plainte ressemblant à celle d'une louve qui hurle le massacre de sa portée.

Il débroula presque les marches de l'étroit escalier donnant sur la cuisine pour se ruer, le cœur en chamade, dans la chambre de ses parents.

Lucienne avait tout juste eu le temps d'allumer la lumière pour constater avec épouvante que celle de son mari s'éteignait.

— Jérôme! Mon Jérôme! criait-elle, reprends ton souffle, je t'en supplie! Oh, mon Dieu, faites-nous pas ça, faites-nous pas ça... je vous en supplie.

Mais le Ciel s'en foutait.

Isidore souleva le torse de son père, calant en vitesse deux oreillers sous ses omoplates. Jérôme bleuissait à vue d'œil. Les yeux exorbités, la bouche béante, il éleva dans un ultime effort sa main droite en direction du mur auquel pendaient de nombreux vêtements de travail. Puis sa gorge se serra. La pomme d'Adam de son cou fibreux s'immobilisa, laissant s'écouler un ultime mais distinct:

— Làààà...

Les paupières de l'homme se refermèrent sur son dernier jour. Étreignant sa mère d'un bras, l'homme d'Église traça un signe de croix au-dessus de son père.

Et ainsi fut-il. Jérôme, enfin, venait d'avoir son dernier mot...

CHAPITRE 13

Depuis le départ d'Isidore, Auguste Leduc, nouveau curé de Saint-Ludger, avait craché son venin dans tous les recoins de la paroisse.

Manipulant le verbe avec grand art, il parvint à colporter des propos malicieux qui eurent tôt fait de faire germer chez ses paroissiens certaines graines de discorde. Alimentant ses départs de points de suspension qu'il jetait à la volée, le prêtre disait peu mais juste assez. Et le petit peuple gobait le tout comme un attroupement de pigeons.

Son sujet préféré : le rang 2 dans lequel habitaient justement la famille des Gagnon et un certain Élisée Morin. Ce dernier, se plaisait-il à clamer, n'était qu'un quêteux sale et repoussant qui ne mangeait que du rat musqué et des *slabs* de bacon faisandé.

Et que dire des propos qu'il répandait contre Wilfrid, laissant entendre que celui-ci était un envoyé du diable venu répandre la peste sur tous ceux qu'il touchait ? Quant à ses oiseaux, ils représentaient les mauvais anges qui n'attendaient que ses ordres pour fondre sur les âmes les plus faibles. Le gros curé savait très bien que le gras du peuple était constitué de sujets très faciles à influencer.

S'étant montré très affable à son arrivée dans le village de Saint-Ludger, Auguste se lassa vite de faire ses sermons sur le plancher des vaches. Dès son premier dimanche, il monta en chaire. Contrairement à Isidore Bilodeau, il aspirait à ce promontoire qui lui permettrait, croyait-il, de dominer la masse pour mieux lui imposer ses ecclésiastiques et surtout physiques prestations.

Tout le monde attendait cet instant. Fait pour le moins étrange, pas un simple chrétien n'osa s'asseoir à moins de dix pieds de l'auguste chaire. Il y avait à cela deux raisons.

Première raison : Trop en chicane, les dents d'Auguste ne faisaient pas suffisamment obstacle à ses débordements de salive. La rumeur s'était en effet répandue que le monumental curé postillonnait comme vingt postillons. Les fidèles voulaient bien s'abreuver de sa parole, mais quand même pas de sa salive...

Deuxième raison : De poids, celle-là, elle concernait la solidité des assises de l'escalier. Composé d'une quinzaine de marches, celui-ci, à certains endroits, ne s'accrochait à son balcon que par la peau de quelques clous rouillés. Quinze ans plus tôt, Hector Bellavance avait condamné cette chaire, trouvant son escalier trop instable pour y poser un gros orteil. Mais le mot s'était perdu. D'ailleurs, Isidore ne l'avait jamais utilisée.

Lorsque Auguste posa l'un de ses gros sabots sur la première marche, une petite sœur du Saint Nom de Jésus manifesta l'intention de l'informer du danger qu'il courait, mais... sœur Berthe la ramena vite à l'ordre.

— Au nom du Ciel, taisez-vous, lui ordonna-t-elle.

Ayant appris du bedeau qu'Auguste monterait en chaire ce dimanche, certaines mauvaises langues avaient rallumé le flambeau des gageures de parvis. « Y va-tu tenir, le fameux escalier ? Oui ou non ? » C'était à voir...

La messe commença, déroulant le tapis rouge à une solennité digne des plus grandes cathédrales. Auguste aimait le faste, le clinquant, les beaux atours, le cérémonial. En d'autres termes, il aimait se prendre au sérieux.

Il ne tournait pas les coins ronds comme le faisait Isidore. Ses gestes empruntaient parfois tant de solennité qu'ils cadraient plutôt mal dans le décor quand même modeste de la maison de Dieu. C'était un peu comme quelqu'un qui se rend pique-niquer en plein champ sur une nappe de fine dentelle.

Et il y mettait le temps. Les messes, surtout celles du dimanche, duraient une bonne vingtaine de minutes de plus que celles d'Isidore.

Quand vint enfin l'heure du sermon et que le volumineux prêtre s'engagea dans l'escalier, celui-ci, sous la torture qu'on lui imposait, se mit à grincer de douleur. Plusieurs yeux se fermèrent de moitié dans des visages crispés d'appréhension. Mais tout tint bon.

Fiou…

Auguste ouvrit son discours avec les dossiers courants.

Point 1 : Le clocher avait besoin de réfection. Certaines tuiles d'ardoise s'en étaient détachées, laissant place à de l'infiltration d'eau. Auguste demandait des volontaires pour régler la situation.

Point 2 : La quête de la semaine précédente avait été épouvantable. Auguste pointa quelques personnes du doigt, dont Philémon Veilleux et quelques autres commerçants.

Point 3 : Le bedeau était sur le dos. Une pneumonie, disait-il. Mais la rumeur voulait qu'Auguste lui ait plutôt brassé les cloches, deux jours plus tôt, alors que celui-ci s'était présenté à son travail paqueté jusqu'à l'os.

Point 4 : L'hommage hebdomadaire à Césaire Leclaire, archevêque de Québec, suivi de l'insignifiante et téteuse prière de circonstance.

Point 5 : Le rang 2.

— Errent dans cette paroisse, tonna-t-il, guidés par la main froide du démon, des mécréants issus de la race des infidèles.

À ce moment, Auguste promena son regard sur l'assemblée, se délectant de voir baisser les yeux de ceux qui se sentaient visés. L'effet l'enthousiasma. Il enchaîna alors avec des propos plus mordants. Cette fois, certains regards innocents se mirent à fouiller tout autour, s'efforçant de trouver des coupables.

Le coup avait porté.

Savourant son pouvoir, le pasteur déposa avec soin la sainte Bible sur la rambarde de la chaire. La feuilletant au hasard de multiples friperies de pages, il décroisa les dents.

— Mais vous ne les trouverez point en ce saint lieu, poursuivit le prêcheur, parce que leur âme n'est pas à même de comprendre la gloire du Très-Haut.

« Ce n'est donc pas moi », se dirent plusieurs, soulagés.

— Vous les rencontrerez plutôt en compagnie de certains rapaces ou de leurs subalternes ailés. Et ceux-ci, ajouta le prêcheur, peuplent les arbres les plus nobles de ce village, les corniches de la plupart de vos bâtiments, de même que le ciel qui surplombe vos terres.

Feignant alors avoir localisé le passage précis de la divine parole, il éleva la sainte Bible à bout de bras. La chaire frissonna de l'escalier.

— Apocalypse, chapitre 19, versets 17 et 18 ! On y dit ceci ! aboya l'Auguste :

« Et le Malin cria à haute voix, disant à tous les oiseaux qui volent par le milieu du ciel : "Venez, assemblez-vous et mangez la chair de tous, libres et esclaves, petits et grands." »

Il y eut un court silence.

Suspendus à ses lèvres, les fidèles en avaient la langue pendante. Entraîné dans son élan de verve, le prêcheur poursuivit sur sa lancée :

— Il y est écrit, improvisa-t-il, dents en coin, qu'en ces temps, il viendra flanqué de ses anges rebelles pour répandre malheurs et calamités sur les justes qui par souci de miséricorde leur auront accordé leur bienveillance, leur gîte et même les restes de leur humble table.

Il fit une autre pause, sondant les yeux de l'assemblée qui, totalement ignare du contenu du saint livre, s'accrochait de toute sa foi au regard pénétrant du désinvolte.

— Méfiez-vous de celui qui erre, reprit l'habile verbieur. Chassez-le de vos maisons, chassez-le de vos terres, chassez-le de votre pensée comme vous savez si bien, par la grâce de Dieu qui est en vous, chasser ces mauvaises pulsions qui errent en vos âmes.

Signes d'approbation…

Et autre pause-satisfaction du gros soutané…

— Telle est la parole de Dieu, mes bien chers frères et sœurs.

Auguste referma lourdement son saint livre. Au même moment, la chaire laissa échapper une autre plainte. Ne s'en souciant même pas, le monumental, gorgé de lui-même, descendit de son précaire juchage.

« Adolf ! se disait le prêcheur, aurait été jaloux d'une telle éloquence. »

Sa parole venait d'être *fiellement* répandue dans un courant de pensée que certains désigneraient sous l'appellation de : crainte de Dieu.

Tremblons, mes frères.

La messe prit fin comme elle avait commencé, dans une mascarade qui cadrait très mal avec la sobriété des fidèles qui y assistaient. Et pour finir le plat, un servant de messe fut sévèrement rabroué devant toute l'assistance lorsqu'il échappa de l'eau bénite sur les pieds de l'officiant.

Mais qu'à cela ne tienne. Sur le parvis de l'église, certains fidèles ne se gênèrent pas pour dénoncer le ridicule d'Auguste. D'autres furent contraints de délier le zipper de leurs réticules, pestant contre la chaire qui avait tenu bon.

Mais pour combien de sermons ? On verrait bien…

Maudits jeux de hasard.

CHAPITRE 14

« Han ! » expira Han-Louis, imprimant dans le front du premier cochon de la saison d'abattage un coup de massue. Fallait frapper juste. Et au bon endroit, sinon le cochon pognait le mors aux dents et hurlait « à fendre les cheveux en quatre », comme disait Marie-Rose.

Et encore, « han ! » juste au cas où le premier coup aurait été mal asséné. La bête trépassa dans un spasmodique râlement. Le visage tordu, Wilfrid retira les doigts qu'il s'était fichés dans les oreilles pour ne pas entendre.

Chaque automne, vers la mi-octobre, les Gagnon faisaient abattoir pour les cultivateurs de Saint-Ludger et des environs. Moyennant 10 cents pour un cochon ou un veau et 20 cents pour une vache ou un bœuf, les villageois amenaient pour abattage le bétail qui était sacrifié aux divinités stomacales de l'hiver. Les bêtes étaient ensuite débitées, passant en peu de temps du carnage… au cannage.

En prime, Magnan avait souvent l'occasion de mettre le grappin sur des cœurs ou des langues que Marie-Rose s'empressait de plonger dans le vinaigre. Avec le sang des cochons, elle concoctait un excellent boudin. Ça sentait de si loin qu'il n'était pas rare de voir certains villageois s'arrêter pour lui en acheter. Et c'était propre ! Même les mouches s'en délectaient…

Depuis cinq heures de l'après-midi, le feu de la bouillotte dévorait les rondins de sapin que Magnan, visage rougi de tant de fournaise, bourrait à pleine porte. Le tuyau ronflait de toute la pétance que les étincelles prenaient à le fuir, flottant un moment comme des lucioles pour s'évanouir dans l'air frais et humide du soir. Lorsque les premiers mouvements d'ébullition firent enfin surface, ils répandirent dans le vétuste bâtiment un nuage de vapeur… à odeur de mort.

À bout de chaîne et de spasmes, le premier cochon fut traîné jusqu'en bord de dalot par Marie-Rose. Presque méconnaissable, la rude femme était tuquée jusqu'en bas des oreilles et attriquée, de cou jusqu'en chevilles, d'un *overall* qui faisait peur.

D'une main assurée, elle saisit le couteau à pointe fine que lui tendit Han-Guy pour l'enfoncer d'un trait dans la gorge de la bête qui se débattait, impatiente d'en finir. Le sang vomit de toute l'ouverture qu'on lui permit d'emprunter. Han-Louis se pencha pour recueillir dans une petite chaudière le liquide chaud et fumant qu'expulsait un cœur qui s'accrochait à ses dernières gouttes. Immergeant ensuite le contenant jusqu'à ras bord dans un baril de 45 gallons d'eau froide, il y plongea une main, agitant le chaud liquide pour en extraire les caillots qui, à la manière de sangsues, s'agglutinèrent autour de ses doigts. Élevant le contenant jusqu'à ses lèvres, il ingurgita quelques rasades de l'épais et chaud bouillon de vie, le rabaissant ensuite dans un profond rot de satisfaction.

Depuis les cinq dernières années, Wilfrid était assigné au palantage des bêtes. Malgré les objections de Marie-Rose, Magnan, entêté, y avait mis le temps et lui avait appris la funeste routine.

Dès que le premier immolé présenta suffisamment de symptômes de mort, le grand Wilfrid agrippa le câble activant la grande roue du palan. La bête s'éleva lentement au-dessus de l'eau bouillante. Puis, sur un signe de Magnan, Wilfrid relâcha lentement son emprise, immergeant le cochon en totalité. Au contact de l'eau bouillante, ce dernier frémit. Wilfrid aussi. Trente secondes suffirent. L'animal fut ensuite sorti de son bouillon puis étendu sur la table d'épluchage sur laquelle, par le biais d'un vigoureux grattage du couteau de Marie-Rose, la peau de la bête prit la douceur d'une fesse de sœur. Une nouvelle.

Tant que sa tâche ne fut pas terminée, Wilfrid s'y activa à la manière d'un automate, plongeant et ressortant, les uns après les autres, les condamnés dans le consommé qui finit par prendre une fétide senteur de chair.

Lorsque tout fut complété, incapable de contenir plus longtemps ses nausées, le grand ti-gars se jeta dehors pour y vomir ses émotions.

Habitué à cette routine depuis toutes ces années, Balou, dans le but évident de consoler le vomisseur, venait à chaque fois s'y coller le derrière. Mais à chaque sacrée saison d'abattage, rien n'y faisait. Malgré toute la gamme de sons de réconfort que parvenait à lui inventer le gros chien, le grand Wilfrid n'y arrivait toujours pas.

Et c'est ainsi qu'à fil de soirée, sur un rail beaucoup mieux arrimé au plafond par ses fils d'araignées que par les chétifs bouts de broche qui le supportaient, neuf victimes de l'estomac humain firent la queue.

Mais une ombre se profila très vite sur l'abattoir de Magnan.

Ouvertement vilipendés dans les sermons d'Auguste et par conséquent pointés du doigt et salis sur la place publique, les Gagnon virent s'étioler la plus assidue clientèle de leur abattoir.

Magnan avait grand besoin de ce revenu. Il se promit donc de se rendre voir l'Auguste, nouveau curé, afin de tirer certaines choses au clair, d'autant plus qu'à quelques reprises, ces derniers temps, il l'avait vu filouter dans les parages, trouvant même sur ses traces des oiseaux morts, le cou tordu. N'y ayant sacrément rien compris, il les avait camouflés, se gardant bien d'en parler à Wilfrid.

Mais ne nous méprenons pas. Hormis la gênée déférence dont, par complexe d'infériorité, il faisait souvent preuve, Magnan Gagnon n'avait jamais lésiné avec ce genre de situation. Je dis bien... jamais. Que celui-ci soit prêtre, bête, ou les deux.

Cependant, avant de mettre son projet à exécution, il laissa passer une semaine.

— Jusse pour werre, avait-il dit à sa femme.

Une semaine durant laquelle lui et ses gars, auparavant respectés comme il se devait, sans plus, se virent apostrophés sans raison et humiliés comme des chiens galeux. Même Élisée Morin qui menait paisiblement son petit bonhomme de chemin fut bousculé, un certain matin, à sa sortie du magasin général. Rosalie Veilleux, la propriétaire, avait dû intervenir pour empêcher deux villageois de lui faire un mauvais parti.

Et l'abattoir était tombé plus mort que jamais...

Dans un p'tit village comme Saint-Ludger, tout se savait. Même au passage du plus réservé courant d'air. Au bout de deux semaines de provocations insensées, Magnan déborda.

— D'où c'est que tu vas comme ça, un samedi au matin ? lui demanda Marie-Rose, le voyant atteler Jambon à sa charrette des grands jours.

Sans même se retourner, le brave homme continua de harnacher.

— Du monde, faut que ça se parle avant de se déclarer la guerre, grogna-t-il d'un ton monocorde. Il déposa les fesses sur le siège de la vieille carriole.

De sa main encore valide, l'éclopé agrippa les guides.

— Hue, Hambon, hue… marmonna-t-il, ajustant son chapeau du bout de son moignon.

Malgré l'éclopage dont Magnan était frappé, Henri Fecteau lui avait proposé une nouvelle job au moulin à scie. Et pour faire face à son nouveau défi, Benoît Beaupré, le cordonnier, lui avait fabriqué sur mesure, s'il vous plaît, un genre de capote protectrice que l'éclopé s'enfilait sur le moignon. D'un cuir capable de résister à n'importe quelle torture, la prothèse faisait peur à voir. Une sangle que Magnan se passait derrière le cou retenait l'œuvre en place.

— Équipé comme tu l'es, tu vas être capable d'assommer un beu d'un seul coup, lui avait promis l'artisan.

Puis-je vous dire que Beaupré ne s'était pas trompé de beaucoup ? Ayant été la proie de trop fréquentes railleries, Magnan s'était vu obligé de monter aux barricades pour regagner un peu de respect. De son membre complexé, il avait servi une couple de raclées à des poltrons qui persistaient à le prénommer Mognon. Il reprit vite le contrôle de la situation.

Jambon péta son avant-dernière mâchée de foin, jeta un coup d'œil à Marie-Rose puis décolla, se demandant bien où tout cela le mènerait.

« Pis, *de la marde* », se dit-il.

Le vieux cheval ne sortait pas souvent de la grange. Il puait même le renfermé. Les vieux os. Âgé d'une vingtaine d'années, le piton prit une quinzaine de minutes à s'ajuster les pupilles à la lumière du jour. Le village, il le connaissait par cœur. Magnan n'avait qu'à lui demander deux fois de le conduire à tel endroit et Jambon s'exécutait. C'était d'autant plus pratique que quand il arrivait à son maître de revenir saoul mort de chez Horace Laflamme, son seul ami, il le déposait si près de la galerie que Magnan n'avait qu'à s'y rouler. Le tour était joué.

Un maudit bon joual...

Aussitôt que la charrette s'immobilisa dans la cour du presbytère, Auguste sortit, suivi de sœur Berthe, les bras chargés de vêtements fraîchement essorés. Elle se rendait les pendre à la corde à linge arrimée entre les multiples poteaux de l'imposante galerie.

Faisant mine de ne pas avoir remarqué l'arrivant, Auguste descendit lourdement les cinq marches qui le séparaient de la terre ferme. À sa démarche, il était évident que ce n'était pas lui qui avait inventé la souplesse.

— Je peux-t'y vous werre, m'sieur le curé? lui demanda poliment Magnan, sautant d'un trait au sol.

Ne daignant même pas se retourner pour envisager son interlocuteur, Auguste se contenta de s'arrêter sur place, mains dans les poches, attendant que Magnan vienne se positionner devant lui. Sûr de lui, ce dernier ne mit que quelques pas pour y arriver. Fixant le gros curé droit dans les yeux, il esquissa un poli sourire. Le visage dur de son vis-à-vis n'en fit pas tant.

— C'est quoi que vous avez contre moé pis ma famille? demanda Magnan, réglant le ton de ses cordes vocales sur une tonalité frisant la politesse.

Scrutant la réaction d'Auguste, le brave homme attendit, tournant la tête du côté de la charpentée sœur. Pressentant qu'elle n'avait pour le moment rien à retirer de ces lieux, sauf elle-même, elle abandonna sa brassée de linge sur la rampe et rentra. Dans son empressement et dans un bruit de déchirure, elle accrocha un bout de sa tunique dans la fermeture de la lourde porte. Quel déchirement ce fut!

Et le Seigneur, on s'en doute, s'en foutit.

— Bonjour à vous, mon fils! caverna Auguste, dépliant

lentement sur son importun visiteur un regard condescendant mais surtout, caustique.

— C'est quoi que vous avez contre moé pis ma famille ? lui répéta Magnan, à mi-voix.

En même temps, il s'approcha à deux pas de celui qui le lorgnait toujours avec dédain.

— Gagnon, vociféra cette fois l'imposant prélat, je ne vois pas comment un va-nu-pieds comme toi, issu de la race des mécréants et des bâtards, peut par une si belle journée se permettre de venir souiller le sol de cet endroit bén...

Le cher Auguste n'eut pas le temps d'articuler son dernier mot qu'un moignon encapuchonné d'un épais cuir de bœuf l'atteignit en plein front.

PAF !

Je ne sais pas comment on peut décrire ce qui suivit, mais je peux vous balbutier que le gros et imposant Auguste en tomba... drette su'l cul. Et je suis poli. Dans la seconde qui suivit, un merveilleux filet de sang se précipita hors du nez du soutané *fouteur de merde*.

— Mon gros tabarnak ! lui cracha Magnan Gagnon, avise-toé pus jamais, de toute ta hautance, à chier su moé, ma famille ou su m'sieur Morin qui habite la pointe de ma terre. Sinon, la prochaine fois, je t'arrache le trou que t'as au cul... pis je te le fais avaler. As-tu ben compris ?

Attendant que le fessé reprenne ses pleins esprits et que la tête ne lui bourdonne pas trop, il se pencha paisiblement au-dessus d'Auguste.

— Pis reste ben loin du septième de mes gars, mon tabarnak. Tu sais, celui qu'est le plus jeune et le plusse sans défense. Ou ben, je pendrai ta grosse crisse de carcasse sur le rail de mon abattouerre, mon gros hostie.

Enfin repu, Magnan prit une longue inspiration, jeta vers le ciel des yeux remplis de contentement, puis remonta dans sa grinçante carriole.

— Ben le bonjour, m'sieur le curé ! Ben le bonjour... grogna-t-il. Hue ! Hambon. À maison... à maison.

Il rajusta son chapeau du bout de son moignon.

Cette fois-là aussi, le vieux Jambon péta sa dernière mâchée de foin, jeta un coup d'œil à Auguste et décolla, se demandant bien où tout cela le mènerait.

« Pis *de la marde* ! » se dit-il encore, un peu embarrassé.
Maudits humains...

CHAPITRE 15

— M'maan!... M'maan!... hurla Wilfrid, se jetant dans la maison.

Il revenait de la cour arrière. Occupée à repriser des reprises sur les hardes de travail de ses gars, Marie-Rose faillit mourir au bout de son aiguille. Dans son énervement, elle se piqua suffisamment pour qu'une grosse goutte de sang jaillisse sous l'ongle ébréché de son pouce gauche.

— Baptême, Wilfrid! lui cria-t-elle, t'as ben failli me faire mourir dans les bras de Saint-Cope. Kossé qui t'arrive de si épouvantable pour te garrocher dans les murs comme ça? As-tu le yâbe aux fesses?

— M'man! balbutia le simple d'esprit, tentant de regagner un peu de son habituelle sérénité, les poules... haleta-t-il, les poules sont mottes! Sont toutes mottes! cria le grand enfant, les yeux baignant dans le désespoir.

Ameutés par un tel vacarme et croyant qu'un cataclysme n'attendait que le moment de leur sauter dessus, Magnan et ses Han bondirent de leurs chaises, se bousculant pour aller s'enquérir du drame qui frappait le plus jeune.

Wilfrid n'avait pas l'habitude de tomber dans ce genre de manifestation.

Tremblant jusqu'au bout des cheveux, l'arriéré, d'un doigt paniqué, indiquait la cour arrière. Se ruant tous ensemble vers le lieu indiqué, les Gagnon virent un spectacle de désolation se déplier sous leurs yeux.

Vingt-trois poules, je dis bien vingt-trois, gisaient au sol, inertes. Non ! Pas vingt-trois, mais vingt-quatre. J'oubliais le coq. Une vraie désolation. Aucune des volailles ne bougeait de la moindre plume qui vaille.

— Baptême ! souffla Magnan. Venez surtout pas me dire que le coq les a toutes honorées à mort, bonne Sainte Viârge.

— Doux Jésus ! prononça Marie-Rose à mi-voix, se voilant la bouche d'une main tremblante.

Le poulailler des Gagnon venait tout bêtement de tomber dégarni.

Ahuri par la scène, le gros Balou se promenait d'une carcasse à l'autre, flairant ce que ses naseaux refusaient d'admettre. Il wouffa son incrédulité. Mais les Gagnon ne comprirent pas, l'écartant poliment du revers d'un pied.

Vingt-quatre !

— Ma foi du saint tabarnak ! Ils veulent awerre notre peau ! s'écria Magnan, indigné.

Il s'apprêtait à ramasser les poules pour aller les jeter sur le tas de fumier lorsque Marie-Rose, qui avait le sens de la récupération, lui mit un… stop.

— Je voudrais ben craire que notre basse-cour vient de manger son coup de mort, mais c'est pas une raison pour gaspiller les plumes, lança-t-elle à son mari. On a des oreillers à remplumer ! Relevez-vous les manches, les p'tits gars ! Faut les plumer ! clama la brave et courageuse femme.

Le déplumage des oiseaux fit théâtre dans la cour arrière des Gagnon.

Incapable de supporter la scène, Wilfrid braillait à s'en creuser des rigoles faciales.

Pauvre Wilfrid.

Chaque poule dégarnie rejoignait ses infortunées compagnes sur le tas de fumier. Le dernier à y passer fut le valeureux coq. Dès qu'il fut dépouillé jusqu'à son plus intime duvet, la noirceur s'empressa de tendre son voile sur la défunte basse-cour.

Pudeur et respect exigeaient...

Profondément touchés par la désolation de la scène, les Han s'étaient exécutés sans qu'une larme, ne fut-ce qu'une seule, ait osé franchir le seuil de leurs paupières.

Rendus froids et mordants par les rigueurs que leur avait toujours imposées la vie, les Gagnon, par la fibre génétique qui les unissait, savaient encaisser.

Lorsque tout fut mené à terme, ils rentrèrent les uns après les autres, se jurant qu'à la moindre occasion ils prendraient leur revanche sur les infâmes qui avaient empoisonné leur basse-cour. La tête alourdie par les événements de la journée, ils montèrent à leur chambre, se demandant toujours qui avait pu être assez *tabarnak* pour leur faire une chose aussi épouvantable. Malgré tout, ils sombrèrent bientôt dans un sommeil qui soulagea leurs cœurs endoloris.

Et passa la nuit.

— M'maan!... M'maan!... hurla de nouveau Wilfrid, se jetant dans la maison, en provenance de la maudite cour arrière.

Occupée à ronfler de fil en aiguille, Marie-Rose fut piquée dans son sommeil par son grand qui ne cessait de lui enfoncer un index dans l'épaule.

— Baptême, Wilfrid! lui cria-t-elle sur le même ton que la veille, t'as encore failli me faire mourir dans les bras de Saint-Cope.

— M'man!... M'man!... balbutia de nouveau le simple d'esprit, tentant pour la deuxième fois de regagner un peu de son habituelle sérénité. Les poules! Les poules!

—Kessé qu'elles ont-y, les poules, encore ?

— Sont pumottes, m'man ! Sont toutes pumottes, cria le grand enfant, les yeux agrippés à une lueur d'espoir.

Puis il se mit à rire à chaudes larmes.

Ré-ameutés et à la fois réanimés par un tel vacarme, Magnan et ses Han bondirent de leur couchette pour s'enquérir de la pâmoison qui frappait encore leur plus jeune. Tremblant encore jusqu'au bout des cheveux, l'arriéré, d'un doigt rassuré, indiquait toujours la cour arrière. Se ruant encore tous ensemble vers le lieu indiqué, un spectacle de pure consolation se déplia cette fois sous leurs yeux ahuris.

Vingt-trois poules, je dis bien vingt-trois, faisaient du nudisme dans leur basse-cour. Non ! Pas vingt-trois, mais bien vingt-quatre. J'oubliais encore le coq. Une vraie consolation. Aucune des bêtes n'avait une plume à se mettre sur le dos. *Baptême.* Le poulailler se trouvait comme ça, tout d'un coup, totalement regarni mais déplumé.

— Doux Jésus ! prononça Marie-Rose à mi-voix, se voilant la bouche d'une main tremblante.

Encore une fois dépassé par la scène, Balou se promenait nonchalamment d'une cocotte à l'autre, humant ce que ses naseaux avaient refusé d'admettre, wouffant plus fort que la veille son incrédulité. Et les Gagnon comprirent, le flattant poliment du revers d'une main.

Vingt-quatre !

— Ma foi du saint tabarnak, ma femme, il va falloir que tu leur tricotes chacune un châle parce que y ont toutes pogné la chair de poule ! s'écria Magnan, plié en deux et riant de franc cœur.

— Je voudrais ben craire que notre basse-cour vient de r'gagner son coup de vie, lui lança sa femme, mais je sais ben pas comment on va yeu r'poser leu plumes ! Sont déjà dans les oreillers ! toussa-t-elle à s'en étouffer. R'levez-vous les manches, les p'tits gars ! Faut toutes les remplumer ! clama la brave femme, mouillant presque ses petites culottes.

Ce fut alors une mêlée générale d'exclamations et d'onomatopées les plus hilarantes qu'ait pu connaître le rang 2.

Soudain, le moment devint grave. Magnan venait de river son regard sur le flanc arrière du tas de fumier.

— C'est qui les innocents qui ont crissé les graines de houblon fârmenté sur le tas de fumier ? demanda-t-il, se tournant vers ses Hans qui baignaient dans la confusion la plus totale.

Tous se regardèrent, tentant de trouver le coupable.

— Je vous ai pourtant toujours dit de jeter le houblon qui a servi à faire la bière n'importe où mais jamais sur le tas de fumier, bout de viarge. Nos poules y étaient pas mortes, tabarnak, y étaient jusse sur une crisse de bonne brosse !

Incapables de se contenir plus longtemps et devant la mine aussi déconfite de leur père, les Han repartirent de plus belle. Au même instant, des lamentations jaillirent des poumons de Marie-Rose.

— C'est moé, Magnan, c'est moé qui a jeté les graines su'l tas de *marde*. Je savais pas…

Magnan resta stupéfait, tentant de déceler dans le regard de sa femme une quelconque feinte pour couvrir l'un de ses gars. Mais devant l'évidence d'une sincérité qui plongeait la pauvre femme dans un pareil état de malaise, Magnan modéra le ton, se faisant plus coulant.

— Ben, sors tes aiguilles à tricoter, ma Rose, parce que la prochaine nuitte va geler. Je t'annonce que t'as jusse la journée pour montrer à vingt-trois poules épivardées comment se tricoter un nouveau plumage.

S'approchant de sa femme, l'homme au visage dur, de son bras encore intact, lui entoura les épaules. Ils rentrèrent, le cœur plus léger que la veille, préférant de beaucoup que la cause d'une pareille scène soit autre que celle de l'aversion humaine.

Ce matin-là, le coq ne fit pas son jars. De toute façon, ce n'était pas son genre.

Reste quand même que ses poulettes le trouvèrent relativement… bien crêté.

Maudit orgueil.

CHAPITRE 16

Après la mort de son père et malgré le salaire qui lui avait été offert pour le remplacer dans ses tâches au Grand Séminaire de Québec, Isidore s'était vu incapable de souffrir plus longtemps les perpétuels larmoiements de sa mère. Chaque jour qui passait exerçait sur elle une emprise telle qu'il lui était impossible d'esquisser un sourire qui n'ait un coin de grugé par la tristesse.

Isidore Bilodeau remit alors le cap sur Saint-Georges. Enfin affranchi de sa mère et de Notre Dame des Sept Douleurs, il se mit en quête de retrouver un certain Woods. C'était ce qu'il avait retenu du nom du bonhomme que lui avait présenté Ernest Lapointe quelque temps auparavant. Comme d'habitude, il avait perdu la petite carte d'affaires jaunie.

Mais le hasard attend toujours celui qui a osé y croire.

Dans les trémolos qui agitaient les gorges des conscrits anxieux de se mettre à l'abri des Prévôts[1], il s'en trouva un pour l'aiguiller sur Adélard Corriveau, le fameux monsieur… Woods.

Isidore localisa donc ce dernier banquetté à l'extrémité d'un comptoir de restaurant qu'arpentait sans cesse une serveuse qui avait de la peine à contenir la nervosité sur laquelle le matin lui avait fait prendre pied.

---

1 Le Canadian Provost Corps voit le jour en 1940. C'était une unité de la police militaire canadienne. Leurs membres avaient parmi leurs tâches celle de retracer les déserteurs de l'armée ou ceux qui refusaient d'aller servir sous les drapeaux.

Maudit énarvage !

Ne se rappelant bigrement pas du ti-cul qui frappait à la porte de son attention, Adélard Corriveau ne daigna même pas lorgner du côté de la voix qui s'adressait à lui. Ce ne fut que lorsque Isidore eut pris banc à sa droite que celui-ci se tourna de son côté. Constatant dans la cohue que le nouvel accoudé tentait de lui dire quelque chose, il posa sa tasse pour lui tendre une oreille.

— As-tu affaire à moi ? le harponna-t-il de sa voix mercantile et un peu irritée.

— Je cherche un emploi, prononça Isidore, à mi-voix.

— Vous cherchez qui ? reprit Corriveau.

— Je veux une job ! cria le petit à lunettes, les yeux bien ancrés dans ses épais foyers.

Adélard Corriveau n'eut pas à l'examiner bien longtemps. Il avait besoin de bûcheux, bien sûr, mais pas de… bûchotteux.

— Je dirige un chantier, tabarnak, lança sèchement le pas intéressé. Pas une petite école !

Il retourna à son café, ne tenant déjà plus compte de celui qui insistait pour se faire voir.

Isidore n'en demanda pas plus. Ramassant ses valises à bout de bras, il s'éloigna, l'âme écœurée, se laissant placidement bousculer par les gens qui, eux, semblaient savoir où ils allaient.

Puis une main l'empoigna par un bras, le forçant à se retourner.

— Sais-tu faire la cookerie ?

Le fameux contremaître de la Western Woods venait à l'instant d'émerger du « câlisse-moé donc patience » qu'il s'était, deux moments auparavant, retenu de lancer au visage du ti-cul.

Contrarié, Isidore, d'un geste brusque, se dégagea. Un peu embarrassé par sa réaction, Corriveau relâcha son emprise.

— Excuse mes manières, s'empressa-t-il de dire. Je viens de

te replacer. J'ai une job d'aide-cuisinier à te proposer. C'est à prendre ou à laisser.

Esquissant un pâle sourire, Isidore lui jeta un signe d'approbation.

— Dans ce cas, reprit Corriveau, viens me voir à soir vers sept heures, à l'hôtel Saint-Georges. J'y ai pris une chambre. Je te fournirai toutes les instructions dont t'auras besoin.

Sur ce, il serra la main d'Isidore, *sippa* son fond de café, déposa en vitesse le récipient sur le comptoir et sortit.

Isidore fut au rendez-vous à l'heure convenue. Pile, cette fois.

Dès que ses semelles lapèrent les tapis de l'hôtel Saint-Georges, son âme de prêtre s'empressa de lui dérouler tout ce qu'elle en avait entendu dire de mal. Comme de fait, il avait à ce point peur de la place que ses pas en devinrent presque désarticulés.

Il se demandait ce qu'il avait fait au bon Dieu pour en être rendu là. La débauche était-elle en train de se faufiler dans les tréfonds de son âme? Quel était cet affranchissement nébuleux dans lequel le Seigneur le plongeait jusqu'au cou?

Apparut alors au deuxième plancher, celui des chambres, une très belle dame.

«Elle doit être l'Irène dont on m'a si souvent parlé en confession», se dit le petit prêtre. Ne parvenant pas à détourner son attention d'elle, Isidore se demandait où il avait bien pu la rencontrer. Ce visage lui disait quelque chose.

Vêtue d'une longue robe de satin noir, la femme de joie semblait flotter à l'embouchure de l'escalier. Les traits visiblement tirés, Irène était lasse de toutes ces hommeries dont elle ne retirait plus qu'un maigre plaisir. Posant tout de même, avec toute la grâce qu'on lui connaissait, un pied sandalé sur la première marche, elle déroula son regard sur la vénérée clientèle de la place, s'accrochant à celui d'Isidore. Ce visage qu'elle ne parvenait pas à localiser dans ses souvenirs venait de lui sauter aux yeux. Quant au regardé, troublé par une telle beauté, il aurait voulu se voir sous les jupes de sa mère.

Se croyant un moment victime d'un tour que lui jouait sa mémoire, la dame agrippa la rampe de ses longs doigts, soignant sa descente comme l'aurait fait un équilibriste.

« Se peut-il, se disait-elle, que… »

« Se peut-il que cet individu qui me fixe ainsi soit… »

Mais sa raison biffa aussitôt toute possibilité. Puis l'image refit surface, insistante.

« Non ! Ce n'est sûrement pas lui… pas le petit curé de… »

À ce même moment, perdu dans ce monde de perdus, Isidore émergea de sa perplexité. Il pouvait maintenant, il en était certain, accrocher un souvenir sur cette créature de son passé. Et tout son être s'agita, chancelant au bord d'un gouffre de volupté. Il n'eut pas le temps d'en penser plus. Dépliant tout grand son sourire, Irène allongea une main gantée de tulle noir dans sa direction.

— Mais… mais qu'ai-je fait au diable pour qu'un ange tel que vous m'apparaisse en ce soir rempli de brouillard ? lança-t-elle à Isidore, jetant un bref coup d'œil sur la rue qui grouillait de son habituel achalandage.

Visiblement mal à l'aise, Isidore tendit une main à celle qui l'accueillait de si gente manière.

— Pardonnez-moi cette irruption dans votre monde, madame. Si je me rappelle bien, vous devez être Irène, n'est-ce pas ? Vous assistiez au mariage de Philémon Veilleux il y a une quinzaine d'années, à Saint-Ludger.

— Vous avez bonne mémoire, monsieur le curé. Mais qu'est-ce donc qui vous amène chez moi ?

Elle fit un pas en arrière pour jeter un coup d'œil à celui qui, malgré son habit civil, ne portait aucun col romain.

Isidore comprit le questionnement qui se profilait dans les yeux de la belle tenancière, mais…

— Ce serait trop long à vous expliquer, madame. Je cherche un monsieur, grand, d'allure écossaise, avec des cheveux roux et clairsemés. Il m'a donné rendez-vous ici. J'ai perdu sa carte, mais son nom tourne autour de… Woods, bafouilla en bonne partie Isidore.

— Vous voulez sans doute parler d'Adélard Corriveau, épingla Irène au trou de mémoire d'Isidore. Il engage en effet pour la Western Woods.

— C'est bien ça ! s'empressa de confirmer Isidore.

Mal à l'aise, le petit personnage trépignait sur place, les pieds tournés vers l'intérieur. Et pour cause : il n'avait pas soulagé sa vessie depuis le matin.

— Une bien belle place que vous avez, osa Isidore, serrant les genoux.

Connaissant les hommes mieux que ceux-ci pouvaient se connaître et se rendant compte de son urgent besoin, Irène, de manière discrète, lui indiqua le p'tit coin. Isidore ne se fit pas prier.

« Qu'est-ce que je fais dans un pareil endroit ? se dit-il en délestant sa vessie. Je n'aurais jamais dû accepter de me présenter ici. »

Juste comme il sortait du sombre réduit qui puait l'écurie à plein nez, il tomba nez à nez avec l'un de ses paroissiens. Et pas n'importe lequel.

— Vous ici, monsieur le curé ! lui lança Philémon Veilleux, le saisissant par les épaules.

Quand Philémon Veilleux empruntait ce genre de comportement, c'était qu'il commençait à être chaud. Et pas mal.

— Vous ici, Philémon Veilleux ! laissa échapper le petit prêtre, rouge de gêne.

Les deux hommes prirent chacun leur direction.

La place était pleine. Ça parlait fort, ça riait, ça buvait, ça se poussaillait, ça se...

« Maudite place de perdus », se dit Isidore, saturé du tapage, des odeurs de fumée, de bière et de fond de tonne qui régnaient dans le bordel.

Écœuré, il allait se jeter sur la galerie pour y respirer de l'air moins vicié lorsque ses narines furent assaillies par un parfum qui lui bardassa la testostérone. Pressentant derrière son épaule droite une présence féminine, il se figea sur place. Il n'eut pas à se retourner.

— Le gars que vous cherchez vient juste d'entrer, lui souffla l'ardente tenancière dans l'oreille.

L'homme de Dieu faillit s'effondrer. Jamais un frisson ne lui avait à ce point ravagé le chignon du cou. Irène serra avec chaleur la main d'Isidore, le gratifia d'un poli sourire, lui indiqua le gars qu'il cherchait et s'esquiva poliment.

— Une maudite belle pute, cette sauterelle-là, monsieur, lança Corriveau à Isidore. Une maudite be...

Isidore Bilodeau n'entendait plus. Il était en état de choc.

Corriveau le ramena toutefois assez vite à la réalité. Empruntant un petit salon réservé à la clientèle d'affaires, les deux hommes discutèrent un long moment des modalités d'engagement et des obligations dans lesquelles s'engageaient ceux qui montaient travailler pour la compagnie de bois.

— Et tu signes ici, mon Zidore. J'espère que ça ne te choque pas que je t'appelle Zidore. Je trouve ça plus *friendly*.

Sur ce, il tendit une main à Isidore qui y répondit, disons-le, sans grand intérêt. Ce genre d'hommes lui tombait sur les nerfs. Mais il se retrouvait au moins avec un emploi. Et pour tout son prochain hiver.

« Pour le reste, on verra au fur et à mesure », se dit-il en se relevant.

— Bienvenue à la Western Woods, monsieur l'assistant-cuisinier! termina Corriveau à pleines dents. J'ai affaire à Saint-Ludger le 15 octobre. Je te prendrai devant le magasin général vers deux heures.

Isidore ne traîna pas longtemps dans les lieux. Pour se refaire les idées, il déambula un long moment dans les rues de Saint-Georges, retrouvant peu à peu sa paix intérieure.

Toutefois, un détail le hantait. C'était le fait que Philémon Veilleux, un de ses paroissiens et ami de longue date, ait pu se trouver dans un pareil endroit de péché.

« Et ce soir n'était sûrement pas la première fois », se disait-il.

Déçu? Oui, il l'était. Mais surtout blessé. Très blessé… dans sa vocation de prêtre.

Il se dit que toutes considérations faites, Philémon se foutait pas mal de lui et du sacrement de la confession.

— Pardonnez-moi, mon père, parce que j'ai péché…

Foutaise. Triple foutaise!

Pauvre Isidore. Il commençait à réaliser que hors de la sainte balustrade de son église, le monde n'était en rien celui qu'il s'imaginait. Ce que les gens affichaient et ce qu'ils faisaient ne correspondaient qu'en partie avec ce qu'ils confessaient. Ils disaient une chose, mais en faisaient une autre. Et tous se camouflaient dans leurs faux-semblants…

« Je n'aurais jamais cru cela possible de Philémon Veilleux, se répétait sans arrêt le devenu " aide-cuisinier de la Western Woods". Et pis, qu'ils aillent tous au diable! » se résigna à se dire l'ex-pasteur.

CHAPITRE 17

Trop tard pour qu'il se trouve un transport vers Saint-Ludger, fourbu jusqu'à la moelle, Isidore repéra un petit hôtel beaucoup plus convenable que le précédent et s'y installa pour la nuit. Tellement de choses lui trottaient en tête qu'il ne parvint à trouver le sommeil que très tard. Sa nuit fut un calvaire de réveils en sursauts.

Pour être bien franc, Isidore avait la chienne. Il avait peur de ce qu'il allait découvrir de plus dans ce monde superficiel farci de mensonges et d'hypocrisie. Les bruits répétés de la rue mirent enfin un terme à ses cauchemars. Tirant sa montre de sa poche, il chercha ses lunettes durant un long moment.

« Seigneur ! se dit-il. Je devais être au quai du ministère des Postes canadiennes à huit heures. »

Mais alors même qu'il sortait en trombe emporté par ses deux valises, il fit une rencontre à laquelle il était loin de s'attendre.

Par un autre curieux hasard, il tomba droit sur Philémon Veilleux. Ou plutôt, Philémon faillit, une fois de plus, lui passer sur le corps. Ce dernier venait de décoller de l'hôtel Saint-Georges et retournait à Saint-Ludger. En d'autres circonstances, Isidore ne se serait jamais permis de lui quémander un service, mais pris de court, il lui demanda un transport vers Saint-Ludger.

Incapable de dire non à son vieil ami et ex-curé, Philémon accepta de bonne foi.

— Ben maudit, monsieur le curé ! dit celui-ci, y a vraiment

pas de quoi être mal à l'aise. Au contraire, ça va me faire un grand plaisir de vous rendre le service. Bien plus, ça va me donner quelqu'un pour jaser.

Autant que la peste, Philémon craignait les sermons d'Isidore. Il s'attendait très bien à se faire râper les oreilles sur sa présence, la veille, dans les murs de l'hôtel Saint-Georges.

Pas faciles, les bonnes manières !

Allait-il devoir mettre son âme à nu devant un Isidore qui ignorait tout de ce qu'était une libido ?

« Comment, se disait-il, un prêtre qui n'a rien à se branler la génétique pourrait-il comprendre que… »

Il fut donc normal qu'au début du trajet, un inconfortable silence s'installe entre les deux hommes. Toutes les quinze minutes, question de chasser la monotonie, Philémon sortait son p'tit flasque de la poche de son veston pour s'enfiler une *shot* de whisky. Chaque fois, il le tendait par pure politesse à Isidore, sachant très bien que celui-ci…

Mais à la troisième reprise, ce dernier accepta. Philémon faillit en perdre le contrôle de sa Oldsmobile. Isidore s'enfila une couple de bonnes rasades derrière la pomme d'Adam.

Le grand roux s'était mis bien en tête de ne pas entamer de sujet trop délicat. Ce n'était pas le temps. Il attendit donc que son passager attaque le premier. Si évidemment ce dernier avait le goût de bavarder…

On verrait bien.

Une pluie fine se mit alors à tomber.

— Je monte au bois, libéra soudain Isidore, ne quittant pas la route des yeux.

— Vous montez où, monsieur le curé ? lui demanda Philémon, croyant avoir mal compris.

— Philémon, je t'en prie. Je ne porte plus la soutane. Tu peux laisser tomber le « monsieur le curé », ne crois-tu pas ?

— Je veux bien essayer, mons… euh… Isidore, mais depuis le temps que… en tout cas.

— Je monte au bois pour la compagnie Western Woods, reprit Isidore d'une voix plus affranchie.

Il s'attendait à une réaction de son ami, mais elle ne vint pas. Philémon n'était pas dupe. Il savait très bien ce qui se tramait dans l'âme de son ex-curé.

— Tu cours après quoi, Isidore ? demanda le commerçant au bout de quelques minutes.

Il venait de frapper dans le mille.

Pris au dépourvu, son passager ne parlait plus, ne bougeait plus, fixant un quelconque nulle part. Une boule énorme barrait la gorge d'Isidore.

Philémon lui jeta un œil, question de s'assurer que son ami ne s'était pas endormi ou n'était tout simplement pas mort. Il eut tout juste le temps d'apercevoir une larme vite balayée du bout d'une manche.

« Trop, c'est trop ! » se dit-il.

D'un seul trait, il colla à droite et s'arrêta, laissant tourner son moteur au neutre.

— Depuis tout le temps qu'on se connaît, Isidore, il est temps qu'on se parle d'égal à égal. Es-tu d'accord avec moi ?

Isidore fit un signe affirmatif.

Philémon reprit.

— Isidore, tu m'inquiètes. Je veux savoir ce qui te brasse les âmes à ce point. Et je te jure, insista-t-il, que je ne repars pas d'ici avant que ta bouche n'ait vomi ce mal digéré qui te remonte dans la gorge depuis qu'on est revenus de ton tête à tête avec l'Archevêque de Québec.

— Ta franchise et ta sincérité me plaisent, Philémon Veilleux. Je me rends compte depuis seulement quelque temps que je suis aussi naïf qu'un ver qui sort de terre. J'en ai beaucoup à apprendre sur la vie. La vraie. Je crois que je me suis toujours collé les yeux derrière un calice pour ne pas voir ce qu'il y avait plus loin.

Le petit prêtre fit silence. Le moteur ronronnait. Philémon ressortit son petit flasque. Isidore y tendit cette fois la main, frissonnant, deux instants plus tard, sa deuxième lampée.

Celle-ci eut comme effet de lui desserrer le nœud qui lui *jammait* la gorge. Il hésita un moment, puis... puis... donna un peu de corde à son âme.

— Philémon, souffla-t-il, je pense que j'ai toujours cru en l'humain beaucoup plus que je ne croyais en Dieu. Et je crois, aujourd'hui, que ce fut ma perte. Parce que, vois-tu, l'humain, celui en lequel je croyais tant, est en train de nous emporter, vingt ans plus tard, dans une deuxième tourmente. Regarde ce qui se passe en Europe. Tout est sans cesse à recommencer avec l'homme, mon ami Philémon. On exalte un jour la gloire de Dieu et le lendemain, on jure par tous ses saints. On se confesse pour se débourrer l'âme et on saute, l'instant suivant, sur le premier péché qui nous fait de l'œil. On se guérit et on reprend nos excès. On s'essuie et on recommence. À travers ses représentants, la religion fait des pieds et des mains pour que s'opère la magie entre Dieu et ses créatures. Mais c'est toujours comme d'essayer de mélanger de la farine à de l'eau du bout des doigts. Ça ne se mélange pas et c'est toujours plein de mottons. Je suis tanné de cela. Je ne veux plus en entendre parler. Ça me bouleverse trop. Mon grand livre de recettes n'a plus de pages. Je ne suis plus capable de soutenir le regard du Seigneur en croix sans ressentir une impression de « mains vides ». Je crois, Philémon, qu'en moi le feu a perdu sa chandelle, termina-t-il dans un soupir.

Philémon n'aurait jamais cru voir, un jour, Isidore dans un tel délabrement.

— Depuis que cette Deuxième Guerre a commencé à sourdre en Europe, reprit le prélat, j'ai progressivement cessé de croire en un Dieu préoccupé par sa création. Je crois plutôt qu'il laisse courir, qu'il s'en fiche éperdument, comme si un certain soir il avait abandonné. Qu'il avait jeté la divine serviette…

Absorbé dans son monologue comme un prospecteur de pépites d'or parlant avec le fond de son écuelle, le petit prêtre triait avec grande minutie chacun des mots qui montaient à la surface de son âme, s'efforçant de les disposer aux endroits qui leur donnaient le plus de sens.

Philémon, qui avait craint devoir essuyer tout un topo sur sa présence à l'hôtel Saint-Georges, respirait d'aise. C'était maintenant Isidore qui l'inquiétait. Et ce dernier monologuait comme un gars ivre, vomissant ses états d'âme libérés bien trop tard.

— J'en ai assez d'errer sur la surface crevassée de l'âme humaine, repartit Isidore. J'avais cru pouvoir me ressourcer auprès de mes parents, mais je n'y ai trouvé que deux personnes ayant, toute leur vie, viré en rond autour de leur ennui. Un peu comme deux chevaux de course trottant autour du même poteau. Et au bout de quarante jours de ma présence, mon père s'est éteint dans mes bras.

Il fit une pause, en profitant pour prendre une bouffée d'air frais.

— Veux-tu que je te dise, Philémon Veilleux ? Je crois qu'il avait hâte de mourir, mon père. Toute sa vie, ma mère fut à ce point bigote que s'il existe un endroit où il n'entende plus parler de Dieu, ne fut-ce qu'en enfer, je crois qu'il s'y précipitera. Et moi, je suis à bout de foi. Dans deux jours je monte aux bois pour l'hiver. Monsieur, euh… j'oublie toujours son nom… Corriveau m'a trouvé une job dans un de ses camps.

Je serai aide-cuisinier. Quand je redescendrai au printemps, je verrai peut-être les choses d'un œil plus bienveillant. Mais d'ici là, je range Dieu, ses pompes et ses œuvres au plus profond de mon coffre à souvenirs… et au diable le reste.

Philémon était dépassé par le ressac anti-foi qui secouait son ami avec une telle virulence.

— Ben Viârge! laissa-t-il échapper, si je ne l'avais pas entendu de tes propres lèvres, Isidore, j'aurais jamais cru que t'en sois rendu là.

Au même moment, le tonnerre fit trembler la voiture du commerçant. Craignant la foudre autant que la peste et se rappelant le poulailler familial de son enfance, foudroyé avec ses quatorze poules, le grand roux remit prestement la voiture en marche. Isidore parut s'en amuser. Il sourit.

Le commerçant attendit un long moment, permettant aux émotions de reprendre leur place. Puis il engagea la conversation.

— Isidore, dit-il, tu connais tout de moi ou presque. Je te demande humblement pardon pour les péchés que je t'ai cachés. Mais je considère seulement que ma vie ne regarde que moi et moi seul. Pendant que j'y suis, continua-t-il, je tiens à te dire que je suis désolé de t'avoir faussé compagnie hier soir. J'avais des gens à rencontrer.

Isidore lui jeta un regard incrédule.

Philémon lui baragouina un inintelligible charabia, mais se ravisa quand Isidore se boucha les deux oreilles de ses mains pour ne rien entendre. Le grand roux rajusta alors son tir, se forçant au silence.

— Ainsi soit-il, murmura Isidore, traçant un signe de croix moqueur en direction de son ami. Allez et ne péchez plus mon fils, ajouta-t-il, ironique.

Et l'ambiance reprit son droit à la détente.

— Quand montes-tu au camp ? osa Philémon.

— Corriveau me prend au magasin général demain, en après-midi.

— Je t'amène coucher chez nous, lança Philémon à Isidore. Demain, on ira chercher ton stock au presbytère et je te redescendrai au magasin général.

— Je te remercie de cette courtoisie, mon cher Philémon, mais j'ai tout ce qu'il me faut, dit-il en lui indiquant ses deux valises. Par contre, j'ai une personne à voir avant de partir. Quand on sera à Saint-Ludger, j'apprécierais pouvoir déposer mes choses dans le *back store* du magasin général. Et s'il te reste une dernière faveur, tu pourrais peut-être me conduire au bout du rang 2.

Philémon ne réagit pas tout de suite à la requête d'Isidore. Il se contenta de le regarder, les yeux en point d'interrogation.

— Tu veux te rendre chez Élisée Morin par un pareil temps ? lui lança-t-il. Mais t'es malade ou quoi ?

— Je t'en serais très reconnaissant, Philémon, se contenta de répondre Isidore qu'aucun argument n'aurait réussi à dissuader.

Cela, le grand roux le savait très bien.

Pas plus de deux heures plus tard, Isidore parcourait le sentier conduisant à la cabane qu'occupait le vieil Élisée. Isidore s'en approcha, traînant de la semelle pour ne pas buter contre une souche qui, au passage, aurait pu lui tendre une racine à ras de sol. Les trembles n'applaudissaient plus. La plupart de leurs feuilles s'étaient plutôt entassées sur le frêle toit de tôle de la chaumière, tentant de la rendre plus étanche.

Alors même qu'il s'apprêtait à frapper à l'étroite et basse porte de planches ajourées qui bâillait dans son cadre…

— Je vous attendais, Isidore. Entrez ! fit une voix accueillante.

Le sang de l'arrivant fit une brève pause dans ses veines. Simple question de permettre à son cerveau d'être surpris. Malgré sa petite taille, le visiteur dut se pencher pour entrer. Il fut étonné de constater autant d'ordre dans une piaule aussi éphémère.

En pente très légère, le sol terreux permettait à l'eau du toit qui pissait en maints endroits de se disperser sous un lit de cocottes de cèdres. Juché au centre du frêle abri, sur une pile de roches plates bien agencées, un modeste poêle grugeait de son feu, des branches et de petits rondins de cèdre que lui prodiguait Élisée Morin aux dix minutes.

— Ça ne fait pas grand miracle, mais ça tue au moins l'humidité, blagua le vieil homme, constatant que son visiteur transi de froid se collait contre la maigre chaleur que parvenait à diffuser l'infortuné accessoire.

Sur ce, Élisée décrocha un vieux parka vert kaki datant de la Première Guerre pour le tendre à Isidore qui se le glissa sur les épaules. La place n'avait pas plus de six pieds de hauteur, mais permettait quand même d'y marcher sans s'y peigner les cheveux au plafond.

— Avez-vous faim? demanda Élisée, plongeant une main dans une cuve métallique aux trois quarts enterrée dans le sol. L'ermite gardait ainsi ses aliments au frais… et aux vers.

En tout cas.

Il en retira un petit chaudron et une grosse miche de pain qu'il déposa sur une frêle table à deux pattes appuyée et maintenue au mur à l'aide de quelques bouts de broche. C'était peut-être un peu singulier, mais ça tenait. Il tira ensuite une chaise de bois rond et fit signe à Isidore de s'approcher.

— Ah! Des ustensiles! s'exclama-t-il, ouvrant tout grand un havresac pour y puiser un couteau et une cuillère. Il les essuya sur une guenille qui pendait à une autre table à deux pattes, également embrochée contre un mur et servant de comptoir.

— Pourquoi deux pattes au lieu de quatre ? demanda Isidore, amusé par les installations de fortune du vieil homme.

Élisée sourit.

— Vous et moi, lui dit-il, on en a deux et on a déjà de la misère à se tenir debout. Comment ferait une table avec quatre ?

— Du bon pain du four de madame Gagnon ! ajouta Élisée. Dans le chaudron, pour le beurrer, y a de la graisse de bacon fraîchement refroidie et de la saucisse.

Étrangement, Isidore se sentit vite à l'aise. Et son estomac goba de plaisir les éphémères victuailles qu'on lui tendait avec générosité.

« Tant de dénuement, se disait-il, observant Élisée, et si bien en son âme. »

— Aucun cours d'eau, du ruisseau jusqu'au fleuve, mon cher Isidore, ne choisit son lit, coupa le vieil homme. Il n'a d'autre choix que de s'y complaire. De là découle toute simplicité.

— Vous lisez en moi ! s'exclama Isidore.

— Mais vous êtes un grand livre ouvert ! répondit, amusé, le vieil ermite.

Sur ces mots, il se cala dans un siège de truck lui aussi appuyé au mur et recouvert d'un bout de tôle pour empêcher sa bourrure de boire l'eau du toit.

— Alors, mon cher voyageur, baragouina Élisée, quels sont vos projets pour les temps qui viennent, maintenant que vous n'avez plus cure de rien ?

Élisée attendit, mâchouillant pour se refaire l'haleine un petit bout de branche de cèdre.

Isidore inclina la tête. Hésitant.

— N'est-ce pas pour me consulter que vous êtes venu me

rendre visite ? lui lança Élisée, profitant du silence qui suivit pour se bourrer une pipée de canadien rouge.

— Je monte passer l'hiver dans un camp de bûcheux, dit Isidore.

Prenant soudain l'affaire au sérieux, le visage d'Élisée se souleva de questionnement.

— Ah ! Bon. Mais dites-moi donc, Isidore, vous sentez-vous capable de manier la hache et le godendart des journées durant ? Ne craignez-vous pas d'y laisser votre peau ? On ne s'improvise pas bûcheron du jour au lendemain, mon ami.

— J'ai été engagé pour faire de la cookerie, souffla-t-il au vieil homme dans un demi-sourire. Monsieur Woods vient me prendre demain à trois heures, sur les planches du magasin général.

— Woods ! C'est qui ce… Woods ? demanda Élisée.

— Je ne me souviens jamais de son nom. C'est un grand roux et il me tape sur les nerfs com…

— Ah ! Corriveau ! Adélard ! Mais je connais ! Y engage pour la Western Woods depuis des années. C'est l'un de leurs contremaîtres. Bon homme. Vous devriez y être bien traité. C'est une bonne compagnie.

Le visage du vieil homme devint subitement sombre.

— Et l'Église ? Et le Seigneur ? Et vos paroissiens que vous aimez de toute votre foi ? Qu'est-ce qu'ils deviendront ?

Attentif au moindre de ses mouvements, Élisée scrutait le visage du petit prêtre.

Se tordant un moment sur sa chaise, Isidore envisagea son interlocuteur.

— Pour le moment, je laisse paître les brebis du Seigneur dans les prés d'Auguste Leduc. Je verrai en redescendant du bois, au printemps, termina-t-il sur une profonde inspiration.

— Je ne peux m'empêcher d'admirer votre courage et votre

foi, mon ami, lui confia Élisée, secouant sa pipe sur le tranchant de sa semelle.

Il se leva, se planta debout devant la seule fenêtre qui donnait sur la rivière et de ses gros doigts, essuya la buée qui la recouvrait. Vu la brume épaisse qui régnait à l'extérieur, Isidore trouva la manœuvre bizarre.

— Que votre volonté soit faite, Isidore. Que votre volonté soit faite. Je suis content que vous soyez venu me voir. Mais la pluie reprend de plus belle. Il n'est surtout pas question que vous retourniez au village dans ces piètres conditions. J'espère que vous n'aviez pas l'intention de redescendre ce soir, n'est-ce pas ? questionna-t-il, se retournant vers son visiteur.

— Vous êtes déjà assez à l'étroit comme cela, je m'en voudrais de respirer votre espace.

— Mais l'hospitalité, mon ami, ne souffre pas d'espace, lui lança Élisée, tout sourire.

La soirée se fit cordiale. Les deux hommes discutèrent un long moment de la guerre qui enflammait l'Europe. Isidore s'en montra d'ailleurs très préoccupé, s'inquiétant du sort que ce deuxième conflit mondial réservait aux jeunes hommes du village de Saint-Ludger. Puis la discussion bifurqua sur les charges qu'Auguste, loin de s'en lasser, lançait publiquement sur la famille des Gagnon. Lorsque vint le temps de s'installer pour la nuit, Isidore répertoria les endroits du toit où les *dégouttières* se faisaient plus ténues.

Son inspection ne laissa pas le vieil ermite indifférent.

— Que feriez-vous, mon cher Isidore, si votre toit était le fût d'un canon ? Ne croyez-vous pas que vous devriez vous accommoder de ces quelques larmes qui nous font l'honneur de leur visite ?

Perplexe, Isidore scruta le regard du vieil homme.

Élisée lui sourit. Tout simplement.

— Je vous laisse mon petit *bed* sur lequel il ne pleut pas. Je m'installerai dans mon siège de truck. Je le fais souvent et j'y suis très confortable.

— Je refuse, s'objecta le petit prêtre. Je suis jeune. Je me contenterai très bien de votre siège. Je ne veux pas vous priver du peu de confort qu'il vous reste.

— Faut que vous sachiez tout de suite, reprit Élisée, que je n'ai que soixante-douze ans et que ce n'est pas une nuit passée sur un siège de camion qui mettra fin à mes jours.

Le vieil homme ouvrit un gros coffre de métal reposant sur des rondins de cèdre pour en ressortir deux épaisses couvertures de laine qu'il tendit à son visiteur.

— Avec ça, mon jeune, vous allez vous garder au sec et à la chaleur.

Puis, méthodique comme un castor, Élisée rangea les restes de pain et de graisse de bacon dans leur abri tôlé. Il lava ensuite les ustensiles dans un bac d'eau et s'installa comme un chat, roulé en boule, sur son vieux siège à ressorts. Il se couvrit de la vieille gabardine que venait de lui rendre Isidore et pinça la mèche de la chandelle.

— Bonne nuit, monsieur le curé ! souffla-t-il. Et si vous entendez du bruit, ne craignez rien. Ici, ce sont les souris qui font le ménage.

— Bonne nuit, Élisée. Que le Seigneur vous bénisse... se risqua à prononcer le petit prêtre.

Et la baraque craqua, valsa sous la pluie jusqu'au petit matin.

Lorsque Isidore ouvrit les yeux, il était seul. Il avait l'impression d'avoir passé la nuit sur un billot. Courbaturé ? Non. Disons plutôt éreinté jusqu'aux oreilles.

Maudit camping.

Deux minutes plus tard, Élisée entra, torse nu, se frictionnant d'une serviette qui devait être sur le point de prendre en glace.

Et le petit poêle qui faisait ce qu'il pouvait…

« Faut vraiment y croire », se dit Isidore.

— La foi soulève les montagnes, lui souffla Élisée, enfilant un chandail.

— Alors, elle pourrait bien me rendre ce service, grogna Isidore, grimaçant sa pénible levée du corps.

— Les camps de bûcherons s'éloignent pas mal du confort d'un presbytère, monsieur Bilodeau, l'asticota l'ermite une fois de plus. Imaginez seulement comment se sentait Jésus quand ils l'ont tiré de sa croix…

Fouetté par un pareil argument, Isidore se leva d'un seul trait. Élisée aurait bien ri dans sa barbe, mais il n'en avait pas. Chut !

Après ce qu'on pourrait qualifier d'ascétique déjeuner — patates rôties dans le bacon, un reste de pain et de l'eau de la rivière —, Isidore décida qu'il était temps de retourner au village. Tendant une main vers le vieil homme, il le remercia pour sa bienveillance.

— Monsieur Morin, lui dit-il, je suis désolé d'avoir mis tant de temps avant de vous adresser la parole. Je n'en serais peut-être pas là où j'en suis aujourd'hui. Je vivrai les mois qui viennent dans la voie d'une méditation qui, je l'espère, saura m'apporter le dixième de la sagesse et de l'empressement que vous m'avez témoigné. Si vous êtes de retour dans le coin le printemps prochain, je m'empresserai de venir vous visiter. D'ici là, je vous remercie pour vos bontés et que Dieu vous garde.

— Je repars bientôt pour Saint-Georges, lui confia Élisée. Je vous attendrai dans ma maison des animaux, l'an prochain, au début d'avril. Entre-temps, je vous souhaite un hiver pas trop coriace et une réflexion qui reflète bien cette lumière que vous projetez, mon cher Isidore. Et à mon tour, je vous dis : « Au revoir. »

Son regard transperça l'âme d'Isidore.

CHAPITRE 18

Isidore était à ce point raqué qu'il prit cinq bonnes minutes à s'aplomber la colonne.

Il n'avait pas fait deux cents pas dans le rang 2 que des sons jaillirent du sous-bois, pas très loin sur sa droite. Tendant l'oreille malgré le vent, le religieux laissa le chemin pour s'enquérir de la situation. Il n'eut pas à chercher bien longtemps. Une cinquantaine de pieds plus loin, tassant quelques branches qui gênaient son passage, il trouva Wilfrid accroupi sous un arbre. Celui-ci parlait tout seul.

— Mais que se passe-t-il ? s'empressa-t-il de lui demander. Es-tu blessé ?

Le grand enfant se redressa, ouvrant des yeux dévorés de douleur. Le jeune homme serrait, enfouie dans son vieux chandail de laine, une masse contre son cœur.

— Le wâzo a du mal, dit-il. Y peut pus voler.

Ouvrant son chandail, il déposa un gros oiseau sur le sol. C'était une perdrix. Elle tentait en vain de prendre son envol.

— Que lui est-il arrivé ? demanda Isidore.

— Les wâzos des bois se barrent des fois les ailes dans les branches. J'allais werre Élisée. Je l'ai entendue jaboter. Si je réussis pas à faire sortir son mal, la padrix va se faire chiquer par un renard. J'ai essayé mais… j'ai pas été capable. Mais toé, tu vas pouvoir le fére pour moé.

Isidore fixa Wilfrid, se demandant s'il était sérieux.

Il l'était.

— Mais Wilfrid, je ne connais rien de la méthode que tu utilises pour guérir !

Il s'agenouilla près de l'oiseau, face à Wilfrid.

À cet instant, le visage du jeune s'éclaira.

— Je vais te montrer, wâzo du bon Yeu, comment ôter le mal.

Il releva la tête lentement et plongea ses yeux dans ceux d'Isidore.

— Toi, monsieur curé, dit-il, tu es un soleil. Tes doigts sont tes rayons. Si avec tes doigts tu fais entrer ta lumiére dans le mal, lui va se sauver. Et le wâzo va aller mieux.

Puis il se tut. Isidore attendit la suite. Il n'y en eut pas.

— Quoi, c'est tout ? demanda-t-il, déconcerté.

— Ben oui, monsieur curé. C'est tout.

Wilfrid écarta le tapis de feuilles qui recouvrait le sol, y déposa l'oiseau, comme dans un nid, puis le recouvrit légère-ment d'autres feuilles.

— Donne-moi tes mains, petit curé, dit-il.

Isidore s'exécuta.

Tout en parlant, Wilfrid guidait les mains d'Isidore, les fai-sant planer au-dessus de l'oiseau blessé, l'invitant à y répandre sa lumière. Puis il se retira, mine de rien, le laissant à lui-même.

Un peu dérouté, Isidore se demandait bien où le septième des Gagnon voulait en venir. L'exercice prenait une curieuse teinte de rite, pour ne pas dire… d'initiation.

« Dans laquelle de ses fantasmagories est-il en train de m'embarquer ? » se demanda le petit prêtre.

Mais au point où il en était…

Il poursuivit sa manœuvre, répandant sur la petite bête toute la lumière que put visualiser sa pensée.

Presque au même moment, un peu pris au dépourvu, il ressentit une grande chaleur l'envahir au niveau du cœur. Celle-ci gagna alors ses épaules, puis ses bras, pour ensuite couler vers ses mains, qui se mirent à trembler. Comme s'il avait attendu ce moment pour revenir en scène, Wilfrid s'approcha. S'agenouillant devant Isidore, il s'empara de ses mains pour les déposer comme deux offrandes sur la frêle créature.

Dix secondes ne s'étaient pas écoulées qu'Isidore ressentit, du moins, il le crut, quelque chose s'agitant sous les feuilles. Le mouvement se fit bientôt plus insistant. Retirant alors ses mains, Isidore, étonné, fouilla le regard de Wilfrid, croyant dur comme fer que celui-ci lui jouait un sale tour.

Et la perdrix s'envola dans un bruissement d'ailes aussi agiles que lors de son premier envol. Frappé de stupeur, Isidore s'affala sur le dos en criant.

Fou de joie, Wilfrid en fit autant.

— Je savais que toi aussi tu pouvais faire ces choses! lança-t-il, se roulant d'enthousiasme.

La dizaine d'oiseaux qui en furent témoins piaillèrent de joie.

Se ressaisissant soudain, le grand ventilé se leva, fixa Isidore de ses yeux vert pré et du bout d'une manche se racla le nez. Deux grosses larmes dévalèrent son visage. Se serrant alors deux doigts entre les lèvres et gonflant les joues, il vola littéralement hors des lieux, sifflant son ravissement à toute la forêt.

Encore sceptique, Isidore fut incapable de bouger pour les deux minutes qui suivirent. Il se contenta de regarder Wilfrid disparaître en dansant, tentant de recoller chaque morceau de temps que sa mémoire avait tassé.

Puis se reconnectant à la réalité, il consulta sa montre.

— Diable!

Se disant qu'il aurait bientôt tout le temps d'y réfléchir, il activa son retour au village.

Lorsque Isidore Bilodeau, nouvel aide-cuisinier du camp de Big Rocks, se présenta au magasin général peu avant trois heures de l'après-midi, il y trouva Adélard Corriveau (monsieur Woods) en grande conversation avec Élisée Morin. Il demeura à l'écart.

Quelques minutes plus tard, Élisée enfourcha son bicycle baloune, décocha une ample salutation à Isidore et prit la direction du rang 2. Une nouvelle *slab* de bacon sautillait de joie dans son panier.

Adélard Corriveau serra la main de son nouvel engagé. Le contremaître se comportait comme s'il était mal à l'aise. Disons seulement qu'il était plus réservé que lors de leur dernière rencontre à l'hôtel Saint-Georges.

— J'ai fait préparer une liste d'effets au magasin, lui dit Corriveau. J'en ai pour deux minutes.

Il s'éclipsa.

Isidore prit place à droite, repassant dans sa mémoire l'événement qui s'était produit dans le rang 2, avec le grand Wilfrid. Soudain, une vingtaine d'oiseaux survolèrent le camion en rase-mottes. Alors qu'Isidore tentait d'en identifier la cause, celle-ci surgit à sa porte comme une rafale.

— Bonjour à l'wâzo du bon Yeu, dit Wilfrid, tout sourire.

Le grand Gagnon camouflait mal sa timidité. Ses gestes manquaient d'assurance.

— Dis-moi donc, Wilfrid! Est-ce toi qui crées tout ce tumulte? fit Isidore. Qu'est-ce qui t'amène comme cela, en coup de vent?

Sans attendre, le jeune homme plongea avec minutie deux doigts dans la poche de son chandail. À bout de phalanges, il en ressortit deux petites plumes pas plus grandes qu'une pièce de vingt-cinq cents.

— Ouvre tes mains, monsieur curé, dit-il.

Intrigué mais complaisant, Isidore le fit.

— Plus grandes… !

De son pouce et avec le plus grand des sérieux, le septième des Gagnon lui appliqua une plume à l'intérieur de chaque main, sur sa ligne de vie. Puis il braqua ses yeux dans ceux du prêtre. Isidore frissonna.

— Garde ben ces p'tites plumes, wâzo du bon Yeu, lui souffla Wilfrid. Ce sont tes ailes pour ôter le mal. Quand tu vas t'en servir, tes mains vont être celles du bon Yeu.

Pour sceller le moment, Wilfrid referma lentement les doigts d'Isidore sur leur paume et termina leur rencontre sur un sourire.

Quoique sceptique, Isidore demeura quand même troublé par le geste. Vraiment troublé…

— Rappelle-toi, lui avait dit feue sœur Saint-Jean, que les hasards n'arrivent jamais sans qu'ils n'aient au préalable été décidés.

Il descendit du camion, se rendit à l'arrière, ouvrit l'une de ses valises, en sortit son petit kit de prêtre, prit son bréviaire, déposa les deux plumes en page 72 (l'âge de son père à sa mort) et remballa le tout.

— Saluez bien Philémon pour moi, madame Veilleux, lança poliment Corriveau à Rosalie qui le raccompagnait à la porte.

Wilfrid s'agita, déjà prêt à s'envoler. En signe de reconnaissance, Isidore le saisit par les épaules, à bout de bras.

— Merci pour tout, Wilfrid ! trancha-t-il, ému mais souriant. Salue bien ta famille pour moi.

Le camion démarra.

Le sourire de Wilfrid s'affadit vers une expression de tristesse.

CHAPITRE 19

Il devait être sept heures et demie du soir. Magnan et Han-Louis s'affairaient à l'abattoir, s'apprêtant à tuer leur deuxième et dernier bœuf de la soirée. C'était une petite soirée. On n'avait jamais vu cela en fin octobre. Mais depuis que l'auguste curé tirait sur les Gagnon à boulets rouges, les jobs d'abattage plantaient au même rythme que la longueur des jours.

Accoutré de sa grande jaquette blanche, Wilfrid s'apprêtait à monter à l'étage. C'était son heure.

— Han! s'élança Han-Louis.

Le bœuf, un gros et en furie, rompit d'un seul coup de rebuffade le câble qui le retenait à un anneau de métal ancré profond dans le plancher de ciment de l'abattoir des Gagnon. Han-Louis laissa échapper plusieurs jurons qu'il serait déplacé de relater.

Rassemblant ce qu'il lui restait de sens de la direction, le bœuf ne fit ni une ni deux. Il enligna la porte par laquelle il se rappelait être entré et fonça droit devant. Magnan n'eut qu'un instant, l'instant de survie, pour se pousser vitement du chemin du condamné. N'ayant pu jouir de la même chance, deux boutons de son froc volèrent Dieu seul sait encore où.

Bête et porte venaient à l'instant de sortir de leurs gonds. La porte, toujours fichée dans les cornes acérées de la locomotive de 1200 livres qui filait son train, clapotait bruyamment sur le nez de son porteur, l'aveuglant et l'enrageant d'autant. En moins de trois, le bœuf se retrouva dans le rang 2. Par malheur, il s'avéra que le ruminant était gaucher. Et comme de fait, il tourna sur sa gauche, vers, on le devine… le village de Saint-Ludger.

— *Baptême de marde*! s'écria Magnan.

Loin d'avoir sonné le ruminant, le coup de massue raté de Han-Louis semblait plutôt lui avoir chargé le troufion de poudre à canon.

— Pognez-vous des câbles pis amenez des poches de jute! cria Magnan, passant près de la maison. On a échappé un beu. Y est dans les bleus. Y a pogné le rang dans le sens du village. Faut le rattraper avant qu'y d'y fasse du barda.

Les secondes passaient trop vite. Les cinq autres frères se ruèrent dehors, se jetant tête première dans la poursuite de l'emportée bête. Occupée dans l'étable, Marie-Rose, ameutée par le branle-bas de combat, sortit en trombe.

— Kossé que vous avez toutes à courir comme si y avait la fin du monde? cria-t-elle.

— Le pére pis Han-Louis y ont échappé un beu assommé. S'en va au village… lui cria Han-Guy sur le gros nerf.

Marie-Rose en savait déjà assez pour saisir le dramatique de la situation. — Bonne Sainte Viârge, s'écria-t-elle juste avant de se taper les talons aux fesses.

Wilfrid tournait en rond comme un lion en cage.

— Monte te coucher, mon p'tit gars. Monte te…

Et le diable emporta le dernier mot.

Vu la situation, Wilfrid s'empressa plutôt vers l'abattoir, y trouvant la massue, un bout de câble encore relié à son anneau et une porte manquante. Se sentant aussi inutile qu'un vulgaire clou rouillé, il se prit la tête à deux mains, se demandant bien pourquoi on le laissait toujours à l'écart des choses graves.

Un peu plus loin, c'était le branle-bas le plus absolu que

n'ait jamais connu le fameux rang 2 de Saint-Ludger de Beauce. Drôle d'occasion pour les Gagnon de faire du jogging en famille, mais enfin. On ne choisit pas toujours son occasion…

Et comme si ce n'était pas assez gênant, c'est en mugissant que la bête fit son entrée dans le village, chambardant la douce quiétude d'un après-souper bien mérité.

Donnant toujours de la tête de gauche à droite pour se débarrasser de la maudite porte, se foutant des clôtures, des plates-bandes, des jardins et de tous les *et cetera* que vous voudrez, le désespéré décrocha à peu près la moitié des cordes à linge du village avant de parvenir à se défaire de son encombrant collier.

Baptême que ça allait mal. Les Gagnon n'avaient vraiment pas besoin de cela.

Toujours est-il que le fameux beu, ne sachant trop où donner de la tête, déboucha par monts et par vaux sur la rue Dupont. Il tourna évidemment encore sur sa gauche, suivi dans son sillage de vêtements souillés toujours agrippés à leurs cordes et faisant l'impossible pour rester de la parade.

À voir aller l'événement, on aurait pu croire que tout avait été décidé à l'avance par un obscur metteur en scène.

En quelques minutes, le village tout entier se retrouva plongé dans un branle-bas de corrida. Soucieux de faire leurs preuves dans l'art d'attraper et de terrasser un bœuf devenu fou furieux, une trâlée de mâles s'étaient lancés aux trousses du ruminant.

Comme il fallait s'y attendre, le taureau s'engagea dans le vieux pont couvert. Puis, soudain perplexe, il fit halte, se retournant vers la foule qui ignorait la force brute qu'il saurait libérer s'il s'avisait de charger. Les Gagnon, Magnan en tête, déterminés à bloquer passage à tout prix à la bête si jamais elle envisageait un quelconque retour en arrière, formaient la première ligne de riposte.

— Faut le geler icitte ! cria le brave homme à ses Han.

À l'affût du moindre mouvement du malheureux, ils entamèrent leur approche. Pas plus bête que cela, le beu jeta un œil vers l'autre extrémité de la structure sur laquelle il regrettait déjà de s'être engagé. Elle était libre.

Ramassant ses sabots à son cou, il s'y précipita. Mais alors qu'il allait toucher le but, un mastodonte surgit, se plantant carré en travers de son chemin.

C'était Auguste, le nouveau curé. Poings roulés sur les hanches, il attendait.

— Rangez-vous de son chemin ! lui cria Magnan, il va vous encorner vivant !

Faisant face à la menace avec un... front de beu, Auguste ne broncha d'aucun poil. Et Dieu sait qu'il en avait... En cet instant bien précis, le taureau s'accorda une autre halte et pourquoi pas, un certain temps de réflexion. Derrière lui, cinquante personnes. Et on est conservateurs. Devant lui, toutefois, ne s'en tenait qu'une seule. Ne sachant pas soustraire, mais sachant compter ses chances, le bœuf laissa à Auguste le temps de se faire une petite idée du rapport de forces qui les opposait.

« Il l'aura voulu », sembla soudain se dire la bête. Beuglant cette fois aussi fort qu'un engin à vapeur, elle sonna la charge et décolla droit devant.

Le vieux pont vibra à s'en décoller quelques bardeaux de la toiture.

On n'entendait plus que quatre sabots martelant, de chacune des 300 livres qu'ils supportaient, les madriers déjà mal en point de la structure. Juste avant de fermer les yeux, les Gagnon virent le gros Auguste s'arc-bouter, pied gauche lancé vers l'avant, bras droit loin derrière. L'instant qui suivit, de peur, vit ce que jamais il n'aurait été possible d'enregistrer dans les mémoires de la Beauce.

Tous les tympans présents purent entendre très distinctement un formidable TOC sourd suivi d'un écho et d'un bruit de chute analogue à celui d'un bœuf de 1200 livres... qui s'écroule.

Diable !

Quand les yeux se rouvrirent, toujours de peur, nul ne fut en mesure de connaître quel affreux sort avait été réservé à leur colossal curé. À cause de la lumière qui régnait à l'entrée du pont couvert et du nuage de poussière soulevé par le retentissant face à face, personne, durant les trente secondes qui suivirent, ne put se prononcer sur l'issue de l'affrontement.

Mais la poussière finit toujours par retomber.

Permettez-moi ici de préciser ce qui suivit. Auguste, durant un court instant, ne sembla plus être Auguste. Une scène presque dantesque surclassa toutes celles qu'auraient pu contenir les contes les plus loufoques. Plusieurs paroissiens crurent apercevoir un autre taureau. Il leur sembla deux fois plus gros que le premier, se tenant même sur ses pattes de derrière.

En tout cas. L'effet visuel fut toutefois de courte durée. D'ailleurs, parmi ceux qui en avaient eu connaissance, nul n'osa jamais en souffler mot, sauf certains soirs de racontages lorsqu'ils avaient un p'tit coup de trop derrière la luette.

Maudite imagination.

Se détacha lentement, toujours debout, une silhouette difficile à définir mais humaine. C'était Auguste, le monumental curé. Il n'avait pas bronché d'un pouce. À ses pieds râlait une masse informe, les quatre fers en l'air.

— Viens ramasser ton beu, Magnan Gagnon ! caverna-t-il, d'une voix d'outre-pont.

L'écho s'amusa à se répandre parmi les poutres déjà mal à l'aise du vieux pont.

Avide de tirer le plus de profit de l'événement, Auguste en remit.

— Voyez, gens du Seigneur, ce qui arrive aux incultes qui sillonnent impunément ce village et qui mettent votre vie et celle de vos enfants en danger. Ne croyez-vous pas qu'il est grand temps que vous les chassiez hors de votre quotidien ?

Ces paroles lourdes de haine sonnaient très mal, proférées par la bouche d'un représentant de Dieu. Marie-Rose en fut profondément choquée. Étant donné que les Gagnon se trouvaient tous sur place et qu'il aurait été téméraire de s'en prendre à eux, les villageois se contentèrent de les abreuver d'injures et de moqueries, leur promettant de leur faire payer cher le tumulte et les dommages que leur maudit bœuf enragé venait de causer sur son passage.

Satisfait de la gifle qu'il venait d'asséner à la famille Gagnon, le gros Auguste s'appuya à une poutre, prenant plaisir à entendre les insultes dont on les abreuvait.

— Celui qui n'est pas avec le Seigneur est contre le Seigneur, crépita le représentant de Dieu pour attiser le feu.

— Et celui qui n'est pas avec l'Église est contre l'Église.

Heureux Auguste.

Secoués par ce dont ils venaient d'être témoins et rabroués par leurs concitoyens, les Gagnon s'empressèrent de mettre une poche de jute sur les yeux du taureau avant que celui-ci ne reprenne ses esprits. Et pour limiter les moindres de ses mouvements, un câble lui fut noué au bout de chaque patte. Lorsque la bête reprit connaissance, une dizaine de minutes plus tard, cherchant ce qui avait bien pu lui arriver, les Gagnon l'avaient bien en mains.

Mais cela ne dura que le temps d'un éternuement. Un gros.

Le volcan entra de nouveau en activité. Au bout d'une minute d'enfer, alors que Magnan et ses Han allaient déclarer forfait, une commotion secoua l'assistance qui s'empilait dans l'entrée du pont couvert. La soixantaine de personnes se sépara en deux parties égales se mouvant le long des murs.

— C'est Wilfrid! Le septième des Gagnon, murmurèrent les premiers.

— C'est Wilfrid! Le septième des Gagnon, confirmèrent à haute voix les autres.

Les gens reculèrent, nerveux, juste pour mieux regarder venir.

S'imposa dès lors un lourd silence. Même le beu, malgré son affreux mal de bloc, se plia à la circonstance. L'instant suivant, toutes les têtes étaient tournées vers le nouvel arrivant.

Refusant de croire ce que l'écho lui réverbérait aux oreilles, Auguste se raidit. Focalisant ses pupilles dans l'entrée adverse, il attendit, incrédule.

Vêtu d'une longue tunique faite de trois poches de farine inversées cousues bout à bout, le grand effiloché se détacha de la brunante. Tête droite, il s'immobilisa dans l'entrée du pont, parcourant chaque visage de son regard. Beaucoup de ceux-ci s'abaissèrent, incapables de soutenir le poids d'un tel dénuement. Ça crevait les yeux. Dans ses mains, rien. Dans son visage, un sourire. Dans sa tête, l'innocence d'un enfant. Et dans sa pensée… que la paix. Ses longs cheveux noirs bouclés s'agitaient mollement dans un vent de lasse journée. Localisant les siens, il s'avança.

Le silence se faisait si imposant que même s'il allait pieds nus, on pouvait ouïr chacun de ses pas. Le jeune homme imposa son tempo, au point que Magnan, Marie-Rose et ses frères l'observaient comme s'ils le voyaient pour la première fois.

Wilfrid s'approcha du taureau, le libéra de la poche de jute qu'on lui avait appliquée sur la tête puis se pencha sur l'animal. S'entretenant tous deux juste des yeux, homme et bête se fixèrent un long moment. Lorsque tout fut consommé, Wilfrid s'approcha de son père. Ils discutèrent un bref moment à demi-ton.

— Si moi, je ramène seul ce beu-là dans son enclos sans qu'y regimbe, insista son septième, tu me donnes ta parole de pére qu'y aura pus d'abattouerre ? Pus jamâ.

Magnan jongla, promenant son regard entre le beu, Wilfrid, Auguste et les gens du village. Il jouait très gros. Le père savait très bien que s'il n'accordait pas sa confiance à son septième, ce serait l'enfer avec le maudit taureau. Et avec le village tout entier, Auguste en sus.

Il fallait à tout prix éviter cela. Il savait aussi que le satané Auguste, ce bourreau des âmes, comme plusieurs l'appelaient, mordrait la poussière si le défi que lui proposait son gars se passait bien.

« Mon gars sait-y seulement dans quoi y embarque sa famille ? » se disait le pauvre père.

Un bref coup de tête suivi d'un clin d'œil scella leur entente.

Wilfrid s'empressa de rassurer le taureau. Celui-ci, on s'en doute, préféra faire le mort plutôt que le jars.

À première vue, la scène prenait peut-être un aspect folklorique, mais la démarche semblait bien articulée.

Auguste attendait. Silencieux.

Wilfrid libéra le taureau des câbles qui lui entravaient les jarrets et flatta un moment la bête entre les cornes. Il se positionna pour le départ. Dès qu'il amorça le mouvement, la tornade de muscles le suivit... comme l'odeur d'un parfum.

Disons...

Auguste était de sel. Il en oubliait de respirer. Wilfrid

Gagnon, cet épouvantail pouilleux, était en train de lui voler le show...

Malgré toutes les insinuations malveillantes et les quolibets qu'il décocha en direction des Han, rien ne fit broncher le petit cortège d'un poil. D'ailleurs, les villageois furent à ce point impressionnés par la manœuvre du grand Wilfrid que devant tant d'assurance, ils s'écartèrent, blêmes d'embarras.

Perdant les deux faces de son visage, l'Auguste de curé préféra ne pas prendre racine sur les lieux et partit, penaud et pensif.

Les cordes à linge furent délestées de leurs vestimentaires fanions. Et les villageois rentrèrent, jonglards des derniers événements.

Wilfrid conduisit le taureau dans le pacage des vaches puis s'empressa d'aller refermer la deuxième porte encore intacte de l'abattoir.

« Pour toujours... », se dit-il, fier de lui.

S'agitant mollement sur les berceaux de sa vieille chaise, Magnan ne le quittait pas des yeux. Il n'en revenait tout simplement pas de l'impressionnante prestation à laquelle une bonne partie du village venait d'assister.

Quant à Auguste, il était maintenant plus que jamais convaincu du poids de Wilfrid Gagnon et du danger qu'il faisait peser sur la foi et l'Église.

Dès que le plus jeune rejoignit les siens, Magnan, se faisant solennel, se rendit au puits, en remonta une cruche de bière qui y trempait et l'éleva au-dessus de sa tête.

— Cette cruche-là, mes gars, va être la meilleure de toute ma vie, bredouilla-t-il, la voix en trémolos.

Le valeureux père aligna six verres sur la rampe. Puis à la surprise générale, pour une première fois en dix-sept ans, il en ajouta un septième. Pour Wilfrid.

Le petit dernier fut fêté comme jamais il ne l'avait été. Le reste de la soirée, se berçant tous au rythme de leur allégresse, les Gagnon rotèrent en chœur chaque gorgée de bière qui leur chatouilla le gosier.

Les traits tirés, le visage bariolé de larmes discrètement épongées d'un revers de main sale, Marie-Rose, émue à fleur de peau, serra son plus jeune contre son cœur.

— Enfin ! déclara-t-elle, notre couvée est de son vrai plein.

Croyez-le ou non, le grand Wilfrid se coucha chaud.

Maudite popularité...

CHAPITRE 20

— Soyez les bienvenus à Big Rocks ! cria Adélard Corriveau sautant du marchepied du camion.

Jetant un bref coup d'œil sur la désuétude de la place, Isidore se demanda dans quel merdier il venait de s'embourber jusqu'au printemps. Mais un contrat est un contrat…

Ils étaient partis de Saint-Ludger la veille. Le voyage avait été long et fastidieux. Les dernières heures passées dans la boîte du camion de la Western Woods s'étaient avérées particulièrement éreintantes. À croire que ceux qui avaient conçu les sièges n'avaient jamais pris le temps de s'y poser le postérieur.

Les bretelles pendantes, la face beurrée de curiosité, la douzaine de bûcheux qui se trouvaient déjà sur place sortirent de leurs baraquements. Fallait bien faire connaissance avec les nouveaux arrivants !

Les poignées de main swignèrent un long moment parmi les rires, les exclamations et les gros mots d'usage.

À part Isidore et quelques autres, presque tous semblaient se connaître. La plupart des gars avaient déjà bûché ensemble, quelque part, pour la Western Woods ou d'autres compagnies de bois.

« Au moins ça de gagné, se dit Isidore. Ça incite l'ambiance à se tenir tranquille. »

Aussitôt le foin engrangé et le troupeau mis à l'abri de l'hiver, les habitants chargeaient femmes et enfants de s'occuper de la ferme jusqu'aux prochaines fontes des neiges et montaient bûcher. Lorsqu'ils redescendaient au printemps, ils avaient suffisamment d'argent pour vivre plus décemment.

Le camp de Big Rocks se composait de quatre bâtiments principaux qu'on appelait : les *houses*. Par paires, elles se faisaient face, distancées d'une dizaine de pas. Au centre, c'était la rue. Essouchée, pas plus. De conception très sommaire, les *houses* pouvaient loger jusqu'à douze personnes. Le seul détail qui les différenciait était un écriteau cloué sur l'un des quatre poteaux de leur galerie. À ses débuts comme contremaître, Corriveau avait une seule fois fait l'erreur de donner des noms de femmes à ses cabanes. Ça avait viré à la chicane. Depuis ce temps, on avait donc la *house* numéro 1, la 2, la 3 et enfin, la 4.

Pas plus simple.

Un peu plus loin sur la droite, il y avait l'office. Elle se divisait en deux parties. Le bureau du boss (bras droit du jobbeur) à gauche en entrant et à droite, un espace réservé aux stocks comme les couvertures et les outils de bûchage tels que scies, limes, haches diverses, tabac et bien d'autres gugusses qui composaient le quotidien des bûcherons.

En face de l'office, les écuries et leur forge abritaient dix chevaux et leur forgeron. Voisine de l'office, juste au bout, figurait la cookerie. Comme le dit le mot, c'était la cuisine et la salle à manger. Tout au fond, un petit appartement logeait celui qu'on appelait le bouilleux. Le cook.

Derrière l'écurie, en coin, on retrouvait les deux bécosses, pompeusement appelées… chiottes. Puis-je vous dire qu'en janvier et février, la constipation y était formellement déconseillée ? Ceux qui passaient plus de dix minutes assis sur le tas, boules pendantes, se les gelaient pour la journée. Quant à leur contenu, devenu inutile… vive les vidanges !

— Zidore ! cria Adélard Corriveau de la galerie de la *house* numéro 1.

— J'arrive, monsieur Corriveau ! répondit celui-ci.

Il empoigna ses deux énormes valises qui avaient été lancées contre une souche. Trop magané pour parvenir à les soulever, il les traîna jusqu'au bâtiment.

Corriveau ferma les yeux, se rassurant sur le fait que le petit à lunettes ne manipulerait que des chaudrons, des ustensiles et pis de la *marde*. Le geste fut toutefois remarqué par quelques-uns des nouveaux compagnons d'Isidore. Ils ne mirent pas très long à commenter l'incident à voix basse, se voilant le visage pour mieux rire.

De bois plein, la porte s'ouvrit sur un dortoir analogue à ceux qu'avait fréquentés Isidore dans les collèges puis plus tard, au juvénat. Seule différence, c'était mauditement plus rudimentaire.

Six *beds* étaient alignés de chaque côté d'une énorme truie à deux ponts. Assise en plein centre du plancher de madriers, celle-ci en imposait par sa rouillée ferraille. Dotées de quatre carreaux, trois petites fenêtres répartissaient de manière non équitable les quelques rayons de lumière qu'elles parvenaient à tirer de l'extérieur. Aussitôt arrivés, les hommes disposaient leurs effets sur trois grosses tablettes qui s'étiraient, à la tête des lits, sur toute la longueur du bâtiment. Appuyée au mur du fond, se mourant d'ennui, une petite table chiquée en ses coins s'accompagnait d'un fanal au kérosène et d'une chaise. Voilà pour l'ameublement.

Ah oui ! J'oubliais. Sur la petite table, il y avait du papier à écrire et quelques bouts de crayons à mine parsemés de marques de dents.

Si Isidore n'avait pas connu la cabane du vieil Élisée, il se serait cru en plein cauchemar.

Corriveau, qui venait d'entrer, lorgna du côté de son nouvel aide-cuisinier, se plaisant à lire sur son visage les mimiques qui accompagnaient chacune de ses impressions.

— C'est-y à ton goût, mon Zidore ? lui demanda-t-il, déposant sur le lit tout près de la fournaise l'une des deux valises du nouvel arrivant, arrivé.

Bouche entrouverte, Isidore, de son pouce gauche, enligna le focus de ses épaisses lunettes.

— Ça devrait aller, parvint à répondre celui qui n'en revenait pas encore d'une telle désuétude.

— Je t'ai donné ce *bed*-là parce que c'est toi qui vas avoir la job de garder la truie en chaleur la nuit, lui confia Corriveau. Tes *roommates* vont devoir dormir au chaud pour être plus efficaces dans le bûchage. S'ils pognent la grippe, je t'en tiens responsable, l'avisa-t-il, mi-sourire. Je t'attends à la cookerie dans dix minutes. C'est le bâtiment juste à côté. Je t'expliquerai ce que t'auras à faire.

Et la porte se referma sur le sort du pauvre Zidore.

« Ciel ! » se dit-il.

S'il n'avait pas eu trente-neuf ans, il se serait sauvé à pleines jambes.

En tout cas. On verra bien.

Alors qu'Isidore déballait ses affaires, un autre gars dans la trentaine n'arrêtait pas, dans son affairement, de le bousculer comme s'il n'avait pas existé. C'était justement son voisin de lit. À la huitième reprise, Isidore lui demanda poliment s'il prenait trop de place.

— Toé, lui répondit d'un ton sarcastique le bousculeur, j'aime pas ton air. Pis des faces comme la tienne, je les retiens toujours quand je les ai vues kek part. Quand je vas trouver où j'ai vu la tienne, je vas te la défaire pour pus te la vouerre.

Plus muet qu'inquiet, Isidore demeura figé sur place.

— *Come on,* Jos ! Tiens-toi tranquille, riposta un type gras-souillet qui semblait très bien connaître l'impromptu baveux.

Sur ce, le bref incident perdit de sa mèche. Mais ça n'annonçait rien de bon.

Isidore termina son rangement et sortit.

Quand il mit les pieds dans la cuisine, il tomba sur une discussion fortement animée de gestes et de mimiques mettant aux prises Corriveau et son chef cuisinier. Ce dernier ne s'exprimait que par grognements.

« Ça doit être mauditement sérieux », se dit Isidore. N'osant surtout pas s'immiscer près d'eux, il demeura à l'écart.

Lorsque Corriveau remarqua sa présence, il changea totalement d'attitude pour s'empresser vers le nouvel aide-cuisinier.

— Zidore Bilodeau, lui dit-il, je te présente Basile, notre bouilleux et bouillant cook. Il est mon père. Dans ce camp, il vient tout de suite après Dieu. C'est notre Saint-Père. Tu lui devras la plus parfaite obéissance. Basile va t'apprendre tout ce que tu devras faire au sujet des estomacs qui habitent la place.

Hésitant, un brin jonglard, le boss piétina un moment sur place. Pendant qu'Isidore et Basile se serraient la pince, il se frotta les mains devant la bouche.

Fixant alors Isidore droit dans les yeux, il reprit :

— Avant d'aller plus loin, Zidore, je veux te dire que mon père est muet. Mais il n'est pas sourd. Alors qu'il faisait du débusquage, il y a une vingtaine d'années, il a été atteint à la gorge par une chaîne qui s'est décrochée sans avertir. Il est resté les cordes vocales paralysées. Depuis ce jour-là, il n'a plus prononcé un seul mot. Aimant les camps de bûcheux plus que ma mère, il est remonté au bois et s'est garroché dans la cookerie.

C'est le meilleur cuistot de camp que je connaisse dans ben grand. Prends-en soin. Il a peut-être mauvais caractère, mais c'est un homme qui a vu grandir douze enfants et qui les a toujours bien pourvus. Quarante ans de bois ont fait de lui un arbre que la nature nous oblige à respecter.

À partir de ce moment, Isidore commença à voir Adélard Corriveau d'un autre œil. Malgré son air balourd, celui-ci semblait s'être gardé une case pour certains sentiments. Pour son père, en tout cas.

Flatté par les propos de son fils, Basile, qui frôlait les soixante-dix ans, haussa de lourds sourcils blancs qu'il rabaissa ensuite en les fronçant. De taille moyenne, assez bien charpenté pour son âge, il portait de longs cheveux épais et tout blancs, retenus en couette. L'œil vif, il avait appris à s'exprimer par mimiques et par amples gestes des mains.

— Suis-moi, Zidore, l'interrompit Corriveau, je vais te faire visiter le reste de la place.

Le nouvel engagé s'étonnait de l'attention que lui portait Adélard Corriveau depuis son arrivée.

« Il doit être comme cela avec tous ses employés », se dit-il.

La tournée terminée, Isidore retourna à la cuisine. Basile l'accueillit avec un sourire. Ils eurent leur première conversation. L'un gesticulait et l'autre traduisait à haute voix. Au bout d'environ deux minutes de charades, l'aide finit par saisir que personne d'autre qu'eux n'avait le droit de s'introduire dans ces quartiers sans autorisation. À ce sujet, Basile lui indiqua un petit écriteau bilingue qui se balançait à une chaînette, sur la face externe de la porte de la cuisine. Il disait : « INTERDIT — STAY OUT ».

Et la vie du camp de bûcherons de Big Rocks se mit en branle. Deux jours plus tard, l'hiver souffla ses premiers flocons. Malgré l'insécurité qui le talonnait, Isidore n'avait pas d'autre choix que de s'acclimater à son nouveau monde. Heureusement, celui-ci ne lui était pas trop hostile.

Une ombre figurait toutefois à son tableau. Jos Lanteigne, le même qui l'avait écœuré le jour de son arrivée, n'arrêtait pas de le mortifier, sautant sur la moindre occasion pour lui rentrer dedans. Chaque fois qu'il en avait connaissance, Ti-gars Proulx, le gros à lunettes rondes, se portait à la rescousse d'Isidore. Mais Zidore, comme tous l'appelaient, n'aimait pas être couvé.

Quoiqu'un peu remué par la rustrerie dans laquelle il était pris pour évoluer et malgré bien des quolibets sans malice, sa bonne nature sut encaisser les coups. Il se fit peu à peu une carapace. Il attendait son occasion.

« Un camp de bûcherons ne sera jamais le Grand Séminaire de Québec », se répétait-il, pour se consoler.

Isidore constata que le soir, juste avant de se dérouler sur sa paillasse, le grand Lanteigne inspectait fiévreusement chaque pouce carré de son lit. Même ses dessous. Le grand fendant frémissait à l'idée qu'une quelconque araignée vienne lui arpenter le visage pendant son sommeil. Jos avait une sainte phobie de cette race de bibitte. Il en était maladif.

Isidore se levait au moins trois fois par nuit pour honorer la truie de quelques bons rondins d'érable qui s'empressaient de répandre leur chaleur sur les pieds de ses congénères. Dans le jargon populaire, il était pour eux une vraie mère.

Enfin. Passons.

Là où il rencontra un adversaire de taille, et je ne parle pas de Jos Lanteigne, était le menu que chaque jour il préparait avec Basile. Les bines, le bacon à pleines *slabs,* les ragoûts de pattes de cochon, les pétaques, le jambon, les tourtières, les oreilles de crisse, la soupe aux pois, et j'en flatule... convenaient très mal au système digestif de notre cher Isidore. Bien avant son temps, celui-ci était pas mal plus du genre granola.

Toute cette nourriture gavée de gras à s'en saturer mit un bon mois à apprivoiser Isidore. Tant qu'à être sur cette note, je me permettrai d'ajouter que rien ne se perdait sauf dans les chiottes. Durant ce premier mois, dès qu'il déposait les fesses sur l'honorable trône, les deux petites fenêtres de côté en vibraient.

Pas facile, la vie de camp, pour un anus chétif !

Il avait donc deux choix : mourir de ce régime ballonnant ou… mourir tout court.

— Il faut que tu manges si tu veux devenir grand comme moé, lui répétait Lanteigne presque à chaque repas.

Maudit monde chiant…

Vers le 15 de décembre, la neige se faisait trop abondante pour que le gros camion Réo puisse emprunter le chemin principal. C'est un *team* de chevaux, deux vaillants Clydesdale, qui se chargea de monter les victuailles et le courrier. Les soirées devinrent vite trop longues. Les gars tournaient en rond et en long.

Chaque soir, malgré sa faible instruisance, Ti-gars Proulx épluchait une lettre d'amour jaunie à force d'être lue à proximité d'une lampe à l'huile. Ti-gars ne se tannait pas des quelques mots tendres qui dansaient au gré d'une flamme trop sensible aux courants d'air. Il avait bien essayé de répondre à sa douce, mais, obstacle de taille, il était incapable de mettre un mot devant l'autre. À ce chapitre d'ailleurs, il n'était pas le seul.

— T'as pas fini de te crosser sur le même bout de papier parfumé ? lui lança un soir Jos Lanteigne, s'adonnant à ce qui devait être son dixième jeu de patience.

D'un seul coup, Ti-gars Proulx se transforma en lion pour lui sauter carré sur la peau, et ce, sans toucher terre. C'en fut trop. Jambes écartées de chaque côté de son grabat, Lanteigne assuma tout le poids. Résultat : son lit se cassa drette en deux et la grosse truie en fonte sortit de ses assises. Du même coup, son tuyau bondit hors du collet qui le retenait, à l'arrière, et le feu jaillit deux pieds dans les airs. Pendant qu'une couple de gars s'affairaient à le rabouter, Isidore, comme une mouche, s'interposa entre les deux belligérants, essayant en vain de les apaiser. Dans l'échauffourée, il encaissa, don de Lanteigne, un magnifique coup de poing (pour ne pas dire… de massue) en plein visage. L'instant suivant, il roulait comme une poche de patates sur le plancher.

Fallait pas se mêler d'une chicane de bûcheux. Surtout pas. Mais le mal était fait.

Quand Isidore reprit ses esprits, il avait un œil bouché, agrémenté d'une superbe bosse au côté droit du visage. Celle-ci ne cessait de prendre du volume. Les esprits finirent par se refroidir et la truie ronronna son trop-plein. Ti-gars enroula une poignée de neige dans une serviette et la colla au visage d'Isidore qui sursauta sous tant de froideur.

— Tant qu'à y être ! cria Lanteigne, rafistolant gauchement son grabat, passe donc la nuit dans son lit à lui flatter la bosse ! Vous avez l'air de si ben vous adonner.

Ti-gars laissa couler.

L'instant suivant, la porte du camp s'ouvrit comme si elle avait été défoncée par un bison en chaleur. C'était Adélard Corriveau. Sur le coup, il ne prononça pas un mot. Il promena seulement son regard sur le groupe, inspecta la truie qui s'était rangée de quelques pouces et s'approcha d'Isidore. Lui retirant la serviette enneigée qui s'évertuait à lui refaire la face, il examina la situation.

Corriveau ne parlait jamais juste pour dire. Il se foutait pas mal du lit cassé. Mais il se foutait moins de l'ambiance qui régnait dans son camp.

Ayant vite fait le point, il se tourna vers Lanteigne.

— Toé, mon hostie de pas d'allure, demain matin, je veux voir la trace de tes s'melles dans le sens du chemin qui descend au village. Cette année, c'est parce que t'es un bon bûcheux et parce que tu m'as supplié de te reprendre que je te donnais une dernière chance de faire le camp. Ben t'en as déjà assez fait, mon tabarnak. Je veux pus voir ta crisse de face de ma vie. T'es dehors ! mon hostie de mal élevé. Tu passeras me voir à l'office en décrissant. Ta paie va t'attendre.

Il tourna aussitôt les talons.

Hésitant à se mêler une autre fois de ce qui ne le regardait pas, Isidore se leva.

— Pardon, m'sieur Corriveau, se permit-il de dire, gêné par la circonstance. On a tous de l'ennui jusqu'en dessous des ongles et notre patience d'humains en souffre lamentablement. Surtout à quelques jours des fêtes. C'est moi qui suis la cause de tout ce grabuge. Si vous… euh… crissez quelqu'un dehors, je pense que ça devrait plutôt être moi. Je partirai donc au matin. Je vous le promets.

Corriveau enligna le ti-cul qui osait s'interposer, puis une idée lui flagella les neurones.

— J'vas faire une affaire avec toi, Zidore Bilodeau. Si t'as toujours cette bosse et cet œil poché dans la face demain matin, lança-t-il en le pointant du doigt, vous décrissez tous les deux. Et s'il n'y a plus aucune trace, vous restez. Si tu sais prier, c'est déjà le temps de commencer.

Corriveau ressortit comme il était entré, mais cette fois, sans refermer la porte. La fumée qui emplissait le camp en profita pour lui emboîter le pas. Lorsque le froid l'emporta sur l'odeur de la boucane, Lanteigne poussa la porte et s'approcha d'Isidore.

— Là ! Je te replace, Bilodeau. Je le sais où je t'ai vu. C'était à l'hôtel Quirion de Saint-Ludger. T'étais en soutane et tu bénissais une tire de chevaux. À chaque printemps, quand je redescends du bois, j'arrête dans ce village pour crisser une volée à un des frères Gagnon du rang 2. Y en a-tu icitte qui les connaissent ?

Il attendit un bref instant.

— C'est des hostie de beus, enchaîna-t-il. Mais y m'ont jamais fait peur.

Constatant que les autres gars n'embarquaient pas dans son varlopage de grande gueule, Lanteigne revint à la charge.

— Bilodeau, cassa-t-il, j'me crisse que tu sois un prêtre défroqué mais si tu sais encore comment prier, tu vas dire à ton bon Dieu de faire un miracle, parce que ça va en prendre un crisse de bon pour te remettre la face que t'avais avant de te mêler de ce qui te regardait pas.

Constatant qu'il ne faisait finalement qu'un fou de lui, le grand baveux rengaina sa gestuelle. Sous son lit disloqué, question que ce dernier le soutienne pour la nuit, il empila quelques bûches ayant dormi près de la truie. Les trois ou quatre gars encore debout prirent de l'horizontale. La mèche de la lampe fut rabattue. Quelques minutes plus tard, tout le monde ronflait à gorge déployée.

Tous, dis-je, sauf un.

Isidore était aux prises avec un maudit mal de bloc. La glace qui avait remplacé la neige dans sa serviette ne suffisait qu'à lui geler l'œil pour que ça fasse moins mal. Et l'enflure veillait. Lorsque le froid le tira de ses couvertures, le défroqué, comme l'avait appelé Lanteigne, était enfin parvenu à dormir un brin. Ayant acquis l'habitude du chauffage, un thermostat probablement situé dans le bout de ses orteils l'avertissait dès qu'il était temps de plaire à la truie.

Malgré les heures qui faisaient leur travail, son visage, au toucher en tout cas, ne montrait aucun signe de progrès. Depuis qu'il était à Big Rocks, jamais il ne s'était arrêté pour prier. Du moins, officiellement. C'étaient toujours de simples petits priages sur le coin de la boîte à bois. Rien de plus. Mais en cet instant, la tentation d'un véritable exercice spirituel lui frisa l'âme. Et il succomba.

Le diable devait en grincer des dents.

— Seigneur, se résigna-t-il à invoquer, se surprenant même à tutoyer le Très-Haut, tu m'as sûrement envoyé dans cet enfer, disons, ce purgatoire, pour que j'y apprenne quelque chose. Et ce coup de poing, je suis certain que tu me le réservais. Alors, si tu as un message à m'envoyer, c'est le temps. Sinon, au lever du jour, je retourne chez ma mère. Si tu as un message en trop, peux-tu l'envoyer à Lanteigne dans le lit d'à côté? Dans le fond, ce n'est pas un si mauvais gars. Y a juste mal appris.

Puis il se tourna sur le côté.

Comme il allait s'endormir, il entendit des petits grattements à la tête de son lit. Croyant qu'une souris tentait de percer l'une de ses deux valises, il localisa l'endroit d'où provenait le bruit. C'était la valise dans laquelle était rangé son sac à prêtre. Pour s'en assurer, il tendit une oreille, la gauche. Parce que la droite lui bourdonnait trop.

Celle-ci le lui confirma.

Il s'empressa de s'asseoir. Dès qu'il eut délié les courroies de sa valise, une faible lumière bleutée s'en échappa. Étonné, il en retira sa mallette. Elle était entrouverte. Une lueur en émergeait. Sortant son bréviaire, il l'ouvrit avec précaution à la page 72. Serrées l'une contre l'autre, deux petites plumes luminescentes s'y terraient contre la reliure. Les saisissant à bout d'ongles, il les fit lentement tournoyer sur elles-mêmes, les examinant un long moment, fasciné par leurs reflets. Leur rayonnement l'apaisa, soulageant en un rien de temps sa persistante migraine.

— Garde ben ces p'tites plumes, wâzo du bon Yeu, lui avait soufflé Wilfrid. Elles sont tes ailes pour ôter le mal. Quand tu vas t'en servir, tes mains vont être celles du bon Yeu.

Surgit alors de sa mémoire d'enfant un souvenir depuis longtemps oublié. Quand il était tout petit, sa mère avait l'habitude, lorsqu'il se blessait, d'appliquer quelques feuilles de plantain en compresse sur ses bobos.

Gardant l'une des plumes, il retourna l'autre avec soin, page 72, et apposa la plus incandescente sur son visage. Il banda le tout d'un mouchoir. Propre.

Quand même…

Combien de temps il dormit? Je ne sais pas. Mais son réveil se fit fulgurant. Des cris d'effroi secouaient le lit d'à côté.

Étendu sur le dos, Jos Lanteigne avait le haut du corps, visage compris, couvert d'une pellicule très fine qu'avaient tissé, de bord en bord de son lit, des milliers de petites araignées pas plus grosses que des têtes d'épingle. Trop pétrifié pour réagir, l'encoconné hurlait comme un perdu. Isidore retira le bandage de son visage pour l'enfouir en vitesse sous son oreiller puis se rua au secours de son voisin. Constatant que tous les autres se contentaient bêtement de regarder la scène en s'esclaffant, il se jeta de toutes mains sur la toile diaphane qui recouvrait l'éperdu, en faisant une petite boule grouillante de pattes. Il précipita le tout dans la truie. S'y plongeant ensuite les mains jusqu'aux coudes en les tournoyant, il acheva de griller les centaines de bestioles qui fuyaient leur désastre.

— Voilà, dit-il, grimaçant sous les flammes qui le léchaient. Il n'y en a plus.

— Chus certain que c'est toi qui m'a fait ce coup-là, Bilodeau ! lui cria Lanteigne, sautant carrément debout.

Il tressaillait jusqu'aux oreilles. Isidore le fixa, vide de toute expression.

— Passe-moi les bûches que t'as mises sous ton lit hier soir, Jos. Il doit en rester toute une colonie.

Lanteigne tremblait trop pour s'exécuter. Isidore s'approcha et sortit un gros rondin de bouleau jaune que son voisin se rappelait très bien avoir glissé sous son lit.

— Voilà ton nid, Jos. Regarde bien le centre. Tes araignées viennent de là.

Il jeta la bûche à la fournaise, se nettoyant une deuxième fois les mains dans les flammes.

— Tu dois être le diable en personne, lui lança Lanteigne.

Ouvrant des yeux ahuris, le gaillard cessa tout jappement.

— Ton œil ! Ta face ! Y en a pus ! Y a pus d'enflure ! Les gars, regardez, y est guéri ! Ça se peut pas ! Ça se peut pas, tabarnak !

La porte du camp s'ouvrit toute grande.

— Bonjour la compagnie ! s'empressa de leur lancer Corriveau visiblement de bonne humeur.

Il enligna Isidore.

— Je veux te voir la face, dit-il.

Un peu hésitant, Isidore marcha jusqu'à son patron qu'il envisagea sans sourciller. N'ayant pas eu le temps de se voir par lui-même, il se racla le visage d'une main.

— Ben baptême, bégaya Adélard, j'aurai tout vu. C'est à croire que si tu t'étais coupé un bras hier soir, il t'en serait repoussé un nouveau pendant la nuit. T'as un maudit bon Dieu pour toi, Zidore.

« Un maudit bon Dieu... », continuait-il de répéter sur le trajet qui le ramenait vers la cuisine.

— Je te dois ma job, Zidore, lui dit Lanteigne à mi-voix quand tous les autres furent sortis.

— Non, Jos ! La seule chose que tu me dois, c'est le même respect que je te porte. Pas plus, pas moins.

Lanteigne, tout d'un coup, se sentit plutôt *cheap* mais surtout dépassé.

— Mârci, Zidore ! prononça-t-il avec difficulté juste avant de passer la porte.

Ouvrant son bréviaire en plein hasard de pages, Isidore y redéposa la petite plume. Page 72. Curieusement, celle-ci ne répandait plus sa lumière. L'ex-prêtre se permit alors une petite pensée pour le Seigneur. Une seule toutefois, parce qu'à la cuisine, Basile Corriveau commençait à esquisser des mimiques d'impatience.

Les nerfs, Basile ! Les nerfs !

Chapitre 21

Ayant assis son pouvoir de bourreau des âmes sur la force brute, Auguste Leduc en avait lourd sur le cœur contre l'infidèle famille des Gagnon.

D'abord frappé en plein front par Magnan Gagnon devant son presbytère, il avait su, peu de temps plus tard, démontrer à tout le village qu'il était le plus puissant. Et pour cela, il n'avait pas hésité à affronter un taureau de 1200 livres qu'il avait mis K.O. d'un seul coup de poing. Mais sa gloire n'avait pas duré longtemps, alors que « le septième des demeurés Gagnon », comme il se plaisait à les appeler, venait de faire plus. Par la seule douceur, il avait converti un bœuf enragé en un docile chaton.

Dès son retour au presbytère, Auguste s'appliqua à manigancer un stratagème qui lui permettrait de tasser de son chemin, pour de bon, ce jeune trouble-fête vêtu de nulle autre guenille que trois sacs de farine virés à l'envers et arborant l'effigie de « Robin Hood ». De plus, ce maudit Robin Hood venait de lui faire mordre la poussière devant ses ouailles.

Parce que justement, ces ouailles n'étaient pas dupes. Les villageois avaient très bien saisi l'essence de ces deux forces qui s'étaient opposées dans le fameux pont. Ils avaient réalisé que la force foudroyante du cuirassé curé s'était vue atteinte de plein fouet par l'innocence d'un être qui n'avait pas encore conscience des pouvoirs qu'il était en mesure de manipuler. Et ces pouvoirs, il ne fallait surtout pas qu'il parvienne à les maî-triser, sans quoi la foi et surtout le pouvoir de l'Église dans le pays de Beauce s'en trouveraient menacés.

Pour tasser ce va-nu-pieds de façon permanente avant qu'il ne prenne trop de plancher, il n'y avait qu'un seul personnage capable de brandir son pouvoir jusqu'au plus haut échelon de l'administration publique. Cet homme, c'était l'archevêque de Québec, Césaire Leclaire lui-même.

Celui-ci, se disait Auguste, serait fier de l'œuvre qui en si peu de temps avait été déployée pour débarrasser la paroisse de Saint-Ludger des manigances d'un suppôt de Satan qui empruntait tous les airs d'un demeuré.

Dans une lettre de plus de dix pages, Auguste fit usage du plus malin de son vocabulaire pour décrire, dans leurs menus détails, les moindres faits et gestes de Wilfrid Gagnon et l'in-fluence diabolique qu'il savait exercer sur les animaux à pattes, sur ceux à ailes et surtout, sur ceux à âme.

« Il me tarde, disait-il dans sa conclusion, de vous fournir tous les documents qui feront foi de l'intransigeance que j'ai investie dans cet épineux dossier des supposées guérisons que certains disent l'avoir vu opérer. Or, l'émergence du mal qui sape cette paroisse m'oblige à vous demander d'agir dans les plus brefs délais afin que l'ivraie soit brûlée et que le bon grain puisse continuer de croître à l'apogée des plus hauts desseins de notre Seigneur, mais avant tout, à la grandeur de Votre Sainteté.

« Recevez, mon bon Pasteur, les salutations empressées du plus humble de vos serviteurs en cette terre de Beauce. »

Fier du combat qu'il livrait au diable, Auguste referma la grosse enveloppe. Et pour s'assurer de contenir toute tentative d'indiscrétion de la postière, il apposa une cire chaude sur la fermeture de son rabat. Le seul venin de sa langue aurait toutefois largement suffi à la préserver de toute violation.

Posant avec grande minutie l'enveloppe sur son bureau de travail, il fut surpris de constater que la nuit avait empiété sur son temps. Il ne lui restait que quelques heures avant la messe du matin.

Se rendant hommage pour un ministère qu'il croyait exécuter de main de maître, il mit du mal à s'endormir sur son « trop imbu de lui-même ».

Lors donc que son sommeil fut bien implanté et que ses ronflements répandirent leurs cavalcades sonores dans tout le bâtiment, un phénomène pour le moins insolite irradia la feutrée chambre à lampions. D'une mèche toute raide se tenant au garde-à-vous surgit une mince volute de fumée.

Bizarre...

Quelques secondes plus tard, s'extirpant de nulle part, une petite flamme se hissa jusqu'au sommet de la mèche, s'amusant à faire danser sur les murs du réduit des ombres empruntées à la noirceur.

Sis au rez-de-chaussée, les nouveaux appartements d'Auguste se composaient de deux pièces. L'une était son bureau de travail et l'autre, sa chambre. Hector Bellavance, le précédent occupant, avait autrefois ajouté une chaise berçante à la pièce servant de bureau. Sœur Saint-Jean, sa dévouée domestique, lui avait alors confectionné, de ses propres mains et de toute son affection, les coussins de duvet d'oie les plus douillets de tout le comté. Pour joindre le plaisir de donner à l'agréable d'en jouir un peu, il lui était même arrivé, lorsqu'elle y faisait le ménage, d'y déposer un moment fesses et colonne.

Chut ! Nul ne le sait...

Cela n'avait cependant jamais posé problème, puisque le curé Bellavance, pris d'acouphène, n'entendait pas les grincements que chaque va-et-vient des berceaux arrachait aux planches embouvetées du plancher.

Cette pratique, sœur Saint-Jean l'avait entretenue jusqu'à sa mort. Et pour être bien franc, même après...

Isidore avait eu raison de mettre Auguste en garde lorsqu'il l'avait surpris à investir les anciens appartements d'Hector. Comme de fait...

Auguste n'avait profité que de trente minutes de ronflements lorsque ceux-ci, troublés dans leur gamme par une suite de grincements louches, s'interrompirent pour permettre à leur commettant de mieux écouter.

Le gros curé ouvrit les yeux. Puis les oreilles. Son cerveau encore engourdi tenta, dans un premier temps, d'identifier la nature de cette plainte rythmique qui lui parvenait.

« Qu'est-ce ? » se questionna-t-il, de premier réflexe.

Au même moment, les sons s'interrompirent.

Ses ronflements le culbutèrent de nouveau dans un auguste sommeil, mais pas pour longtemps.

Son cerveau trébucha bientôt pour une seconde fois sur un neurone demeuré aux aguets. Résultat: son sommeil se disjoncta. Auguste rouvrit de grands yeux courroucés. Il perçut, cette fois bien distincts, les grincements qui provenaient du bureau voisin. Ce n'était pas une souris. Maugréant comme un ours tiré de sa couche chaude, il se leva, déterminé à localiser et à désamorcer la source de son dérangement. Il alluma et se dirigea vers le bureau, écoutant dans la demi-obscurité d'où provenaient ces satanés grincements.

Ses pupilles s'ajustèrent très vite. Même plus vite qu'on ne pourrait le concevoir. Il en fut estomaqué. La chaise berçante s'agitait. Dès qu'il fit un pas en sa direction, celle-ci stoppa ses mouvements comme si un chat invisible venait d'en descendre.

Il s'approcha, guettant la moindre manifestation. Plus rien. Il vérifia les fenêtres à la recherche d'un courant d'air, ferma la porte et guetta, un long moment, le moindre frissonnement de la maudite chaise. Toujours rien. De ses gros pieds, il tapota alors le plancher qui environnait le meuble coupable. Il reconnut les grincements. Et il blêmit. Gêné de sa réaction, il retourna à sa chambre, se moquant de ce qu'il ne parvenait pas encore à s'expliquer.

Auguste était un dur à cuire. Allait-il faire mains et pieds pour si peu ?

Mais il laissa allumé, se laissant plutôt croire qu'il avait oublié d'éteindre.

Vingt-trois ronflements plus tard, même scénario, même levée de corps, mêmes mouvements incompréhensibles de la chaise. Las de se poser tant de questions auxquelles sa logique refusait toujours de répondre, il la saisit de ses bras puissants, se rendit jusqu'à la galerie arrière et en deux temps, trois mouvements, l'envoya rouler dans le gravier de la cour. Lorsque son vol plané se termina, la pauvre chaise affichait une structure complètement désarticulée.

— Voilà pour les mystères ! grogna-t-il, regagnant la quiétude de sa chambre.

Il n'était pas au bout de ses peines.

Cette fois, il éteignit. Lors même qu'il se déroula dans son lit et qu'il tendit une main vers ses couvertures, celles-ci avaient fui. Se relevant dans un sursaut d'incompréhension, il ralluma. Horreur !

Le lit était refait. Ses couvertures avaient été tendues et lissées avec une impeccable rectitude.

Autre frisson. Et non le moindre...

La bouche plus que béante, il fouilla visuellement les environs à la recherche du moindre indice suffisant à... Mais il n'en trouva aucun.

Sa logique refusa de se rendre. Se riant du phénomène et se convainquant qu'il ne vivait somme toute qu'un cauchemar éveillé, il rouvrit les couvertures et s'y engouffra.

Toutefois, son sommeil avait abdiqué.

Comble d'absurdité, lorsque la clarté lécha de ses premières lueurs l'intérieur de son bureau, il constata avec angoisse que la maudite chaise berçante était revenue à sa place. Aussi intacte que la veille.

Dans la chambre à lampions, une petite flamme se retira de sa mèche, happée vers le fond de sa cire. L'esquisse posthume et souriante d'un visage diaphane se fondit dans la peinture d'un mur qui ne comprenait rien à ce qui venait de lui arriver.

— Mon Dieu! monsieur le curé, avez-vous passé la nuit à vous disputer le lit avec un fantôme? lui demanda sœur Berthe lorsqu'il se présenta pour déjeuner. Vous avez le teint d'un revenant!

Depuis qu'elle avait pris la charge du presbytère et de son curé, elle n'avait jamais vu Auguste aussi préoccupé.

Celui-ci se figea. Mettant à contribution la partie de son cerveau qui ne dormait pas, il lui baragouina être tombé en transe au beau milieu de sa prière du soir. Et pour donner un peu plus de mordant à son propos, il s'agenouilla et baissa pieusement la tête.

— Je crois, dit-il d'une voix de chérubin, que cette fois j'ai atteint l'illumination. Réjouissez-vous, ma chère sœur! car la sainteté est à la porte de mon âme.

— Et pendant ce temps, vos œufs refroidissent, mon saint Auguste, lui décocha la sœur sur un ton moqueur.

— Pis voulez-vous ben me sacrer la paix, grosse gribiche? se contenta de grommeler le religieux en se relevant.

Pour sa verte impolitesse, le chérubin mangea froid…

Les fidèles qui assistèrent à la messe matinale y découvri-

rent un Auguste empêtré dans ses mouvements, voire mauditement distrait. D'allure en général bien campée, le monumental curé n'en menait pas large.

CHAPITRE 22

Ainsi décolla l'automne. Sur un mauvais pied. Il y avait bien un peu de l'ambiance des Fêtes qui approchaient, soulevant les cœurs, mais... mais il y avait plus. Le petit village de Saint-Ludger s'était laissé engourdir dans une sorte de ressac. Ressac de quoi ? On n'en savait trop rien. Comme si une tristesse avait jeté son voile sur l'humeur jusque-là pétillante des gens de la place.

Depuis l'affaire du taureau terrassé dans le pont par Auguste Leduc, les langues s'étaient tortillées dans toutes les directions, confiant à qui voulait bien y prêter la feuille des détails dépassant bien souvent la réalité, et ce, jusqu'au point d'en friser parfois le rocambolesque.

Ainsi donc, pour avoir le privilège de voir en chair et en os ce titan de curé, des étranges, chaque dimanche, affluaient des paroisses voisines, comblant ainsi la nef et, bien sûr, les recettes de la quête.

Mais au-delà du fameux événement, un mal mystérieux, une sorte de fièvre qu'aucune médecine ne parvenait à mâter s'était emparée du petit village, emportant dans ses convulsions au moins deux enfants en bas âge par semaine. Cinq requiem s'étaient ainsi chevauchés dans la première quinzaine de novembre.

Un matin, alors que Magnan et ses Han venaient de quitter la maison pour leur travail, un jeune couple, les Lapierre, qui ne s'étaient pas gênés pour vilipender les Gagnon et leur Wilfrid, se présentèrent à la porte écrianchée de la mansarde des Gagnon

Ils semblaient abattus. Tenant dans leurs bras une enfant d'environ dix-huit mois, ils prièrent Marie-Rose d'intercéder auprès de son septième fils pour que celui-ci veuille bien se pencher sur leur unique progéniture.

— Le docteur Dallaire nous a dit de nous en remettre au Ciel, parvint à balbutier la jeune mère. Il ne peut plus rien pour elle. Mais avant d'abandonner son âme à Dieu, nous avons décidé de voir si votre septième ne pourrait pas faire quelque chose pour elle.

Pour se rabattre sur un tel extrême, il était évident que ceux-ci ne savaient plus à quel saint se vouer.

Après tout ce que ces gens et bien d'autres avaient dit et colporté sur les Gagnon et leur Wilfrid, il aurait été facile de leur fermer la porte. Mais celle-ci, on s'en souvient, ne fermait pas sauf à coups de pieds.

Alors…

Ne pouvant avoir l'avis de son mari, Marie-Rose se trouva un peu coincée. Si elle permettait à son fils d'intervenir dans sa propre maison, ça se dirait. Ils auraient très vite Auguste et bien d'autres de ses fidèles sur le dos.

« Par contre, se dit-elle, le gros curé nous en veut depuis le premier jour de son arrivance dans c'te village. Alors… ça changerait quoi ? »

Lors donc que Wilfrid répondit à l'appel de sa mère, il se présenta, vu l'heure matinale, vêtu de sa longue jaquette Robin Hood. Celle qui avait tant fait jaser. Secoué par la détresse de l'enfant malade et presque inconsciente qui gisait dans les bras de son père, il lui ouvrit d'emblée son cœur. S'emparant d'une couverture, il se rendit la poser sur la grande table de pin, dans la cuisine d'été. Un magnifique soleil dardait la pièce de ses rayons. Puis, les yeux remplis de lumière, il signala au père de déposer l'enfant. Celui-ci hésita.

— Faites ce qu'y vous dit, craignez rien, lui souffla Marie-Rose se faisant rassurante.

Mais les tripes lui vibraient d'angoisse.

Lorsque ce fut fait, Wilfrid se mit à tournoyer très lentement autour de la table, scrutant l'enfant sous tous les angles. Au bout d'une minute, le jeune homme entra dans une sorte de transe. Sa mère ne l'avait jamais vu ainsi. Il projetait une telle énergie qu'on eut dit que la pièce allait se mettre à parler. Puis soudain, les mains du jeune Gagnon se soulevèrent, légères comme deux oiseaux emportés par un vent surnaturel. Elles survolèrent l'enfant, s'arrêtant ici, se posant là, repartant, montant, descendant, comme si elles avaient accompli une danse céleste. Cela dura une dizaine de minutes. Puis, repu et désireux d'apporter une touche finale à son intervention, il joignit les mains du bout de ses phalanges, les promenant en cercle au-dessus de l'enfant, de la tête jusqu'aux pieds. Élevant ensuite les yeux vers le plafond, il esquissa un grand sourire puis fit deux pas en arrière, signifiant aux parents de s'approcher de leur enfant.

— Sa fièvre est tombée! s'exclama la jeune mère, palpant le front de sa fille.

Cette dernière trouva même la force de s'asseoir en bord de table, décochant un large sourire autour d'elle.

Visiblement ému, Wilfrid ne savait plus où se mettre. Marie-Rose n'en revenait pas. Puis il y eut les remerciements, accompagnés de larmes d'espoir. Wilfrid jeta un œil vers sa mère et s'éclipsa. Il n'avait pas l'habitude de ces choses. Quelques minutes plus tard, il courait à travers champs en compagnie d'une trentaine d'oiseaux.

En moins de trois jours, l'enfant des Lapierre se remit à marcher et se rétablit.

À l'instar de toutes les précédentes, cette intervention du septième des Gagnon fit très vite le tour du village et du comté, aboutissant dès le lendemain aux oreilles de Césaire Leclaire.

Dans la même semaine, il y eut un deuxième cas, puis un troisième, suivis chaque fois du même aboutissement : la guérison.

Auguste fulminait.

« Que fait donc l'évêque de la missive que je lui ai fait parvenir ? » se disait-il.

Frustré par la lenteur de l'archevêché, il crut que c'était son devoir de promulguer de son propre chef n'importe quoi susceptible de tuer dans l'œuf toute nouvelle envie que pourraient avoir ses paroissiens de recourir aux services du septième des Gagnon.

Son génie trouva.

Le lendemain, à la grand-messe du dimanche, il fustigea haut et fort les infidèles qui avaient eu recours aux services du charlatan, un illuminé par le feu de Satan, avait-il appuyé.

— Tout enfant ou adulte, tonna-t-il haut et fort, qui rendra l'âme après avoir été vu ou touché par le septième des Gagnon se verra dorénavant refuser toutes obsèques religieuses. De plus, avait-il brandi, il sera inhumé hors du cimetière dans une fosse commune « juste bonne pour les chiens ». Et sachez tous, avait-il terminé, que hors de l'Église, il n'y a point de Salut !

Pauvre Auguste. Loin d'éteindre le feu, il venait d'y garrocher de l'huile. Dès le lendemain, le nom de Wilfrid Gagnon, le guérisseur du rang 2, courait sur toutes les langues. Tous ceux qui crurent leur enfant atteint du mal étrange se ruèrent chez les Gagnon. Pour bien des bigots, la pauvre mansarde devint « la crèche nouvelle des enfants de Jésus ».

Comme par un heureux hasard, les décès stoppèrent net. Loin de s'en réjouir, Auguste perdit tout contrôle sur lui-même, commettant l'impair de téléphoner à Césaire Leclaire lui-même. Ils eurent une longue conversation et... de nombreux écouteurs sur la ligne.

Embarquant de plain-pied dans la folie qui secouait son gros abbé et ignorant le mode rudimentaire de téléphonie qu'utilisaient les campagnes, l'Archevêque l'assura de son plein support, lui soulignant même que le processus était déjà engagé. Il alla même jusqu'à faire mention de Wilfrid Gagnon et précisa une date, celle du 5 décembre.

Comme de fait, deux jours plus tard, le 5 de décembre, juste après le dîner, un étrange camion tout blanc arborant une grosse croix noire dans ses portes traversa le pont couvert. Il serait mentir de dire qu'il passa inaperçu. Dans un petit village tricoté serré comme l'était Saint-Ludger, le mot se répandit à la vitesse d'une conversation privée écoutée par inadvertance sur la ligne du téléphone[2].

Sitôt le pont franchi, le fourgon emprunta la rue Dallaire. Celle-ci débouchait dès la sortie du village vers le rang 2.

Occupée à faire sa vaisselle, Marie-Rose flânait du regard dans la fenêtre qui donnait sur le rang. Apercevant soudain la bizarre de machine qui empruntait le petit chemin rocailleux de l'abattoir, elle échappa l'assiette qu'elle était en train d'essuyer. Assaillie par un mauvais pressentiment, ne faisant ni une ni deux, la paniquée femme se jeta un châle sur les épaules et

---

2 En ces temps, le standard téléphonique répartissait les appels par le biais d'une opératrice effectuant la connexion de la ligne principale à celle des abonnés. Chacun possédait un code de sonnerie s'apparentant au code morse. Certains abonnés, plus fouineurs que d'autres, n'hésitaient donc pas à épier des conversations qui ne leur étaient pas destinées. Ça s'appelait : écouter sur la ligne. La discrétion était de mise, mais...

se précipita à la grange. Un vent sec et glacial soufflait de nordet. Nerveux, quelques brins de neige tourbillonnaient, ne se résignant pas à se déposer le flocon.

Wilfrid s'affairait à brosser Jambon, leur vieux piton, des fils d'araignée qui le maintenaient encore debout. Le vieux cheval, on l'a déjà vu, sortait si rarement que son ombre en était rendue à s'ennuyer…

Ne donnant même pas le temps à son fils de se départir de sa brosse, Marie-Rose l'entraîna *subito presto* vers l'échelle qui montait dans la tasserie, lui intimant l'ordre formel d'aller s'y camoufler et de n'en sortir que lorsqu'elle reviendrait le chercher.

Ne comprenant rien au comportement de sa mère, mais sachant lire dans l'expression qui habitait ses yeux, le grand Wilfrid s'exécuta sans poser la moindre question.

Marie-Rose regagna la maison en vitesse. Elle crut bien ne pas pouvoir s'y rendre, tellement le cœur lui flacotait entre les côtes.

Sitôt rentrée, elle jeta un œil à travers le rideau de la porte. Le gros char était immobilisé au début du sentier donnant à la galerie avant. Arrondie comme un cul de corbillard, son extrémité arrière était munie de deux portes s'ouvrant à partir du centre. Fait assez particulier, les fenêtres étaient munies d'un curieux grillage à carreaux.

« On dirait ben une cage à ours ! » se dit la femme, se collant le nez à la vitre pour mieux distinguer. Elle ne se trompait pas de beaucoup. Tout vêtus de blanc, quatre gorilles, plus communément appelés « armoires à glace », descendirent du véhicule. Les deux qui débouchèrent de la partie arrière se postèrent à bonne distance l'un de l'autre. Ils promenaient les yeux sur les bâtiments. Les deux autres se dirigèrent vers la porte d'entrée.

Marie-Rose ne savait plus que faire. Se cacher ? Courir chercher le fusil de calibre douze de Magnan avec comme seules munitions des cartouches remplies de gros sel ? Ouvrir et faire une scène à tout casser ?

« Si seulement Magnan et les Han avaient été sur place, les choses auraient été beaucoup plus simples », se disait la pauvre femme, seule pour protéger le vieux fort.

N'ayant comme emblème religieux qu'un vieux rameau de Pâques d'une dizaine d'années qui s'était avec le temps incrusté au-dessus du cadre de la porte d'entrée, Marie-Rose y joignit les mains en vitesse pour se réchauffer le cœur au peu de foi qu'il faisait sourdre en elle.

Se résignant enfin, elle prit une grande inspiration et ouvrit de quelques pouces, prenant bien soin de bloquer la porte de son pied. Elle attendit.

Un gros monsieur à l'allure austère se hissa sur la galerie. Adoptant une posture autoritaire, il retira de la poche droite de sa longue chienne blanche un paquet de papiers aplatis. Profitant de sa confusion, le vent lui en arracha deux. Par bonheur, ceux-ci se plaquèrent contre le poteau de coin de la galerie, attendant d'être récupérés.

— Hostie ! grommela l'homme, s'empressant de les attraper.

Puis il reprit son air grave.

— Jour ! Dame... fit-il, un peu tendu. Je m'appelle Eugène Tassé. Suis-je bien chez Magnan Gagnon et Marie-Rose Turmel, les père et mère de Wilfrid Gagnon ?

— Vous êtes en plein dans le cela, m'sieur. Kessé que je peux-t'y faire pour votre entregence ? lui glissa Marie-Rose par l'entrebâillement de la porte.

— Je suis huissier, madame.

— Huit quoi ?

— Huissier, madame. Je suis envoyé par l'Hôpital Saint-Michel-Archange, de Québec.

Il déplia ses documents, tentant d'en exhiber leur authenticité à Marie-Rose.

— J'ai ici, madame, reprit Tassé, un ordre signé par un juge de Québec. Cet ordre fait suite aux dénonciations de quatre personnes de votre village qui ont solennellement déclaré que votre fils représentait un danger pour la sécurité de ses concitoyens. Ma mission est donc de conduire votre garçon, Wilfrid, à l'hôpital Saint-Michel-Archange, de Québec. Il y sera interné puis examiné. Si vous voulez me laisser entrer, je vous permettrai de consulter mes documents.

Marie-Rose n'était peut-être pas la plus brillante des femmes, mais elle n'était pas dupe. Elle flairait un piège. Bien plus, elle ne savait pas lire. Et elle n'avait aucune envie de faire semblant. Elle se disait aussi que Wilfrid devait commencer à grelotter, terré comme il l'était dans le foin humide de la tasserie.

— Je vois pas pourquoi je vous laisserais vous couler dans ma maison, monsieur, euh… saint Michel, balbutia la pauvre femme.

Elle était sur le point de faire une chute de pression.

— Et d'abord, sachez que mon gars, Wilfrid, est pas icitte. Pis je sais très ben que vous d'y voulez du mal. Allez-vous-en. Vous reviendrez quand mon mari sera dans son lieu. Pis moé, j'ai pus rien à vous jaspiner.

Comme s'il avait prévu cette réaction, Eugène avança un pied dans la porte, empêchant la dame de refermer. Puis il y mit son poids, forçant son entrée.

Dans un sursaut d'énergie jamais déployé à ce jour, Balou se jeta sur la chienne toute blanche que portait le monsieur, forçant son tissu à lâcher prise en plusieurs endroits. Quant à

Marie-Rose, refoulée par la vague de muscles de l'huissier, elle cria de rage.

Au même moment, un son de moteur parvint à ses oreilles. Puis un autre, suivi de…

Dehors, pressés d'arriver, plusieurs autos et camions se suivaient en file. En peu de temps, il y en eut assez pour empêcher toute défilade du gros fourgon blanc.

Sortant d'une grosse Buick, celle du jeune docteur Dallaire, Auguste Leduc releva son col de manteau et cala son large chapeau jusqu'à accotement d'oreilles. Bruno Dallaire en émergea à son tour. Il ne semblait pas très à l'aise. Puis apparurent Magnan et deux de ses Han dans la boîte du camion d'Henri Fecteau. Accompagnant d'autres villageois qui s'étaient aussi passé le mot, Octave Dallaire, l'oncle de Bruno Dallaire, pressait le pas. Ça n'arrêtait pas d'arriver, comme si le village tout entier s'était, d'un commun accord, donné rendez-vous dans le rang 2.

Regagnant un calme des plus relatifs, Eugène Tassé et Marie-Rose sortirent sur la galerie. Cette dernière tremblait quand même comme une feuille. Magnan se précipita vers elle, l'interrogeant du regard.

— Ça va aller, lui dit-elle, se collant à ses côtés.

Lorsque tout ce beau monde se retrouva réuni devant la galerie, Eugène Tassé se dirigea vers Auguste Leduc.

— Monsieur le curé, dit-il, vous allez devoir parler à ces gens. Sinon, j'utiliserai la force et s'il le faut, j'appellerai la police provinciale. J'ai en mains un ordre d'internement. Il est émis par un juge. Je me dois de l'exécuter sur-le-champ.

— Ordre de quoi ? l'interrompit Octave Dallaire, le vieux médecin. Et de qui ?

Les deux hommes firent connaissance, se serrant brièvement la main.

— Un ordre d'internement, monsieur. Émis par le juge Bastien, de la Cour supérieure du Québec, reprit Tassé.

Il exhiba la liasse de papiers.

— Pourrais-je les consulter, monsieur Tassé ?

— Mais certainement, fit celui-ci, désireux de voir se dénouer la situation.

À part le grincement de flèche de la vieille girouette du toit de la grange et le froissement des pages de l'incriminant document, c'était le silence le plus complet. À une certaine étape de sa lecture, le vieux docteur jeta un regard furieux vers les deux personnages qui avaient initié ce coup de sauvage. Il s'agissait de son propre neveu et d'Auguste Leduc. Ils étaient appuyés, on s'en doute, par Césaire Leclaire, évêque de Québec. Ce dernier possédait tellement de contacts à l'intérieur du gouvernement qu'il lui aurait été aisé de faire interner le pape lui-même.

Le vieux médecin remit les documents à l'huissier, puis se tourna vers son neveu :

— Je regrette, mon cher Bruno, que nous n'ayons jamais eu de discussion sur la profession de médecin de campagne que tu as embrassée. Beaucoup de choses manquent à ton éducation.

— Wilfrid Gagnon a pratiqué de la médecine illégale, compromettant la sécurité des habitants de Saint-Ludger, lui lança le jeune médecin. En plus de ma dénonciation, il y a celle de deux personnes, les Lapierre, qui ont fait soigner leur enfant par ce pseudo-guérisseur. Je suis le médecin de ce village. Je n'ai fait que revendiquer mes droits et le droit des gens d'être soignés par un professionnel et non par un vulgaire charlatan.

— Et ces enfants que Wilfrid a soignés, mon cher neveu, sont-ils aujourd'hui morts ?

— Vous semblez oublier, cher docteur, interrompit Auguste Leduc, que même s'ils ne sont pas décédés, ce sont sur des invocations et des procédés probablement tirés de forces obscures que ces interventions furent faites. Cette sorcellerie entache très sérieusement la foi chrétienne. L'Église ne peut tolérer de tels actes, fussent-ils perpétrés par des paroissiens pratiquants… ou non, mon cher docteur.

Le vieil Octave n'en revenait pas. Jamais il n'aurait pu imaginer que son neveu…

Les villageois continuaient d'affluer. Il devait maintenant y en avoir une bonne cinquantaine, et ce, malgré le vent frisquet qui en faisait danser plusieurs sur place.

Constatant que la situation risquait de tourner au vinaigre et sachant très bien que l'huissier avait tous les droits en mains, Octave Dallaire prit celui-ci à part.

— Monsieur Tassé, lui dit-il, la situation est délicate. Vous avez la loi de votre bord. Soit. Mais vous êtes assis sur un baril de poudre. Ici, les gens sont attachés à ce Wilfrid que vous êtes venu chercher. Et qui plus est, il y est respecté. C'est un septième. Vous savez ce que c'est, un septième? Dans certaines sociétés, on les appelle « chamans ». Ce sont des guérisseurs. Très souvent, procédant par je ne sais quelles forces, ceux-ci sont très efficaces. C'est justement le cas de Wilfrid Gagnon.

Accordez-moi quelques minutes avec ses parents. Leur fils doit être caché quelque part. Je vais leur expliquer la situation. Mais surtout, ne bousculez rien, voulez-vous? Et dites-vous bien que ce ne sera pas facile.

Eugène Tassé acquiesça d'un signe de la tête. Puis il appela ses trois taupins. Les prenant à part, il leur exposa la situation.

Pendant ce temps, Octave Dallaire entra dans la maison avec les Gagnon.

Las d'attendre et désireux de montrer à tous qu'il avait, lui, la solution bien en mains, Auguste Leduc s'avança vers la galerie.

— Où est donc votre fou furieux, madame Gagnon, cria-t-il, afin qu'on en finisse et qu'on libère ce village de cet être qui erre au fil des vents avec ses oiseaux de malheur ?

À ce même moment, une commotion agita le rassemblement. Tous les regards se tournèrent du côté de la grange. Plein d'expressions s'agrippèrent aux visages. Puis les gens s'écartèrent, laissant place.

— C'est lui ! leur jeta Auguste. C'est votre fou ! Saisissez-vous-en !

Deux acolytes d'Eugène Tassé s'empressèrent vers l'arrivant, l'empoignant chacun par un bras. Comme s'il s'était su condamné à l'avance, Wilfrid, dépassé par la situation et n'y comprenant traîtrement rien, n'opposa aucune résistance.

— M'mannnn ! cria-t-il dans une longue plainte traînante.

Anxieux de se porter au secours de leur septième, Magnan et Marie-Rose se jetèrent dehors.

— Touchez pas à mon gars ! Bande de tabarnak ! leur cria Magnan, se ruant sur les bouffis.

Et pour ajouter au drame, Marie-Rose suivait en criant au meurtre.

Octave Dallaire fulminait. Se jetant dans la mêlée, il s'interposa entre Magnan et les hommes de main de l'huissier.

— Lâchez-le. Donnez-moi le temps, je vous en prie, leur demanda-t-il.

Tassé leur fit un signe. Ils obéirent.

Se tournant alors vers Auguste et perdant toute contenance, le vieux médecin lui pointa un doigt sous le nez.

— Toi, mon gros salaud, lui cracha-t-il sans vergogne, t'en as assez fait comme cela. Rentre sous ton clocher et laisse les bonnes gens tenter d'éponger la vomissure que depuis trop longtemps tu répands sur ce paisible village. Dé… cris… se ! ponctua-t-il, on a assez vu ta tête de matamore pour aujourd'hui ! M'as-tu ben compris ?

Auguste fit un mouvement en direction du docteur. Au même moment, une dizaine de personnes incluant trois des Gagnon et d'autres durs à fendre se positionnèrent, prêts à l'affronter. Ce que voyant et grognant du nez comme un taureau, Auguste abaissa les bras. Il battit en retraite, les galettes de neige jaillissant de sous chacun des pas qui le ramenaient à pied, au village.

— Et de un… souffla Octave Dallaire.

Parvenant à calmer Marie-Rose et Magnan, il les prit de nouveau à l'écart. Durant une bonne minute, ça discuta avec énergie et larmes. Puis ce fut le calme. Ils revinrent vers Eugène Tassé.

— Monsieur l'huissier, dit le noble médecin, nous avons un grand respect pour votre fonction. Mais je dois vous informer que votre mission qui est celle d'amener l'un de nos concitoyens dans un hôpital psychiatrique de Québec a été mise en œuvre et organisée par des gens qui ne connaissent rien de la teneur en solidarité que peut dissimuler un petit village comme le nôtre. Vous avez là quatre dénonciations dont deux de gens qui n'habitent ce village que depuis peu de temps. Wilfrid Gagnon, peu m'importe son état mental, a quant à lui été citoyen à part entière de cette place depuis bientôt dix-sept ans. C'est moi-même qui l'ai poussé dans son premier respir, comme, d'ailleurs, je l'ai fait pour la majorité des gens que vous voyez ici. Dites-moi donc, monsieur Tassé, avez-vous décelé parmi tous ces gens qui nous entourent une quelconque intention de faire enfermer notre Wilfrid pour cette seule différence qui, dans son mode de vie, tranche avec ce que l'on convient d'appeler la « norme » ?

Il se racla la gorge et reprit.

— Parce que certains des agissements de notre concitoyen

diffèrent de ceux de la masse, dit-il, doit-on les interpréter tout bêtement comme une menace ? Je parle d'une menace contre l'ordre, contre les dogmes sociaux et ceux de la foi.

Il se tourna alors vers ses concitoyens qui, bouche bée, buvaient ses paroles.

— Et vous, renchérit le vieux médecin, croyez-vous que si quelqu'un est différent, c'est parce qu'il doit être possédé du démon ? Que c'est un être de péché ?

Il chercha ses mots un moment, comme s'il accordait ses cordes vocales à ce qui allait suivre.

— Devrait-on voir comme fou ou encore comme un sorcier celui qui préfère la compagnie des oiseaux à celle des humains ? En quoi, dites-moi, Wilfrid Gagnon transgresse-t-il les préceptes de l'Église ?

Le vieux toubib fit une autre pause. Son visage était éploré.

— Monsieur Tassé, termina-t-il, je vous considère comme un homme de grande intelligence et de grande sagesse. Je sais aussi que vous avez la loi entre les mains. Amenez donc tel qu'il vous a été ordonné notre honorable citoyen, mais dites à vos bonzes que très bientôt, nous irons leur reprendre celui dont, en ce triste jour, ils osent nous priver.

Retenue par Magnan en larmes, Marie-Rose s'effondra.

Se jetant hors de la grange, le vieux Balou, comme s'il avait saisi l'ignominie des hommes, hurla son désespoir. Quant à Wilfrid, le condamné, juste avant qu'on l'embarque, il trouva l'espace pour siffler comme jamais on ne l'avait entendu.

Dans les secondes qui suivirent, surgissant de partout, des oiseaux dont on ne soupçonnait même pas la présence en un 5 de décembre affluèrent, par dizaines puis par centaines, tournoyant de rage au-dessus de la désemparée assemblée. Lorsque le gros camion blanc se mit en branle, les ailés emboîtèrent son sillage, larguant sur le lourd véhicule tout ce qu'ils purent de déjections. N'ayant parcouru qu'une centaine de pieds et n'y voyant plus rien, Fernand, le conducteur, fut forcé de s'arrêter.

— Calme-toi, Fernand ! lui intima Eugène Tassé, assis à droite. C'est pas le temps de perdre la face.

Durant ce temps, la horde d'oiseaux se posa autour du véhicule maudit. Décrottant de son mouchoir un recoin de son pare-brise, Fernand se gomma la manche de mottons de toutes teintes qu'avaient largués les artistes peintres zélés. Dès que le conducteur embrayait de nouveau, le même procédé merdique reprenait. Vert de rage, Fernand sacrait maintenant comme un diable expulsé de l'enfer. Les villageois se bidonnaient de plaisir.

— Calme-toi, Fernand ! lui hurla cette fois l'huissier.

Ayant vite fait de constater que les quatre compères se trouvaient dans la merde et que les ailés ne leur donneraient aucun répit, Octave Dallaire parvint à hauteur du fourgon.

— Laissez-moi parler à Wilfrid, dit-il à l'huissier. Lui seul peut vous débourber. Sinon, pour avoir le chemin libre, vous allez devoir tuer tous ces oiseaux.

Ce disant, il pointa le ciel, lui signifiant qu'il en arrivait toujours d'autres.

Les deux hommes passèrent à l'arrière. Lorsque les portes s'ouvrirent et que le vieux médecin aperçut Wilfrid en contention dans une camisole de force, il pesta de rage. Recroquevillé sur lui-même, le jeune attardé pleurait en silence.

— Bon sang, monsieur l'huissier ! Que craignez-vous d'un agneau comme Wilfrid ? Ce jeune homme est le vent ! Et le vent doit être libre de tout mouvement. Détachez-le, sinon je pars. Vous vous démerderez comme vous le pourrez. Mais je peux vous assurer que vous ne serez pas au bout de vos peines.

— Je ne fais qu'exécuter la procédure, docteur.

— Je me fiche de votre procédure, monsieur. Détachez-le.

Eugène Tassé acquiesça à la demande d'Octave. Il maugréait. Lorsque Wilfrid fut libéré, le vieux médecin s'entretint un long moment avec lui.

— Je te promets, lui dit-il en le quittant, de faire tout ce que je pourrai avec les gens du village et tes parents pour aller te chercher à Québec le plus vite possible. Comprends-tu bien ce que je te dis, Wilfrid ?

Ce dernier fit un signe positif de la tête.

— Alors, si tu me fais confiance, il va falloir que tu le dises à tes amis. S'ils compliquent les choses, ce ne sera pas facile pour toi et pour tout le monde.

Tête basse, Wilfrid réfléchit un long moment. Puis il éleva les mains vers sa bouche et stridula trois fois. Longuement.

À partir de ce moment, tous les ailés prirent leur envol, s'éloignant en direction du nord. Le visage en zone sinistrée, Wilfrid les regarda s'éloigner. Les épaules lui sautaient de douleur. Il monta dans le camion.

Donnant le temps à Fernand de dégommer adéquatement le pare-brise, Eugène Tassé prit le bras du médecin.

— Je n'aurais jamais cru voir une chose semblable de toute ma vie, lui dit-il, touché. Jamais cru...

À partir de ce jour, on ne revit plus un seul oiseau dans tout le village de Saint-Ludger. Et même dans sa campagne environnante. Les ailés firent la grève, se gardant de toute présence auprès des humains.

Vu la date, les gens ne saisirent pas l'ampleur et les conséquences de la calamité qui venait de frapper leur village. À cette date, les oiseaux se faisaient rares. Mais que serait le printemps, sans eux ?

Le temps coula son cours...

Chapitre 23

Au camp de Big Rocks, dans le Maine, en ce 23 de décembre, occupé à ranger du cannage sous le comptoir central de la cuisine, Isidore vit entrer Adélard Corriveau et son père. Ils étaient en grande conversation mimique. Se dirigeant vers lui, ils s'immobilisèrent, attendant que celui-ci les remarque. Intrigué par leur attitude, Isidore se déplia. Un léger sourire leur pendait aux lèvres.

— Que puis-je faire pour votre bonheur, messieurs ? leur demanda Isidore, presque inquiet.

Se frictionnant les mains devant le visage comme chaque fois qu'il avait du mal à trouver ses mots, Adélard attaqua.

— Moi et mon père, on aurait kek chose à te demander, Zidore.

La journée avait été longue. Isidore se tira une chaise. Chaque année, Basile tenait à marquer la fête de Noël par un repas de réveillon qui s'écartait un peu du quotidien des bûcheux.

— Zidore, reprit Corriveau, maintenant que tous les hommes sont au courant que t'es prêtre, y en a vingt-cinq sur la trentaine qui sont icitte qui aimeraient ben faire comme tout le monde dans les villages et avoir, eux aussi, leur messe de minuit.

Les voyant venir avec leurs gros souliers de beu et déjà mal à l'aise à cause de la riposte qu'il aurait à leur servir, Isidore se recroquevilla de nouveau sous le comptoir. Tissant sa réponse de toute la diplomatie qu'il savait manier, il brassa quelques cannes, question de gagner un peu de temps. Lorsqu'il jugea le moment opportun, il se releva, se déportant du côté de la douzaine de chaudrons suspendus au plafond. Ceux-ci tintèrent comme des cloches fêlées, mijotant déjà aux deux requérants une fin de... non-recevoir.

— Je ne m'en sens pas capable, dit d'abord Isidore d'une voix presque éteinte.

Aucune réaction.

— Je ne m'en sens pas capable, redit-il, se rapprochant d'eux.

Toujours aucune réaction.

Pour être bien saisi sans avoir à se répéter une autre fois, Isidore se campa à deux pas d'eux.

— Vous ne savez pas ce que vous me demandez, reprit-il, ajustant d'un doigt le focus de ses épaisses lunettes. Dire une messe n'est pas que l'exécution d'une succession de gestes et de paroles symboliques répétés à la volée comme un *Ave Maria*. Il faut que le cœur y soit. Il faut que chaque geste contienne un sens, une intention. Une messe, messieurs, c'est avant tout une prière dans sa gestuelle et dans la résonance de ses textes. Un office religieux n'est pas une mascarade publique, une pièce de théâtre en trois actes. Pour qu'une messe donne ses fruits, ses rameaux doivent porter leur sève, comprenez-vous ?

Baissant soudainement la tête, il fit silence un moment, le temps de permettre aux mots prisonniers de sa gorge de franchir avec plus d'aisance ses cordes vocales.

— Mais moi, mais moi... reprit-il, je ne la possède plus, cette sève. Un arbre mort, vous le savez autant que moi, ne donne pas de fruits.

Corriveau et son père virent alors des larmes s'échapper du couvert des lunettes de celui qu'ils croyaient encore être un prêtre.

Isidore s'essuya les joues du bout de ses manches. Grisonnant aux tempes, ses cheveux faisaient mentir son allure de jeunot. Se peignant de ses doigts vers l'arrière comme son père, il se dirigea vers la porte. Juste avant de sortir, il se retourna, saluant brièvement ces gens qu'il respectait trop pour leur faire l'affront d'une sortie sans politesse.

— Qui n'a pas été, ajouta le petit homme, ne peut s'en façonner qu'une vague idée. Que peut donc faire d'un tas de ferraille le plus habile des forgerons s'il n'a plus de feu ?

Puis il s'éloigna, tête basse. Les regards des deux Corriveau se toisèrent. Perplexes, ils comprirent qu'il valait mieux ne pas insister.

Dommage pour la gang.

Les bûcheux commençaient à rentrer. Lorsque Isidore pénétra dans son baraquement, le contraste subit entre la lumière extérieure et le sombre de la place l'empêcha de distinguer une forme assise à la petite table collée au mur du fond. Désireux d'écrire une lettre à sa femme qui attendait leur premier rejeton, Jos Lanteigne était rentré plus tôt que les autres. Trop absorbé à tenter de donner un sens à la dizaine de mots qu'il était arrivé à regrouper dans une même phrase, il n'avait pas remarqué l'arrivée d'Isidore. Ne parvenant toujours pas à scribouiller son idée, il asséna un solide coup de poing sur la petite table qui gémit sous l'assaut.

— Bon Yeu de plâtre ! expulsa Isidore, croyant mourir.

Se ravisant aussitôt, il demanda qui était là, s'excusant poliment pour son grossier réflexe.

Aucune réponse.

Il s'approcha pour mieux voir.

— Jos! laissa-t-il échapper, je te croyais encore au bois…

Toujours aucune réponse.

Appuyé sur ses coudes, Lanteigne se tenait la tête entre les mains. Isidore laissa couler un peu de silence.

« Chaque chose en son moment », se dit-il, craignant que son compagnon ne bondisse comme un piège à renards déclenché par une sauterelle qui tombe mal. Le bruit d'un papier se fripant entre de puissants doigts dévora d'un trait le faible écho dont était capable le camp en bois rond.

Autre silence.

La truie mâchonnait sa dernière bûche.

— Peux-tu m'aider, Zidore, comme dans le secret d'une confession? Chus pas capable de mettre une idée devant l'autre, pis j'aurais ben souhaité envoyer kek phrases à ma femme comme cadeau des Fêtes. Jusse pour y dire que… Pour y dire que…

— Que tu l'aimes? termina Isidore, d'un ton bon confesseur.

— C'est à peu près ça… Zidore. À peu près ça…

Tous ces points de suspension qui tâtonnaient sur les lèvres de Lanteigne poussèrent l'ex-prêtre à poser une question de plus. Une seule.

— Vous êtes-vous laissés en chicane quand t'es parti? lui souffla-t-il, se doutant qu'il y avait bien plus.

Autre silence encore accompagné de points de…

— Pire! avoua Jos. J'y ai mis ma main sur la gueule.

— Dans ce cas, aiguise ton crayon et trace bien lentement ce que je vais te confier, lui dit Isidore à voix basse. Ça va rester entre nous deux comme dans un vrai secret de confession.

Et les v'là t'y pas partis, déroulant phrase après phrase et à pleines lignes les émotions de Jos. Et des émotions, il en fourmillait. Des plus réservées aux plus emportées. Des plus crues aux plus romanesques. Un vrai mâle de contrastes, quoi...

Le contenu, confession oblige, ne peut être relaté sur cette confidentielle page. Mais on peut facilement l'imaginer. Ce qu'il est toutefois important de savoir, c'est que toute lettre d'amour qui se respecte se termine toujours par son éternel : « Je t'aime. »

L'enveloppe fut copieusement cachetée de salive... et de quelques larmes. Voilà. Juste à temps.

La porte se fit bardasser. Ti-gars Proulx et une couple d'autres gars rentraient.

Visiblement satisfait, Jos Lanteigne se racla le nez du revers d'une main, jeta un bref coup de tête d'appréciation à Isidore et s'empressa d'aller porter ses émotions à l'office. Corriveau descendait justement au village de Big Rocks. Un peu surpris, celui-ci cala la lettre dans son havresac, discuta quelques minutes avec Lanteigne et...

— Salut ben, Jos ! Je reviens demain en fin d'après-midi. Hue ! Barnor. Hue !

Les clochettes de l'attelage effritèrent bientôt leurs tintements dans les piles de bois de pulpe qui s'alignaient presque à perte de vue de chaque côté du chemin de hallage.

« Maudit que je file donc mieux ! » se dit Jos Lanteigne, se roulant une bonne poloque de satisfaction.

Dans l'air, ça commençait à sentir Noël pour de bon, comme si les sapins s'étaient soudainement mis à sentir du dessous de branches.

Étendu sur son lit, les yeux grands ouverts, Isidore jonglait. Il avait désappointé pas mal de monde en refusant de dire une messe. Mais personne ne lui en tenait rigueur. Ce serait simplement comme les autres années.

Le cook adjoint, comme se plaisait à l'appeler la gang, était apprécié de tous. Quand il n'était pas dans la cuisine avec

Basile, Isidore nettoyait les camps et même les chiottes. Tout était propre. Du plafond jusqu'au plancher. Un peu beaucoup distrait ? Oui. Mais après son passage, tout était impeccable comme l'intérieur d'un tabernacle.

C'était comme ça.

Toujours est-il que la soirée bayait aux corneilles, allongeant son temps sur le moral d'ennuyance de tout le monde. L'entrejambe en alerte, quelques gars humaient ce qu'il restait de la dernière lettre parfumée que leur avait envoyée leur blonde. Un autre gossait des cendriers qu'il vendait, l'été, au magasin général de son père à Saint-Gédéon. Quant à Jos Lanteigne, il attendait qu'Isidore sorte faire une pisse comme chaque soir, vers huit heures et trente, juste au bout de la galerie. Comme de fait, à l'heure pile, Isidore s'encointa le parka sur les épaules et sortit. Passant la porte quelques secondes plus tard, Lanteigne s'appuya au mur et attendit son retour. Au moment venu, il accrocha Isidore par le bras, lui signifiant qu'il voulait lui parler. Ils prirent un peu d'écart.

Isidore releva le col de son manteau, se tourna à contrevent et attendit.

Lanteigne déterra, dans son peu de diplomatie, sa manière de dire, soignant le ton des mots qui trop souvent ne rendaient pas bien leur signifiance.

— Zidore, enchaîna-t-il avec précaution, tu sais autant que moé que chus pas un mangeux de balustrade. Je m'excuse, mais c'est comme ça. Par contre, y a des gars icitte qui sont gênés de faire face à l'instruisance d'un prêtre parce qu'y pensent qu'y est plus proche du bon Dieu qu'eux autres. Moé, chus plusse capable d'y faire face, parce que j'y crois pas, à ton bon Dieu, depuis que je me suis fait tripoter par un abbé pendant la couple de mois que j'ai été servant de messe, dans mon enfance.

Sur ces paroles, Jos, mal à l'aise, baissa les yeux.

— Continue, fit Isidore, ne le lâchant pas du regard.

— Ce que je veux te dire, poursuivit Lanteigne, c'est que pas plus tard qu'hier, j'étais cent pour cent contre l'idée que tu dises une messe. Et j'aurais tout fait pour t'en empêcher.

Il fit une pause.

— Et maintenant? l'encouragea Isidore, que le froid commençait à mordre.

— Ben à soir, mon capot s'est viré de bord. Ça fait que si t'acceptes de dire une messe pour les gars, demain soir, je me ferai une obligation d'y être.

Baissant la tête pour mieux faire le point, Isidore ressentit en son âme refroidie un souffle chaud qui tentait d'en ramollir la croûte. Lanteigne attendait. Sans broncher.

Pour le forcer à réagir, le vent froid souffla une brève rasade nordique dans le chignon d'Isidore.

Celui-ci braqua ses doubles foyers dans les yeux de Lanteigne.

— Parce que c'est toi qui me le demandes, Jos, je vais la célébrer pour la gang, cette messe. Mais à une seule condition...

— Et c'est quoi, ta crisse de condition? fit Jos, anticipant déjà la réponse.

— C'est que tu sois mon assistant, mon servant de messe, lui grincha le p'tit prêtre, d'un ton cynique.

Lanteigne avait vu juste. Sa réponse était déjà prête.

— J'accepte, souffla-t-il, un peu débiné. Mais je mets, moi aussi, une condition.

— Et c'est laquelle, ta maudite condition? fit Isidore, devinant déjà la réponse.

— C'est que tu me tripotes pas, mon p'tit tabarnak! s'esclaffa Jos, saisissant Isidore à la gorge.

Sans toutefois serrer, évidemment.

Après s'en être ri un bon coup, ils rentrèrent tremblants d'émotions et de froid. Se frottant tous deux les mains au-dessus de la grosse truie, ils reprirent de la chaleur.

Isidore fit un signe à Jos.

Celui-ci prit une grande inspiration et se tourna vers le groupe.

— Les gars ! C'est réglé. On va l'awerre, notre messe de minuit !

L'un des bûcheux, le plus jeune et le plus émerveillé, sortit en combines à panneau pour aller annoncer la nouvelle aux gars des autres bâtiments. Dans la fenêtre d'une petite chambre aménagée au bout de la cookerie, le visage de Basile interrogeait le branle-bas qui agitait la place. Défaisant sa longue couette, il comprit. Lanteigne avait réussi.

Il sourit.

« Maudit Lanteigne… », se dit le vieux bouilleux.

Ce fut presque la fête avant les Fêtes. Une demi-heure plus tard, les quatre *houses* bourdonnaient de sommeil. Tout le monde avait déjà hâte au lendemain, le 24.

Sacrés grands enfants.

CHAPITRE 24

La guerre en Europe faisait plus que jamais rage. Depuis peu, Mackenzie King, premier ministre du Canada, avait rendu le service militaire obligatoire pour tous les Canadiens.

Malgré tout ce branle-bas de société, le petit village de Saint-Ludger, en pleine ébullition, se préparait pour la messe de minuit. Il y avait de la visite plein la place.

Philémon Veilleux se présenta tout souriant sur le parvis. Il était accompagné de Rosalie et de leurs deux enfants adoptifs.

— À force de vivre ensemble, cria de sa voix de mégère l'immense Lucille Beaudet, les gens de souches distinctes finissent quand même par se ressembler !

Chaque fois qu'elle rencontrait les Veilleux en public, la dame s'empressait de faire allusion au fait que Philémon et Rosalie n'avaient pas généré leur propre descendance. Au fond d'elle-même et depuis qu'elle avait développé ses premiers ovules, la belle Lucille se serait prostituée pour se faire ensemencer du sperme du grand Veilleux.

— Elle sera bien toujours aussi vache, celle-là, commenta à voix basse Rosalie, qui l'avait toujours détestée.

Rien de pire qu'un parvis d'église.

Finalement, le troupeau du Seigneur réussit à se tasser au grand complet dans sa bergerie. Religion oblige.

À l'instar de plusieurs fidèles qui y prenaient place en chambranlant, les jubés étaient paquetés. De monde. Contrant certaines odeurs de fond de tonne, les parfums commencèrent à répandre leurs fragrances, rôdant plus subtils les uns que les autres autour des nez qui se gavaient d'olfactif.

N'eût été de quelques courants d'air qui étaient parvenus à trouver leur place parmi cet agglomérat d'humains, la moisissure, en peu de temps, aurait pogné tout le monde en un pain.

Les yeux étaient tous braqués sur la porte de la sacristie qui n'en finissait plus de ne pas s'ouvrir. Auguste adorait se faire attendre.

Puis enfin !

L'assemblée se leva, se défripant le manteau, toussant sporadiquement pour se faire remarquer la toilette.

Encadré de quatre enfants de chœur qui faisaient l'impossible pour ne pas perdre le pas, Auguste fit son entrée, claquant pour faire plus clinquant ses gros souliers de beu sur le plancher d'épinette rouge usé par les génuflexions. Mais pas les siennes. L'officiant était nerveux. Ça se ressentait. Depuis qu'il s'était fait éconduire par le docteur Dallaire lors du rassemblement qui avait mobilisé les adeptes du septième des Gagnon, il craignait les mouvements de foule. Il se faisait donc plus solennel que jamais, croyant berner par ses grands airs ceux qui, en silence, le méprisaient. C'était, il faut le dire, la première fois qu'Auguste célébrait une messe de minuit dans une vraie église et selon le vrai rituel. Celles qu'il avait célébrées comme aumônier à la prison de Québec ne lui avaient jamais, faut-il s'en décevoir, transporté l'âme.

Le geste qu'il avait posé deux semaines plus tôt en faisant interner Wilfrid Gagnon lui était resté collé à la peau. De voir que tant de ses paroissiens avaient endossé l'opiniâtreté du vieux docteur Dallaire lui avait donné un sérieux coup à l'orgueil. Un sillon de charrue lui avait labouré le cœur.

Mais il y avait pire. Sa confiance en l'archevêque de

Québec, jusque-là enracinée comme un chêne dans un sol rocailleux, en avait perdu quelques garnottes. Mais nul ne le savait. Depuis ce temps, s'en était-il inquiété, aucunes félicitations ne lui étaient parvenues de ce dernier. Faible de ce support, Auguste se sentait trahi et abandonné au jugement public.

Le moment tant attendu, celui du sermon, intéressait beaucoup plus les fidèles que les rituels célébrés à la gloire du Fils de Dieu et de son humble naissance au bord d'un feu de paille.

Parce que, connaissant le verbe percutant du gros curé, tous s'attendaient à un monumental réquisitoire sur la victoire qu'il savourait sur le septième des Gagnon. Auguste était choqué du fait que malgré toutes ses mises en garde, ses paroissiens continuaient à vanter les dons de guérisseur de Wilfrid Gagnon. Malgré son internement, ce dernier avait soudainement pris du galon social, voire, une certaine… notoriété.

Pour lui, tous ces pseudo-guérisseurs, si on ne leur faisait pas la guerre, rogneraient l'Église, lui usurpant une partie de son rayonnement et de son pouvoir. Qu'adviendrait-il de cette Église, se demandait-il, si les fidèles cessaient de s'en remettre aveuglément à la volonté du Père, attendant qu'il les frappe de sa grâce ou de sa disgrâce ? Du même coup, la ronflante mais rampante expression : « Que votre volonté soit faite » aurait perdu tout son sens.

Lors donc qu'il gravissait l'escalier de la chaire, une certaine commotion, accompagnée du grincement des gonds de la porte, agita l'assemblée. Flanqués de leurs six Han, Magnan et Marie-Rose firent une entrée remarquée. Fringués des plus gras atours que recelait leur maigre garde-robe et n'ayant somme toute pu faire mieux, ils détonnaient autant que des corneilles dans une volée de faisans. Certaines personnes, on s'en doute, s'offusquèrent de la présence de la pauvre famille et de l'odeur de fond de cave qu'elle répandait. Mais qui donc pouvait leur tenir rigueur d'un pareil geste de foi ?

Les gens ignoraient que l'arrivée des Gagnon revêtait, avant tout, une expression de refus. Cela, Auguste l'avait vite saisi.

Interprétant cet acte comme un pied de nez, un affront de plus qu'on venait lui faire en public, il se braqua, serrant de rage la rampe de l'escalier qui se tordait sous son accablante emprise.

Après tout le fiel qu'il avait versé sur le dos des Gagnon, que pouvait-il dire sinon que de se réjouir de leur présence ?

Mais ce n'était pas tout à fait le cas.

Rageant en son for intérieur, il prit quelques minutes pour rajuster son discours à la nouvelle dynamique qui tentait de le désarçonner.

— Mes bien chers frères, mes bien chères sœurs, et les autres... dit-il, pointant les Gagnon d'un index. En cette grande fête de la nativité de Jésus, on crie dans toutes les églises que le pardon est de rigueur, mais ce pardon n'existe que pour ceux qui se repentent de leurs fautes. On ne se joint pas aux convives d'un banquet en milieu de repas avec les mains sales. Comme on ne se joint pas à un office religieux sans s'être au préalable purifié l'âme par le sacrement de la confession.

Il y eut sur l'assemblée un roulement de cordes vocales. Le mot se passait d'un tympan à l'autre que les Gagnon étaient là. Et les cous s'étiraient, se contorsionnaient, juste pour voir.

Quant aux Gagnon, malgré les appuis qu'ils avaient reçus de bon nombre de citoyens dont le docteur Octave Dallaire, ils auraient bien aimé pouvoir se fondre dans le plancher. Mais le défi avait été lancé. Il n'était pas question de *chier sur le bacul*. Magnan fit un signe à ses gars, les invitant à laisser passer la tempête. Pour la circonstance, il avait fortement insisté pour qu'ils demeurent sobres.

Et la tourmente souffla. De plus belle.

— Qui sont ces gens, reprit Auguste, qui se croient les bienvenus partout où ils vont ? Qui sont donc ces loups qui subitement osent entrer dans la pieuse bergerie ? Et qui sont ces brebis qui laissent entrer les loups, sinon vous tous, mes bien chers frères et sœurs ? Ne trouvez-vous pas qu'il est grand temps de vous réveiller et de secouer ce village de cette famille aux pratiques discutables et fourbes ?

S'il y avait eu une mouche dans l'église, en ce 24 de décembre, on aurait pu l'entendre voler à deux cents pieds de distance.

Puis Auguste se tut, grimaçant de satisfaction, attendant que se réfléchissent sur les visages des expressions lui donnant raison. Mais aucune réaction. L'assemblée ne semblait pas s'aligner sur ses dires. Son discours, il le sentait, manquait de rythme. Il ne collait tout simplement pas. Il abrégea donc, jetant son dévolu sur les sacrifices qu'amenait la guerre.

Redescendant de son perchoir, il termina sa messe en queue de poisson, tout comme il l'avait d'ailleurs commencée.

— *Ite missa est !* lança-t-il, sur formule de juron.

Et les fidèles se jetèrent hors de son temple...

CHAPITRE 25

À peu près au même moment, au camp de Big Rocks...

— *Il est né le divin enfant, jouez hautbois, résonnez...*

L'improvisée messe venait à peine de prendre fin. Adélard Corriveau arrivait malheureusement trop tard. Il avait manqué le meilleur. Jos Lanteigne s'était déguisé en enfant de chœur. Lorsque le boss entra dans la cookerie, tout le monde se serrait une main de souhaits. Remarquant une croix improvisée faite de branches de sapin, il interrogea son père du regard. Celui-ci se fit un plaisir de lui mimer en quelques secondes ce qui s'était produit juste après son départ.

— Ah ben *baptême de marde*! s'écria Corriveau, j'aurai tout manqué. Sortant un sac de son épais parka, il exhiba à tous une grosse bouteille verte aux épaules larges.

— Ben! Vous m'aurez pas comme ça, mes écœurants! beugla Adélard, brandissant un 40 onces de De Kuyper.

— Du gin! s'exclama Jos Lanteigne, bondissant vers le gros flacon que Corriveau s'empressait d'ouvrir.

— Chacun aura droit à deux onces ben comptées, lança le boss. Pis je vous souhaite tous un joyeux Noël!

Basile se chargea de faire la distribution. Dans l'ordre, je vous le jure.

Son fils en profita pour s'éclipser un moment, revenant avec un gros sac de père Noël. Chaque convive reçut une lettre ou un cadeau provenant de sa famille. Les réjouissances atteignirent leur meilleur. Pour finir le tableau en beauté, Jos Lanteigne parvint à persuader Zidore Bilodeau de faire cul sec d'une grosse *shot* de De Kuyper. Ce fut un tollé général suivi d'un moment de grande inquiétude au cours duquel Zidore, par le biais de bonnes claques bien appliquées par Lanteigne entre les omoplates, parvint à récupérer suffisamment d'air pour survivre. Ti-gars Proulx lui indiqua ensuite la marche à suivre pour tenir le coup. Ça s'éloignait sacrément de la teneur en alcool des meilleurs vins de messe.

Maudit gin.

Et que dire du festin que Basile avait bouillonné presque en cachette, tout l'après-midi jusqu'en mi-soirée ? Pour la première fois de sa vie, Isidore se coucha pompette, se mettant à ronfler dès que ses yeux aperçurent son oreiller.

Parlant d'oreiller, le petit prêtre, depuis les deux dernières semaines, se trouvait aux prises avec de sérieuses démangeaisons sur tout le corps.

— C'est ben simple, lui confia Lanteigne lorsque son compagnon de camp lui en fit confidence, tu dois être bourré de poux.

Une simple inspection confirma le verdict. Isidore faillit en perdre pouls. Pour ajouter le geste à la parole, Lanteigne lui en déposa un dans le creux de la main.

— Je te l'ai toujours dit, que t'étais un crisse de pouilleux, lança-t-il, lui tendant une fiole d'huile de charbon.

— C'est quoi ça ?

— C'est le remède à tes compagnons de nuit.

Craignant encore à un coup fourré de la gang, Isidore se rendit consulter Basile Corriveau. Quand il apprit la triste nouvelle, celui-ci fit un pas en arrière, se pognant la couette. En quarante années de camp, il en avait vu bien d'autres. C'était d'ailleurs l'une des raisons pour lesquelles il préférait demeurer seul dans sa petite chambre juste au bout de la cookerie.

Dès cet instant, le général Isidore Bilodeau du camp de Big Rocks dans le Maine déclara une guerre sans merci aux poux. Toutes les couchettes et toutes les tignasses furent d'emblée passées au peigne fin.

L'année 1944 fit son arrivée sur une tempête de neige qui empêcha tout le monde de mettre le nez dehors durant deux jours. Pour garder le fringant dans les bras de ses hommes, Corriveau organisa une compétition de tir au poignet qui devint par la suite hebdomadaire. Tout le monde y participait. Même Isidore. Il y apprit plein de trucs. Et même… parfois malhonnêtes.

Évidemment, Ti-gars Proulx dominait.

Au matin du 3 de janvier, tannés de se pogner le moine, les gars montèrent au bois, nageant dans la neige d'un arbre à l'autre jusqu'aux aisselles. Un vrai travail de forçat qui ne laissa presque rien sur la feuille de paie cette semaine-là.

D'après ce que pouvaient en apprendre les bûcheux, la guerre s'étendait maintenant sur toute l'Europe. La loi 80 touchant la conscription obligatoire en avait plusieurs dans sa mire. Dans les camps, ça jasait en maudit.

Un soir, revenant de Big Rocks, Adélard Corriveau annonça que le grand patron montait au chantier vers le 15 de janvier. Chaque hiver, après les Fêtes, le manitou de la Western Woods faisait une tournée de ses camps pour encourager ses troupes. C'était connu : il ne montait jamais les bras vides. Il était probablement le seul de tous les propriétaires de coupe à distribuer des bonus aux plus méritants. Malgré la fatigue et l'ennui qui gagnaient du terrain, les gars doublèrent leurs efforts afin que le grand patron soit satisfait du travail abattu.

Sitôt ses tâches accomplies comme aide-cuisinier, Isidore

s'empressait de faire reluire les moindres recoins. Ça incluait les fameuses chiottes qu'il aspergeait copieusement de chaux — mettons-en, ce n'est pas de l'encens — qui savait si bien contenir les odeurs quand un soudain vent du sud se permettait de les réveiller.

Un matin qu'Isidore s'affairait à cette indigne tâche, Jos Lanteigne et Ti-gars Proulx rappliquèrent, exténués. Ce n'était pas dans leurs habitudes. Se le relayant aux cinq minutes, ils avaient porté Mathieu Grondin, un jeune de dix-neuf ans, qui s'était infligé un sévère coup de hache dans le gras d'un genou en ébranchant.

Déposé sur son lit, le jeune se tordait de douleur. Le sang s'était coagulé dans ses vêtements et jusque dans sa botte qui ne voulait plus sortir parce que le pied était trop enflé.

Jos saisit son poignard, qu'il tenait affûté comme une lame de rasoir.

— Ferme-toé un œil, mon jeune. On va y aller en douceur. Faut que je coupe ta botte de chaque côté. T'as le pied gonflé comme une balle de laine.

En moins de deux, ce fut fait.

Arrivèrent ensuite Adélard et son père. La jambe de culotte fut déchirée jusqu'à mi-cuisse. Basile s'agenouilla, examina rapidement la situation. Il blêmit. À chaque battement de cœur, une artère, sur le flanc du genou, crachait l'énergie du jeune bûcheux. Basile fit quelques gestes à son fils, faisant de son mieux pour freiner l'afflux de sang qui voilait l'état véritable de la blessure.

— Il veut une ceinture, dit Adélard. Pour faire un garrot.

Isidore tendit la sienne. Vu son tour de taille, elle convenait très bien. Il n'avait jamais été confronté à une situation du genre. Et le sang qui ne s'arrêtait pas d'affluer...

Se mettant un peu à l'écart, Isidore gratta dans sa mémoire

le souvenir d'une prière que son père lui avait jadis apprise pour arrêter le sang. N'y ayant tout simplement jamais cru et jugeant la méthode saugrenue, l'initié d'alors l'avait vite balancée au rancart de sa foi. Vu que rien d'autre ne semblait vouloir fonctionner et tenant compte que le garrot n'était pas une solution à long terme, Isidore bascula son incrédulité par-dessus bord. Il formula trois fois, juste pour voir, le mantra que proposait la magique formulation.

— Le sang s'arrête de pisser ! osa prudemment Lanteigne, stupéfait. Basile souffla d'aise. Au même moment, Lanteigne jeta un œil du côté d'Isidore, juste à temps pour voir celui-ci exécuter trois signes de croix.

— Amenez de l'eau chaude, demanda Adélard. Et des compresses, s'il vous plaît.

Isidore courut au dispensaire. Dès son retour, Basile lava la plaie, relâchant lentement le garrot. L'entaille était plus profonde que ce qu'il croyait. Les tendons étaient atteints. Bien qu'il n'eût pas voulu le laisser paraître, son expression faciale en disait long sur la situation. Il jeta un œil à la fenêtre, fouettée par une poudrerie qui s'était subitement levée. Pas question de sortir du camp.

— Même le gros Réo, avec les meilleures chaînes au monde, ne ferait pas cent pieds, l'assura son fils.

— Bras tendus, on ne se verrait même pas les mitaines, renchérit Isidore, se retroussant les culottes.

Basile désinfecta la plaie, appliqua de multiples compresses puis banda fermement le tout. Par la force des choses, le jeune Grondin se vit confié à la grâce de Dieu... mais surtout à celle de trois aspirines toutes les quatre heures.

Amen...!

— Je me charge de lui, s'empressa de proposer Isidore.

Il faillit regretter son geste. En soirée, les choses se

compliquèrent. Mathieu ne sortait de sa semi-somnolence que pour se tordre de douleur et se lamenter, si bien qu'à deux heures de la nuit, personne dans le bâtiment, à part les plus engourdis de sommeil, n'avait pu fermer ses toiles.

Ce fut à ce moment précis qu'Isidore entendit un faible grattement provenant de la tête de son lit. Il se dit que ce n'étaient sûrement pas les poux qui donnaient un assaut final à sa chevelure. Sa mémoire lui refléta alors l'image de la petite plume blanche dont il s'était servi, quelques semaines auparavant, pour l'appliquer sur son visage amoché.

Écartant d'abord l'idée, il se plaqua l'oreiller sur les tympans pour ne pas entendre le bruit. Mais le grattement insista, gagna en amplitude. Bien plus, dans la tête du petit cook, le visage de Wilfrid le pressait d'agir.

— Tu ne rencontreras aucun hasard qui n'ait d'abord été décidé, lui avait dit feue sœur Saint-Jean.

Ne pouvant plus résister et vu les souffrances du jeune Grondin, Isidore allongea un bras et sa meilleure oreille vers sa grosse valise.

Y insérant une main, il en ressortit son petit « kit de prêtre ».

« Va pour les sceptiques », se dit-il.

Et le visage de Wilfrid qui insistait.

« Je n'ai vraiment rien à perdre à l'essayer », finit par se convaincre l'hésitant.

Dès qu'il eut ouvert la petite mallette, une lumière bleutée aussi brillante qu'une luciole jaillit de son ouverture. Saisissant son bréviaire, il en extirpa l'une des plumes, la plus phosphorescente, pour l'enfouir sous son oreiller. Curieux comme une belette et feignant de dormir, Lanteigne, les yeux habitués à l'obscurité, suivait ses moindres gestes.

Le jeune Grondin délirait depuis au moins une heure.

Isidore se rendit à son chevet, découvrit sa jambe et en retira soigneusement bandages et compresses. Retournant vers son lit, il saisit à bout d'ongles la petite plume irradiante, dissimulant sa lumière dans le creux de sa main refermée. Il inséra la parcelle d'oiseau entre deux compresses et refit le bandage comme si de rien n'était. Il parvint ensuite à faire ingurgiter trois autres aspirines au blessé. Et voilà...

Pendant un moment, la tentation le prit de réciter une prière d'occasion. Il préféra plutôt survoler la blessure de ses mains comme Wilfrid lui avait montré à le faire.

Osant ensuite se laisser glisser dans un léger sommeil, le guérisseur de fortune s'étonna au bout de quelques heures de ne plus entendre Mathieu se plaindre. Une idée lui cingla les neurones. Le croyant mort, il vola hors de ses couvertures, s'approchant de lui à tympans fébriles...

Fiou !

Le jeune dormait. Paisiblement.

Isidore en fit autant. Lorsqu'il se réveilla pour se rendre à la cuisine, il se rendit compte qu'il n'avait dormi que par hue et par dia. Une autre vérification du blessé lui suggéra de remercier Celui qui semblait avoir pris les choses en mains. Mais il se retint, juste au cas...

Lorsqu'il entra dans la cuisine, Basile s'exécutait depuis un bon moment à pleines sueurs. Il demanda des nouvelles du jeune bûcheux. Isidore lui fit comprendre que ça semblait bien aller, traçant par mégarde un signe de croix dans l'air. Le vieil homme lui jeta un regard amusé.

Ce matin-là, les gars eurent droit à des œufs crevés. Vu sa nuit, Isidore avait la spatule lourde.

— Si vous continuez de chialer, les somma-t-il, à la blague, demain, je vous fais cuire des crêtes de coq. En attendant, qui veut une crêpe de nuit blanche ?

— Maudit cochon ! fut la réponse générale.

Le petit prêtre avait pris du vulgaire depuis qu'il était à Big Rocks...

Fracassant l'ambiance, Adélard Corriveau entra au pas de course.

— Grouillez-vous ! leur intima-t-il, j'ai besoin de tout le monde. Vite !

Puis il ressortit.

Ne prenant même pas la peine de se couvrir, les deux cuisiniers et la dizaine de gars sur place bondirent dehors.

— Mathieu Grondin a disparu ! leur cria Adélard, scrutant le chemin et ses abords à la recherche de traces de sang pouvant le mettre sur une piste.

— Mais il était dans son lit quand je me suis levé à cinq heures trente, lui assura Isidore, agité par un frisson d'inquiétude.

Les hommes se dispersèrent, fouillant tous les bâtiments du site : camps, grange, écurie, forge, *shed* à bois, chiot...

— Les chiottes ! leur cria soudain Adélard. Les chiottes !

Ils n'eurent pas le labeur de s'y rendre. Grondin en ressortait boitillant.

Quatre à cinq gars se lancèrent à sa rescousse, craignant de le voir flancher au bout de quelques pas. Les voyant se ruer sur lui et se demandant bien ce qui les mettait dans un pareil état, le jeune lança les bras vers le ciel.

— Kessé qui vous prend de crier comme des pardus, astie ! Un gars a pus le droit d'aller chier en paix, asteure ?

— Ta jambe ! Comment va ta jambe ? lui demanda Corriveau, se foutant bien des tripes de son bûcheux.

Il racla les sueurs qui lui dégoulinaient du front.

— Ma jambe est mieux que toutes les vôtres ensemble, lui lança Grondin, la pliant devant eux sans difficulté. Chus quasiment guéri ! Quasiment guéri ! se plut-il à leur dire.

— Comment ça, quasiment guéri ? s'étonna Adélard, ne croyant pas un mot de ce que lui disait le jeune. Pas plus tard qu'hier, tu t'es démoli un genou avec une hache pis là, on court après toi. Ch'peux-tu voir ton genou, mon gars ? insista le boss.

Ils rentrèrent. Basile, en bon grand-père, s'approcha du jeune. Procédant par petits signes, il l'invita à s'asseoir en bordure du lit. Le jeune homme acquiesça, les assurant que son genou allait très bien et qu'il n'avait presque plus mal. Avec une blessure comme ils avaient vu la veille, les trois bonshommes étaient convaincus que...

— Ah ben, baptême ! souffla Corriveau lorsque son père découvrit la plaie. J'aurai tout vu.

Il n'avait pas fini de prononcer ces paroles que Basile, du bout des doigts, retira une plume du bandage gavé de sang séché. Le frêle objet était d'un blanc de perle.

L'examinant un moment, il le tendit à son fils.

— Y aurait-y pas un chaman qui serait passé dans le coin ? demanda Corriveau, se tournant vers Isidore qui ne savait plus quoi dire tellement il était confus.

Il n'arrivait simplement pas, dans sa tête d'ecclésiastique, à concevoir qu'un simple petit objet comme une plume ait été plus efficace que mille et une prières. Mais la plaie parlait d'elle-même ! Elle était totalement refermée et même rosée, et il n'en restait qu'une maigre cicatrice rougeâtre.

Accroupi près du jeune Grondin, Basile bougeait les lèvres comme s'il avait tenté de parler. Les yeux fermés, il priait.

— Je peux-tu retourner bûcher ? demanda Mathieu Grondin, les tirant de leur stupéfaction.

— Euh... pas avant demain au moins, lui rétorqua Corriveau, consultant son père du coin de l'œil. Pas avant demain...

D'un geste discret, il remit la plume à Isidore, se promettant bien d'avoir avec lui, aussitôt que possible, une conversation à ce sujet.

Après un œil tuméfié guéri en une seule nuit et maintenant, un coup de hache guéri de manière tout aussi miraculeuse, il se disait qu'il valait bien qu'on aille voir un peu plus loin.

Isidore rangea le précieux objet dans la petite malle, qui était devenue son kit à miracles, et retourna au travail, fiévreux de questionnements.

La visite du grand patron était prévue pour le lendemain. Dans la nuit, comme par magie, un vent sud souffla dans les grands sapins.

Pour un 15 de janvier, on appelait cela un doux temps. C'est à ce moment que la neige se retient pour ne pas devenir pelotante. Tout le monde venait de partir pour le bois. Même Grondin, en parfait état.

Vers deux heures de l'après-midi, sortant secouer un tapis, Isidore vit monter un groupe d'hommes entre les cordes de bois empilées de chaque côté du chemin.

Y avait du jovial dans l'air !

Portant un ample manteau de fourrure noir comme deux ours, l'un d'eux tenait une longue gaule qu'il plaquait ici et là, jaugeant la hauteur des cordes de bois.

Brûlant d'envie de voir de quoi avait l'air le grand boss, Isidore attendit que le groupe colle davantage les bâtiments et traversa, mine de rien, vers la cookerie.

— Bonjour, Isidore Bilodeau ! fit une voix.

L'adressé sursauta, cherchant des yeux lequel du groupe l'avait interpellé. L'homme au long manteau de fourrure se détacha des autres pour se diriger vers l'aide-cuisinier. Tendant une main, il s'approcha d'Isidore.

— Je suis heureux de vous revoir, Isidore. Comment vous en tirez-vous, à Big Rocks ?

« Mais comment ce diable d'homme peut-il me connaître ? »
se demanda l'interpellé, lui tendant une main hésitante.

Souriant, le prestigieux personnage le fixa de ses yeux perçants.

Et vlan! Pendant que les mains se nouaient, la mémoire
d'Isidore fit un triple saut périlleux en arrière. Assis en bordure de la rivière Chaudière et pêchant avec une gaule sans
corde, un vieil homme échevelé lui souriait.

Les genoux du petit cook mollirent.

— La cabane des animaux, souffla-t-il... Au bout de la
terre des Gagnon... L'ermite, c'est vous ?

Isidore se permit quelques secondes pour mieux se rendre
à l'évidence.

— Toutes mes excuses, monsieur Morin! Mais de loin et
dans cet accoutrement, je ne vous aurais jamais replacé à travers cent cordes de bois. Croyez bien cependant, mon cher
Élisée, que je suis très heureux de vous revoir.

La surprise passée, les deux hommes bavardèrent durant
quelques minutes. C'était sympathique.

— On m'a parlé de curieuses guérisons survenues ces derniers temps, lui lança à brûle-pourpoint Élisée, pour clore leur
tête à tête. Auriez-vous retrouvé votre foi, mon cher Isidore ?
Va falloir que vous me racontiez!

Puis, faisant un pas en arrière et tendant de nouveau la main
à son engagé, Élisée se vit obligé de partir.

— Je m'excuse de vous laisser aussi impoliment, dit-il, mais
je dois monter au bois avec Corriveau pour voir les hommes.
On se reprend sur l'heure du souper. À bientôt!

Élisée Morin retourna à sa visite des lieux.

Encore sous le choc, Isidore demeura un bon moment cloué
sur place, regardant s'éloigner le grand boss.

Le repas du soir en fut un de fête. Monsieur Morin distribua des cadeaux à tout le monde. Rien de bien important, mais juste pour faire plaisir. Il y avait de la gomme, des biscuits, du tabac à fumer, du tabac à chiquer, des cigarettes, quelques paires de gants en cuir et puis, bon…

C'était à peu près ça.

Il ne pouvait tout de même pas tous les bercer, un à un, pour leur prouver qu'il les appréciait…

Toujours est-il que le temps fila trop vite, obligeant le grand boss à en faire autant. Il discuta un long moment dans la cuisine avec Adélard Corriveau et son père. Tous deux se connaissaient depuis une quarantaine d'années, Basile ayant depuis tout ce temps travaillé pour lui.

Se tenant poliment à l'écart, Isidore remarqua que les trois compères jetaient fréquemment un œil vers lui. Et ce fut le départ.

Élisée prit quelques secondes pour s'approcher seul d'Isidore.

— Je m'excuse de n'avoir pu m'entretenir avec vous, Isidore, lui murmura-t-il. Mais je vous attends, au début avril, sur les bords de la rivière Chaudière. Salut bien, mon ami !

Ils échangèrent une chaude main. Et voilà…

CHAPITRE 26

L'hiver de 1944 déroula sa bosse de faits divers.

Emmitouflées dans leur épais manteau blanc, les maisons du petit village se serraient les unes contre les autres. Chassées par la tire des cheminées et rendues frileuses par les vents nordiques, les fumées léchaient de leurs volutes les toits engorgés de neige. Se collant un moment contre les piquets de clôture, les vents s'y reposaient, le temps de reprendre souffle, puis repartaient l'instant d'après dans un froissement de poudrerie.

Au loin, le conflit qui ravageait l'Europe ébranlait ciel, terre et mer. Les simples soldats, sur un ordre garroché, se lançaient docilement à l'assaut des balles. Les officiers se laissaient béatement gaver de directives et les généraux, quant à eux, plantaient avec fierté leurs drapeaux sur des fosses communes gorgées de chairs encore tièdes.

Pendant que les hommes se faisaient la guerre, Dieu et Diable avaient enfin la paix.

Chaque jour qui passait faisait de plus en plus planer sur la tête des six frères Gagnon son imminent appel sous les drapeaux. Des rumeurs couraient que les prévôts de la police militaire canadienne faisaient le tour des campagnes pour s'assurer que tous les hommes en mesure de combattre avaient été mis sur le rôle.

Pour tenter d'oublier cette épée de Damoclès qui planait sur la tête de ses p'tits gars, Marie-Rose chauffait le poêle à pleines brassées, cuisinant et cousant à longueur de journée. Les fenêtres de la vieille bicoque suaient à pleins carreaux.

Quant à Auguste, suite à l'affront humiliant que lui avait servi le docteur Octave Dallaire lors de l'internement de Wilfrid Gagnon et vu la réprobation que manifestait la majorité de ses paroissiens, le fieffé bourreau des âmes se faisait plus effacé dans ses contacts avec son troupeau.

Mais l'opinion populaire laissait sourdre que celui-ci n'avait pas dit son dernier mot et qu'il n'attendait qu'une occasion pour ramasser tous les Gagnon dans le même enclos, et ceci, juste pour démontrer à ses paroissiens que c'était lui, et lui seul, qui détenait le pouvoir sur les destinées du petit village.

Le titan de curé menait son train-train de pasteur des âmes, se moulant comme il ne l'avait jamais fait au quotidien de sa paroisse. Il ne criait désormais plus sur les toits, mais murmurait dans leur ombre. Ayant cessé ses attaques ouvertes à l'endroit de la famille Gagnon et de leur regretté Wilfrid, il laissait couler le temps.

Mais il y avait pire !

Des choses bizarres racontées par sœur Berthe faisaient craindre pour l'équilibre mental de la pauvre religieuse.

Semblait-il, selon ses dires, que le gros Auguste était aux prises, certaines nuits, avec une chaise berçante qui berçait seule. Semblait-il qu'après avoir été jetée dehors, une nuit, après avoir été démolie en morceaux, une autre nuit, et même après avoir été jetée à la fournaise, une récente nuit, celle-ci, dès le matin, était revenue hanter l'entêté personnage de ses grinçants bercements, au point qu'Auguste, déterminé à ne pas s'en laisser imposer par le maudit meuble, avait cloué les berceaux de la récalcitrante au plancher.

En tout cas…

Toujours est-il qu'en fin de mars, fatigué de se les geler, l'hiver décida de se payer un peu de chaleur, enfonçant chaque jour de quelques pouces les bancs de neige dans le sol.

Un certain matin, celui du 24, alors que Rosalie entrait dans son magasin général, le téléphone sonna. Sur le coup, comprenant difficilement à qui elle avait affaire et croyant qu'il y avait erreur, elle faillit raccrocher.

— Pardon! Oui, vous êtes bien à Saint-Ludger. Bilodeau? Isidore? Non. Ici, vous êtes au magasin général. Oui, c'est bien ça. Magasin général. Bellerose! Cyprien. Oui, j'écoute… Ah bon. Oui!… Oui!… Oui!… Très bien, mon père. On va l'aviser. Oui, oui! Je suis la propriétaire. Je vous promets que ça va être fait. Sans faute. Merci, mon père! Merci…

Rosalie détestait cette invention. Maudit progrès.

Réalisant tout d'un coup la portée de la nouvelle qu'elle venait de recevoir, il lui fallait maintenant la transmettre au plus vite. C'était une question de vie ou de mort. Mais beaucoup plus de mort que de vie.

Bon! Arrêtons de tourner en rond.

Nerveuse, elle actionna la manivelle du téléphone.

— Oui! Madame Lapierre! Pouvez-vous me donner chez moi, s'il vous plaît? Ben non! Madame, je ne veux pas me parler, je veux parler à quelqu'un chez moi… Merci.

Alors qu'elle était en train de se dire qu'elle aurait mieux fait de monter la côte à pied au lieu de se faire chiffonner les oreilles sur ce maudit cornet…

— Oui! Philémon, c'est Rosalie. Pourrais-tu passer au magasin le plus vite que tu pourras? Pardon! Oui. C'est assez important pour que je te dérange. Non. Je ne peux pas te le dire sur la ligne. Y a des écornifleux qui écoutent. Ah! C'est gentil. Oui. Je t'attends. Salut.

La commerçante resta songeuse.

Toute en sueur, elle constata qu'elle avait oublié d'enlever son manteau. La clochette de la porte la fit sursauter. C'était Philémon.

— C'est la mère d'Isidore, confia-t-elle à son mari. Elle est mourante. Son oncle, le père Cyprien Bellerose, vient d'appeler du Séminaire de Québec. Elle n'en a plus pour longtemps. Il m'a demandé d'en informer Isidore.

— Lui as-tu dit qu'il était rendu aux States, dans un camp de bûcherons? lui demanda Philémon.

— Bien sûr que non!

CHAPITRE 27

Ne me demandez pas comment Philémon trouva le moyen d'aviser les bonnes personnes de la situation, mais il le fit.

Lorsque Adélard Corriveau se présenta à la cookerie du camp, en début d'après-midi, Isidore terminait ses tâches d'après-repas. Ça brassait de la casserole dans la place. Le boss jeta un œil vers son père, se frottant les mains devant le visage. Juste à voir l'expression que son gars affichait, Basile comprit que quelque chose de pas correct se passait. Il jeta son linge à vaisselle sur le comptoir pour s'approcher, cou étiré, s'affairant à dénouer sa couette. Croyant qu'Adélard était là pour son père, Isidore ne lui porta aucune attention.

Il se péta la tête sous le comptoir lorsque le boss, s'étant approché de lui par derrière, lui mit la main sur une épaule.

— Zidore ! hésita Corriveau se frottant les mains de plus en plus lentement, j'ai reçu un téléphone de Saint-Ludger. Y avait un message pour toi.

Isidore se redressa, se tenant le bloc à penser à deux mains. Il n'eut pas à parler.

— C'était de Philémon Veilleux, enchaîna Corriveau.

Isidore renifla, se peigna vers l'arrière à pleins doigts et fixa son interlocuteur du plus profond des foyers de ses lunettes.

— Cessez de tourner en rond comme si vous aviez un pied cloué à terre, Adélard, et récitez-moi enfin ce qui vous ronge tout à coup la diplomatie à ce point, lui déboula Isidore.

Un peu pris de court et ne tétant pas sur les virgules, Adélard fonça droit au but.

— Ta mère a été transportée à l'hôpital. Elle est mourante. C'est ton oncle qui a appelé du Séminaire de Québec. Va te chercher de l'habillage pour kek jours. J'ai affaire à l'office une vingtaine de minutes. Pis après, je te descendrai à Big Rocks pour que tu puisses prendre un train pour Québec demain matin.

Isidore était visiblement touché. Il baissa la tête, enleva ses lunettes et s'essuya les yeux. Basile s'approcha. Isidore fit un geste de la main, lui signifiant que ça allait. Il appuya le front contre un pan de l'armoire. Basile et son fils ne savaient plus où se mettre, la cuisine n'étant pas l'endroit rêvé pour ce genre d'épanchement.

— Vous feriez cela pour moi, Adélard ? lui souffla Isidore.

Il sortit son mouchoir, essuya ses lunettes et se les rebraqua dans le visu.

Puis il releva la tête.

Adélard et son père se consultèrent du regard. Ils n'avaient jamais vu Isidore sur la pointe de ses émotions.

— Si je ne le faisais pas pour toi, Zidore, je le ferais au moins pour ta mère ! bégaya Corriveau, à court de mots.

Il jeta un œil vers son père, souhaitant bien le voir venir à sa rescousse.

Mais Basile était muet. Alors... au diable les sparages.

De toute manière, le vieil homme n'avait jamais trop su comment prendre son second. Isidore était trop imprévisible. Il esquissa un sourire déconcerté.

« Pis *de la marde* ! » finit-il par se dire, pétant d'impatience l'élastique qui s'était empêtré dans sa couette et dont il ne parvenait plus à se défaire.

Maudits élastiques.

Il se contenta donc de joindre les mains vers le ciel, signifiant à son aide de camp qu'il prierait pour lui. Parce que sa mère, il ne la connaissait pas et qu'en général, on ne prie pas pour quelqu'un qu'on ne connaît pas.

Voilà...

Isidore consulta l'heure à sa montre et sortit préparer ses affaires. Corriveau s'activa.

À genoux joints sur sa grosse valise, Zidore parvint à en marier les épaisses courroies. Il vérifia ses effets trois fois. Son petit kit de prêtre était bien là.

Seul le gros camion Réo équipé de chaînes pouvait se tailler une place dans le chemin tortueux et envasé descendant jusqu'au village de Big Rocks. À maints endroits, des troncs d'arbres avaient été jetés dans les pires cavités du parcours, évitant ainsi de péter les lames de ressort de la vieille mécanique. Mécanicien et forgeron, Valmont Ladouceur connaissait son camion mieux que sa femme. Et c'était bien normal puisqu'il s'allongeait plus souvent auprès de sa vieille casserole que de sa vieille tout court.

— Pour que ça dure longtemps, ces bazous-là, disait-il, faut que ce soit monté lentement et en douceur.

La tôle du véhicule ou ce qu'il en restait de non poqué, il s'en moquait. Quant à son roulement, il s'en faisait un culte.

Isidore balança sa valise dans la boîte du Réo. Il s'apprêtait à y sauter lorsqu'il entendit des cris de mort provenant d'un gars qui dévalait la côte engluée de la zone 4. Celui-ci semblait à bout de souffle.

Big Rocks ne portait pas son nom juste pour plaire aux bûcheux. La zone 4 était celle qui couvrait le flanc d'une montagne parsemée de pics rocheux escarpés comme la face d'un singe. Corriveau n'y assignait que des bûcheux d'expérience.

Ameuté par le vacarme, Adélard sortit de l'office à plat

ventre. Il venait, une fois de plus, de glisser sur le tapis de crin qu'Isidore avait encore oublié de clouer au plancher après l'avoir secoué.

Les hommes finirent par saisir ce que leur beuglait le catastrophiste. Lanteigne avait pris un arbre sur le dos.

Isidore n'en écouta pas davantage. Il ouvrit sa valise, en tira sa petite mallette noire et se lança à bride abattue vers le flanc de la zone 4. Croisant Ti-gars Proulx exténué, il n'eut que le temps de lui demander dans quelle direction se trouvait Lanteigne pour s'élancer vers l'endroit indiqué. Il courut durant une bonne dizaine de minutes, hurlant à pleins poumons et souhaitant de toutes ses oreilles recevoir une réponse.

Ce fut seulement lorsqu'il eut franchi plusieurs cols serrés et suivi les traces de Ti-gars qu'il entendit un premier son.

— Jos ! Jos ! cria-t-il à s'en fêler les cordes vocales.

Tous les cinquante pieds, il s'arrêtait net, tendant, surexcité, des oreilles trop sourdes.

Un son lui parvint, étouffé, faiblard. Gravissant un escarpement rocheux qui lui arracha les genoux, Isidore distingua enfin un mouvement de main à une trentaine de pieds. Ouvrant tout grand les bras afin de récupérer suffisamment de souffle pour s'en remplir la cage thoracique, il s'approcha, haletant, grognant de rage dans la neige qui l'empêchait de se faire plus rapide.

— Jos… Jos… Qu'est-ce qu'on me raconte ? Que t'as pris un arbre sur le dos ? Alors, dis-moi donc ce que tu fais paisiblement accoté contre une souche ?

Il n'avait pas terminé sa phrase qu'il remarqua une traînée de sang répandue sur la neige comme de la tire refroidie. Lanteigne respirait difficilement. Il avait été dardé par les effilandes d'un gros végétal qui dans sa chute avait rué du tronc. Ne s'étant pas cru sérieusement atteint, le bûcheux était parvenu à s'en extraire, mais il n'était pas allé loin.

Faisant bien attention de ne pas lui accrocher les jambes dont il ne connaissait pas la condition, Isidore déblaya ce qu'il put de la neige qui ensevelissait son ami jusqu'à la ceinture.

— Où as-tu mal, Jos ? Laisse-moi voir. Laisse-moi voir, prononça à mi-voix Isidore, devenu très calme.

— Je l'ai pris carré dans les tripes, Zidore. Il m'a chargé comme un taureau et m'a encorné avant de s'allonger à terre, le tabarnak. Je le craignais quand j'ai commencé à le scier. Il penchait curieusement au-dessus des autres têtes d'arbres.

Tremblant comme un roseau agité par un banc de ménés, Lanteigne porta sa main vers son ventre. Isidore jeta un œil, remarquant au niveau de l'abdomen un afflux de sang s'échappant des vêtements de son compagnon de camp. Isidore ne savait plus que faire. Jos blêmissait comme un thermomètre qui se vide de son mercure. Il avait tendance à tourner de l'œil.

Isidore n'avait pas remarqué l'arrivée de Valmont Ladouceur et de Corriveau. Ce dernier s'approcha de Lanteigne, l'abreuvant de mots d'encouragements.

— Laisse-moi voir, lui demanda-t-il, redoutant ce que ses yeux verraient.

À la vue de la blessure, son visage devint grave. Il se releva.

— Enveloppe-le dans ces deux couvertures-là, lança-t-il à Isidore, lui tendant deux pièces d'étoffe du pays.

— Pas question de le sortir d'icitte en le transportant sur nos épaules, confia-t-il à Ladouceur. On le tuerait. Faut le sortir au plus crisse, sinon on le perd. Valmont, tu vas chercher le truck et tu nous l'amènes le plus près possible de la zone. Cale-toi pas ! C'est pas le temps. Je descends te guider. T'amèneras une toile de truck; on va le traîner dessus. Isidore, tu restes avec Jos. Empêche-le de s'endormir, quitte à lui faire les pires danses de Saint-Guy.

Quelques secondes plus tard, Isidore et Jos étaient seuls. Après une longue hésitation, Isidore ouvrit son petit kit de prêtre, parvenant malgré la froidure qui lui engourdissait les doigts à en sortir son bréviaire. À bout d'ongles, il ouvrit le livre à la page 72. Rien. Il réfléchit un moment, croyant avoir peut-être fait erreur. Deuxième essai. Toujours rien. Il feuilleta le livre, à la dérobée, froissant les pages, les secouant au-dessus de la neige…

— Cherche pus tes petites plumes, Zidore, lui dit Lanteigne d'une voix presque éteinte.

Les yeux aussi grands que des piastres, Isidore, hébété, le questionna du regard, continuant de fouiller.

Les paroles de Lanteigne lui revinrent. Il se figea.

— Mais de quelles plumes parles-tu, Jos? prononça-t-il, mal à l'aise.

— Je te parle de celles que t'as mis sur ton œil amoché, pis sur la blessure au genou de Grondin. Fais donc pas l'innocent, Zidore. Tu vaux ben mieux. Tes petites plumes, j'les ai pris dans ton sac à prêtre et j'les ai sacrées dans la truie. T'as pas besoin d'accraires de même! C'est pas tes plumes qui ont guéri le genou de Grondin, Zidore Bilodeau, c'est toé! Rien que toé… Avec tes mains.

Isidore n'entendait plus.

— Malheureux, qu'as-tu fait? souffla-t-il, abattu.

Affalé contre sa souche, Jos avait cessé de trembler. Il fixait le ciel. Bien plus, il en percevait l'autre bord. Son souffle faisait de longues pauses. Récupérant le peu d'énergie qui persistait à lui coller à la peau, il fixa Isidore.

— Si tu t'entêtes sur tes accraires, Zidore, je serai mort avant que t'aies changé d'idée. Pis une fois mort, je pourrai pas tenir dans mes bras le bébé que ma femme est en train de nous couver. Pour l'instant, y a juste toé qui peux faire kek chose pour moé. Je t'en supplie, Zidore. Laisse-moi pas crever comme ça, tabarnak. Sinon, donne-moé au moins l'extrême-onction...

Une phrase prononcée par Wilfrid refit surface dans la mémoire du petit prêtre.

— Toé, monsieur curé, t'es un soleil. Et tes doigts sont tes rayons. Si avec tes doigts, tu répands ta lumiére sur le mal qui est dans le corps, le mal se sauvera. Et le corps ira mieux.

« Je n'ai rien à perdre à l'essayer », se dit enfin Isidore, contraint de balancer toutes ses accraires de plumes, comme venait de lui dire Lanteigne. Il s'approcha de son compagnon. Déployant alors ses mains au-dessus de la blessure de Lanteigne, il s'en fit des ailes. Survolant la région ravagée de son ami, il y répandit toute la lumière qu'il put.

En quelques minutes, le sang se figea dans la blessure. Puis, graduellement, Lanteigne reprit de la couleur. Il semblait souffrir un peu moins. Sa respiration devint moins saccadée. Ses yeux reprirent du vivant. Isidore tremblait, irradiant à s'en vider d'énergie toute la lumière qu'il put dans le corps du moribond.

Combien de temps cela dura-t-il ?

Pas la moindre idée. Ça s'arrêta toutefois sur un mot de Lanteigne.

— Wâzo ! venait d'articuler celui-ci, regagnant ses esprits. Ou les perdant...

Il fixait le ciel.

— Quel oiseau ? Je n'en vois aucun, fit Isidore, braquant ses doubles foyers vers le ciel.

— Ben crisse, Zidore, entama Lanteigne, si chus pas mort, je viens de voir le ciel et ses anges. J'ai jamais vu un harfang des neiges aussi gros et d'aussi près. J'en ai jamais vu non plus d'aussi blanc. Presque bleu, je dirais. Y était perché sur une branche sortie de nulle part. Il me fixait droit dans l'âme. Ses yeux étaient vert pâle comme les nouveaux prés du printemps. Pendant tout le temps que tu me travaillais le ventre, il était là. Je dois être mort, moé. Pince-moé, Zidore, juste pour voir.

— Eh bien, si t'es mort, Jos, moi, je viens juste de comprendre bien des choses, déclara le p'tit prêtre, des larmes plein les yeux.

Le son d'un moteur, au loin, ramena les deux compagnons à la réalité.

Au bout de quelques minutes, Adélard Corriveau apparut. À la vue de ses hommes et intrigué par l'expression qui leur inondait le visage, il se permit une pause.

— Baptême! laissa-t-il échapper, avez-vous vu une apparition?

— C'est en plein ça, rétorqua Lanteigne, souriant. Ça donne un crisse de coup de voir apparaître une face de boss comme la tienne.

Corriveau l'enligna d'un œil, ne sachant trop quoi penser. Il lança près d'eux une énorme toile brune et se hissa à leurs côtés.

— Tu diras tes niaiseries quand tu seras rendu à Big Rocks, Lanteigne. D'ici là, tu vas prier le diable pour que je te laisse crever icitte parce que, je t'avertis, le voyage va être *rough* comme le chemin de l'enfer. J'espère que tu t'en doutes! Ça fait que barricade ben ta grande langue entre tes dents parce que quand Valmont Ladouceur et Ti-gars Proulx vont arriver, on va te donner un hostie de coup dans le courage, mon homme.

Il enveloppa le tout d'un sourire malicieux.

Valmont et Ti-gars se pointèrent, soufflant comme des buffles. Le plus délicatement possible, les quatre hommes hissèrent Jos sur la toile de truck. Le blessé n'émit jamais la moindre plainte non plus que le moindre rictus de douleur durant les quinze minutes que durèrent son transport jusqu'au camion. Lorsque les hommes s'arrêtaient pour reprendre leur souffle, Corriveau, stupéfait du calme de Lanteigne, vérifiait si son bûcheux était toujours du même monde.

— Ben baptême! s'exclamait-il chaque fois, le diable en veut pas encore…

Valmont prit le volant. Corriveau, Zidore et Ti-gars bordèrent Lanteigne jusqu'à Big Rocks.

— Pas facile… la vie de bois, lançait aux trois minutes un Corriveau nerveux.

Le médecin du petit village fut rapidement localisé. Examinant longuement la blessure de Lanteigne, il leva des yeux étonnés.

— Je n'y comprends rien, confia-t-il à Corriveau lorsque l'ambulance quitta la place pour l'hôpital. À l'heure qu'il est, ce gars-là devrait être mort.

— Tu vas sûrement avoir des choses à me raconter jusqu'à Saint-Georges, mon Zidore, lança Corriveau à celui qui, derrière ses épaisses lunettes, souriait de satisfaction.

« Merci à toi, Wilfrid Gagnon », répétait Isidore, à voix basse.

CHAPITRE 28

Un profond coma avait déjà entrepris de transporter vers le ciel l'âme de Lucienne Bellerose, en pièces détachées. Espérant qu'elle ne serait pas trop déçue de ce qu'elle découvrirait de la vie éternelle, Isidore ouvrit son petit kit de prêtre pour en ressortir un minuscule contenant renfermant les saintes huiles. Lorsqu'il feuilleta son bréviaire, il revit le visage de Lanteigne appuyé sur la souche et qui lui lançait, un brin moqueur :

— Tes petites plumes, j'les ai pris dans ton sac à prêtre et j'les ai sacrées dans la truie. T'as pas besoin d'accraires de même !

Mais pour une femme aussi bigote que Lucienne, le rituel était le rituel. Isidore rituella donc. À son grand bonheur, lorsqu'il entreprit de tracer une première croix sur le front de la moribonde, celle-ci releva les paupières de moitié, cherchant qui se trouvait près d'elle. Reconnaissant son fils, elle esquissa un faible sourire. Après avoir dessiné les trois croix sur celle qui l'interrogeait de son dernier regard, Isidore prit ses mains entre les siennes.

— Bonjour maman, prononça-t-il, ému. Je suis revenu à toi et à la foi. Tu peux maintenant partir en paix. Que Dieu baigne ton âme de toute la splendeur de sa lumière.

Il fouilla dans son barda pour en ressortir une étole enroulée dans un tissu brodé à son nom. Lucienne esquissa un faible sourire de satisfaction. Son index traça un léger signe.

— Oui, maman, je vais la porter en mémoire de toi. Je te remercie pour tout et je t'aime.

Saisissant ensuite un autre contenant, il en ressortit une hostie, la rompit (il ne voulait quand même pas étouffer sa mère), en déposa une parcelle sur la langue de celle-ci et le reste sur la sienne. Ils communièrent ensemble.

Lucienne ferma lentement les yeux sur sa vie. Voilà. Aussi simple que cela.

Des larmes ! D'Isidore ? Non. Mais un peu d'humidité sur les paupières. Pourquoi pas ? « Ça fait pousser les cils », lui disait Lucienne dans le temps.

N'ayant pas prié depuis un sacré bout de temps, Isidore se réessaya, s'enfargeant tout de même un peu sur certains mots.

Maudit latin.

Il comprit que même la prière, à ne rien faire, pouvait se rouiller comme un vulgaire clou.

Il n'aurait pas été bienséant de laisser partir Lucienne l'âme délabrée comme elle l'avait peu après la mort de Jérôme.

Ses funérailles se déroulèrent en toute intimité dans la chapelle du Grand Séminaire de Québec. Le père Cyprien Bellerose se chargea de célébrer l'office. Respectueux du choix de vie de son neveu, le religieux ne posa aucune question à Isidore sur ses intentions futures.

Ce dernier garda aussi le silence à propos de celui qui l'avait remplacé dans sa cure. Il se disait qu'à ce sujet, il verrait lorsque sa décision serait enfin prise sur son avenir. Il demeurait toutefois bien conscient qu'il ne pouvait pas laisser traîner le débat *ad vitam aeternam*.

Côte à côte pour l'éternité, Jérôme et Lucienne reposaient maintenant dans le cimetière du Grand Séminaire de Québec.

Pauvre Jérôme.

Enterré pour l'éternité, une épaule collée sur celle de

Lucienne, ça devait être cela… l'enfer. Celle-ci en profiterait sûrement pour lui tirer les vers du nez sur ses écarts masturbatoires !

Ce fut alors un peu las et le cœur vide qu'Isidore entra seul dans la maison qui l'avait vu naître. Dès qu'il y mit pied, une curieuse impression, un *flash-back* foudroyant le jeta hors des lieux.

« Que m'arrive-t-il ? que je ne parvienne pas à mettre le doigt sur ce qui me fait à ce point chiquer du souvenir ? » se disait-il.

Jamais, je dis bien jamais, depuis qu'il était tout petit, Isidore n'était entré chez lui sans crier instinctivement les mêmes cinq mots magiques.

Il lui fallut donc refaire son entrée.

S'éloignant d'une trentaine de pas de la maison, il se retourna. Gambadant ensuite comme un bambin, il sauta sur la galerie pour entrer en trombe, lâchant : « M'man… ! P'pa… ! Je suis là ! » Étant donné que la plupart du temps ceux-ci étaient occupés au Grand Séminaire, le ti-gars se taillait une tranche de pain qu'il beurrait abondamment avant de se relancer dehors.

La routine, quoi !

Mais lorsqu'il ressortit, constatant que sa tranche de pain était moisie et sans beurre, il s'effondra à plat ventre dans le gazon, pleurant à chaudes larmes. Il s'épancha ainsi durant cinq bonnes minutes, s'attendant à tout moment à voir surgir de leur passé, pour le relever en le consolant, Jérôme et Lucienne.

Mais ces choses n'étaient plus, ne seraient plus. Plus jamais.

Le devenu adulte se reprit en mains. Se mirant dans la vitre de la porte d'entrée, il constata avec horreur que l'ancien ti-gars venait de prendre un coup de vieux.

Maudit que le temps passe donc vite quand on le regarde filer en arrière. « Ça doit être que le passé nous échappe plus vite que le présent… », se dit-il.

La maison était plus vide que jamais. Le silence s'y faisait même… silencieux.

Les objets qui la distinguaient et les meubles qui la caractérisaient n'avaient pas bronché de leur position. Mais ils étaient maintenant… vides de vie, vides de sens. Isidore tourna longuement en rond, touchant, palpant son passé. Plus personne pour lui dire de ne pas…

Montant à sa chambre, les derniers doigts ayant ajusté le couvre-pied marquaient encore, de leurs presque imperceptibles sillons, le coton lissé avec application. Cueillant le petit canif qui traînait sur son bureau, Isidore l'examina longuement avant de le déployer pour en vérifier l'affûtage. Le mot « Isidore » avait été gravé sur une minuscule plaque de métal encastrée dans l'un de ses côtés de plastique rouge.

Quand son père lui en avait fait cadeau, un certain Noël il n'y a quand même pas si longtemps, il lui avait assuré qu'il pouvait couper l'aile d'une mouche en plein vol.

Mais il n'y avait plus mouche qui vive dans cette maison.

Il referma doucement le couteau avant de le laisser glisser dans sa poche.

Redescendant le raide escalier, il revit la fois qu'il l'avait dévalé d'un seul trait, ameuté par les cris de sa mère. La chambre de ses parents n'avait pas été remuée du moindre de ses articles. S'assoyant sur le lit, là même où son père avait expiré dans ses bras, Isidore contempla les vêtements de travail qui continuaient de pendre au dos de la porte.

Effectuant alors un autre bond éclair en arrière, sa pensée lui déroula les derniers moments de Jérôme.

Les yeux exorbités, le vieil homme, juste avant de rendre l'âme, avait tendu son bras droit et son index vers ses vêtements de travail. « Làààà… » avait été son dernier mot.

Isidore alluma. Il passa visuellement en revue les vêtements de son père, tentant de se rappeler lequel celui-ci avait pointé. Secouant sa mémoire, il s'approcha très lentement, faisant l'impossible pour revoir ce que Jérôme portait à son retour du travail ce soir-là. Les décrochant délicatement les uns après les autres, il inspecta le contenu de chaque poche. Il y trouva des mouchoirs, des images saintes, des bouts de papier avec des mesures, des jaunis, des usés, etc. Puis, fouillant un vieux débardeur et croyant avoir affaire à une image sainte que rencontraient ses doigts, il en sortit un carton pâli. Il avait été détrempé. C'était une photo. Lorsqu'il y jeta les yeux, ses genoux flanchèrent. Tombant assis sur le lit, un frisson de dégoût le traversa de tête jusqu'en pieds.

— Ben baptême ! s'écria Isidore, ne se rendant pas compte qu'il venait de sacrer.

Un hiver au camp de bûcherons de Big Rocks…

Après avoir longuement examiné le portrait, il le cala dans une poche de sa veste. Mais quelque chose lui disait que…

« Me connaissant, se dit-il, je risque de le perdre ou bien d'oublier où je l'ai rangé parce que je l'aurai trop bien serré. » Il sortit alors son bréviaire pour l'y placer, bien calé en son centre.

Isidore demeura à ce point hanté par cette découverte que les deux jours qu'il prit pour mettre dans des boîtes toutes les choses de ses parents passèrent comme s'il les avait survolés. À l'exception de quelques menus objets, tout fut destiné aux œuvres de la Saint-Vincent de Paul. Combien de fois ne s'arrêta-t-il pas pour revoir, toujours une dernière fois, la photo à laquelle il n'arrivait pas à croire. Puis vint le départ.

Son oncle Cyprien l'ayant assuré que des gens de la Saint-Vincent passeraient prendre les dons, Isidore referma la porte, ne se retournant qu'une seule fois, juste pour ne pas éternuer face au vent. C'est tellement désagréable de recevoir un retour de brume en pleine face, même si c'est la nôtre.

Baudite poussière...

CHAPITRE 29

Dès qu'il fut à Saint-Georges de Beauce, l'aide-cuisinier mit le cap en direction de Big Rocks. Anxieux de retrouver ses compagnons, il fit à pied le trajet de huit milles séparant le petit village du camp de la Western Woods.

Lorsqu'il eut parcouru la moitié de la distance, il s'étonna de constater qu'un oiseau blanc, un gros, se posait sans arrêt dans les arbres qui le surplombaient. Claquant bruyamment des ailes comme s'il avait voulu se faire remarquer, un harfang des neiges le suivait dans les rameaux des plus hauts conifères.

À son arrivée au camp, Isidore fut accueilli à bras ouverts par ceux qui n'étaient pas encore descendus retrouver leur famille.

Après les sympathies d'usage, il retrouva sa place, la cookerie, et bien sûr, Basile Corriveau à qui il s'était attaché. Par grands gestes, celui-ci lui signifia qu'il était heureux de le revoir, l'enserrant un moment dans ses bras pour lui démontrer sa joie. Isidore s'en trouva très touché, mais il aurait de beaucoup préféré que celui-ci ait pu lui exprimer ses états d'âme par des mots.

En tout cas...

Soudain, un *flash-back*, un retour de flamme invraisemblable, une maudite crise de folie, diraient certains, s'empara du petit prêtre comme s'il avait été possédé. Il vit encore Lanteigne qui lui lançait :

— Tes petites plumes, j'les ai pris dans ton sac à prêtre et j'les ai sacrées dans la truie. T'as pas besoin d'accraires de même ! C'est juste toi qui fais ces guérisons.

Et…Vlan !

Isidore venait enfin de comprendre.

En cet instant précis, alors que Basile relâchait son étreinte, Isidore, poussé par cette force obscure et ne parvenant toujours pas à se dominer, se jeta au cou de Basile. Refoulant dans un vacarme de cloches fêlées, le muet dans les poêlons suspendus au plafond, il entreprit de lui pétrir la gorge de ses doigts, et ce, jusqu'à en avoir mal. Malgré la vigueur qu'il rencontra dans la contre-attaque, il n'y eut plus rien pour lui faire lâcher prise. Poursuivant son agressant massage, Isidore redoubla d'ardeur dans le cou de celui qui voyait déjà poindre sa dernière minute. Et les chaudrons qui…

— Crachez ce morceau, Basile ! Crachez-le, ce morceau qui entrave depuis si longtemps vos cordes vocales, lui ordonna l'illuminé.

Le petit tueur à lunettes ne se serait jamais cru posséder tant de force. Malgré les efforts surhumains que faisait Basile pour se défaire de l'emprise de son aide-cuisinier, celui-ci le manipulait en toute guise. L'empoignant fermement d'une main à la nuque et à grand renfort de doigts pénétrants, il frictionnait sans arrêt la gorge du perdu.

Obligeant le pauvre homme à se pencher vers le sol et ne desserrant toujours pas son étreinte, Isidore en remit.

Et les poêlons qui…

— Crachez-moi ce morceau, Basile Corriveau ! Je vous l'ordonne au nom du Seigneur !

Quiconque aurait assisté à la scène aurait cru voir se dérouler un rodéo.

Étouffé, poussé à l'extrême, Basile n'eut vraiment pas

d'autre choix que de vomir vingt années de mutisme.

Lorsqu'il crut sa mort imminente, il vit une masse informe et sanguinolente rouler sur le dos de la main d'Isidore pour s'écraser, dans un « flac » sourd, sur le plancher. On aurait dit une sangsue grosse comme un pouce. Un gros.

Isidore lâcha enfin prise.

Tentant de récupérer suffisamment de souffle pour survivre à son agression et crachant le sang, Basile se redressa, écartant les casseroles avec fracas.

— T'es un câlisse de malade, Bilodeau…! Kessé qui te prend, tabarnak !

Son visage passa du bleu au rouge vif.

S'entendant alors parler et encore étouffé par les rudes manœuvres dont il venait d'être victime, Basile ouvrit des yeux aussi grands qu'un couvercle de chaudron.

Un petit, cette fois…

Totalement abasourdi, il fixa Isidore sans maudire, ne croyant simplement pas qu'il venait lui-même d'articuler ces mots.

Pour l'aide-cuisinier, ces paroles provenant de Basile sonnè-rent comme une litanie.

— Je suis peut-être un câlisse de malade, Basile Corriveau, souffla, exténué, le petit à lunettes, mais vous, vous êtes guéri. Vous m'entendez ? Guéri…

Isidore tremblait comme une feuille. Remplissant un grand verre d'eau, il le tendit au pauvre homme.

— Rincez-vous la gorge, Basile, dit-il, et dorénavant, cessez de priver vos cordes vocales des émotions qu'elles se meurent de vibrer. Dites, Basile ! Dites dès aujourd'hui ce que vous avez fait par tant de gestes quand je suis arrivé tout à l'heure.

Crachant sa dernière gorgée dans l'évier, le vieil homme à la couette s'y pencha pour se mouiller le visage.

— Merci, Isidore, *rauqua*-t-il. Merci…

Et il se soulagea le cœur, braillant à fendre l'âme.

Isidore s'éloigna… se peignant de ses doigts endoloris.

Rencontrant Adélard qui sortait de l'office, l'improvisé guérisseur le salua brièvement de la main.

Corriveau le trouva étrange.

« Il doit être resté perturbé par la mort de sa mère », se dit-il. En tout cas…

Se dirigeant vers la cookerie, Adélard remarqua un magnifique harfang des neiges perché sur le toit du long bâtiment.

Entrant dans la cuisine, il s'inquiéta de voir son père prostré au-dessus de l'évier. Ce dernier s'essuyait le visage et pleurait toujours sans aucune retenue.

— Kessé que t'as, p'pa? lui cria Adélard, s'empressant auprès de Basile.

Demeurant agrippé des deux mains à la pompe à eau, celui-ci se redressa. De grosses larmes fuyaient encore ses yeux bouffis d'émotions.

— Je t'aime, mon gars, grommela Basile, n'en croyant toujours pas ses oreilles de s'entendre.

Pleurant cette fois comme un enfant, il se saisit de son fils qu'il serra longuement dans ses bras, laissant couler son cœur.

Le reste, je vous laisse l'imaginer. Depuis tout ce temps que les deux hommes avaient de quoi se dire par des sons, il serait mal aisé d'y prêter ne serait-ce que la demie d'une indiscrète oreille.

Nul, à part Adélard, ne connut la cause véritable de la guérison du vénéré cook de la Western Woods. Chaque soir, après le souper, tous pouvaient l'entendre chantonner en faisant sa vaisselle.

Inutile de dire que les premiers jours furent très douloureux aux oreilles des mieux entendants. Basile ne faussait pas, disait son fils, il torturait seulement les sons.

Pis après ?

Débordant de reconnaissance envers Isidore, Corriveau lui aurait donné ciel et terre. L'occasion se présenta. Un coup de fil provenant d'Élisée Morin lui ordonnait de ramener Isidore au plus tapant à Saint-Ludger. Le grand boss voulait le voir de toute urgence. Corriveau fut incapable d'en savoir plus.

Dès le lendemain, devant le magasin général de Saint-Ludger, l'aide-cuisinier descendait d'une ronflante Packard 1942.

Quelques personnes le saluèrent au passage, se montrant très réservées. Du coup, Isidore trouva son village triste. Très triste. Quelque chose sur lequel il n'arrivait pas à mettre le doigt manquait.

Tendant tout grand ses tympans un peu lourds, il fut abasourdi par le silence qui régnait dans la place. Fouillant les alentours du regard, il ne vit pas la moindre présence d'un oiseau.

« Mais que se passe-t-il donc dans ce village ? » se demanda le petit homme, déstabilisé.

Affairée avec une cliente, Rosalie sortit de derrière son comptoir, s'empressant de rejoindre son ancien curé. Remarquant l'air perplexe d'Isidore et devinant son questionnement, elle s'assit à ses côtés.

— Les oiseaux ont tous déserté le village le jour où ces hommes sont venus chercher Wilfrid Gagnon pour l'enfermer à l'hôpital Saint-Michel-Archange de Québec, lui confia-t-elle.

— Quoi ! sursauta Isidore. Mais que me dis-tu là, Rosalie ? Mais qui donc s'est permis une telle infamie ?

— Ça s'est fait sur une dénonciation du jeune docteur Bruno Dallaire pour exercice illégal de la médecine et sur une accusation de sorcellerie ourdie par le curé Leduc et un couple récemment arrivé dans le village. L'archevêque de Québec, Césaire Leclaire, s'est chargé de faire le reste.

— Vous ne trouverez plus ce village comme vous l'avez laissé, monsieur le curé, se permit d'ajouter la commerçante, jetant un regard fuyant vers l'église… et vers le ciel.

— Que s'est-il donc passé dans cette place en seulement quelques mois ? demanda Isidore, bouleversé.

S'engagea alors entre eux une longue et chaude discussion sur les événements qui avaient frappé le village depuis le départ d'Isidore. Atterré, ce dernier prit siège dans les marches du magasin général, se prenant la tête à deux mains.

— Comment donc, finit-il par articuler, me suis-je aussi bêtement laissé tasser par Césaire Leclaire ? Je soupçonne celui-ci d'avoir sciemment livré mes paroissiens en pâture à l'enfer d'Auguste Leduc. Comment n'ai-je pas eu le courage de lui faire face, de m'opposer par tous les moyens ? J'ai commis la pire trahison qu'un pasteur puisse faire ! termina-t-il, brisé.

Gênée par cette vive réaction, Rosalie se trouva bientôt à court de conversation.

— Monsieur Élisée Morin est au village depuis trois jours, dit-elle. Il vous attend à sa cabane des animaux, se permit de conclure la commerçante, du bout d'un sourire, avant de retourner à ses affaires. D'ailleurs, on l'attendait.

Isidore mit une bonne heure à se relever. Et à s'en relever. D'âme chancelante, il emprunta la direction du rang 2. Dans les fenêtres, les rideaux s'écarquillaient pour mieux le voir passer. Un voile de gêne, de ressentiment, de crainte ou de je ne sais trop, semblait s'être tissé dans le comportement des gens de la place. Méfiance et tristesse habitaient tous les visages.

S'empressant de remonter le rang 2, Isidore s'arrêta devant

la mansarde des Gagnon. L'apercevant, Marie-Rose en émergea, ravie de le revoir.

— Monsieur le curé Bilodeau, lui cria-t-elle, c'est-tu ben vous ou rien que votre sainte apparition ? lui lança-t-elle, tremblante d'émotion.

Comme une petite fille, elle dévala l'escalier de la galerie, courant à sa rencontre. Il y avait tant à dire. Saisissant la pauvre femme plein ses bras, Isidore la serra contre lui.

— Je viens d'apprendre, pour votre Wilfrid, Marie-Rose. Croyez que j'en suis le premier désolé. J'aurais bien aimé en être aussitôt informé.

Incapable de se débarrer le cœur par de simples mots, Marie-Rose fondit en larmes, sanglotant à en manquer d'air. La gardant collée contre lui, Isidore en profita pour s'humecter les yeux.

Lorsqu'il fut en mesure de mieux se contenir, le petit prêtre relâcha son emprise. Un monde d'événements les séparait.

— Je vous jure, Marie-Rose, devant Dieu, s'il m'entend toujours, que je vous ramènerai votre Wilfrid dans les plus brefs délais.

— Oh, vous savez, monsieur le curé, le docteur Dallaire a fait tout en son bon pour aller nous le quérir, mais y a frappé chaussures dans leur envers. Rien d'y a fait. Y semblerait que l'Archevêque a regimbé comme un yâbe qu'on asparge d'eau bénite !

— Croyez-vous encore aux miracles, Marie-Rose ?

— Ben sûr ! m'sieur le curé. J'ai ben de la foi en votre personne. Wilfrid m'a toujours dit que vous vous trouviez être un wâzo du bon Yeu. En autant que le Ciel vous ouïsse toujours, fit-elle, simulant un sourire.

Isidore hésita un bon moment avant de franchir le fossé du

rang 2. Il avait connu le personnage d'Élisée Morin comme celui d'un miséreux, mais les choses avaient pas mal changé depuis.

Lorsqu'il déboucha dans la cédrière, quelques plaques de neige retardataires, oubliées par certains vents chauds du printemps, moulaient encore, ici et là, les cavités du sol. Isidore ne mit pas long à entendre mugir la rivière qui, à cet endroit de son cours, grugeait à chaque débâcle une pointe de terre qui gênait son libre flot.

Agrippé à ses trembles, le petit camp de fortune lui apparut. Et comme de fait, Élisée. Le septuagénaire s'affairait à ramasser des branches sèches tombées d'arbres qui n'avaient plus la sève pour les nourrir. Sur une souche, il les coupait en minuscules rondins qu'il empilait avec soin sous un abri composé de quelques bouts de tôle rouillée.

Isidore l'observa un bon moment, fasciné.

Depuis longtemps, l'homme des bois avait appris à harmoniser ses gestes à ceux de la nature qui l'entourait. C'était à se demander lequel des deux, de la nature ou de l'homme, suivait le rythme de l'autre. Lequel des deux était le chef d'orchestre.

Lorsque Élisée Morin ressentit sa présence, Isidore se trouvait à une bonne vingtaine de pas derrière.

Dépliant tout grand son sourire, Élisée éleva bien haut sa hache pour saluer avec enthousiasme son aide-cuisinier de Big Rocks. Et avec raison. Isidore avait été une vraie mère pour les gars.

Le surnommé Zidore activa le pas, anxieux de serrer la main de l'homme le plus humble de toute la Beauce.

— Content de vous revoir, Isidore ! s'empressa de l'accueillir Élisée. J'ai appris pour vos parents. Soyez certain de toute ma sympathie, mon ami. Ces circonstances sont toujours très douloureuses. Mais vous, comment allez-vous ?

La conversation s'emporta sur deux gorges qui avaient bien des choses à se raconter.

S'écumant de patience, la rivière n'en finissait pas de débarrasser ses rives des traîneries d'un hiver qui, une fois de plus, se laissait couler.

Lorsque les mots eurent franchi le stade des « à part de ça », Élisée osa une question. La vraie, celle-là.

— Est-ce qu'on vous a mis au courant, pour Wilfrid Gagnon ?

— Rosalie m'a raconté les grandes lignes de son départ et le rôle qu'Auguste et le jeune médecin y ont joué. J'ai vu Marie-Rose tout à l'heure. C'est une bien brave femme. Je ne lui ai pas seulement promis de lui ramener son septième dans les plus brefs délais, mais je le lui ai juré.

Élisée piqua sa hache sur sa bûche à fendre et mit un genou au sol.

— J'ai rencontré le docteur Octave Dallaire, dit-il, quand je suis revenu dans le village il y a trois jours. Celui-ci m'a dit avoir tout tenté. Il possède de bons contacts à Québec, mais ils sont insuffisants. Césaire Leclaire, notre vénéré archevêque, est coulé dans le bronze. Il est intouchable. Ses contacts sont trop politiques. C'est lui qui a tramé tout cela. Et bien sûr, c'est lui qui détient la clef qui nous permettrait de libérer Wilfrid.

— Eh bien, parlant de clef, monsieur Morin, je crois bien en posséder une partie, lui annonça Isidore.

Le visage du vieil Élisée s'éclaira.

Sortant son bréviaire de son petit kit, Isidore l'ouvrit pour en retirer une photo qu'il tendit au vieil homme.

Ce dernier grimaça de répulsion. À plusieurs reprises, il souleva des sourcils aussi épais que des chenilles à poils.

— C'est horrible ! fit-il. Mais je ne suis pas sûr de comprendre. Qui donc est cet homme ?

— Regardez le nom, à l'endos, lui souffla Isidore.

Transporté par l'incroyable révélation, Élisée s'esclaffa.

— Mais d'où sortez-vous cela, Isidore ?

— Je l'ai obtenue de mon père. Il travaillait au Grand Séminaire. On avait eu une discussion au sujet d'Auguste peu avant sa mort. Il m'avait promis de faire quelques recherches. Mais il est parti avant de pouvoir m'en donner réponse. J'ai trouvé cette photo dans l'une des poches de ses vêtements de travail.

— Vous avez raison, mon cher. Vous avez là la clef capable de nous ouvrir toutes les portes de Québec. Même celle de Sa Sainteté Césaire Leclaire en personne. Si vous me le permettez, je serais honoré de me joindre à vos démarches. Et pour cela, je mettrai tout mon argent et mes contacts à votre disposition. Qu'en dites-vous ?

— J'en serai très honoré, monsieur Morin. Mais je devrai me rendre à Québec et je n'ai pas de véhicule.

— Cela, Isidore, j'en fais mon affaire. Il est maintenant temps pour moi de sortir de l'ombre. Je cherchais justement une occasion qui me permette de le faire. Je veux maintenant que les gens sachent qui je suis et d'où je viens. Il est temps pour le vieux rat musqué que je suis de sortir de son trou. Quand comptez-vous entreprendre vos démarches auprès de Césaire Leclaire ?

— Si je pouvais reculer au 5 décembre passé, Élisée, ce serait là.

Élisée Morin ne fit ni une ni deux.

— Très bien, dit-il. Je vous propose que nous descendions au village. J'aurais quelques téléphones à faire au magasin général. Et des vêtements à m'acheter. Des vêtements de monde ordinaire. Ensuite, je vous offre mon humble toit pour la nuit et demain matin, très tôt, on se met en route pour Québec. Qu'en dites-vous ?

Isidore bondit de joie.

— C'est parti, monsieur Morin! C'est déjà parti. Nous allons faire un tabac, croyez-moi. Et ce ne sera pas du chiqué…

Chemin faisant, les deux hommes cherchaient d'yeux et d'oreilles si un oiseau n'était pas resté terré au plus profond d'un fourré. Mais ils ne virent pas la moindre plume, pas un seul battement d'ailes.

Un vrai cauchemar…

Rosalie ne s'étonna nullement de l'arrivée des deux hommes. Élisée y connaissait tous les airs. Il traversa dans le *back store*. Pendant que ce dernier s'affairait au téléphone, Isidore sortit sur la galerie juste pour respirer le vent qui soufflait du sud.

Et ses souvenirs l'emportèrent quatorze années en arrière, lorsqu'il avait fait ses premiers pas dans cette petite paroisse de la Beauce. Il passa en revue les manigances ténébreuses, fourbes et parfois loufoques de ce fameux Oscar Paquette, le père de Rosalie, qui, malgré toute son opiniâtreté, recelait une force de vivre incroyable. Et la fois du feu, au magasin général, lorsque Philémon Veilleux en était ressorti avec son père mourant. Et ces gens qui s'activaient comme des fourmis, s'entraidant jusque dans leurs moindres tâches. Et la fameuse visite de Césaire Leclaire, ponctuée d'incidents folkloriques. Et la fois que…

Depuis un moment, Rosalie l'observait de l'intérieur. Isidore, ça se voyait, était agité par une tourmente de frénésie. Il ne tenait pas en place. Une vraie mouche…

Elle le rejoignit.

— Est-ce que je me tromperais, monsieur le curé, lui dit-elle à mi-voix, si je vous disais que vous êtes en train de ruminer du passé?

Un peu comme on referme un coffre à souvenirs avec respect, Isidore ferma lentement les yeux.

— Je crois, dit-il, que je n'avais jamais bien pris conscience que j'aimais ce village et ses gens beaucoup plus que moi-même. J'ose espérer que Dieu, s'il lui porte toujours intérêt, aura la bienveillance d'y ramener ce qui lui fait tant défaut. Je n'arrive pas à reconnecter mon âme avec le village actuel. Pourtant, lorsque j'en suis parti il y a quelques mois, il m'habitait jusqu'à la moelle.

Rosalie prit une grande inspiration.

— Je crois, dit-elle, que ce village n'attend que votre retour et celui de Wilfrid avec ses oiseaux pour retrouver sa fantaisie et sa couleur.

— C'est gentil, Rosalie. Tes paroles me sont un baume. Puisse le Très-Haut prêter une oreille même distraite à ton vœu. Nous en avons tous tant besoin, termina-t-il, ouvrant les bras sur le village comme s'il avait voulu l'étreindre contre son cœur.

— Bon ! Eh bien, voilà ! fit Élisée Morin, brassant la cloche à vache de la porte. Maintenant, ma chère Rosalie, il va me falloir des fringues de monde. Je mets le quêteux de côté pour un certain temps.

La commerçante le toisa, amusée par sa candeur.

— Je crois bien avoir juste pour vous, monsieur Morin, un accoutrement de gentilhomme qui fera se pâmer les plus belles dames de Québec.

— Correction, jeune dame, lui glissa celui-ci à l'oreille. C'est l'archevêque de Québec lui-même que je me dois de faire pâmer. Sinon, nous devrons revenir sans notre brave Wilfrid.

Rosalie lui jeta un air perplexe. Élisée était en général peu bavard. Jamais elle ne l'avait vu aussi explosif.

Ils rentrèrent pour la séance d'essayage. Celle-ci fut ponctuée d'exclamations et de rires bien étoffés. Quand le véritable Élisée Morin, grand patron de la compagnie de bois Western

Woods, refit son apparition sur la galerie, moins de vingt
minutes plus tard, il détonait comme trois bâtons de dynamite.

La commerçante connaissait son stock. De plus, elle savait
tout de la vie de son honorable client, mais n'en avait jamais
dévoilé la moindre parcelle.

« Secrets bien gardés ne sont que vérités bien enrobées », se
plaisait souvent à lui répéter l'homme d'affaires.

— Et regardez-moi ces souliers, Isidore. Ils brillent comme
un pied de…!

Constatant la grossièreté qu'il était sur le point de proférer,
Élisée se tut. Net.

— Comme un pied de ciboire…? intervint Isidore, d'un air
narquois.

— Veuillez pardonner mon incorrection, Isidore. Je…

— Ne vous en faites pas, ces expressions ont meublé une
bonne partie de mes soirées passées dans l'un de vos camps.
Comme vous pouvez le constater, je ne m'en porte pas plus
mal.

— Ma chère Rosalie, auriez-vous l'obligeance de m'em-
baller toute cette belle mascarade avec le moins de froissements possible, je vous prie? demanda Élisée. Demain, Isidore
m'amène voir le grand monde.

— Est-ce que je vous les arrache sur le dos? lui demanda
Rosalie.

— Oh! Pardonnez mon égarement, belle dame. Je ferais
mieux de…

Quand il ressortit, quelques minutes plus tard, il était
refringué dans ses anciennes couleurs.

— Je vous préfère ainsi, lui lâcha froidement Isidore. Vous
faites moins intimidant!

— Mais que d'égards à mon endroit! mon cher Isidore.
Que d'égards! Pour cela, je vous invite à partager mon humble

table. Ce soir, ce sera du rat musqué servi sur braise... ou du bacon faisandé, bien graisseux, servi sur pain rassis...

Isidore ravala un haut-le-cœur.

Durant le parcours qui les ramena à la cabane, ils planifièrent la journée du lendemain.

Puis vint le moment de grâce.

— Le souper est prêt, clama Élisée.

Isidore venait à peine de se risquer les dents sur une cuisse de rat musqué bien apprêté qu'il sortit en vomir deux. La bouche pleine, Élisée se tordait de rire.

— Mon pauvre Isidore, lui lança-t-il, c'est la viande la plus fraîche que le printemps ne puisse nous tendre en bordure de ses rivières et vous y levez l'estomac. Va bien falloir, un jour, que vous digériez les impondérables de la vie d'ermite, sinon vous allez en crever, mon ami.

— Je n'en veux pas, de votre vie. Mais je prendrais bien un peu de bacon faisandé sur pain moisi...

La soirée se fit tiède mais agréable. Les visages miroitaient dans les lueurs d'un petit feu de camp improvisé en bordure de la Chaudière.

Isidore brûlait de connaître les motifs qui avaient fait qu'Élisée, malgré toute sa richesse, se repliait chaque printemps sur ce dénuement qu'il semblait tant apprécier.

Alors qu'ils bavardaient de choses et d'autres sur la vie du village et de ses gens, l'occasion tomba à point. Isidore y glissa les pieds.

— Êtes-vous à ce point avare, mon cher Élisée, que vous troquiez chaque printemps venu votre régime princier pour cette misère dans laquelle vous vous lancez, corps et âme, tous vos étés durant ?

Abriés par ses épais sourcils, les yeux du négociant s'enflammèrent.

— Je suis surpris que vous ayez mis si long à aborder cette question, Isidore. Je m'attendais bien à l'entendre lorsque je vous ai rencontré en janvier, au camp de Big Rocks.

Puis il se tut, cherchant le médium qui lui permettrait de se faire bien saisir.

— Une vieille coutume indienne, dit-il sans relever la tête, veut qu'on… renchausse un feu avant de le quitter.

Élisée se leva de bûche et posa un genou au sol, près de la braise. Ramassant un à un les bouts de bois non consumés qui jonchaient le pourtour du feu, il les jetait sur les tisons assoiffés de nouveau combustible. Le feu s'empressait alors de consumer ses restes, repoussant pendant un moment la noirceur qui tentait de les envahir.

— Lorsqu'on atteint mon âge, peu avant de s'éteindre, reprit le vieil homme, il est bon de renchausser notre vie des relations, des amitiés qu'on a négligées ou laissées traîner. Ce seront alors elles qui nous apporteront une dernière flamme avant que nous avale la grande noirceur.

Le crépitement des dernières branchailles se mêla bientôt à la conversation.

— Que sont devenus les vôtres, Élisée? se risqua à demander le petit prêtre, visiblement prédisposé à jouer à la confesse.

Élisée inspira profondément, jugeant cette question un peu superflue. Il éleva les yeux pour regarder fuir quelques étincelles. Peu lui importait le temps ou la circonstance, cette question, de toute façon, n'arriverait jamais à point. Le vieil homme hésitait, ne sachant trop par quel côté aborder sa vie.

Élisée n'était pas homme à se confier. Même pas à son plus proche entourage. Mais il voyait en Isidore un terrain sur lequel il ne craignait pas d'être jugé.

— Je suis désolé, coupa le petit prêtre, se rendant compte

qu'il venait de pousser son hôte sur des charbons ardents.

Il se leva.

— Non, restez, mon ami. Restez, lui souffla le vieil homme. J'esquive ce sujet depuis trop longtemps.

L'ermite reposa les fesses sur sa bûche, invitant d'une main Isidore à reprendre place. Ses lourds sourcils se positionnèrent sur des yeux brillant à l'intensité de sa vitalité d'esprit. Il inspira de nouveau. Trop d'émotions se chamaillaient en lui.

— Alors que j'étais tout jeune, pas plus d'une douzaine d'années, je m'en souviens comme du petit doigt gauche qui me manque, j'ai entendu cette phrase sortant de la bouche d'un vieux commerçant que j'enviais et admirais. Ses mots, je ne sais pas encore pourquoi, avaient fait grand écho dans mon être.

« Il faut laisser respirer nos passions, m'avait-il lancé avec conviction. Sinon, elles nous étoufferont pour se réaliser. »

— Dès cet instant, poursuivit-il, j'ai su au plus profond de moi-même que toute ma vie ne tiendrait qu'à ces mots. J'avais même l'impression très nette de les avoir maintes fois entendus. Sans connaître dans quel domaine je m'exécuterais, je savais qu'un jour, moi aussi, je serais commerçant. À partir de ce moment, j'ai appris à insuffler de la passion dans tous mes projets. Quand j'en mettais un en branle, plus rien d'autre n'existait. Mes projets devenaient vite des réussites. Et au risque de sembler bizarre, mes échecs étaient également bien réussis. Parfois même cuisants à souhait.

« Constatant au fil des années que l'impossible n'était que mirages, j'ai appris à cesser de courir après et j'ai plutôt laissé le possible m'inviter.

Mais lorsque j'ai mis ce possible dans ma vie, il était déjà trop tard. Quand j'ai jeté un œil en arrière, je me suis rendu compte qu'il n'y avait plus personne. J'étais seul. Ce n'était pas moi que mes passions avaient étouffé pour survivre, mais plutôt la femme de ma vie. »

Élisée laissa passer une boule qui lui serrait la gorge.

Puis il reprit.

— Elle est morte de solitude. Je croyais que mon argent saurait lui tenir bonne compagnie, mais... je m'étais trompé. Avant d'aller plus loin, je tiens à vous dire que je n'ai jamais eu de maîtresse. Les seules pitounes auprès desquelles j'ai passé mes nuits étaient empilées en longueur de quatre pieds par mes employés.

« Dès que Claire eut sevré notre dernier fils, elle s'est mise à boire, sabordant toutes les énergies que sa santé pouvait receler. Nos deux filles aînées, des jumelles, demeurèrent inconsolables après sa mort. Aussitôt qu'elles furent en âge de partir et de voler de leurs propres ailes, elles m'ont chassé de leur vie. Ayant rencontré deux Américains, elles les ont suivis aux États-Unis et s'y sont mariées. Je n'y ai pas été invité. Je ne les ai pas revues depuis ces vingt dernières années. Je sais toutefois qu'elles sont heureuses. Elles ont épousé de simples ouvriers, mais avec cette différence qu'eux étaient là chaque soir que leurs enfants fermaient les yeux pour prier cette grand-mère qu'ils n'avaient jamais connue.

Pour que Dieu ne m'enlève pas tous les miens, j'ai juré que s'il m'en laissait un seul, je passerais tous les étés qu'il me restait à vivre dans la solitude et le dénuement le plus complet. C'est alors que j'ai renchaussé ma vie.

« Avec le temps, je suis parvenu à intéresser mes fils à mes affaires et à les garder près de moi. Ce sont eux, maintenant, qui dirigent la Western Woods. Je les assiste, l'hiver, mais sans plus. Ceux-ci sont aussi des passionnés. Mais ils savent se contenter du possible. »

Élisée laissa passer une autre boule.

— Et me revoilà, à chaque nouveau printemps que le Ciel veut bien m'allouer, en cette merveilleuse terre de Beauce.

— Et vos deux filles, n'avez-vous pas le goût de vous rendre voir ce qu'elles deviennent ?

— J'y ai souvent songé, je l'avoue. Mais je crains trop, si je m'y aventure, de brouiller l'eau de leur étang. Le temps seul, je le souhaite, saura colmater la crevasse que j'ai bêtement creusée dans leur existence.

Élisée se tut, baissa la tête avec révérence et referma son passé. Par respect, Isidore n'en demanda pas plus. Le feu en fit autant.

Profitant de ses dernières lueurs, les deux hommes prirent quelques minutes pour dresser un bilan de la situation dans laquelle se trouvait Wilfrid Gagnon. Ils se mirent d'accord sur un plan d'action efficace et faisable qui leur permettrait de sortir leur ami des griffes d'un système qui aurait tôt fait de le rendre fou. Si ce n'était déjà fait…

La noirceur accentua bientôt l'éclat de la braise. Et la fraîcheur du soir leur colla à la peau.

— Nous serons plus confortables dans ma forteresse, suggéra Élisée. Ça y sera, en tout cas, moins humide. Je vous offre, mon cher complice, une bonne infusion de thé des bois. Rentrons.

La soirée ne veilla pas très tard. Le lendemain s'annonçait une journée bien remplie.

CHAPITRE 30

Le réveil d'Isidore fut brusque. Un fort vent du nord-ouest secouait la chétive cabane. Ouvrant de grands yeux craintifs, il se
demanda où diable il pouvait bien se trouver. Comme s'ils
avaient été désarticulés, le plafond et les murs de la piaule tan-
guaient. Dépendant de la grosseur et de la hauteur des arbres
à travers desquels la cabane se trouvait accrochée, celle-ci,
comme un pantin, se dandinait de la structure.

Durant une bonne quinzaine de minutes, Isidore, amusé,
observa le phénomène.

Quant à Élisée, il ronflait comme un ours.

La nuit avait presque gelé. Pourtant rompu à la vie d'un camp
de bûcherons, Isidore trouva malgré tout pénible de quitter ses
chaudes couvertures. Se mirant un moment le visage dans un
minuscule miroir accroché à gauche de la porte, il sursauta.

« J'ai l'air d'un gueux, se dit-il. Je n'oserais jamais entrer à
l'archevêché de Québec dans cette pitoyable condition. »

Il ne voulait surtout pas y répéter la piètre image qu'il y
avait laissée, presque un an plus tôt, en plein portique.

— Ne vous en faites surtout pas pour votre apparence, lui
dit Élisée qui l'observait. Enlevez le plus gros. Juste pour puer
meilleur. Quant au reste, là où nous logerons ce soir, il se trou-
vera tout pour vous déguiser en homme de classe.

Isidore le lorgna, ne saisissant pas tout à fait la portée de
ses paroles.

— J'ai laissé mes valises au magasin général, dit-il, d'un air détaché. J'y ai tout ce qu'il me faut pour faire face à la situation. D'ailleurs, si je ne suis pas tout à fait à la hauteur, je me permettrai de rappeler une certaine maxime à mon grand supérieur. Elle dit qu'« un chien regarde bien un évêque. »

Élisée sourit.

Ramassant une serviette raidie par un séchage trop stagnant à quelques pouces du poêle, Isidore sortit se faire une toilette. Le vent frais de début avril lui arracha un frisson qui le cloua un moment sur place.

— Y a une petite crique qui se déverse sur une roche plate juste à droite du gros pin frappé par la foudre, lui lança Élisée, de l'intérieur. ·

La journée s'était levée, radieuse. Le soleil trempait déjà ses premiers rayons dans la rivière Chaudière qui, n'y prêtant aucune vague, pressait le flot, frustrée de ne pouvoir se la couler plus douce.

Poussée par la fraîcheur matinale, l'haleinée du sous-bois rampait par vagues d'odeurs sapineuses sur les galets emmitouflés de mousse.

C'est grelottant et claquant des dents qu'Isidore reprit la direction de la cabane d'Élisée. Remarquant un mouvement qui se dessinait dans la cédrière, il s'arrêta, tentant, sans ses lunettes, d'identifier l'arrivant.

— Comment ça va, mon Zidore préféré ? lui lança une voix qui lui était familière.

Sa mémoire fit un tour de piste. Puis…

— Ah non ! laissa-t-il échapper, se mordant la langue de grelottement. Venez voir qui nous tombe dessus, monsieur Morin, cria-t-il, à la blague.

Intrigué, Élisée sortit, dirigeant son regard en parallèle à celui d'Isidore.

— Mon cher Corriveau! s'écria le vieil homme. Vous arrivez juste à temps pour le thé.

Il jeta un œil amusé vers Isidore.

— Voilà notre chauffeur, mon ami. Il connaît la ville de Québec comme le fond de ses deux narines.

Les poignées de main qui suivirent furent franches et cordiales. La porte grinça trois fois. Pour la circonstance, Élisée sortit ses tasses émaillées. Celles-ci conservaient leur chaleur plus longtemps que les tasses d'aluminium, ce qui permit une discussion qui s'étira sur une bonne demi-heure.

— Mais nous n'avons aucun rendez-vous de fixé avec Son Éminence, fit soudain remarquer Isidore.

— Celui-ci devra nous prendre en notre temps et lieu, le rassura Élisée. J'ai fait jouer mes contacts à Québec. Je peux vous jurer que votre archevêque ne nous fera pas faux bond.

Isidore n'était pas très familier avec tant de sous-entendus. Ça sonnait trop politique pour ses naïves oreilles. S'en rendant compte, Corriveau lui glissa un clin d'œil rassurant.

— T'inquiète pas, mon Zidore, le boss s'organise toujours pour savoir à l'avance dans quelle sorte de *marde* y va mettre les pieds. Et quand il les glisse dedans, il sait jusqu'où il va se beurrer les bottes.

Le temps de se changer en hommes du monde dans le *back store* du magasin général, les deux hommes se rendirent rencontrer le docteur Octave Dallaire. Ils voulaient connaître où en étaient rendues ses démarches au sujet de Wilfrid. Quoique maigre en informations, leur visite ne fut quand même pas stérile. Le médecin leur fournit les noms de quelques personnes qui, tant à l'asile qu'ailleurs, pourraient leur être d'une certaine utilité.

Concernant le personnage de Césaire Leclaire, il les mit en garde.

— C'est un être, leur dit-il, qui possède un ego aussi gros que sa cathédrale. Cet homme est le plus grand fumiste que j'aie rencontré à ce jour. Il n'a, de plus, aucun profil religieux dans le visage. Il est, ajouta-t-il, d'une méchanceté telle que si vous vous trouviez avec lui dans un puits de mine effondré, il n'hésiterait pas un instant, j'en suis sûr, à vous égorger pour s'abreuver de votre sang.

— Je suis content que quelqu'un d'autre que moi ait enfin décelé que le Malin habitait cet homme, commenta Isidore.

— En route, messieurs, dit Élisée, prenant place à l'arrière de l'énorme Packard. Québec nous attend. Et je peux vous assurer que flanqué d'Isidore Bilodeau, le Ciel va faire pencher le destin de Wilfrid Gagnon de notre bord.

Le vieil homme des bois exposa alors à ses compagnons ce qu'un été sans Wilfrid signifiait.

— Un été sans oiseaux, dit-il, représenterait bien plus que la simple perte de leur chantante et charmante compagnie.

« Saint-Ludger, sans ailés, messieurs, connaîtrait les pires récoltes jamais vues. Livrés en pâture aux insectes, de la mouche à la sauterelle, les champs seraient dévastés. Sans parler des potagers qui constituent en bonne partie la mangeaille de l'été et les conserves de l'hiver. Il devient donc capital de voir planer sur ce village, le plus tôt possible, autre chose qu'un fléau, mais bien des oiseaux. Les "wâzos" de Wilfrid. »

Le trajet jusqu'à Québec se déroula au fil des quelques sujets qui, selon les humeurs, se glissèrent sur le tapis.

Élisée dormit pendant la moitié du parcours.

Puis ce fut le pont, bientôt suivi de leur hôtel.

Isidore n'en revenait simplement pas. Le matin même, ils avaient comme toit une cabane suspendue dans l'éphémère végétation d'une forêt. Ce même après-midi, ils avaient au-dessus de leurs têtes le Château Frontenac.

Leurs bagages furent prestement montés à leurs chambres. Les valets affluaient pour les servir.

— Tout un accueil pour un petit prêtre de campagne comme moi, confia Isidore à Élisée dès qu'il en eut l'occasion.

— Ces agréments de la vie, le rassura ce dernier, ne sont que des enjoliveurs des sens. Que des supports de suffisance qui n'apportent rien à l'être, sauf pour certains une éphémère gloriole. Ce monde de faste, mon cher Isidore, n'est rien d'autre qu'une mascarade à laquelle les gens bien nantis se prêtent pour mieux paraître. Tout cela n'est que poudre aux yeux. J'en ai durement appris les conséquences. Dieu puisse m'en pardonner.

— Il vous a depuis longtemps pardonné, lui dit Isidore.

— Je ne m'en sentirai pardonné que le jour où je verrai Wilfrid Gagnon emporté par les vents de la liberté.

Isidore se sentait dépassé. Sans Élisée, jamais il n'aurait été en mesure d'entreprendre une croisade pour la délivrance du septième des Gagnon.

Élisée conduisit son comparse chez un tailleur qui lui fournit un vêtement d'occasion, il va sans dire, des plus adapté à sa mission. Ainsi paré, Isidore ne se lassait pas de se regarder passer devant les multiples miroirs qui tapissaient certains corridors de l'hôtel.

Un vrai enfant.

— L'Archevêque, lui confia Élisée, se doit d'être impressionné par votre prestance. Vous devrez, lors de notre rencontre avec Son « Excellence », être le clou de résistance qui le fera fléchir sous le poids de votre assurance.

La première journée se résuma à la préparation des entrevues. En premier lieu, ils se rendirent chez un photographe de talent sachant manier la pellicule avec brio. Suivit une visite chez l'un des meilleurs conseillers légaux d'Élisée. Suite à l'appel de ce dernier, la veille, il s'était chargé de préparer toute la paperasse dont le vieil homme aurait besoin pour mener son œuvre à bien.

— Il faut, disait le chevronné homme d'affaires, que peu importe la difficulté, nous soyons en mesure d'y adapter notre action.

La deuxième journée était réservée à la rencontre avec Césaire Leclaire, suivie de celle avec les autorités de l'Hôpital Saint-Michel-Archange.

Les imprévus, s'il s'en présentait, seraient gérés au cas par cas.

Le 6 du mois d'avril 1944, Isidore Bilodeau et Élisée Morin se présentèrent à la porte de l'évêché de Québec.

Comme de fait, le même portier auquel Isidore avait fait face un an plus tôt leur ouvrit avec toute la résilience que lui connaissait l'ex-curé.

— Bonjour à vous! lui lança le petit à épaisses lunettes, nous avons rendez-vous avec Son Éminence, monseigneur Césaire Leclaire.

Feignant ne pas reconnaître un Isidore pompeusement revêtu de civil, le portier lui demanda la raison de sa présence. Élisée s'empressa alors de tendre le document spécifiant leur raison d'être. Le fade portier saisit le papier et referma la porte sans que nul mot ne soit prononcé.

Ne sachant trop à quoi s'attendre, les deux compères en restèrent interloqués. Après cinq longues minutes d'introspection, la porte se rouvrit.

— Son Éminence, bafouilla le gros fade, est dans l'impossibilité de vous recevoir. Vous devrez revenir demain, intima-t-il aux deux personnages stupéfaits.

Isidore en eut le souffle coupé.

Réagissant à la vitesse d'un fouet, Élisée se fit plus accommodant. Ouvrant une mallette de cuir brut, il en ressortit une enveloppe dans laquelle il glissa deux éléments : un billet de cent dollars et une certaine... photo. Rougissant légèrement des pommettes, le gros fade tendit une main potelée vers l'enveloppe.

— Veuillez attendre, fit-il, de nez redondant.

Et la grosse porte se referma sur un malicieux sourire d'Élisée.

Sur le coup, Isidore, contrarié par le geste d'Élisée, se retourna pour lui adresser un reproche.

— Ne vous en faites surtout pas pour cela, mon ami, s'empressa de le rassurer le vieil homme. Une porte s'ouvre beaucoup plus facilement lorsque de temps à autre, on en graisse un peu les pentures.

Ils attendirent.

Cinq minutes ne s'étaient pas écoulées que la lourde porte se fit glissante à souhait.

— Et voilà, mon cher Isidore ! dit Élisée.

— Son Excellence, Césaire Leclaire, vous recevra dans les minutes qui suivent, les informa le gros portier, d'un sourire presque pénible.

Sur ce, il leur livra passage.

Isidore n'en croyait pas son entendement. Piétinant sur place, il attendit que...

— Si vous voulez bien me suivre, messieurs, fit le gros portier...

Ils avaient audience.

Quelques souvenirs désagréables de sa dernière présence en ce lieu parcoururent les pensées d'Isidore. La place était toujours aussi vide de lumière.

Prostré derrière son lourd bureau, Césaire Leclaire s'était bardé de tous ses artifices religieux. Il donna le temps à ses visiteurs de s'asseoir.

Dissimulant mal sa tremblure, le vieux prélat s'agrippait de ses longs doigts au rebord de son pupitre.

Il jeta un œil du côté d'Isidore, l'examinant des pieds à la tête.

— Vous voilà bien seyant, Isidore, dit-il, de souffle court. À quelles œuvres inutiles, dites-moi, occupez-vous vos longues journées ?

Quand Césaire s'adressait à Isidore, ses yeux crachaient du feu. La haine qu'il vouait à l'ex petit curé s'échappait de son être comme si l'enfer lui avait embrasé l'âme. Puis, dans une expression de dégoût, il se tourna vers Élisée.

— Que puis-je faire pour vous, messieurs ? lança-t-il d'un ton sautillant.

(Césaire était sévèrement atteint de Parkinson.)

— Monseigneur, attaqua d'emblée Élisée, nous sommes ici pour récupérer une âme qui par un malicieux procédé a été dérobée, il y a quelques mois, de son village natal de Saint-Ludger de Beauce.

— Dérobée ! Dites-vous ! Les âmes, sachez-le, mon cher monsieur Morin, sont la propriété de Dieu. Et Dieu, dans sa grâce, les a confiées à notre sainte Église.

Sachant très bien de qui il s'agissait, Césaire voulait savourer plus longuement son pouvoir.

— Et de qui s'agit-il ? s'enquit l'hypocrite évêque.

Subjugué par la prestance du personnage auquel il faisait face, Élisée piétina un moment des cordes vocales. Jetant un coup d'œil vers Isidore, il le vit serrer discrètement les poings. Élisée comprit. Puisant son courage dans l'agressivité du petit prêtre, il enligna Césaire droit dans les yeux.

— Le sermon que je pourrais vous entonner en ces regrettables circonstances, Votre Éminence, vous semblerait ridicule en des moments ordinaires. L'absence de Wilfrid Gagnon fait grand tort à la paroisse de Saint-Ludger de Beauce.

Il se garda de parler du départ des oiseaux, cherchant brièvement sur quelle branche se poser.

— Vu l'énorme influence que vous exercez sur son internement à l'hôpital Saint-Michel-Archange, je n'ai d'autre choix que de vous demander sa libération immédiate des murs de cette noble enceinte, et ce, mordit-il, dans les plus brefs délais.

Le visage de Césaire Leclaire s'empourpra de frustration.

— Et de quel droit, proféra-t-il, me demandez-vous une telle incartade aux voies du Seigneur ? suinta-t-il du bout des lèvres.

— Du droit qu'ont les innocents, dit Élisée, d'être reconnus comme des êtres à part entière, mon cher évêque, même s'ils ne sont affranchis d'aucune confession religieuse.

— Mais qui êtes-vous donc, monsieur, pour oser mettre les pieds dans les affaires de l'Église ? cracha Césaire.

— Je suis, Votre Éminence, de ceux que Votre Sainteté ne peut atteindre avec ses ronflants dogmes. Je me fous, croyez-moi bien, de vos loufoqueries ecclésiastiques qui n'ont comme seul but que de vous jouquer toujours plus haut sur votre promontoire de pouvoir. Je n'ai que faire, mon cher monsieur, de l'ombre délétère que vous laissez planer sur vos serviles sujets.

Isidore en eut le souffle coupé. Mâchoire ballante, il se tourna vers Élisée.

Une telle charge ne provenant de nul autre que d'Élisée Morin sonna à ses oreilles comme un coup de canon. Un gros...

Élisée n'en avait pas encore fini. Il sortit un document qu'il tendit à Césaire.

— Je vous demande officiellement, reprit-il, de me signer, ici même, cette décharge qui lave Wilfrid Gagnon de toute accusation de pratique illégale de la médecine. Vous trouverez au paragraphe suivant un démenti du docteur Octave Dallaire de Saint-Ludger répudiant toute aliénation mentale du même sujet.

Césaire Leclaire eut tôt fait de reconnaître sur le document le sceau d'un réputé bureau d'avocats de Québec.

— Vous avez été très bien instruit des charges qui ont mené votre protégé à l'asile psychiatrique, déclara Césaire Leclaire, serrant les dents de rage. Je n'y puis rien de plus.

Élisée prépara son glaive.

— Vous êtes sûrement conscient, monsieur, dégaina-t-il, des conséquences publiques et diocésaines que pourraient avoir certaines tribulations un peu ténébreuses vous concernant avec un ex-bourreau de la prison des plaines d'Abraham.

Le coup porta. Césaire perdit le souffle. Mais pas pour long-temps. Afin de mieux se repositionner les poumons dans le thorax, le vieil évêque s'adossa à son ample fauteuil.

— De quoi voulez-vous parler, misérable renégat?

— Mais de l'illustre bourreau qui figure avec vous sur la photographie que j'ai eu la bonté de vous faire parvenir il y a quelques minutes, Votre Éminence, reprit Élisée.

— Photographie, dites-vous? clama Césaire, indiquant un papier calciné se tordant de refroidissement dans un cendrier déposé devant lui. Vous semblez ignorer à qui vous vous adressez! tinta-t-il.

Élisée n'en fut pas le moindrement mal à l'aise.

— Ce n'était là, ne vous en déplaise, mon cher évêque, qu'une vulgaire copie de l'original que détient mon vénéré concomitant dans ce dossier épineux.

Sur ce, il tourna son regard vers Isidore. Celui-ci plongea alors les doigts dans une poche de sa chemise, étalant devant le noble religieux quatre reproductions parfaites.

— Le photographe qui me les a faites est un artiste, précisa Élisée.

Césaire y osa un œil.

— Mais où… voulez-vous en venir, infâmes personnages ? toussota le prélat.

— Vous vouliez faire de la prison des plaines d'Abraham votre catafalque. Pour cela, vous avez tout mis en œuvre pour tenter de réhabiliter les délinquants par la morale religieuse, le travail et de bonnes conditions de vie. Cela, Votre Éminence, fut très louable de votre part. Toutefois, lorsque vous avez appris du bourreau de la place qu'il allait procéder à sa dernière pendaison, vous avez commis l'erreur de vous faire photographier en sa compagnie. Qui plus est, la cagoule de celui-ci était à moitié relevée. Ce sourire à dents déployées que tous deux vous arboriez en compagnie d'un homme qui allait mourir l'instant suivant était de très mauvais goût, mon cher Césaire, fit remarquer Élisée. Peu édifiant pour un ecclésiastique de votre rang et de votre âge.

— Auriez-vous l'intention de me faire chanter, minable individu ? grinça Césaire.

— Très loin de moi cette intention, mon cher. Je venais simplement vous faire remarquer qu'il nous est tous arrivé de commettre dans notre sphère d'activité certaines bavures. Mais s'il vous plaît de chanter, Votre Excellence, j'espère que vous le ferez moins faux que ce condamné à mort du bloc six qui figurait entre vous et son bourreau. Et parlant de bourreau, se pourrait-il, Votre Grandeur, par ce qu'on voit de son visage, qu'on déduise qu'il se nomme Auguste Leduc ? Par quel processus, expliquez-moi donc, mon cher Césaire, un bourreau n'ayant plus de pendaison à effectuer dans la prison qui l'emploie, peut-il, par la seule grâce de Dieu, y devenir aumônier ? Comment, dites-moi, un pseudo-aumônier, quelques années plus tard, a-t-il pu être promu par votre saint ministère à la cure d'une paisible paroisse quelque part en Beauce ?

Élisée se tut. En dire davantage serait devenu inconvenant, voire, irrespectueux…

Césaire Leclaire ne savait plus où se mettre. Il déposa, haletant, ses mains à plat sur le rebord de son bureau. Puis, comme un ballon qui se dégonfle, son long cou fléchit. Parcouru de multiples veines qui voulaient lui sortir des tempes, son front se posa sur le dos de ses mains. Et ce fut le silence. Le plus absolu. La créature venait de prendre conscience que son règne arrivait à terme.

Césaire abdiquait.

Le grand homme d'Église était usé. Il faisait pitié à voir. Un chicot au bord de son propre abîme. Observant une minute de silence, Isidore et Élisée s'entretinrent du regard, presque tristes.

Mais il y a un temps pour la compassion et un autre pour l'action. Pendant ce temps, Wilfrid Gagnon attendait derrière les murs d'un asile.

Des froissements de papiers se succédèrent, suivis de quelques signatures et de certaines approbations auxquelles se plia de très bonne grâce le cher Césaire.

Une photo, une simple photo, oubliée par mégarde dans un tiroir de chambre du Grand Séminaire de Québec, venait d'avoir raison d'un homme dévoré par le pouvoir.

— Ainsi soit-il, prononça Isidore, refermant la porte de l'évêché.

Adélard Corriveau souffla de soulagement. Apercevant son patron, il consulta sa montre. Élisée n'eut pas à faire de bilan de la situation. Celui-ci se lisait dans son visage. Il était radieux.

— Prochaine étape, mon cher Adélard, l'hôpital Saint-Michel-Archange. Nous avons en mains toutes les autorisations voulues. Mais avant, Isidore doit rencontrer une personne que ça lui tient à cœur de revoir. Il n'en a pas pour longtemps.

Élisée en profita pour consulter ses notes et faire le point sur la situation.

Quinze minutes plus tard, Isidore ressortait du vaste bâtiment. Il gambadait comme un enfant.

— C'est fait ! annonça-t-il, fébrile, à ses deux compagnons. Nous le prendrons ici même à notre retour de l'asile.

Il s'engouffra dans la Packard. Il jubilait.

Moins de vingt minutes plus tard, l'imposant bâtiment de soins psychiatriques se précisa dans le paysage. Complètement détruit par un incendie quatre ans auparavant, il venait à peine d'être reconstruit.

Dès qu'ils furent garés devant l'entrée principale, Isidore et son complice se perdirent dans les ailes de l'asile. Palpant la poche de son veston, Élisée Morin en ressortit un calepin qu'il feuilleta.

— Pardon, ma sœur, dit-il à la première religieuse que ses yeux rencontrèrent, vous seriez gentille de nous diriger vers le docteur Benjamin Roy, s'il vous plaît.

Devant une pareille courtoisie et vu l'allure digne du personnage qui s'adressait à elle, la religieuse se fit un devoir de guider les visiteurs de ses propres pas. Quelques minutes plus tard, le docteur Roy parcourait les documents signés de la main même de Césaire Leclaire, archevêque de Québec. À quelques reprises, il fronça les sourcils, provoquant sans le savoir des vagues d'inquiétude sur l'échine des deux compères de la Beauce. Il redressa la tête.

— Tout est en ordre, conclut-il. Veuillez me suivre, s'il vous plaît.

Chemin faisant, le sympathique médecin leur confia que l'institution n'avait rien eu à redire sur le comportement de Wilfrid Gagnon.

— J'ai même été surpris de constater que la requête d'internement avait été signée de la main même de l'évêque, renchérit-il. Votre concitoyen est d'une gentillesse sans bornes. Il est bien sûr quelque peu attardé, mais demeure très apte à s'intégrer à part entière dans la société. Si seulement celle-ci veut bien le laisser y prendre sa place, spécifia ce dernier. Je me dois aussi de vous dire que je suis personnellement intervenu pour empêcher que des traitements barbares ne lui soient administrés. Une couple de mes confrères, sous les pressions exercées par monseigneur Césaire Leclaire, avaient exprimé le besoin de lui faire une lobotomie. Ceux-ci né sont que de vils exécutants à la solde de l'archevêque. Pour contrer leurs procédés, j'ai mis ma tête sur la bûche. Lorsque ma démission est tombée sur le bureau de mon directeur, ce dernier a ordonné que je sois le seul à m'occuper du cas Wilfrid. Mais en douce…

Le médecin s'arrêta, se tourna vers ses interlocuteurs, puis devint grave.

— Laissez-moi vous dire, leur confia-t-il, que ce Wilfrid va me manquer. De même que les dizaines d'oiseaux qui se ruaient à ses côtés dès qu'il mettait le bout du nez à l'extérieur et qu'il sifflait sa présence. Ce jeune homme est un soleil. Il répand tant de lumière autour de lui que les gens en sont irradiés. Je vous dis cela sous toute réserve.

— Ce comportement ne vous embêtait pas trop ? demanda Isidore, perplexe.

— Au début, oui. Je m'attendais toujours à le voir s'envoler un de ces bons matins, ajouta le docteur à la blague. Avec le temps, nous avons remarqué que Wilfrid exerçait sur son environnement une influence apaisante. À son simple contact, affirma le spécialiste, des patients très agités ont commencé à connaître des périodes d'accalmie. Certains retrouvaient en sa compagnie une quiétude telle qu'il leur arrivait de connaître des plages de plus en plus longues de lucidité. Comme si on les avait réinsérés dans le ventre de leur mère. Il me serait toutefois impossible, vous vous en doutez bien, de tenter de lui en attribuer tout le crédit. Le corps médical, sous forte influence de l'Église, n'est pas encore prêt à aborder ce sujet. Il y a tellement de charlatans. Pourtant, combien de religieux et de religieuses ont été béatifiés pour leurs miraculeuses interventions sur les corps ? Mais cela passait sur le compte de l'Église. Et ça rapportait, termina-t-il.

Le grisonnant personnage prit un moment de silence. Ils reprirent leur marche.

— Wilfrid, enchaîna le médecin, ne s'est jamais dit guérisseur. S'il possède des aptitudes, elles l'habitent, tout simplement. Comme on apprend à respirer dès qu'on naît. Et je crois qu'il est né ainsi. Peu importe ce que la médecine puisse en penser. Si on enfermait tous ceux qui se disent dotés de pouvoirs de guérison, mes amis, il nous faudrait dix autres bâtiments comme celui-ci, les rassura-t-il. La médecine et l'Église ne prêtent aucune foi aux pouvoirs de l'esprit. Mais je compte bien me pencher sur ce sujet avant de mourir, termina-t-il.

Ceci dit, les trois hommes parvinrent bientôt dans une immense cour intérieure. Malgré le fait que beaucoup de personnes s'y déplaçaient, l'endroit baignait dans le calme. Un bon vent d'ouest agitait les grands érables argentés qui se partageaient presque la moitié de l'espace aérien.

Et là, pas très loin, un attroupement. Des oiseaux, une trentaine, s'agitaient de haut en bas, comme une vague, parmi des gens qui placotaient.

Isidore s'arrêta, invitant d'un geste de la main ses deux compagnons à faire de même. Wilfrid avait mis une bonne heure à lui enseigner un bizarre de sifflement qu'il avait pratiqué durant tout l'hiver, à Big Rocks.

Il se glissa alors les deux pouces en croisé, sous le nez, en bordure des lèvres, et gonfla les poumons. L'instant suivant, une vibration aussi stridente que celle de dix cigales fendit l'air. Surpris, ne sachant trop où se brancher, tous les oiseaux bondirent d'étonnement.

Le cercle d'une douzaine de personnes se fendit. Les gens s'écartèrent, laissant voir le septième des Gagnon. Agitées par le vent, ses longues mèches bouclées noires le précédaient. Vêtu d'une longue jaquette grise et chaussé de bottes sans lacets, il chercha de ses grands yeux vert pré d'où provenait ce son, sachant que seuls deux autres wâzos du bon Yeu savaient le striduler.

Puis… puis les regards se firent choc. N'en finissant pas de part et d'autre de prendre conscience de la portée du moment, chacun se tint de statue, refusant presque d'y croire.

L'instant d'après, comme un drapeau fouetté par une soudaine rafale, Wilfrid se garrocha.

— Mes wâzos du bon Yeu! s'écria-t-il, fou de joie. Mes wâzos!

Isidore et Élisée n'attendaient que ce moment. Ils l'accueillirent avec enthousiasme et à pleins bras, fermant les yeux de sincérité. Il y eut bien sûr des larmes, des chaudes. De tristesse pour déplorer la situation, suivies par d'autres, de joie et à pleines joues. Soudain, Wilfrid desserra l'étreinte, prenant une certaine distance. Le regard grave, il fixa ses visiteurs, n'osant s'enquérir s'ils n'étaient là que pour le visiter ou bien…

Isidore alluma.

— Tu reviens à Saint-Ludger avec nous, s'empressa-t-il de lui dire. On est venus te chercher.

Comme si on venait de lui retirer un poignard d'entre les omoplates, le grand Wil poussa un cri de joie. Ne sachant trop comment réagir devant tous ces gens qui l'observaient, il se tourna, appuya le front à un arbre, prononça des mots que personne ne saisit, se laissa choir à genoux dans l'herbe fraîche et pleura longuement en silence.

Hébétés, n'y comprenant rien, ses compagnons d'internement s'éloignèrent comme la fumée d'un feu de feuilles.

— Sans l'insistance de Césaire Leclaire, ce personnage ne se serait jamais retrouvé entre nos murs, confia de nouveau le docteur Roy à Élisée.

Lorsque la fontaine fut tarie, un gardien accompagna Wilfrid à sa chambre pour y quérir ses quelques effets et se vêtir de circonstance.

— Le curé Isidore vient avec moé, insista celui qui ne faisait plus confiance aux accroires de la maison.

Et vint enfin la corvée des poignées de main. Que de sourires. Juste pour la forme. Juste pour la norme. Ce fut le retour à l'archevêché pour y prendre Hector Bellavance.

Heureux de se retrouver en compagnie de son ancien compagnon de presbytère, Isidore prit place au centre, sur le siège arrière. Élisée le flanquait à sa droite.

— Château Frontenac, mon cher Corriveau ! ordonna ce dernier. Ce soir, on se passera de ma somptueuse cabane du rang 2.

Une attention toute particulière fut portée à Wilfrid Gagnon. Malgré le sordide des cinq mois passés en institution, ce vécu lui avait été bénéfique à deux égards. D'abord, il avait appris à s'ouvrir sur le monde. Il avait maturé. En second lieu et par la force des choses, il avait appris à s'exprimer.

Il fut vite pris en charge par deux valets. Élisée les assista. Nettoyé des pieds à la tête puis *swellé* comme une carte de mode, Wilfrid fut instruit à travers chacune des étapes que lui imposa son premier contact avec le grand monde. Le repas s'étira longuement, donnant l'occasion à chacun de se dire.

Malgré les appréhensions qu'avait pu avoir Élisée, protégé

s'en tira avec brio et souplesse d'esprit, lui faisant dire que le septième de la famille des Gagnon recelait, quelque part dans ses sangs, « du respectable ». Et pourquoi pas ?

En termes plus clairs, personne n'eut à rougir de lui. Au contraire ! Il fut éblouissant.

Cendrillon n'aurait pas mieux fait.

CHAPITRE 31

Depuis trop longtemps, Auguste Leduc refusait avec obstination de tenir compte de certains messages occultes qui meublaient de plus en plus ses nuits. À leur départ très légères, voire à peine dérangeantes et toujours sans grande malice, ces manifestations s'étaient peu à peu pimentées, au point qu'il devint impossible à l'auguste curé de puiser de ses nocturnes assoupissements plus de vingt minutes consécutives de douce quiétude.

Le Ciel venait tout juste d'être mis au courant qu'Hector Bellavance, l'ancien curé du petit village, s'apprêtait à revenir, à quatre-vingts ans, dans sa paroisse d'origine. La rumeur qui en résulta se répandit à la vitesse d'une mauvaise pensée, une très impure, et ce, jusqu'aux tréfonds des enfers. Occupée au purgatoire à se défaire de sa trop grande dépendance à un certain presbytère qu'elle descendait trop souvent hanter, l'âme de sœur Saint-Jean en fut attisée.

— Si je redescends sur terre pour donner le coup de grâce à cet Auguste Leduc qui s'obstine à occuper les appartements de mon bienheureux Hector, se dit l'âme en peine, je serai à coup presque sûr bonne pour l'enfer.

Une grave décision attendait la presque Bienheureuse. Sa réflexion ne fit pas du surplace bien longtemps.

— Au diable le Ciel ! entendit-on quelque part à la droite du Père. Et tant pis pour la désobéissance céleste ! s'écria-t-elle,

312

se laissant choir, l'âme éperdue, vers le guêpier de la matière.

Le moment était capital.

— Cette nuit devra être ma dernière manifestation, se promit la défunte religieuse. Mais cette fois, je devrai être beaucoup plus manifeste.

Cerné comme un raton laveur, l'entêté Auguste ignorait ce soir-là, en allant se coucher, qu'il connaîtrait la nuit la plus blanche de toute sa vie.

Dès que minuit eut vibré son dernier coup de gong en ce 9 avril, 99e jour de l'année, la petite chambre à lampions se barbouilla d'une lueur qui fit danser, au centre de son halo, les contours diaphanes d'un visage. C'était celui de sœur Saint-Jean au meilleur de son vivant.

— Tant qu'à me donner en spectacle, s'était dit celle-ci, ce sera au moins dans mes plus belles années avec Hector.

Se déplaçant sur le mur dans le plus étouffé des silences, l'image glissa vers le plancher jusqu'à la porte, passa sous celle-ci, parcourut le long corridor, descendit au premier, s'immobilisa devant la chambre d'Auguste, s'y infiltra, grimpa vers le plafond et s'y fixa juste au-dessus du dormeur. À ce même moment, le lit se souleva de quelques pouces, tanguant, dansant presque au gré des courants d'air qui agitaient le rideau de la fenêtre entrouverte.

Auguste avait désormais le sommeil léger d'un papillon de nuit. Lorsque le petit chérubin ouvrit les yeux, il était bercé aussi tendrement qu'un gros poupon à joues rosacées. Mieux encore, une ballade, celle des trois petits minous, lui était chantée. Ouvrant tout grand les yeux et refusant d'abord d'y croire, il s'assit. Carré. Au pied de son lit, du côté droit, se tenait une religieuse. Elle avait une main posée sur le poteau du coin qu'elle agitait maternellement tout en chantonnant. Sur le coup, se croyant berné par un jeu de son imagination ou un mirage de sa petite enfance, Auguste se recoucha, referma les yeux.

La revenante en fut presque choquée. Elle lâcha tout. Lorsque le lit retoucha le sol, Auguste sursauta, cria même de peur, se rendant bien compte, pour cette ultime fois, que quelque chose d'anormal se déroulait.

Sœur Saint-Jean n'était plus au coin de son lit. Il en fut soulagé. Mais il y eut pire. Dans la pièce voisine (son bureau), la maudite chaise berçante, depuis plusieurs jours solidement clouée au plancher, s'agitait de plus belle. Ses grincements envoyèrent un frisson secouer l'échine du gros prêtre. Il se leva, s'approcha, retenant son souffle.

— Êtes-vous bien cette sœur Saint-Jean dont Isidore Bilodeau m'a parlé ? demanda Auguste à la religieuse qui se berçait en tricotant.

— En effet, monsieur le curé ! Je suis bien celle-ci.

— Alors, vous allez me faire le plaisir de retourner dans votre maudit enfer et de me sacrer pour tout de bon la sainte paix ! lui tonna Auguste. Des têtes comme la vôtre, poursuivit-il, j'en accrochais naguère à chaque coin de mon lit avant de m'endormir. Et en repartant, n'oubliez surtout pas d'amener votre satanée chaise que vous me rabattez sans cesse dans les pattes depuis que j'occupe cette chambre. Sachez de plus, ma chère sœur, que je n'ai nullement l'intention de quitter ces lieux, puissent-ils brûler sous mes pieds.

Sur ce, Auguste retourna dormir.

La revenante n'en revenait tout simplement pas.

— Cet homme est le pire fantasse que je n'aie rencontré de toute ma vie passée à fouler cette terre, se dit la petite sœur. Il mérite la leçon de sa vie. « Brûler sous ses pieds… », a-t-il dit.

Quelques instants plus tard, la chambre à lampions retrouvait sa plus totale obscurité. Croyant avoir enfin réglé la question des mystérieuses manifestations qui frappaient ses locaux, Auguste ne mit pas long à dormir à poings fermés.

— Enfin !... se dit-il.

Combien de temps s'écoula après la rebuffade qu'il venait, d'ignoble manière, d'infliger à sœur Saint-Jean ? Aucune idée. Une minute... ? Une éternité... ? Le temps devient si relatif quand la vengeance jette sa montre. À ce chapitre d'ailleurs, l'entêtée revenante ne lésina nullement sur les moyens.

— Puissent même ceux-ci me coûter la vie éternelle, se dit-elle, indignée.

Toujours est-il que, ne reculant devant rien pour chasser le grossier personnage des appartements qu'il persistait toujours à vouloir occuper, sœur Saint-Jean mit le cap sur l'endroit le plus enténébré de l'au-delà.

Forte de la complicité de celui dont elle venait de louer les funestes services, elle était convaincue que les choses ne traîneraient pas en longueur.

À précisément trois heures trente-trois minutes du matin, le presbytère de Saint-Ludger de Beauce se mit à vibrer sur ses fondations. Réveillé en sursaut, refusant d'en croire ses sens, Auguste entendit claquer toutes les portes du gros bâtiment. Et pour ajouter plus de ronflant à la nouvelle manifestation, la cloche de l'église se mit à danser dans son clocher. L'instant suivant, ahuri, il eut la très nette impression qu'un volcan faisait irruption sous le plancher de sa chambre. Il avait vu juste. Jaillissant de sous son lit, un mur de flammes souleva celui-ci de trois pieds, le secouant comme s'il avait tenté de désarçonner son occupant. Auguste s'agrippa aux barreaux de cuivre de sa tête de lit, attendant la suite, croyant bien entendre sonner les cloches de sa dernière heure. Chutèrent alors du plafond, comme elles l'avaient fait lors de leur pendaison, quatre têtes.

Reconnaissant les visages des quatre derniers condamnés à mort qu'il avait pendus haut et court, Auguste hurla par tous les diables. Mais rien n'y fit. Les quatre crânes se posèrent alors sur le poteau de chacun des coins de son lit, le fixant de leurs yeux exorbités.

— Nous serons éternellement suspendus à ton destin, mon cher Auguste, lui chantèrent-ils en chœur, riant ensuite à gorges déployées. Autour de ces gorges, on distinguait encore très bien la trace profonde et nette laissée par le câble qui avait eu raison de leur dernier souffle.

Auguste cessa ses hurlements pour se mettre à geindre comme un enfant en plein cauchemar. Dans un ultime effort pour échapper à cet enfer qui tentait de le consumer, il se jeta tout droit à travers la seule fenêtre dont disposait sa chambre. Dès qu'il se retrouva à l'extérieur, il chercha le premier trou d'eau que ses pieds nus purent trouver, s'y roulant copieusement pour éteindre le feu qui rongeait le panneau arrière de sa longue combine.

Tremblant comme un chien qui s'égoutte, il s'éloigna du bâtiment en courant, se laissant choir à genoux, haletant au milieu de la cour arrière.

Tapies non loin, dans l'ombre d'une lune à demie, deux âmes observaient la scène, mortes de rire.

— Ça fait bien longtemps que je ne me suis pas amusé de la sorte, confia le Maître des enfers à feue sœur Saint-Jean.

— Vous m'assurez qu'il n'en restera aucune trace et pas même une parcelle de vitre au sol ? se permit d'insister la petite revenante.

— C'est écrit ici, dans notre contrat, ma chère sœur. Voyez par vous-même ! « Ils ont des yeux et ne voient pas ! » comme dans la bible, ma sœur. Auguste est le seul à n'y avoir vu que du feu.

— Et la cloche qui sonnait à tout rompre ? demanda la nonne. Les paroissiens ont sûrement été ameutés.

— Et la bible dit aussi « qu'ils ont des oreilles mais n'entendent pas ». Je vous le dis, ma sœur, il n'y paraîtra plus rien dès le lever du soleil, la rassura encore Satan de son plus malin sourire.

— Bon ! Je veux bien vous faire confiance et vous remercier, termina sœur Saint-Jean au comble de la satisfaction. Vous êtes un merveilleux metteur en scène.

— Grand merci, noble nonne. J'aurai toutefois besoin d'une petite signature, ma chère âme, fit le sombre personnage. Un pacte est un pacte ! N'est-ce pas ?

Le Maître du feu révisa avec sa cliente le contrat qui les liait.

— Vous me devrez donc, comme il y est stipulé, trente-trois années de votre prochaine incarnation… plus quelques mois de grenailles, toussota le marchand d'âmes.

— C'est quoi, les grenailles ? demanda la revenante, intriguée.

— La réparation de la fenêtre, grinça le Sombre. Y a parfois des petits imprévus qui s'ajoutent au scénario d'origine…! Et vous signez ici, près de la croix, reprit le Malin, tendant le document noirci à sa nouvelle cliente.

— C'est beaucoup, trente-trois années ! souffla la revenante, apposant néanmoins sa griffe en bas de son premier pacte avec le diable.

— Oh, vous savez, chère âme, Jésus de Nazareth, que vous avez tant prié, est l'un de mes plus fidèles clients. Ça lui coûte trente-trois ans à chaque fois. Mais il aime investir en moi. Le pauvre, il ne se lassera donc jamais de vouloir sauver le monde. Et voyez où cela le mène. Avec cette Deuxième Guerre qui fait rage, je m'attends bien à le voir apparaître sous peu. Très bon client que celui-là. Trop bon, même…

Dès le départ du Malin, la petite revenante sortit tous les effets du gros curé dans le corridor. Elle profita du fait qu'Auguste tentait de reprendre ses esprits en arpentant la galerie de long en large. Quand tout fut remis en ordre et que la chambre de son bien-aimé Hector fut impeccable, elle lissa le lit et verrouilla la porte.

Auguste rentra. Il avait déjà abdiqué. Épuisé, il récupéra ses affaires et s'installa au deuxième, dans la petite chambre que lui avait assignée Isidore à son arrivée.

Ce matin-là, les quelques fidèles qui se présentèrent à l'église se contentèrent d'y réciter un chapelet.

Pour une obscure raison, Auguste dormait encore.

Méchant « party » !

CHAPITRE 32

Il n'était pas encore dix heures de l'avant-midi, ce 9 avril 1944, lorsque la Packard noire fit son entrée dans Saint-Ludger. Quand les huit pistons du gros char répandirent leur vrombissement dans l'orgueilleux pont de bois, une sorte de magie s'empara du petit village de Saint-Ludger. Du même coup, l'ambiance s'en trouva transfigurée. Juste à voir…

Wilfrid était rayonnant. Dans le vrai sens du mot. Il s'empressa d'ailleurs de descendre sa fenêtre de portière pour saluer les villageois qui se criaient son retour.

— Ne t'arrête pas, Adélard, dit Élisée. Nous allons d'abord libérer notre ami dans ses espaces. Le vent l'y attend depuis trop longtemps.

— Mais… Mais… où sont les wâzos? demanda Wilfrid, fouillant le ciel et les arbres d'un regard troublé.

Élisée Morin fit le tour des visages, cherchant dans les regards, l'approbation qu'il…

— Où sont mes wâzos? redemanda Wilfrid, au bord des larmes.

— Ils ont déserté le village et tous ses environs lorsque les gens de Québec sont venus te chercher en décembre dernier, dit Élisée. On n'en a pas revu un seul depuis.

Hector Bellavance n'en revenait pas. Ayant été curé de Saint-Ludger durant cinquante ans, jamais il n'aurait pu imaginer que ce village ait pu être déserté par ses oiseaux.

Examinant le grand Gagnon du coin de l'œil, il cherchait ce qui, dans son allure, pouvait lui conférer un tel pouvoir. Il se rappela, quatorze années en arrière, cet enfant que Marie-Rose, par gêne, dissimulait dans ses jupes.

— Mais… où sont-y partis ? demanda Wilfrid.

— On commence à en rencontrer seulement quand on s'éloigne à une dizaine de milles du village, lui dit Élisée.

— Je vais les appeler ! Dans mon grand arbre. Moi, ils vont m'entendre ! s'empressa de clamer celui qui mourait d'envie de revoir ses ailés.

Puis vint le rang 2 et son saule, puis…

— Ma maison ! Ma maison ! cria le septième des Gagnon, apercevant son grand chêne. Il gesticulait du plus long qu'il avait de bras. Si ça n'avait été d'Élisée, il se serait jeté dehors.

Quand la grosse auto noire emprunta l'entrée de cour des Gagnon, trois silhouettes se précipitèrent hors de la mansarde. Puis quatre, cinq et six. Quant à Han-Louis et Han-Claude, ils jaillirent du hangar.

Quelle scène ce fut ! Remplie de larmes… dans tous les yeux, et d'affection… à pleines étreintes. Que de joie ! Que d'exclamations ! De l'amour, quoi. Dans sa plus humble expression.

Élisée, Hector, Isidore et Corriveau gardèrent un poli retrait. Par simple respect. Viendrait bien le temps…

Puis, comme si un couperet s'était soudain abattu sur le cou d'un membre de la brave famille, un silence de fosse commune prit le ton sur les réjouissances. Scrutant le ciel, tendant les oreilles vers l'infini, Wilfrid passa dans un état second. Lorsque Marie-Rose voulut s'en approcher pour lui demander ce qui… celui-ci éleva les bras, l'ignorant, ne la regardant même pas, prenant ses distances.

Magnan venait de saisir. S'approchant de la mère, il l'entoura tendrement de ses bras par l'arrière et lui souffla un mot, un seul, à l'oreille.

— Wâzos…

Wilfrid traversa la clôture du pacage, fouillant le ciel de toute l'acuité de ses sens, comme s'il avait tenté de prendre le pouls de la nature dont il se pénétrait, seconde après seconde.

Arrivant près de son grand chêne, il s'y colla, tentant d'en étreindre toute la circonférence. Deux vieux amis se retrouvaient, s'entretenant dans leur propre langage.

Après quoi, le grand Gagnon éleva les bras, saisit la plus basse branche pour s'y hisser avec la légèreté d'un oiseau. Le soleil se pressa pour voir, se glissant entre quelques cumulus qui faisaient du surplace. Wilfrid montait et montait, donnant d'en bas l'impression que les branches tendaient leurs rameaux pour l'assister dans son ascension. Quand enfin il s'arrêta, ne s'étant jamais rendu si loin dans son végétal, il s'adossa à la plus haute branche. Allongeant les bras en signe de victoire, il en devint alors le faîte. Bercé par une brise chaude, le grand enfant rassembla alors tout ce que ses poumons purent contenir de souffle et se plaça les doigts entre le nez et les lèvres.

L'instant suivant, une stridulation équivalant à cinquante cigales réunies déchira l'air. Plus que sonore, cette vibration pénétra les corps jusqu'aux plus subtiles de leurs fibres, ce qui fit que même les plus sourds des villageois entendirent. Le premier appel dura au moins dix secondes. Puis il y en eut un deuxième. Plus long. Plus aigu. Plus pénétrant.

En plein dans les âmes…

Puis Wilfrid se tut, se contentant de tourner la tête de tous côtés, scrutant les confins du ciel.

Pendant ce temps, au village, la rumeur se répandait.

— Wilfrid est revenu ! Je l'ai vu !

— Le septième des Gagnon est chez lui ! Je l'ai entendu !

— Wilfrid Gagnon est guéri !

— Le grand Wilf…

— Chut… Chut…

Un grondement s'apparentant à une terrible averse qui approche parvint aux oreilles de chacun. Les sens en alerte, les gens se tenaient cois, le regard fuyant, attendant la suite. Plus encore, intrigués par le bizarre de vrombissement qui prenait de l'ampleur, les villageois sortirent des maisons, parcourant les galeries, puis les rues, jusque dans les champs, pour mieux voir…

Pour mieux voir le soleil se tacheter de… wâzos, des centaines, puis des milliers, fonçant sur le petit village, inondant le ciel de leurs cris de joie, de leurs bruissements d'ailes, heureux de s'ébattre de nouveau chez eux.

Saint-Ludger de Beauce retrouvait sa vie, ses couleurs, son sourire, sa paix… et son Wilfrid. En peu de temps, le grand arbre devint multicolore. C'était la fête dans le faîte.

Balayé par les vents et emporté de liberté, Wilfrid s'épivardait au plus haut de son chêne, se réappropriant ses grands espaces.

— Wâzos ! Wâzos ! criait-il, fou de joie.

Allongeant son regard jusque sur la côte du pont, le grand Gagnon put voir l'église et son clocher. Puis le presbytère. Ce qu'il ne put toutefois voir, c'était qu'un autre être, soutané celui-là, scrutait aussi de son côté, confondu par le tourbillon d'oiseaux qui se réappropriaient leur maître, mais surtout, leur allié le plus fidèle.

Totalement chiffonné par la situation et tremblant de dépit, Auguste rentra.

— Le septième des Gagnon est de retour, se dit-il, désabusé.

« Et que le diable emporte donc cette satanée communauté dans son enfer », finit-il par conclure.

Le monumental curé n'avait pas aussitôt refermé la porte qu'un autre événement tournait le coin de la rue. C'était le bruit d'un moteur de voiture. Celle-ci se profila dans l'entrée arrière du presbytère. Puis, plus rien. Osant un regard dans la cour, Auguste n'y reconnut que deux personnes. Nullement intéressé à les voir, il laissa braiser, attendant que ceux-ci se présentent, ce qui ne fut pas très long à se produire. Hector Bellavance et Adélard Corriveau restèrent dans la voiture.

Lorsqu'il ouvrit à Isidore, Auguste resta campé dans l'enca-drement de la porte, empêchant les deux hommes de s'intro-duire.

Isidore ne fit pas vingt-deux simagrées.

— Je reviens occuper mes locaux, dit-il. Je ne serai pas seul.

Il planta un document devant les yeux un peu fous du gros Auguste.

— Un message de Son Éminence Césaire Leclaire, cher confrère, dit-il, tournant le document afin que l'ex-bourreau puisse reconnaître le sceau de l'archevêché.

Le saisissant de manière brusque et pour s'assurer qu'il était authentique, Auguste en parcourut les premières lignes. Accroché par ce que découvraient ses yeux, il recula, ne ces-sant pas de lire, permettant aux deux complices de prendre leurs aises. Se déplaçant vers la table, Auguste éleva des yeux étonnés sur Élisée Morin puis reprit sa lecture. À un autre moment, il étira le cou pour voir, à l'extérieur, celui qui allait lui succéder à la cure de la paroisse.

« Hector Bellavance, stipulait le document de Césaire, vous remplacera dès qu'il mettra les pieds dans la paroisse qu'il a administrée durant cinquante années, et ceci, tant que le Conseil apostolique n'aura pas rendu sa décision dans la faute grave qui est toujours reprochée à Isidore Bilodeau.

« Je n'ai donc pas d'autre choix, mon cher Auguste, que de vous demander de cesser sur-le-champ toute activité pastorale en la paroisse de Saint-Ludger. Dans les deux jours qui suivront la lecture de ce document, un véhicule passera vous prendre pour vous ramener à l'archevêché de Québec. D'autres tâches vous y attendront.

« Puissiez-vous, mon cher serviteur, vous gouverner selon mes souhaits les plus sincères. Je vous exposerai, dès votre retour, les raisons profondes qui me forcent à vous désavouer de la sorte. Croyez bien, cher Auguste, que la cause de Dieu en cette pauvre paroisse souffrira du vide que vous y laisserez.

Recevez ma plus touchante bénédiction, et...

Que Dieu vous garde. »

C'était signé de la main du noble Césaire.

Auguste Leduc repoussa la lettre avec dédain.

Pendant un moment, il demeura pensif, martelant la table du bout de ses doigts. De grosses gouttes de sueur se mirent à perler sur son front. Il se tourna vers les deux hommes.

— Si je le voulais, dit-il, je vous pendrais tous les deux sur cette galerie. Haut et court ! afin que tous les paroissiens de ce village puissent admirer ce qui arrive aux charognards de votre genre. Je ne sais pas ce que vous êtes allés tramer à Québec ces derniers jours, mais dites-vous bien que vous ne l'emporterez pas en enfer. Tant qu'à votre protégé, que vous venez de repêcher de l'asile, qu'il ne s'avise pas de voler trop bas sur mon chemin d'ici à ce que je parte. Il pourrait perdre pas mal de plumes.

Au même moment, Adélard Corriveau se présenta à la porte.

De son regard le plus hostile, il fouetta celui d'Auguste.

— Bien le bonjour, monsieur le curé, dit-il, serrant les dents. Il se tourna vers Élisée.

— Monsieur Morin, dit-il, d'un ton grave mais soignant son langage, je crois qu'il serait temps que monsieur Bellavance se repose. Le long voyage l'a fatigué. Il n'est plus très jeune, vous savez.

— Oh Seigneur ! s'écria Isidore. Pardonnez-moi cette terrible négligence, mon cher Corriveau. Nous étions en grande conversation avec cet emporté bourreau des âmes, que je me dois d'ailleurs de vous présenter. Voici Auguste Leduc, celui qui me rempla…

— Allez donc tous au diable ! leur lança Auguste, nullement intéressé à faire des civilités avec l'encombrant groupe.

Il se leva. D'une solide claque appliquée au dossier de sa chaise, il envoya rouler celle-ci sous la table et quitta les lieux.

— Quelle couenne il a, ce gros monsieur ! s'exclama Corriveau. Je le prendrais bien dans un de mes camps l'hiver prochain, lança-t-il, regardant s'éloigner Auguste. Je l'attellerais sur mon plus gros traîneau.

Il roula les poings. Puis, se ressaisissant, il revint vite au sujet qui l'amenait.

— Si quelqu'un veut bien préparer la chambre de monsieur Bellavance, je me charge de vous l'amener.

Ceci fut vite fait.

Sauf la présence d'une étrange odeur de soufre, les appartements d'Hector étaient demeurés aussi intacts qu'à son départ, treize ans auparavant. Aucun objet n'y avait été déplacé. Pas même sa fameuse chaise berçante aux coussins de plumes d'oie.

Ayant eu vent de la présence d'Isidore, sœur Berthe s'empressa de venir le saluer, lui proposant même ses empressés services. Quelle tête elle fit lorsqu'elle constata le retour de leur ancien curé, Hector Bellavance !

— C'est notre regrettée sœur Saint-Jean qui va être aux anges de vous retrouver, lui confia en sourdine l'imposante nonne.

— Chut… fit celui-ci, embarrassé par le commentaire.

Les choses en restèrent là.

Après les salutations d'usage, Élisée se fit conduire au magasin général. S'attendant à une ambiance discrète, il déchanta. La place frétillait de monde. Surtout à l'extérieur. Caquetant comme des poules pondeuses, une quinzaine de bonshommes, les plus bavards du village, étaient jouqués dans les trois longues marches de l'escalier. L'affaire Gagnon et le mystérieux retour des oiseaux agitaient bien des gorges. Et que dire du retour de leur ancien curé, Hector Bellavance ?

Élisée décida qu'il était temps de faire son *coming out*.

— Entre dans la cour et arrête tout, demanda-t-il à Corriveau.

La grosse Packard tourna et s'immobilisa. Connu de la plupart pour son appartenance à la compagnie de bois Western Woods, Adélard Corriveau sortit le premier, s'empressant du côté de son passager. Il aida Élisée à sortir de voiture et prit des effets dans la malle arrière. Une étrange commotion agita les gens. Élisée venait de faire sa première impression. Le quêteux, le vieux au bicycle baloune et à la *slab* de bacon était vêtu comme un président de compagnie. On lui livra respectueusement passage. Lorsque Élisée fut à l'intérieur, Corriveau fut assailli de questions.

— C'est mon boss, le grand patron de la Western Woods, leur déclara celui-ci.

Si la plupart des jaseux n'avaient pas été assis, la moitié en serait tombée drette là. Su'l cul. Lorsque Élisée ressortit, quelques minutes plus tard, fringué de ses hardes de gueux, il salua toutes ces bonnes gens qui ne s'étaient jamais gênées pour le mépriser. On lui livra un poli passage. Arborant son éternelle *slab* de bacon sous le bras, il en avait profité pour se faire quelques petites provisions. Juste au cas.

Le gros char prit ensuite la direction du rang 2.

Sur les langues, le retour des oiseaux tomba deuxième.

Élisée Morin avait enfin repris la place qui lui revenait. Il préféra garder le sujet clos. L'image avait valu mille mots.

Le cœur content, Adélard Corriveau rentra à Saint-Georges.

CHAPITRE 33

Pressé par Césaire Leclaire de se prononcer au plus tôt sur la sentence à rendre dans l'accusation de négligence grave qu'il avait lui-même logée contre Isidore Bilodeau, le Conseil épiscopal, après sept heures d'analyse, de consultation du code de droit canon et de longues discussions, rendit enfin sa décision.

Dès que le messager déposa l'épais document sur son bureau, Césaire lui demanda sèchement de quitter les lieux, se ruant de ses longs doigts vers l'épais document. Au bout d'une vingtaine de minutes d'une lecture qui tournait en rond et qui n'en finissait plus, il passa outre tout le charabia pour faire un bond sur le chapitre traitant de la sentence. Ses yeux dévorèrent à bouchées doubles et à bout d'index tremblant la dizaine de pages qui en traitaient. Plusieurs passages lui coupèrent un moment le souffle. Quand il le referma, d'un geste sec, il lança le dossier sur son bureau et se cala dans son immense fauteuil. Empruntant une allure cadavérique, il demeura ainsi une bonne heure à mijoter son passé.

Le mardi 11 avril, une Buick Limited boueuse fit une entrée remarquée dans le petit village. Le téléphone se mit en branle. Les écouteux aussi. L'automobile tourna dans la grande cour, s'immobilisant juste en bas de l'escalier arrière du presbytère. Vissé à son siège, le conducteur ne bronchait pas d'un poil. Sauf des mains. À sa droite, nerveux comme une queue de poisson, un être émacié et rachitique se profila hors de la voiture. Serrant un porte-documents aussi noir que sa soutane maculée de boue, il avala presque en deux enjambées les cinq marches de la galerie.

Sœur Berthe s'empressa de faire entrer le visiteur, le conduisant au salon. Elle lui offrit un thé qu'il accepta de bonne grâce. Le grand monsieur portait des verres parfaitement ronds, pas plus grands que deux cinq cents. Ceux-ci s'agitaient sans cesse sur son nez, long et effilé, constamment secoué de contractions faciales involontaires. Des tics, disait-on. Et pourquoi pas des tiques ?

Ne prenant même pas la peine de se découvrir, il fit convoquer Auguste et Isidore.

— Je descends dans un moment, grogna Auguste de l'intérieur de sa chambre.

Lui et Isidore ne s'étaient pas adressé la parole depuis le retour de ce dernier.

Comme lors de son arrivée dans le village, malgré son départ qui l'accablait, Auguste portait, scrupuleusement scellé de tous ses boutons, un long manteau noir qui descendait, sans le moindre faux pli, presque jusqu'au sol. Son pantalon, ou du moins ce qu'on en percevait, était également noir et impeccable. Il s'arc-boutait sur des souliers qui, s'ils n'étaient pas neufs, brillaient comme si une chèvre les avait léchés de toute impureté. Dans tout ce noir, bousculé par l'énorme pomme d'Adam du monsieur, un col romain d'un blanc immaculé luttait pour garder sa rectitude. Et le mot était pâle.

Isidore attendit son tour à la cuisine, se demandant bien ce que cachait la mallette qui avait été laissée sur la table. La discussion entre le haut personnage et Auguste fut assez brève. Auguste sortit, le visage aussi pourpre que la ceinture pastorale de son supérieur. Sans prononcer le moindre son, il monta à sa chambre pour en redescendre avec la petite valise vârnie qu'il avait à son arrivée.

Thé obligeant, sœur Berthe s'empressa vers le salon.

— C'est votre tour, Isidore, lui murmura-t-elle, débouchant dans la cuisine. Amenez la mallette avec vous, s'il vous plaît, m'a-t-il demandé de vous dire.

La discussion entre les deux hommes dura une quinzaine de minutes. Lorsque Isidore ressortit, l'ecclésiastique l'accompagna jusque dans le corridor. Isidore s'épongeait les yeux de son mouchoir. Le grand maigre lui tendit une main squelettique.

— Monsieur le curé Bilodeau, dit-il, je suis certain qu'il vous tarde de reprendre le bon apostolat que vous avez toujours exercé dans cette paroisse. Je ne vous dérange pas plus longtemps. Que le Seigneur vous bénisse. Soyez, s'il vous plaît, assez bon pour transmettre mes meilleures salutations à votre nouvel assistant, Hector Bellavance. Cette paroisse est le fruit des cinquante années durant lesquelles il y a œuvré.

Peu après, la Buick prenait la direction de Québec. Elle avait à son bord un gros mal élevé. Auguste ne se donna jamais la peine d'aller serrer quelques mains et de faire amende honorable. De toute façon, il en était mieux ainsi. Enfoncé dans le siège arrière, il se faisait de cire.

Les oiseaux ne le regardèrent même pas partir. Les paroissiens non plus…

Et prions le Seigneur.

Dès que le son de la voiture se fut évanoui dans la campagne, Isidore cessa de tenir en place. N'ayant personne d'autre à qui manifester son bonheur, il s'élança dans les bras de sœur Berthe. Il pleurait comme un enfant. La religieuse enserra le petit prêtre de toute la retenue que lui imposait sa vocation.

— J'ai quelque chose pour vous, lui dit-elle lorsque pour se moucher, Isidore desserra son étreinte.

Se rendant à l'armoire à soutanes dans le bureau d'Hector Bellavance, sœur Berthe en ressortit avec un vêtement sacerdotal impeccable qu'elle lui tendit avec un grand sourire.

— J'ai trouvé cet article pelotonné dans le fond de la chambre à lampions, lui dit-elle avec chaleur. Je crois qu'il brûle d'envie de retrouver vos épaules.

La bonne sœur s'essuya les yeux.

— N'oubliez pas de remercier sœur Saint-Jean, lui chuchota-t-elle.

— C'est déjà fait, dit-il.

— Vous avez bien failli me donner des chaleurs... lui décocha la rustre nonne.

Ils s'esclaffèrent.

Revenant du couvent des sœurs du Saint Nom de Jésus, Hector Bellavance trouva Isidore en liesse. Fou de joie, celui-ci étendit une main vers le document qui trônait sur la table. Il l'allongea vers son ancien patron.

— Dieu merci ! fit ce dernier. Pour fêter ce grand jour, je propose que nous célébrions ensemble la grand-messe de dimanche. Je veux que toute la paroisse y soit. Ce sera un grand jour pour Saint-Ludger.

Le vieux religieux s'empressa de louer la force que son jeune acolyte avait su démontrer tout au long de la crise. L'enfer d'Isidore avait quand même été doux. De ce côté d'ailleurs, il devait une fière chandelle à Élisée Morin. Montant à sa chambre, il enfila sa soutane en vitesse et sortit, fier d'être, prenant la direction du pont, puis du rang 2. Il était fou comme un enfant à qui on vient de donner une sucrerie. Quand il le vit arriver, Élisée s'empressa d'aller à sa rencontre.

Sur le coup, il se contenta d'examiner Isidore soutané. Des

larmes plein les yeux, il lui serra longuement la main.

— Ce qu'on doit donc être aux anges quand on habite son âme avec autant d'intensité que vous le faites en ce moment, mon cher Isidore. Je m'en réjouis. Avez-vous visité les Gagnon ?

— Non. Mais je me propose de m'y arrêter en retournant au village. Je venais vous inviter à la grand-messe, dimanche. Je la chanterai avec Hector Bellavance. Je crois que celui-ci a enfin retrouvé son honneur. L'Archevêque en avait fait son balayeur, son videur de crachoirs. C'est à vous que l'on doit notre retour, Wilfrid, Hector et moi. Sans votre merveilleux sens de l'organisation et vos contacts à Québec, l'Archevêque nous aurait tous avalés. Je vous en serai toujours reconnaissant.

— N'en mettez pas trop, Isidore. Vous y avez quand même largement contribué. Quant à votre messe, je vous promets que j'y serai ! dit Élisée. Mais faut pas me prendre pour acquis à chaque dimanche ! Je veux bien respecter les rites, mais tant que ceux-ci ne m'imposent pas leur rituel.

— Soyez bien à l'aise, Élisée. Je comprends très bien. À dimanche et merci encore !

Isidore s'arrêta chez les Gagnon. Marie-Rose et Wilfrid semblaient l'attendre.

— Qu'est-ce qu'on peut faire pour le wâzo du bon Yeu ? demanda Wilfrid.

— Je vous annonce qu'Auguste vient de nous quitter pour Québec. Il ne reviendra plus nous importuner. La paroisse est redevenue ce qu'elle était. Dimanche, ce sera la fête sous le clocher. Je tenais à vous inviter, vous et les vôtres. Mais ne vous y sentez surtout pas obligés. Je saurai comprendre.

Malgré le grand sourire qu'affichait Wilfrid, Marie-Rose resta vague quant à la réponse.

— Savez, m'sieur le curé, dit-elle hésitante, y a pas dans c'te maison ben de la fibre de religion. C'est quand même ben respectable pour vous, d'avouerre tangué de notre côté. Mais verra-t-on ? Verra-t-on ce que Magnan aura en tête ?

Isidore était impatient de regagner son presbytère. Il ne colla donc pas longtemps chez les Gagnon.

Quand il rentra chez lui, presque sur la pointe des pieds, le petit curé constata que la place avait été remise exactement comme il l'avait laissée un an auparavant. Les sœurs du Saint Nom de Jésus l'y avaient précédé de leurs courtois services. Et pour comble de surprise, sœur Saint-Cyr avait repris ses anciennes fonctions. Elle concoctait un bon repas chaud.

Pressentant qu'il préférait probablement être seul pour reprendre possession de ses lieux, la nonne le laissa, lui demandant de la bénir avant de partir.

Isidore s'exécuta.

— Il me tarde, ajouta-t-il, de renouer avec vous toutes qui, j'en suis sûr, avez prié le Ciel de me sortir de mon mauvais pas. Je vous en serai toujours grandement reconnaissant. Sachez-le.

Dès qu'il fut seul, le petit curé se rendit à la sacristie. Ouvrant une grande armoire, il se saisit d'un contenant dans lequel l'attendait son fameux goupillon des beaux jours. Quelques minutes plus tard, il saturait chaque appartement du presbytère des effluves sanctifiants d'une eau fraîchement bénite.

Il répéta le même rite dans toute l'église.

Passant près du câble de la cloche, une idée le prit. « Et pourquoi pas, se dit-il, une petite salutation à mes paroissiens ? » Quelques secondes plus tard, toute la paroisse vibrait du retour de leur petit branleur de cloches.

Et puisqu'il y était, il lui prit l'idée de se coller le front au mur, juste sous une entaille de canif qu'il avait faite une quinzaine d'années plus tôt.

Le cœur lui fit deux bonds. Il vérifia la marque deux fois plutôt qu'une. Et avec rigueur. La petite équerre dépassait la mesure du cinq pieds et six pouces. De trois lignes…

— J'ai atteint mes cinq pieds six pouces francs! cria-t-il à pleine nef.

Le visage toujours aussi placide, les statues n'en eurent rien à se déplâtrer.

— Il faut que tu manges si tu veux devenir grand comme moé, lui avait répété Lanteigne presque chaque repas, à Big Rocks.

Maudit Lanteigne…

CHAPITRE 34

Pour exorciser la paroisse de la profanation qu'Auguste Leduc avait fait subir à l'église et à l'Église, le redevenu curé de Saint-Ludger, appuyé d'Hector Bellavance et des sœurs du Saint Nom de Jésus, avaient concocté une grand-messe qui serait célébrée dans la plus grande simplicité.

Isidore se disait que pour laver la place de sa dernière année de tribulations, il fallait procéder de deux façons. D'abord au sens propre, puis au sens figuré. Le lendemain, samedi, serait donc la journée réservée au sens propre. Fallait faire vite. Les zouaves pontificaux frottèrent les planchers, la ligue du Sacré-Cœur décrassa les murs et les colonnes, les dames de Sainte-Anne lavèrent le chœur et l'autel, et les enfants de Marie passèrent un linge humide sur les bancs. Voilà pour cela.

Quant au sens figuré, la célébration, personne ne voulut en manquer une minute. Inutile de dire qu'il y eut foule. Ayant eu vent des escarmouches dans lesquelles la foi du petit village de Saint-Ludger avait été plongée, des fidèles de plusieurs paroisses environnantes s'ajoutèrent à l'assistance.

Et devinez qui se présenta, en chair et bien en os, devant Isidore quelques minutes seulement avant que ne se mette en branle l'attendue grand-messe. Jos Lanteigne lui-même, flanqué de sa femme et de leur nouveau-né. Mieux encore, il était accompagné pour la circonstance d'Adélard Corriveau et de son père Basile, le bouilleux de Big Rocks.

« Élisée, se dit Isidore, a encore sûrement quelque chose à voir dans cette manifestation de sympathie. »

Toutes ces poignées de main mêlées aux émotions qu'elles suscitaient retardaient, il va sans dire, le début de l'office. Le hasard gagnait seulement du temps. Juste comme Isidore s'apprêtait à retourner à l'avant, la grosse porte du centre s'agita mollement. Elle s'ouvrit par une succession de poussées empreintes d'hésitation. À sa grande surprise, le petit curé aperçut un moignon qu'il reconnut d'emblée. Magnan Gagnon entrait, suivi d'une Marie-Rose écarlate de haute pression. Isidore s'empressa de les accueillir à bras ouverts, mais son geste faillit créer une commotion dans l'assistance. Bien plus, le couple du rang 2 s'accompagnait de six de leurs Han.

Gauches jusqu'au moindre de leurs gestes, ceux-ci se rectifiaient couettes et cravates rebelles, posant à la dérobée le regard sur un environnement humain qu'ils craignaient imbu d'hostilité.

Isidore fit l'impossible pour trouver une place à tous ses invités. Après quelques « tasse par-ci et pousse par-là », il y parvint. Les Gagnon n'avaient jamais été traités d'aussi empressée manière. Ils en furent flattés.

Lorsque ceci fut fait et que la grosse horloge du chœur sonna sa première quinzaine après l'heure, la satanée porte grinça une fois de plus. Venant tout juste d'effectuer sa première génuflexion devant l'autel, Isidore se sentit frappé d'une étrange prémonition.

« Ça doit être Wilfrid, se dit-il. Ou bien Élisée Morin. »

Reconnaissant celui qui entrait et honoré d'un tel geste du septième des Gagnon, l'officiant laissa tout pour se diriger vers lui. Craignant je ne sais quoi ou désireuse de couver son fils, Marie-Rose voulut intervenir. Magnan la prit par le bras, l'invitant à n'y rien faire.

La mère se rappelait la scène qu'il leur avait faite une heure plus tôt, alors qu'ils allaient sortir de la maison. Sans avertissement, son grand Wilfrid avait tout d'un coup viré le cul à la crèche et déclaré forfait.

— Laisse-le aller, lui murmura Magnan, content que leur plus jeune se joigne à eux. Si y a décidé de venir, c'est qu'y se pense assez grand pour se défendre tu ceuze. Si y a b'soin d'aide, on est là.

Il jeta un œil sur ses Han. Ils saisirent.

Pour une telle circonstance, Marie-Rose y avait mis le paquet. Couturière dépareillée comme on la connaissait, elle avait *swellé* son septième en s'inspirant d'une page de mode du catalogue de T. Eaton Company, de Montréal.

Vêtu d'un pantalon vert bouteille qui lui seyait comme un gant et d'un manteau de gabardine noire qu'elle lui avait taillé, Wilfrid avait l'allure d'un prince.

Elle s'était dit qu'après tout, maintenant que son plus jeune était reconnu pour ses dons de guérisseur, il fallait qu'il se montre en homme ordinaire parmi le monde ordinaire et qu'il soit à son meilleur.

Droit comme un piquet de clôture fraîchement enfoncé dans le sol, le septième des Gagnon se tenait dans l'embrasure de la porte. Ses longs cheveux noirs explosaient, par mèches, au gré du vent de parvis qui se ruait dans son dos. Ses grands yeux verts roulèrent de gauche à droite sur l'assistance, ne sachant trop où poser leurs pupilles. Le grand Wilfrid n'avait jamais vu tant de monde en même temps. Sauf à l'asile.

Désireux de démontrer à tous qu'il était bienvenu, Isidore lui tendit une main invitante.

La plupart des gens souriaient.

Les Gagnon étaient sur le gros nerf. Ils n'avaient jamais pu mesurer, de visu, l'estime dont jouissait leur septième.

De toute sa vie, Wilfrid n'avait mis les pieds dans une église, sauf dans son portique, pour être plus précis, que le jour de son baptême, dix-sept années auparavant. Les fonds baptismaux, dans le temps, étaient situés à une extrémité du vestibule, juste à côté du câble de la cloche.

Se sentant comme un craquias dans une plantation de rosiers, le grand simple manquait de pupilles pour admirer le vaste et luxuriant décor du lieu saint. Aucun mot, aucun souffle, aucun geste n'osait friper cet instant. Le Ciel l'avait inventé juste pour l'occasion.

Puis soudain, là, le regard d'une enfant que Wilfrid avait guérie s'accrocha au sien. Le visage du septième s'éclaira d'une lumière que tous lui reconnurent.

— C'est un ange! dirent certains, fascinés par le personnage.

— Il semble tourmenté… soufflaient d'autres.

Se souvenant tout à coup de la raison qui l'amenait là, Wilfrid posa avec grande légèreté un premier pied dans l'allée centrale. Procédant d'abord à petits pas, perdu dans ce vaste espace, il emprunta bientôt une démarche plus assurée. S'arrêtant là, pour sourire à des gens qu'il reconnaissait, étirant un moment le cou pour faire un clin d'œil à un autre enfant, le septième des Gagnon inoculait dans le regard des gens troublés cette paix que seuls ses grands yeux vert pré étaient capables d'irradier.

Pour s'assurer que celui-ci ne manque rien de la première cérémonie religieuse à laquelle il assistait, Isidore lui assigna l'une des deux places, juste à l'avant, qu'il avait réservées pour lui et Élisée. Sortant de son banc, Madeleine Quirion, la postière, s'empressa auprès de son protégé.

Et l'office religieux commença avec presque une demi-heure de retard.

— Comme dans le bon temps, murmuraient les fidèles.

Cinq minutes avant que l'office ne prenne fin, la cloche se mit à tinter. D'elle-même. Son grelot, pour une obscure raison, venait de se trouver du fringant. Le vent ? Les pigeons ? Sait-on jamais…

Les lampions des troncs de la statue de Marie et de celle de Joseph se mirent ensuite à s'allumer. Les uns après les autres.

Intrigué par la commotion que causait le phénomène, Hector Bellavance interrompit la célébration pour se rendre le constater par lui-même. N'en finissant plus de s'étonner et plutôt amusé par le phénomène, il rassura l'assemblée. Sachant très bien que c'était là l'une des nombreuses manifestations de feue sœur Saint-Jean, il éleva les bras vers la voûte de la nef.

— Le Ciel, dit-il, se tournant vers ses fidèles, a ses raisons que la raison ne connaît pas. Je me permets donc, ici devant vous, d'exprimer mon plus profond respect à notre regrettée sœur Saint-Jean qui, je peux vous l'assurer, veille du plus haut des cieux sur la destinée de notre village. Je vous demande de ne pas l'oublier dans vos prières et je vous en remercie à l'avance.

Soudain, les mêmes lampions se mirent à s'éteindre les uns après les autres.

Mais ce ne fut pas tout.

Ayant été durement éprouvé par les assauts qu'Auguste lui avait froidement fait subir au cours de la dernière année, l'escalier, qui ne s'accrochait plus à la chaire que par quelques ongles de clous n'en pouvant plus… se mit soudain à se plaindre. Puis, lentement, ménageant sa chute, il se laissa choir en grinçant sur la balustrade.

Puis la cloche se tut.

Et c'en fut ainsi de la fameuse messe qui marqua le retour d'Isidore et d'Hector.

Nul, jamais, n'oubliera. Ou bien nul, jamais, ne croira. Mais se trouvera-t-il seulement quelqu'un qui ait le courage de raconter cette messe un de ces jours sans une goutte de remontant dans les sangs?

On verra bien...

La sortie des paroissiens se fit dans un brouhaha comme on n'en avait jamais vu. Les gens retrouvaient leur parvis tel qu'il était avant l'arrivée du bourreau des âmes.

À l'insu d'Isidore et d'Hector, certains portefeuilles s'agitèrent, mine de rien. Les gageures depuis longtemps soutenues à propos de l'escalier firent plusieurs heureux.

Un seul détail, et non le moindre, créait toutefois ombre au bonheur d'Isidore. Élisée Morin n'était pas venu à la messe.

Dès le lendemain matin, d'un pas rapide, le petit curé enligna ses épaisses lunettes sur le bout du rang 2. Un étrange pressentiment l'habitait.

Lorsqu'il parvint en vue de la cabane du vieil homme, une impression de désolation se présenta à son regard. Sa prémonition lui fit presser le pas. Élisée ne se trouvait pas, comme il en avait l'habitude, en bord de rivière. Isidore appela. Rien. Pas un son, à l'exception de celui des oiseaux qui semblaient affolés.

Approchant de l'entrée de la cabane, deux pieds lui apparurent sur le pas de la porte entrouverte. Il s'y jeta. Son ami, son confident, gisait face contre le sol. Le croyant mort, Isidore le retourna sur le dos. À son grand soulagement, le vieil homme respirait encore... faiblement.

Esquissant un sourire, Élisée ouvrit les yeux. De l'homme émanait une paix désarmante.

— Il est maintenant temps pour moi de me retirer, dit-il.

Isidore le souleva, l'allongea sur son grabat et s'empressa de voir si celui-ci ne portait pas quelque blessure.

— Ne vous acharnez pas à chercher la cause de mon mal, Isidore, chuchota le moribond. Donnez-moi plutôt les dernières onctions avant que je me défasse de ce corps qui me pèse. Je vous en prie.

Dépassé par la situation, le prêtre ne savait plus où donner de l'invocation.

— Je vous en prie, Isidore, lui répéta Élisée, se faisant insistant. Ne cherchez plus lequel, de la vie ou de la mort, a déjà son emprise sur moi. Donnez-moi seulement les derniers sacrements afin que je sois frais et dispos en mon âme lorsque je retrouverai la femme qu'il me tarde de revoir.

— Mais je n'ai pas mes saintes huiles ! rétorqua Isidore, désorienté.

— Alors, faites simple ! fut la réponse.

En temps ordinaire, Élisée se serait esclaffé de rire, mais…

Il esquissa plutôt un rictus qui avait toutes les apparences d'un sourire. Rassemblant ce qu'il lui restait de forces, il éleva une main vers le petit comptoir juste à côté, y désignant un objet à bout d'index.

Désemparé, Isidore cherchait la signifiance du geste.

— Poêlon… Poêlon… fut la réponse.

— Mais non, Élisée ! Vous n'y pensez pas ? Vous donner du bacon ! Ce n'est pas le moment !

Le moribond émit alors un ultime mot.

— Graisse…

Isidore ne mit pas long à comprendre. C'était peut-être faire injure à la tradition chrétienne, mais vu les circonstances, il se prêta à ce que jamais il ne se serait cru capable. Tendant une main vers l'énorme poêlon de fonte qui trônait sur la petite fournaise, il s'en saisit pour l'approcher de la tête d'Élisée.

Plongeant deux doigts dans la graisse refroidie et pleurant à chaudes larmes, il en oignit le front, les lèvres et le cœur de son ami.

Maudit bacon…

Dès que le rite fut exécuté, les yeux d'Élisée fixèrent l'éternité.

Perchés bas et profondément attristés, quelques ailés observaient la scène.

— Un wâzo, ça ne pleure pas. Ça chante seulement triste… murmura une voix, juste au-dessus.

Élevant le regard dans cette direction, Isidore fut aveuglé par le soleil. Dans ses rayons, il put distinguer, d'un blanc immaculé, un merveilleux harfang des neiges le fixant de ses yeux perçants.

— Allez en paix, Élisée Morin, dit-il.

L'ailé prit son envol, fonçant droit vers la lumière.

Un souvenir racla alors la mémoire de l'homme de Dieu.

« J'ai remarqué, lui avait dit un quidam dans un petit parc de Québec, que certains oiseaux s'absentent durant quarante jours. Pile. Et quand ils reviennent, leur plumage est plus éclatant qu'à leur départ. Comme s'ils s'étaient baignés dans une lumière plus flamboyante que celle du soleil… »

Soucieux de respecter les dernières volontés qu'avait exprimées leur père dans son testament, les frères Morin tinrent son service funèbre dans le village de Saint-Ludger. La cérémonie fit grand bruit et donna fruits. La quête fut miraculeuse.

Le corps du brave pionnier fut ensuite conduit à Saint-Georges pour y être inhumé.

Puisse son âme revivre.

CHAPITRE 35

Isidore brûlait de reprendre ses visites de paroisse. Le départ précipité d'Élisée Morin l'avait sérieusement touché. Cet homme bon semblait avoir été placé à une étape de sa vie pour l'aider à franchir un obstacle que seul, il n'aurait pu enjamber.

Les Gagnon avaient repris leur train-train quotidien, mais à une différence près. Une grosse. Pour les gentillesses et la discrète hospitalité que ceux-ci lui avaient témoignées, Élisée les avait couchés sur son testament. Sept mille dollars les attendaient dans un compte de banque à Saint-Georges de Beauce.

Quant à sa cabane des animaux, elle devint le havre de Wilfrid et de ses ailés. Il s'y rendait fréquemment pour converser avec son vieil ami Élisée. Toujours aussi solitaire, le septième des Gagnon ne lésinait jamais pour rendre différents services. Mais avant tout, il aimait se pencher sur la douleur des gens. Sa notoriété lui apportait le respect. On venait de plus en plus loin pour profiter de sa lumière.

Renouant avec son bâton de pèlerin, Isidore se demanda dans quelle direction aller. Il n'eut pas à se poser la question bien longtemps.

— Les prévôts de l'armée sont dans le coin ! lui cria Flavien Boisvert en passant. Mackenzie King a décidé d'envoyer des soldats en Europe. Il doit se préparer un gros coup !

Ça semblait brasser pas mal dans le centre du village, à la sortie du pont. Isidore activa le pas. Effectivement, dès qu'il emprunta la côte, il constata une bonne agitation devant l'hôtel Quirion. Il y avait de la jeunesse plein la galerie.

— Que se passe-t-il ? demanda le petit curé, se joignant au groupe.

— Je pense que ce coup-ci, ça va être à notre tour de partir. Les gars qui ont été enrôlés vont rejoindre le régiment de La Chaudière. Paraît que les prévôts fouillent la région. Ils cherchent des déserteurs.

Emporté par la fièvre guerrière qui déferlait sur le village, Isidore se retrouva bientôt dans les murs de l'hôtel Quirion. La bière coulait à flots. Les gorges chaudes avaient grand besoin de lubrification.

Plus le temps passait et plus l'ambiance générale s'électrisait. Des étincelles, des *sparks,* sautaient de coude à coude. Vers dix heures en avant-midi, la place était pleine à se fendre en quatre.

Ce qui devait arriver arriva.

Comme un crachat qui tombe dans un bénitier, Han-Louis Gagnon se présenta sur les lieux avec son jumeau, Han-Paul. Ce dernier, par bonheur, était plus modéré que l'autre. Han-Louis, c'était connu, se faisait toujours un plaisir de bouffer du curé. À plusieurs reprises par le passé, il s'était frotté verbalement avec Isidore. Le petit prêtre et ses cinq pieds six pouces et trois lignes, cent trente-neuf livres, soutane mouillée, n'aurait été qu'un amuse-gueule pour le costaud Han-Louis.

Vaillants comme des forçats et charpentés sur du bois *rough*, les deux Gagnon, dans les cinq pieds et dix, étaient mus par un cœur à la dimension de leur orgueil et de leurs gros bras. On les disait d'ailleurs plus argiles qu'agiles.

Toutefois, le cœur du fier-à-bras s'était vu solidement remué et, disons-le, touché par les bons gestes d'Isidore à l'endroit de son plus jeune frère.

L'hôtel Quirion était renommé pour ses fracassants tirs au poignet. Les deux Gagnon avaient sans doute fait leur apparition dans le but d'y brasser leur cage. Au bout d'un bon moment, ayant ingurgité un peu plus que sa ration, Han-Louis, de manière fantasque mais se voulant amical, commença à haranguer le petit curé. C'est à ce moment qu'Isidore prit pleinement conscience qu'il s'était jeté en plein dans la tanière du loup et qu'il ne pouvait plus en ressortir sans affrontement. Comme dans un camp de bûcheux, l'heure était venue de prouver à tous que malgré sa petite taille, il valait quand même un autre homme. Naïf comme toujours, il s'était arrêté à l'hôtel dans la seule intention d'y vaquer aux affaires du Seigneur, mais…

Les minutes s'égrenant et la bière inondant les gorges, les frères Gagnon poussèrent bientôt, de façon malicieuse et, disons-le, virile, le chariot de la provocation jusqu'à en devenir carrément… baveux.

Son dernier hiver passé à Big Rocks avait permis à Isidore de sonder tous les dessous d'un gueulard comme Han-Louis. Au camp de Big Rocks, le tir au poignet meublait quatre soirées sur sept. Quand Isidore, malgré sa petite taille, s'était décidé à y participer, Lanteigne et Ti-gars Proulx s'étaient fait un plaisir de lui apprendre des trucs dont certains, faut l'avouer, pas toujours très catholiques.

« Ben tant pis ! » se dit Isidore.

— Les hasards n'arrivent jamais par hasard, lui souffla une voix.

Et ce fut.

Le p'tit curé jugea que l'occasion était venue de redonner

une fois pour toutes la place de Dieu en ce lieu de perdition. Il s'amena, droit comme un gladiateur.

Tournoyant sur elle-même et langoureuse comme une danse à disque, la fumée régnait sur le moindre des poumons. Un frisson secoua l'assemblée. Y allait se passer kek chose. Le plancher de bois se lamenta de chaises déplacées en vitesse. Les gageures fusèrent, fortuites, presque offensantes, à dix contre un. C'était quasiment pas juste…

Le petit prélat balança son crucifix dans son dos, vira le dossier de sa chaise contre la table et se cointa les s'melles dans deux craques du plancher. Pour lui donner plus d'adhérence, il ajusta son coude droit dans le creux d'une brûlure de cigarette, là même où le vârnis s'était ratatiné sous la torture. Surchargé d'orgueil et d'alcool, Han-Louis vissa son regard dans celui du curé. Il avait roulé ses manches jusqu'en haut des coudes. Ils s'empoignèrent. Ou plutôt, la main de Han-Louis avala celle d'Isidore.

« Un roseau qui se pogne avec un chêne », se disaient de multiples têtes, se bousculant pour s'arracher des fragments de *mieux voir*.

Surgissant de nulle part, un énorme rot sonna la charge. Les deux biceps se gonflèrent à bloc. Les avant-bras tirèrent de leur inventaire toute la retenue dont ils se crurent capables. Les poumons se remplirent, projetant vers le visage en tourmente des deux adversaires un afflux de sang qui les fit tressaillir sous l'effort.

— David contre Goliath, entendait-on sur bien des lèvres.

Défiant toute prédiction, le temps s'enfargea sur une première minute. Les dents jaunes et proéminentes mordaient à les en faire grincer les tuyaux des pipes chargées à bloc et boucanant comme des locomotives. Ça manquait d'air. Par la force de l'événement, les poumons se retenaient le souffle. On n'avait jamais vu le visage de Han-Louis aussi crispé. Le nez lui en frétillait. Juchée assez haut pour ne rien manquer, l'horloge avait figé son pendule. La place avait perdu le sens du son. Quelques mouches, encore engourdies de leur hivernal sommeil, sillonnaient nonchalamment les visages sans être dérangées.

Pour du tir, c'était du tir. Han-Louis parvint à canter le curé d'une trentaine de degrés. Ce dernier se libéra de l'emprise visuelle de son coriace adversaire, osant à la dérobée un hochement de paupières vers le Ciel. Et celui-ci fit le reste. L'assemblée grommela, bava d'autant. L'impossible devenait lentement possible. Fléchissant sous l'incroyable riposte et pétant de tout son arrière-train, le chêne céda sous la tourmente. La table n'en croyait pas son bois. Le temps pour quelques spectateurs d'avaler une dernière gorgée suffit pour que les jointures du gros poing de Han-Louis lèchent une flaque de bière dont plus personne ne voulait. Grimaçant comme une toile d'araignée en pleine tempête, il s'aplatit devant le serviteur du Très-Haut.

Un silence pesant rôda durant plusieurs secondes. Tout le monde était figé sur place. Les cerveaux passèrent en mode *replay*. Deux fois.

Soudain, ce fut l'implosion. Le toit faillit leur descendre sur la tête. Comme un conquérant, Isidore fut porté sur épaules jusqu'à l'extérieur.

— Le curé a planté Han-Louis Gagnon ! criaient les gorges.

Toute l'éternité, Han-Louis cherchera la cause de sa cinglante défaite.

Dès qu'Isidore put remettre un pied au sol, il s'éclipsa, mine de rien, sourire en coin, se demandant bien ce qui avait pu se passer.

« Le bon Yeu est ben bon… mais y a sa gang… », lui disait

souvent Jérôme, son père, quand un événement positif lui arrivait.

Au même moment, tombant de sa poche, son bréviaire s'affala sur le trottoir. Comme par hasard, il s'ouvrit à la page 72. Se penchant pour récupérer son petit livre, Isidore se piqua un doigt sur quelque chose de pointu. Examinant la reliure de près, il remarqua une petite pointe saillant d'un de ses coins. À bout d'ongles, il en retira une petite plume. Celle-ci émettait encore une faible lumière bleutée.

Isidore se revit en compagnie de Jos Lanteigne, étendu près d'un arbre qui venait de le darder.

— Tes petites plumes, lui avait alors lancé ce dernier, j'les ai pris dans ton sac à prêtre et j'les ai sacrées dans la truie. T'as pas besoin d'accraires de même, Zidore !

Ce dernier comprit.

« Sacré Lanteigne, se dit-il. Il y croyait quand même à moitié, à mes petites plumes… »

Impatient de libérer la plume, il chercha, des yeux, l'endroit qui s'avérerait le plus propice.

« Il vente toujours sur un parvis d'église », se rappela-t-il. Sans hésiter un moment de plus et d'un pas de cabrioles, il gravit la côte du pont jusqu'à la maison du Seigneur. Saisissant alors la parcelle d'oiseau avec grand soin, il se retourna vers le village, plongea une main dans le soleil et la libéra.

Après être restée suspendue un long moment entre deux vents, la plume s'éleva, volée par le souffle chaud d'un nouveau printemps, puis disparut au-dessus du vieux pont couvert.

Lors de votre prochain passage à Saint-Ludger de Beauce, s'il vous arrive de trouver une petite plume, rendez-vous sur le parvis de l'église et confiez-la aux vents. On dit que s'ils la poussent en direction du village, elle vous portera chance.

Certains vous diront peut-être que ce ne sont là que des accraires, mais… attendez donc de werre.

Et sur ce, comme dirait sœur Saint-Jean, « prions le Seigneur ».

FIN

GLOSSAIRE

Accraires : Croyances. Accroires (se faire des accraires).
All aboard : Tout le monde à bord.
Avenance : Empressement, courtoisie.
Arrivance : Arrivée.
Bardasser : Brasser.
Baveux : Arrogant, narquois, ironique.
Bécosses : Toilettes rudimentaires (souvent appelées « chiottes »).
Berluque : Tête de l'abeille.
Broulala : Brouhaha.
Bucket : Contenant.
Buzzer : Vibration sonore, bruit d'une mouche, d'un bourdon.
Chéyére : Chaudière.
Cookerie : Cuisine, cafétéria.
Colletailler : Se tirailler.
Décrisser : Endommager, détruire. Décrissé : abîmé, usé.
Démembrure : Démembrement.
Déplumage : Éplumage (déplumer des poules).
Éclopage : Blessure de l'éclopé. Lésion, plaie.
Écœurite : Ras le bol (écœuré à l'excès).
Énarvage : Énervement, agitation.
Émouvance : État d'émotion. Ému.
Focus : Centre d'intérêt, centre d'attention, objectif.
Gaule : Arbre mince ou branche dépouillée de ses feuilles.
Gratifaillé : Gratté à bout d'ongle.